From Interest to Taste

以文藝入魂

靈魂與灰燼

臺灣白色恐怖散文選

胡淑雯　童偉格——主編

蔡德本　施儒昌　顏世鴻
林傳凱　吳易叡　謝聰敏
廖建華　李世傑　高麗娟——著

卷四 原地流變

Becoming

目次

◎序

寫在《靈魂與灰燼：臺灣白色恐怖散文選》出版前

國家人權博物館館長　陳俊宏

點出一個地獄當然不能完全告訴我們如何去拯救地獄中的眾生，或如何減緩地獄中的烈焰。然而，承認並擴大瞭解我們共有的寰宇之內，人禍遭來的幾許苦難，仍是件好事。一個動不動就對人的墮落腐敗大驚小怪，面對陰森猙獰的暴行證據就感到幻滅（或不可置信）的人，於道德及心智上仍未成熟。人長大到某一個年紀之後，再沒有權利如此天真、浮淺、無知、健忘。

——蘇珊．桑塔格《旁觀他人之痛苦》

繼二〇二〇年《讓過去成為此刻：臺灣白色恐怖小說選》的出版，引發廣大的讀者迴響後，今年人權館再次與春山出版社合作出版《靈魂與灰燼：臺灣白色恐怖散文選》。這是人權館再度以文學出版的形式，邀請讀者參與轉型正義及困難歷史記憶的公共對話，為傷殘的過去提供安置之所，也為紛雜的當代，撐出相互理解的可能性。坦白說，這個出版計畫不論在選文與編輯，都是一項艱鉅的任務。在過程中，館方、出版社與兩位主編透過無數次的工作會議，討論選編的原則與範圍。例如做為一種文學文類，散文的本體論基礎是什麼？又何謂「白色恐怖散文」？最終經主編們反覆思索與討論的結果，基於「作者性」、「文學性」與「本真性」等原則的考量，決定讓曾遭受國家暴力侵害的倖存者，以文字所留下的「見證」，盡可能納入白色恐怖散文的範疇，因此也將口述史、自傳、回憶錄等作品納入其中。

主編們從兩百多本書籍中，精選四十三位作者的四十七篇作品，從不同的視角切入分為七大層次分明的主題，每一個主題並搭配導讀與研究者的逐篇注釋，提供讀者背景的理解，建立認識體制性暴力的基本框架。從卷一陳列以內斂的筆觸，探尋自我主體性修復迂迴又動人的回憶，卷二林書揚對左翼精神的系譜學考察，卷三唐香燕筆下的那個「青春無嫌猜」，為打破一黨專制，在政治光譜兩端的人共同打拚的年代，卷四高麗娟在黨外雜誌臥底歲月的告白，到卷五劉宏文的馬祖書寫，描繪離島間諜觸國界的荒謬罪刑。儘管許多作品過去曾經閱讀過，如今重讀卻仍有特別的悸動與感傷。我對於卷三中彰顯女性的位置與視角特別有感，女性不再只是「背景式的存在」，她們用日常的堅毅，抵抗命運的各種挑戰。

如同季季在《行走的樹》所言，這是「一個被扭曲的時代：在那時代的行進中被扭曲的人性，以及被扭曲了的愛，被扭曲了的理想」。在這些見證作品之中，我們得以窺見臺灣的白色恐怖歷史各種類型的受創主體，有各式各樣的省籍、族群、性／別、職業、甚至離島馬祖與外國人，在官方的統治教條之下，被視為「國家的敵人」；我們也得以看見在這巨大的人性劇場中，有加害者、被害者，更存在著告密者、旁觀者，革命者、遭誣陷的特務以及遭受遺棄的家屬。這些故事充滿了殘酷、偽善及背叛，令人驚恐、畏懼甚至迴避，但也同時反映真實複雜的人性。

將「殘酷置於首位」

做為一個讀者，讀完這些豐富的文本，除了對體制性暴力與創傷的理解更為深刻之外，我也深切體認，唯有直視惡的存在，我們才能對人類的道德與政治世界有更清楚的理解。在這個議題上當代政治思想家茱迪絲・史珂拉（Judith Shklar）的作品可以提供很多啟發。不同於大部分的研究者關注善與正義的問題，做為納粹魔掌中的倖存者，史珂拉關注的主題是惡與不正義，而她的自由主義理念來自對政治迫害的恐懼。她所倡導的是一種以「歷史記憶」為基礎的自由主義，這種政治信條並非追求至善的政治藍圖，而是避免至惡的良方。所謂至惡，就是殘酷和它激起的恐懼，以及對恐懼的恐懼本身。這種基於恐懼的自由主義，政治生活的基本單元不是進行論說與理性的個人，而是弱勢者與強勢者，因此它所要保障的自由，乃是防止權力濫用的自由。

她一再提醒我們，將「殘酷置於首位」，並探討其他尋常惡（ordinary vices）之間的特質，及其與政治的關係，因為關於政治生活的圖像，如果沒有分析苦難、殘酷、羞辱、妒忌、背叛、偽善、腐敗這些惡，就不夠完整，也就無法提供完整的道德理解。然而若要找到這些惡的本質，我們需要仰賴的不是歷史，也不是哲學，而是文學，儘管文學並沒有告訴我們要如何思考，而是透過想像力，在讀者和作者之間產生心理上的交流和對話，進而反思事物的本質。這是我讀完此套選文後，最深刻的啟發。

敘事能動性

去年出版的白恐小說選，選錄許多臺灣重要作家的文學作品，白恐散文選收錄的作者們大多並非專業的寫作家，然而這些作品能在此現身，對我來說，具有重要的意義。在政治壓迫時代裡，這群「政治失語」的人不僅無法表達他們的聲音，同時也失去在歷史中的位置。然而每一個聽聞他們故事的人，都無法否認，他們的尊嚴，甚至生命，都遭受了以國家之名做出的迫害。因此倖存者聲音的呈現以及政治失語的矯正，是推動轉型正義的重要前奏曲。如今這些見證作品的呈現，透過書寫抵禦遺忘，不僅揭露許多讓我們再也無法迴避的真相，抗拒對歷史詮釋的過度簡化，他們的在場，更轉而成為重構集體記憶的參與者。尤其令人驚豔的是，我們從這些見證者的作品中感受豐富的文學性，字裡行間展現真切的敘事力量，充分展現敘事的能動性。我相信看完這五卷散文選，您再也不是身處故鄉的異鄉人，將會找到自己的位置與啟示，同時找到與這些歷史的聯繫。

本套書的出版，首先感謝胡淑雯與童偉格兩位主編將近一年時間的全心投入，讓這些豐富的作品有了新的閱讀方式，而他們為每一卷所寫的導讀以及幾位研究者的逐篇注釋，宛如一次次歷史與文學的辯證與對話，豐富又精采。由於選文幾乎涵蓋了白色恐怖時期重大的政治案件，透過這些注釋的補充，將有助於讀者進入那一段暗黑的歷史。當然，沒有莊瑞琳總編輯所帶領的專業團隊，在編輯過程中克服萬難，本套文選也無法問世。在此由衷的感謝，在藝術介入的道路上，春山出版社一路的支持與協助。

如果您是曾經看過埃利．維瑟爾《夜》、普利摩．李維《如果這是一個人》，而在心中留下不可抹滅記憶的讀者，我相信也能從此套文選中，獲得相似的感受。

靈魂與灰燼

◎編序

童偉格・胡淑雯

受難者的時間是無限綿長的。在血肉與言說的無盡中，流淌著一種再怎麼失敗也不會輸掉的、近乎永恆的東西。於是我們面向過去，倒退著走入未來，或者，逕向往昔出發，直取歷史景深中、層次豐饒的空白。在《讓過去成為此刻：臺灣白色恐怖小說選》（二〇二〇）出版後的整整一年，我們繼續散文的編務。更大量的文本，與生命時間本然的絕不可逆，使我們更真確地，體會到一種矛盾。一方面我們理解，這必將是一部過早完成的散文選集，只因目前，更多史詮仍待沉澱。另一方面，我們也察覺，無論何時完成，這部選集已然遲到太久：將近一個世紀過去了，無數青春的見證者，已經帶著他們各自珍貴的記憶，潛入歷史的無記憶裡。

我們實踐的，是這般必然的早到與過遲。於是，我們但望這部選集能夠免於時間的焦躁，為讀者提供一個暫可靜視的介面，陳明這些書寫的各自所向，釋放它自有的文學質地。但首先，我們必須自我釐清，什麼才是（或什麼不是）「散文」。我們理解，在華語現代文學中，散文的本體論始終模糊，只在和其他文類並置相較時，定義才可能相對清晰些。例如：有別於詩的「詩體形式」（verse form），散文含括一切白話文書寫；有別於虛構的小說，散文則指涉一切紀實作品。因此什麼是「散文」？一個最權宜、卻也最明確的答案是：所有非虛構的白話文寫作，理應都是散文。

我們也理解，就歷史成因而言，散文之強調白話文形式，直接反映的，是新文學運動起，古典詩亡的實況：在那次標榜「我手寫我口」的文學浪潮中，人們求索某種比起詩，更能符合新時代精神的書寫形式，因此所謂「散文」這一既存的俗常泛稱，始得以被重新揀取、被用以特指一種文學新文類。但弔詭的是，這個文學新文類之強調排除虛構裝置，其所迂迴潛納的，卻是詩亡其後，華語文學創作者的詩心不滅：相似於古典詩人在固定格律與字數裡，存真自我感悟或直觀，華語現代散文創作者，亦務求文雅地言表自我情感的本真。簡單說：對華語現代文學場域而言，所謂「散文」，時常暗指一種浸潤在白話文體裡的詩。

也因此，雖然散文在業經重新揀取為一種文學新文類時，開放了自身海納一切次文類的想像——原則上，議論，記述，對話，筆記，凡此種種，邏輯上，散文可以無所不包——但就創作實踐看來，一般想像的所謂「散文」，依舊以摹寫詩境的抒情散文（lyric prose）為不變的殿堂之巔，並依此，布建了當今散文的典律。關於散文典律，我們的美學期許是：其詞鋒愈留白，其詩境就愈彰顯，其所存真的作者情感，也就愈雋永而有餘韻。而所謂「餘韻」，即明白是一種關於詩的懷想。

具體說來，在華語現代文學裡的所謂「散文」，即是如此，在自身本體論曖昧的情況下，依舊能做為一個獨立文類，常存於文學場域的想像與實作中——表面上，它所最想汰除的，正是它最深切藏納的。它的創作技藝要求，就是它的創作倫理訴求：一切表述、描摹與感言，作者皆切不可造偽。它的倫理，也反向規訓了它的技藝：我們想像，一篇傑出的華語現代散文，首先是一篇看不出技術斧鑿之痕的作品；它唯一該具備的，是一道作者的聲音之流，衷誠地，嗚訴一段本真體驗，而使人共感於無論是記趣、憶往，或者，即便是那般艱難的傷逝與受創。

簡單說，就美學意識而言，華語現代散文已布建了自身的迴路：它訴求作者出於個人孤自的體悟，而將此體悟，昇華成普世的傷與諒。於是複雜點說，在華語現代文學的意義裡，什麼才是「散文」？一個幽深的答案可能是：其實，我們總期待它為我們，預告更為理想的那種「真實」；期待它蘊藉聲明，一種傷痛業已自癒，一種受難，已然獲得了澄明與滌淨。

這樣的期待，放在我們對文學作品的設想，或許無可厚非；然而，若成為我們對臺灣白色恐怖散文作品之編選的單一標準，則可能，將顯得標準過於高蹈，於是，也使編選的行為，形同一種針對美學意識的檢查。原因很簡單：在諸多事關白色恐怖的史實，依舊等待澄明的現況下，一切關於「昇華」或理想「真實」的預想，可能並不理性。這是說：關於白色恐怖，真相的實質未明，逼視著編選一套紀實作品的困難，我們確切的感知毋寧是：也許，傷逝與受難者每道本真感觸，都應當被記存，而每道理該被記存的實感，都不應當再承受美學的評價。這意味著一部理想的臺灣白色恐怖散文選集，本質上的不可能。

然而，為了讓記存仍然可能（雖然必有限度），就編選範疇而言，打破我們對散文既有建制的認知，就成了編者該具備的思維。這是說：首先，我們不以上述抒情散文的既定迴路，其所暗示的「雅」與「諒」，做為審選作品的絕對標準，而力求重新釋放散文做為一種特定文類，在成立之初的海量想像。因此，這部選集的編選範疇，除了一般認知的散文文學創作之外，也將涵蓋或許作者並無文學創作意識的自傳、傳記、報導，及任何就我們所知、能及時索讀的「非虛構的白話文寫作」。

其次，除了打破對散文既有建制的認知，我們一併力求突破的，其實是以抒情做為核心的散文，所不免重新封印於個體的孤隔體驗：如上所述，它總要求一位深思且有能的當事人，獨自解剖個人體驗，從而，才能獲得「作者」的資格。我們認為：事關白色恐怖，個人體驗的公共意義，可以重新辯證、容許歧出對話，也應當，允許更大空間的他者在場。因此，不限於單一創作者的文本，口述史、或以口述方法寫就的自傳等散文作品，也進入我們的編選範疇。

或者，能果敢地這麼說：在編選《靈魂與灰燼：臺灣白色恐怖散文選》時，我們的目標，是將編選者解讀能力所及的最大值，兌換成現階段，事關臺灣白色恐怖紀實書寫的極大值，而非相反地，以編選者固有的美學認定，限縮了臺灣白色恐怖書寫的紀實性。我們的能力所及，就是我們的編選範疇。

由此，最後成書的這整部《散文選》共分五卷。卷一再分為「雪的重述」與「萌」兩個主題。「雪的重述」，收錄四位曾經繫獄的作家，對個人白色恐怖實歷的憶述。這些憶述，透露寫作者在創傷其後，力圖修復「我」之主體性的共同深願。我們以此，索引全書各篇章，對同一段歷史的多元回顧。「萌」則收錄未成年的小孩與青少年，那最初即最終的一次白恐實履。最初，通過這六種追述，再現童蒙生命以其不文寬度，容受初驗的暴力。最終，因這般寬闊生命的脆弱本質——對暴力的知解，標誌童蒙的從此不再，以及，啟蒙後的智性與抵抗——我們以此，索引白色恐怖，對「我們」的各種侵臨。

卷二「地下燃燒」以八部作品，微型示現地下黨人，及其關連者的往歷。這部龐然錯綜的地下史，旁側於五〇年代、冷戰框架下，國府治臺史的反面，在彼時最受嚴酷清洗；在多年後臺灣本土化的史詮重構中，卻也最輕易就遭致忽略。持恆抵抗主流論述，這整卷追索，關注自我精神系譜的重溯與再驗：無論是在已然冷峻的昔往，或依舊炙烈的當下，皆以對寂滅者的記存，反語貴重理想的不息。

對證上述陽剛的話語理序，卷三「她的花並不沉重」，則示現無論如何光亮的反對運動史裡，經常被忽視的女性實存。整卷七部作品，流轉女性身分，為妻女、遺族、眷屬、或政治案件的當事人，以相對而言，更跨域複現的觀看位置，她們修復由日治、戰後、二二八、白色恐怖，直到當下的集體傷痕；也在長列的死亡隊伍中、總是遲來的希望與愛裡，切近逼視傷痕各自的無可告別。

卷四「原地流變」，從肉身的記憶出發，思索「受刑」與「逃逸」的辯證。本卷且裂變為二，前七篇章，描摹加諸於政治受難者身上，「刑」的具象路徑：痛楚總是由體膚承感，卻永遠比切膚更深，在充滿個體差異的、與恐懼對峙的經驗中，在種種彷彿密室的空間裡，逃逸的路徑漫漶於一人置身的所有時空。在那裡，書寫自白既是自我構陷，也是逃生。在那裡，自囚終身無異於捨命求生。後三篇章，則書寫特務等協作之人的同刑：這些懺情或揭密，為我們反陳「刑」所從出的體制結構。

對照上述二元裂變，卷五「失落的故鄉」，則將簡化的鄉土二元論，重置為跨界者們，繁多的抵達之謎。在此，原鄉外的離散，和故土裡的離散並陳。只因在同一體制結構內，剝奪人身自由的拘禁，也總體拘限了個體自由的認同。而體制發明的流放，也總格外無異地，為所有流放者，指出一個同樣偏遠的異鄉。以這些移動條理（或漫無條理），我們總結臺灣白恐時空，對「我們」的總體圈限。

在五卷共四十七個篇章之外，猶有許多作品，因種種因素，未能收錄於此書。做為本書編者，我們深以為憾。以下謹題記若干，以供讀者尋讀。一如《桑青與桃紅》（一九七六）這部佳構，對臺灣白色恐怖小說書寫的重要性，聶華苓自傳《三輩子》（二〇一一），亦細緻留存《自由中國》半月刊同仁身影，對白恐散文書寫，有其顯在意義。王鼎鈞回憶錄《文學江湖》（二〇〇九），則簡達直述黨國文藝控管下，個人的捲入、與特務的周旋，及最後的遠避。回憶錄對山東學生流亡案，亦有切近分析。

馮馮《霧航》（二〇〇三），從一名海軍小兵視角，追述遠在國共內戰前、早自生命之初起，即一路無可緩解的種種錯位與錯待。這部作品，具現一部肉身傷害史，如何同時竟是一部情感啟蒙史、一部同志身分認同史，是我們讀過，最刺痛的書寫之一。崔小萍《天鵝悲歌》（二〇〇一），則重理個人《崔小萍獄中記》（一九八九）裡的見聞，而以更多年後、更遠距的觀察與思考，落定九年多冤獄中，種種無由的國家暴力。相對於此，黃紀男口述、黃玲珠執筆的《老牌臺獨：黃紀男泣血夢迴錄》（一九九一），則以解嚴後數年內的近距回顧，以一部「野史」之姿，見證並收藏臺灣共和國臨時政府的始末。

當我們說，此書的編選範疇，止於我們能力的極限時，我們陳述的，毋寧是：面向這般龐然多歧，而同訴真實苦痛的紀實文本，做為編選與識讀者，我們自覺謙卑。我們理解：一個暫可靜視的介面，同時也可以是，無盡起點的重新生成——何等遊歷，在編選過程中，我們得以識讀靈魂如何焚餘成灰燼；而灰燼，如何藏納了靈魂的重量。

原地流變〔導讀〕

胡淑雯

光復後不久，王添灯省議員在議會質詢戰後留在倉庫的物資去向。

「倉庫裡的米、糖、樟腦到哪裡去了？」

大家都知道，這些東西早被偷運到大陸出售，鉅額貨款也早已由貪官汙吏們分贓。

可是物資局長卻毫無羞恥地回答：

「全都被盜了。」

王議員又問：

「專賣局倉庫裡的七十公斤鴉片到哪兒去了？」

專賣局長也面不改色地說：

「被白蟻全吃光了。」

王添灯議員大怒，要求行政長官罷黜這兩位局長。可是兩人不久即獲得升官，而王議員卻在二二八事件中慘遭報復，橫死刑場。

說故事，是蔡德本與特務交手的方式。王添灯的故事是其一。被捕後，他必須「坦白交出」「從光復到現在，所有的交友關係和一切大大小小的社會活動。」於是他在自白書裡寫「光復」、寫「青天白日」、寫「二二八」、寫「戲劇社」、寫「聯誼會」、寫讀過的書……。他被迫寫了無數個日夜，為了什麼也不說，他說了很多廢話，對抓人定罪沒有幫助的廢話。關在沒有光的房間裡，口內乾涸如沙漠，嘴唇裂成一片片的鱗，捻了一小塊饅頭放嘴裡，霎時，舌頭有如著火般灼痛，本能地吐出那一小口食物，疼痛卻沒有消失，舌頭像是布滿了千百個水泡。不知經過了多少無眠無日夜、無水無排泄的日子，總算有了尿意，尿裡卻帶著血。

身體是經驗的容器。恐懼威脅與疲憊疼痛都在這裡。

在刑虐交替的「自白」裡，受刑人在虛實間滑動，藉此偵測特務的虛實。以書寫回應特務的需索，同時，以書寫爭取時間，偵查逃逸的路徑：對方知道什麼？想要什麼？是誰供出我的名字？大概說了多少？什麼訊息是致命的，絕對不能說？——逃逸的路徑，即是生存的路徑，書寫者一邊逃逸、一邊尋找武器，在自白裡不斷填入無害的細節。故事就是他的武器。為了不說，他彷彿知無不言地說了很多。而那些對政權來說無用的細節，對讀者來說，卻是發光的寶石。比如：有個軍人的太太到醫院生產，不幸難產不治，軍人要求鉅額賠償，主審推事吳鴻麒於調查後判醫師無罪。二二八事件後，吳推事和王添灯同樣遭到報復，陳屍於水溝中。

蔡德本以大量的書寫讓線索隱匿，供自己躲藏。施儒珍讓自己人間蒸發。如果天涯海角不可靠，逃得再遠終要被捕，也許，終極的逃逸便是「不動」。

在逃亡三年多、情治單位鬆懈下來以後，施儒珍躲回自家的夾牆中，再也不出門。藏身的地點，位在廚房隔壁的柴房牆壁內，砌出一片大約兩尺、一個肩膀的寬度；高度：半個人；長度：一百五十公分。只能坐臥，不能站，躺下時，無法將腿伸直。裡面的裝置極簡：一個枕頭、一個尿桶、一盞煤油燈、幾本書。

不敢牽電火（電燈），若要讀書看報紙，只能在白天點煤油。天黑了偷偷出來，排泄、伸展四肢，這時，弟弟施儒昌會爬到附近的尤加利樹上，監視周遭山徑的一切動向。睡前掃地，將砂質的地面整平，天一亮就檢查有無外人的鞋印。

這一躲，躲了十八年。

這不是行動藝術，也不是極限運動。這是以死求生。以「非存有」保留「存有」最後的一絲希望。如此自囚十八年，藏身於夾牆中，就地流變成鬼一般的傳說。女兒晚上睡著後，他會偷偷溜出來，去床邊看她，摸她的臉。女兒睡夢中迷迷糊糊又彷彿有一點印象，隔天跟祖母說，昨夜有人摸我。祖母告訴她，那是「床母」。

最苦的是弟弟施儒昌，那忠誠的保密者，艱辛的守護者。日復一日，將出入的洞口拆了又砌、砌了又拆。彷彿薛西佛斯，以荒謬抵抗荒謬。日復一日，在夜間爬上樹梢盯哨，讓兄長出來透氣。日復一日，不敢離家，放棄社交，靠喝酒麻痺才睡得著。想死的念頭何止一次，但，「既然你不自首，我們就繼續奮鬥下去！」繼續抹除，繼續消失，繼續流變為不可感知的鬼魅，絕不落入對方手中，絕不接受非法的國家審判。

以「不動」為逃逸，以自由換自由。

施儒珍病中不敢就醫，一九七〇年死於黃疸，得年五十五歲。逃亡三年多，自囚十八年，幾乎占去成年後的所有時光。家人在夜裡挖洞，拆下門板抬屍，靜靜將他埋葬。沒有棺材、不做墓碑，就連死亡的訊息也不留下。

賴阿統的消失是另一種：一九五三年某日深夜，他被幾個便衣逮捕，神祕失蹤。七年多以後，被警總的軍車送回家。期間，沒有任何家屬獲准探視，妻子僅能透過「送牢飯的簽收單」，得知他還活著。獲釋後，他對自己被捕的過程、原因、失蹤期間的所見所聞，一字也不敢提——他遭到一位自稱任先生的「臺北菸廠廠長」暗中監視，時間達數年之久。

賴阿統消失那年，小女兒只有三歲，懂事以後，她從來沒有見過自己的父親。她回憶，爸爸是由六輛軍車浩浩蕩蕩送回家的。「這是她第一次看到爸爸。高大、豪爽、英俊、好客，她心目中的好爸爸。」而爸爸的朋友也來了，「一個手指受到酷刑，不能拿東西；一個已經發瘋；有一個變成白癡。」

賴阿統是白色恐怖史上，一度並不存在的政治犯。未經審判，沒有起訴書，沒有罪名，沒有刑期。以至於，上個世紀末，當政府清查白色恐怖受害者，據以發放補償、回復名譽的過程中，他的女兒竟找不到任何官方文件得以證明，自己的父親，曾經被國家剝奪人身自由。

謝聰敏在《談景美軍法看守所》一書中，寫下追索真相的過程，這個案子，是他的戰友魏廷朝託付給他的。謝聰敏說，「在五〇年代的戒嚴中，臺灣最大的綁架集團就是特務組織。」他遍尋相關單位，找不到文件，於是求助李敖，找上了「保密局偵防組長」谷正文。谷正文承認，人是他抓的，「我逮捕賴阿統的時候就知道他是冤枉的，但是上級要辦他。」谷正文透露，龍潭軍區另還羈押了一位蒙古籍的俄國軍官，名叫「圖畢」，他已經被囚禁了四十年，並且，和賴阿統一樣，沒有判決書。

消失的人，不存在的審判，「活生生」寄存在謝聰敏的紀錄中，直到人已經死了，賴阿統死了，魏廷朝死了，謝聰敏死了，這故事依舊在等，等待一個叫作「真相」的東西。而「賴阿統式的消失」，極可能不是特例。谷正文說，「許多人被拘禁沒有登記，所以在牢裡也沒有軍糧，只記我的帳。我退休的時候，這些情治機關向我索取三萬公斤軍糧。這三萬公斤軍糧就是沒有名的囚犯吃掉的。我也沒有還給情治機關。」

這麼說來，賴阿統不過是，借用顏世鴻對自己的描述，「大時代亂局下的一個小小泡沫」，倘若有幸不死，「只是由網中脫出來的一條魚。」顏世鴻有幸不死，於是他以書寫見證難友的消失，尤其消失前夕，面向死亡的尊嚴。

施部生。被捕時小腿挨了三顆子彈。在保密局，他一邊跟特務莊西下棋，一邊讓軍醫開刀。槍決日清晨，他出了押房之門，走到好友楊廷椅的牢房前，用竹拐敲鐵筋，說，「大目的，我先走了，等你。」而後又是一跛一跛地走出去。

十月下旬開始，吳思漢「清晨不到五點起來蹲馬桶，再用乾毛巾擦抹全身，而後穿上新的內衣、潔白的襯衫，靜靜坐在自己的位置……」等看守把鐵門開了，知道今天還沒輪到他，「才脫下了外衣，回復一天牢內的普通生活，日復一日。」這必死的自覺、靜寂的「典禮」，令人心生肅穆。

多年後，我們會在檔案中看見他的臉，看見他臨刑一刻，臉上竟然浮現，令人費解的微笑。吳思漢對著鏡頭微笑，施部生也是——另有人，比如蔡鐵城、宋盛淼、傅如芝，是燦笑著離開的——當生命迎向終極的暴力（所謂「極刑」），那笑容送出一道深邃的謎，將生命解放至暴力的決斷之外，解放至生死之外。於是我們記住了，記住了施部生的跛行，記住了反覆的白襯衫，記住那幾乎不可能的尊貴。記住了層層微笑底下，可能的精神世界。如是，死者抵達。抵達未來。

「據說（吳思漢）他們十四位被槍決當天，唱國際歌、喊口號，致駕駛出了一點小車禍，所以當天不准收斂，示眾一天。」那是一九五〇年的十一月二十八日，清晨四五點。

這大概也是四十年後，一九八九年，理解詹益樺的一種方法吧。在攝影師潘小俠捕捉的畫面中，儘管下半身已是熊熊烈火，詹益樺依舊「雙手攤開高舉，猶如浴火鳳凰」。雖說他所從事的「左獨」運動，無法靠烈士來克竟其功，然而，這個窮到連牙痛都沒錢治療的、來自街頭市井的草根黨工，以殉道逼使眾人記住他的道途。詹益樺以自焚完成了自己。

青年導演廖建華為我們重建了詹益樺的「死亡準備」：謊騙裁縫師身體痠痛，要將熬煮的漢藥穿戴上身，將救生衣改裝成行動汽油桶。刮淨鬍子，換上體面乾淨的衣著，皮夾裡放了一張五百元的紙鈔。錢是借來的，注定用不到，似乎，他不想身無分文地離開。在自焚的暴烈表象底下，收屍的戴振耀看見：卸除了焦黑的外衣之後，詹益樺的貼身衣物寫著「神愛世人」，皮夾裡除了那張紙鈔，還有兩張相片，是政治路上他最愛的兩個朋友。這一刻，戴振耀哭了，也懂了：詹益樺跟他要了相片，他沒有給。

在後人追封的「烈士」符號之外，更真實因而更珍貴的，是詹益樺身為普通人的一生。普通人的追尋與挫敗，普通人的渺小與脆弱。也因為指認了那脆弱，我們才有資格自問：面對試煉的時候，該如何保護自己的靈魂。或者相反：得知有誰自新、自首、求饒了，不輕易將自己豁免至那可以嘲笑別人的位置。

史與為戴著腳鐐高聲喊冤，目擊者說，臨刑前，他高喊「蔣總統萬歲」。他本是調查局專員，在內鬥的格局下遭到肅清，從「辦匪諜的人」變成「匪諜」。蔣海溶，調查局第三處處長，專門負責偵訊匪諜。他在自己設計的牢房裡，被獄卒辱罵，在自己訓練的調查員手下，遭到刑訊。以前，他自信「單憑嗅覺就能找出匪諜」，被捕後，他屢屢要求證據，「不能只憑口供認定事實」，因為，口供都是刑求來的。而那些刑虐，在他親身經受之前，只不過是——訊問者借用他的說法——「施用適當壓力幫忙被約談人自白」。

當權力需要的時候，特務也可以流變成匪。蔣海溶經手的死刑超過兩百件，假如他是「匪諜」，那麼，被匪諜「陷害」的人還是匪諜嗎？蔣海溶被判無期徒刑，在自己的地盤裡喪命——白恐別人的人被白恐了，加害人與受害者疊合為一——他的案子株連許多同僚與同鄉，包括慘死獄中的知名女記者沈嫄璋，以及調查局副處長李世傑。解嚴後，李世傑寫下特務的懺情與揭密，指陳了「刑」所從出的體制結構，並且從受害者的角度，透視極權的「卑鄙」。那卑鄙並不限於刑訊、羅織、搶功、與索賄的過程，更鑲嵌在牢獄（極權之微型樣本）的「日常性」裡。這是一個無情的故事：一個愛國特務，為極權服務到失去價值以後，成為極權鎮壓的對象，淪為蟲、淪為鼠，死的死、傷的傷，直到另一個愛情故事逆轉了這無情。

高麗娟負責監控八〇年代的黨外，但事情不太對勁。她愛上自己監控的對象，並且在日復一日潛伏於黨外的工作中，認清了愛國主義的愚行。她一邊怠工，寫不痛不癢的報告，一邊思考逃逸路徑——如何能退出組織而不被報復？最可行的方法是移民，最方便的移民是嫁人。婚姻是女人的終身大事，調查局的長官不會擋她的。二十四歲那年，高麗娟隨夫婿遷居土耳其，在世俗婚姻的劇本中，在賢妻良母的角色裡，在傳統價值的縫隙間，找到脫身逃逸的路途。她叛逃了，以「乖女孩」的方式，矇騙了特務機關，但是，她的良心與感情從來不曾得到平靜，她欠自己一份告白。

然而告白，對高菊花來說，是多麼奢侈的事。身為高一生的長女，身為「匪諜的女兒」兼「尚未自新的匪嫌」，高菊花「被迫成為國民政府的特殊使節，和來訪的外國將領交往」。高菊花說，「上面有什麼要招待外國人的，就叫我去做很不好的事。我那時還年輕，才二十來歲。」

那些「很不好的事」，是高菊花年輕時「不能拒絕」的事，是解嚴前的她「不敢說」的事，也是晚年的她「還不想說」的事。難以啟齒的細節，朦朧的關鍵語：「招降波蘭將領」、「想殺了蔣孝文」。那是銘刻在身體最私密處，無法集體目擊、集體控訴、「無法被公共的記憶」，像政治犯女性「流血的身體」。

高草被捕的時候剛好來月經，特務卻不讓她處理經血，一路嫌棄她的血汙造成眾人困擾。在藍博洲與黃素貞（見卷一）筆下，她是一個可敬的烈士：怕自己的自白會連累黃素貞，好幾次寫了又撕，撕了又寫，二十六歲「從容就義」，是一位「把日人的教育餘毒全改過來」，思想清純、前進的革命少女。

這樣的一位高草可能是真確的。但是，在這樣的高草之外，另一個高草也是真確的。她在獄中精神崩潰，絕食、自殘、喃喃自語，咬破食指寫下給「蔣主席」的血書，「對不起，高草在這裡做錯好多事情，請原諒我，中華民國萬歲！」

學者林傳凱在檔案中發現，高草在訊問期間，反覆求生，也反覆求死。在呈送了某一封血書的隔天，以毛筆再寫了一封信，「昨天所寫血書不是惡意，請為原諒」，「自殺行為是一時心裡不安，找不到出路，恐怖心所做的……」然而，那些凌亂起伏的陳情書，完全沒有送上去，一封都沒有。保安人員把她的「失常」當作工具，在詞語裡追蹤可用的「案情線索」，以致，高草的陳情自始自終，只能是自言自語，又在得不到回覆的情況下，一次次揣摩著修正自己。

「請法官：趕快讓我自首，最短時間讓我死，打、殺、通電、槍斃、燒，我現在不管，請趕快開始，讓我死，我心裡難過死了。」高草在同一段文字中，混亂地，既要自首求生，又渴望即刻赴死，並且在對各種死法的殘酷想像中，折磨著自己。那是一分一秒再也過不下去的、精神的至疼至痛。只求離開，離開當下，離開此時此地。在這求死不能的殘酷地帶，語言已經離亂脫軌，高草已不是高草，我已不再是我。

面向死亡，等待極刑，如同面向「世界的出口」。高草精神上的裂變，或許，是她逃逸的唯一方式。在精神分裂的恍惚中，不知道她會不會重回自己的故鄉，回到斗六的莿桐鄉，重返那個神奇的夜晚：那一天，她與自己敬愛的大姊姊黃素貞談話到深夜，忽然，頭頂的石瓦片砰砰作響，出門一看，天啊，是天在下冰雹呢。那時，大逮捕還沒開始，高草年輕得要命，心裡戀著一個男人，堅毅地承擔各種地下工作，擁有的除了未來，還是未來。

蕃薯仔哀歌〔節選〕

蔡德本

◎一九九一年開始以日文寫作《臺灣のいもっ子》，一九九四年九月由日本集英社出版，隔年在女兒蔡式貞協助下，自己翻譯成中文《蕃薯仔哀歌》，遠景出版，一九九五年十一月。二〇〇八年三月年再出新版，草根出版。

蔡德本（一九二五～二〇一五）

嘉義朴子人，朴子公學校畢業後，前往日本留學。自東京都名教中學畢業後，回臺任職於朴子東國民學校。一九四六年入學臺灣師範學院，期間發表〈苦瓜〉、〈啤酒〉等短篇小說，並組織師院臺語戲劇社，從事寫實主義的臺語戲劇運動。一九五三年，公費赴美留學一年，歸國後一個月，旋即被朋友牽連而入獄。歷經十三個月的冤獄後始得釋放，之後繼續任教於東石高中，一九九〇年自臺南一中退休。著有《蕃薯仔哀歌》。

1 柚樹下

一九五四年（民四十三年）十月二日星期六。

天空晴朗、陽光普照，時有南風吹來，清涼怡人。

是個風和日麗的仲秋午後，空氣裡洋溢著和平的香甜氣息。沒想到，厄運悄悄掩至，這一天，竟成為蔡佑德一生最難忘的惡夢的開端。

後院的柚樹下，佑德和他的小學同學黃永川正下著圍棋。高大的柚樹，枝葉繁茂，層層的樹葉遮住了陽光，營造出一片涼爽舒適的綠蔭。佑德在樹下放了一個小几，上面擺著一面棋盤。平常就在這裡和朋友下下棋，或是自己排排高手的棋譜自娛。

永川和佑德棋力在伯仲之間，只要有一方連贏四盤，就得改手合，多讓對方一子。目前的情況是互先，每盤要輪流執黑子先下。

執白子的永川開口：

「佑德，你一整年沒下棋，怎麼功力不退，反而進步呢？」

略一沉吟，永川再加一句：

「你到過美國之後，棋力變得更強了。難道見聞廣博，棋力也會隨著提高嗎？」

佑德是留職留薪，公費留學美國。一個月前才剛歸國。過去這一年間，見聞的確增加不少。

佑德留學美國，是受「美援」之惠。戰後的美國，處在世界繁榮的顛峰，此時正推出「馬歇爾計畫」，到處幫助貧窮國家，使其經濟復甦，全世界都把它叫作「美援」。雖然戰爭結束以來，已經過了八年，可是因為戰火摧毀得太厲害，物質又嚴重缺乏，臺灣還不能夠十分地恢復元氣，勉強只能達到主食的米穀供應無慮的程度。電視、電冰箱等家電用品，做夢也不會想到。

和戰後不久的亞細亞諸國人民一樣，佑德的這趟美國之行，真是可比擬乞丐遊天堂。比如用過的包裝紙、空罐子等，還真捨不得丟到垃圾桶裡呢。一年前報紙報導佑德獲得推薦，能夠到美國公費留學時，北回歸線上的小鎮——朴子的鄉親們，十分驚喜，而且替他高興，咸認為這是鎮民大家的光榮。

佑德畢業於臺北的師範大學後，一直在朴子新成立的高中教英文。當時非常缺乏夠資格的英文教員，佑德原可到都市的明星學校任教，可是他沒有接受明星學校的聘書，而自願回故鄉朴子執教鞭。不久，「馬歇爾計畫」付諸實施，在臺灣的中華民國也深受其惠。雖然每年只有一億美元的援助，可是在戰後外匯存底幾乎是零的年代，這可是久旱的甘霖。美援主要被用在直接的經濟復甦，但是也有一小部分被用在推行學校教育的民主化。其中有一項，是要派教育工作人員赴美實地考察民主主義的教育。佑德很幸運，通過名額只有一個的高中教員審查，而獲得留學資格。在名單上盡是大官顯要，佑德算是職位最低的一個。審查有三項基準：一項是畢業於正規師範大學者；另一項是精通英語者；還有一項是在學校服務滿三年以上者。可是這三項之外，有一個不可缺少的必需條件——非國民黨員免談。

佑德是在畢業後加入國民黨的。當時大學畢業後，不能馬上就職，必須經過所謂的「就職訓練」。說是就職訓練，其實就是思想統制。每個小組有個指導員，在個別談話時，勸誘學員加入國民黨。

「黨需要像你這樣優秀的知識分子。為了黨，為了國家，也為了你自己，現在馬上加入，才是明智之舉。訓練班的主任和大學校長會做你的介紹人，他們都是黨國的大人物，現在加入比以後才加入對你有利多了。不入黨的話，等於阻絕了將來的晉升之路。……所以希望你發揮忠黨愛國青年的精神，現在馬上加入國民黨。」

指導員如此這般，露骨地勸誘學員入黨。不少蕃薯仔囝認命地加入。但是也有不少廉潔之士，認為那是卑鄙的交易，而斷然拒絕入黨。他們寧願一生做普通的教員，或是無晉升希望的公務員。

關於入黨一事，佑德早就寫信請教舅父。舅父畢業於東京日本大學醫學部。現在朴子開業行醫，素以博學才子聞名，擁有「小諸葛」美名，很受鄉親尊敬。

舅父的回答率直明快：

「入黨吧。但是並非為了個人的榮達而入黨。國民黨政府雖然腐敗，但表面上還是標榜民主，比起共產黨來，還算不錯。有正義感的臺灣青年多多入黨，漸漸成為黨內多數的話，有一天臺灣人的發言權會增強，臺灣人的主張也會實現。」

佑德入黨了。和三百名大學畢業生一起，在黨本部的禮堂宣誓。典禮開始前，有人從後面敲了一下佑德的肩膀。回頭一看，原來是同校國文系的連某。他半自我解嘲地說：「怎麼？你也要來合汙了。」

合汙，即表示一股清流注入濁水，而一起變成汙穢。連某自覺有如把靈魂賣給撒旦一樣，而不好意思進入禮堂。

佑德苦笑著說：

「清流多起來，濁水河有一天也會澄清的。」

兩人並肩進入禮堂，舉手宣誓入黨。

三年後，果然有效應了。佑德被選派赴美深造，成為美國技術援助的受訓人員。原來的薪水全額由家屬領取，而本人在美期間則由美國政府另行按月支付三百美元。相較於當時臺灣的大學畢業生薪水不過二十美元來說，這可是難得的甜頭。出國前佑德還額外領到了準備金一百五十美元。把這筆錢放在口袋，背著航空公司贈送的肩袋，九月一日，佑德幾乎是空手離開了臺灣，滿懷希望地奔向美利堅合眾國。

西北航空的螺旋槳飛機，載著佑德和其他三位幸運的學員，在東京的羽田機場降落。預計在東京過一夜後，轉乘另一架更大的飛機飛往西雅圖。

從汽車裡往外看到的東京，雖然已經恢復和平的景象，但是到處可看到戰火肆虐後的痕跡。新問世的電視，吸引了一簇簇的人們，在路旁圍觀。而美國大兵，則毫不客氣地在街上昂首闊步。

東京這個大都市，對佑德來說，並不陌生。他曾在這裡就讀舊制中學，在戰爭期間，過了五年最艱苦的歲月。

一九四三年，日本敗勢漸露，佑德遂放棄升學，用一張大哥偶然得到的船票，冒險搭船回臺。平常只要兩天兩夜的航程，在戰火中，卻花了十三天才抵達基隆港。

回臺後，佑德在朴子的小學，擔任代用教員。不久，即被徵調入伍。八個月後，戰爭結束。恰逢師範大學設立，佑德遂有機會再度負笈離鄉，前往臺北就學，完成大學教育。

闊別八年的東京，既親切又感傷。佑德想起在這裡度過的少年時代，不勝唏噓。當天晚上，佑德出去逛街，在百貨公司買了西裝、皮箱等隨身物品，算算只花了五十美元不到。那正是美金非常強勢的時代，而日圓還未成長。

第二天，佑德搭上當時最新的飛機，飛往美國。

毫無受到戰火摧殘的美國本土，是當時世上最富庶的樂土。美國人自信滿滿，自己也認為那是「極美好的黃金時代」。

一到美國，佑德就遇見不少同自己一樣，託美國財富之福，從世界各地前來深造的學員。大家一起生活，共同學習。這些幸運兒，在美國過了一年舒舒服服的生活，一年後，還能帶著許多珍貴的物品回國。佑德也不例外，不但帶了電鬍刀、開罐器等小東西，還帶了電扇、電唱機等笨重物品，琳琅滿目，甚為可觀，令人羨豔不已。

此刻在柚樹下下棋的兩人，所聽到的優美旋律〈田納西華爾滋〉，正是從帶回來的三十三回轉ＬＰ電唱機流瀉而出的。美麗的旋律奏了三十分鐘，自動停了。

「喂，奏完了。」

永川提醒佑德。

「不急，它自動會停。」

「哦，我忘了它自動會停。」

永川表示佩服。

「失陪了。」

經過棋盤中央一陣激戰後，佑德起身要去換唱片。不料，貝多芬的《命運交響曲》已經響起。原來是妻子桃江體貼地換過了。佑德再度坐下，撿起一子，重重地放下了致命的一擊。

「輸了，輸了。」

永川棄子投降。佑德已經連贏三盤，再贏一盤，就得改手合了。

「的確強多了。」

永川搔搔頭說。

心滿意足地，佑德把上身靠在椅背上，拿起妻子放在一邊的冰果汁。

又吹來一陣南風，頭上的柚葉，沙沙地搖曳作聲。

2 咭鈴、咭鈴

聽到嗶啦嗶啦收棋子的聲音，佑德的大女兒貞馬上跑到後院來。赴美前貞出世還不到八個月，剛會爬行。隔了一年的現在，卻已經能到處亂跑，話也講得很不錯了。也許是爸爸回國還不到一個月的緣故，貞天天纏著爸爸不放。這時貞已洗過澡，身上穿的正是佑德從美國帶回來的新纖維尼龍布衣服。當然，那是桃江給她換上的。這暗示佑德：下棋下得差不多了，該帶孩子出去逛一逛了。

「爸爸，咭鈴、咭鈴。」

貞拉著佑德正在收拾棋子的手不放。

「咭鈴、咭鈴」是腳踏車的鈴聲。不過貞卻用它來表示「騎腳踏車出去逛逛」的意思。這幾天，太陽一下山，佑德就抱起貞，讓她坐在腳踏車上加裝的小兒藤椅上，到處去逛逛。這已經成為每天例行的日課。貞把這日課也叫作「咭鈴、咭鈴」，並且當成每天最快樂的一件事。

貞最喜歡去的地方就是溪畔。小鎮的北邊流著一條小溪。這條溪古時另有一個名字，不過在沿岸沒有什麼比朴子更大的街市，所以不知從何時起，被叫作朴子溪了。它流過朴子，到西邊的東石漁港，注入臺灣海峽。往昔河道相當深，從大陸來的帆船，可以溯溪直上到朴子，小鎮遂成為與大陸貿易的一個重要據點，也曾經風光一時。不過隨著臺灣的淪為日本殖民地，小鎮與大陸的關係就疏遠了。再加上朴子溪河床淤積，帆船無法上行，小鎮就一直沒落下去了。

不知是福或禍，這小鎮有一個很大的特色——鎮民對子女的教育異常熱心。中學生和大學生的數目，比起別的城市，多了好幾倍。本來經濟就一直走下坡的小鎮，因為要負擔子弟們巨額的教育費用，變得愈來愈貧窮了。更可悲的是，這些犧牲了家人寶貴的積蓄培育的學子，大都未挨到畢業，就已鋃鐺入獄，甚至被槍決了。他們帶給家人的，只是流不盡的眼淚。難怪有人說：「悲哀的城市，你的名字就是朴子！」[1]

「該是有人來的時候了。」

佑德回頭去看正房的出入門。有棋友來，就可以替換他和永川下棋，他可以趁這時間，帶女兒出去逛逛。佑德的家常有一些朋友來訪，這些朋友也常帶來他們的朋友。大夥兒一起聊聊天，聽音樂，回去時順便借去一兩本書。看到這些朋友聽音樂聽得入神，佑德就覺得千里迢迢地帶回那笨重的電唱機真是值得。

可是，今天不知何故，除永川外，竟沒有第二個朋友露面。

永川好似沒有看到在旁邊吵鬧的貞，在棋盤的星位上重新放了一顆黑子，等著佑德落子。

幸而這時佑德的母親從正房走出來，手裡端著一個碗和湯匙。

「貞呀，來吧，來吃綠豆湯。」

母親向拉著佑德的手不放的貞招手。

貞離開了，蹬蹬地跑去找祖母。

一家三代四口人就這樣無憂無慮地享受天倫之樂。多麼地幸福美滿呀！而這幸福，看似可以長久地延續下去。

沒想到，在這同時，小鎮的警察局，卻已接到警備司令部的命令，完成一切的部署，只要一聲令下，就要來逮捕佑德了。

3 逮捕

棋下得很順利，已經完成布局，進入中盤了。

「有人在嗎？」

門外有人喊著。

普通的臺灣式房子是不裝門鈴的。早上打開大門，就一直讓它敞著，直到就寢時方才關上。按規矩，新客人在門口，熟客人在進門後，喊一聲：「有人在嗎？」就行了。

「有人在嗎？」

再度響起了聲音。

「終於有人來了。」

佑德目不離棋盤地說。

「就禮拜六來說，真是遲來的客人。」佑德心裡想。

腳步聲漸漸靠近，突然永川霍地站了起來。也許是起得太突兀，膝蓋碰到了棋盤，上面的棋子，嘩啦嘩啦地搖動著。永川的臉頓時變成蒼白。

佑德回頭一看，只見有三位壯漢，正並肩排成一列，徐徐進逼過來。有一個著警官制服的，從肩膀斜佩著一條皮帶，帶上懸掛著一把手槍。另一個是小學時高佑德一屆的許姓刑事，他身材魁梧，是有名的柔道高手，聽說從日本軍隊復員後，就進了警察訓練所。這兩人中間，是一個體格較瘦小，穿中山服的漢子，從那服裝，不難看出他是從大陸來的所謂「外省人」。

從中山服，很難判斷穿者的身分和地位。這是從大陸傳來的衣服，在上衣外面，有四個大大的口袋。它原是中國革命之父孫中山先生所提倡也愛穿的一種西式硬襟服裝。光復後，由於景仰孫中山的緣故，臺灣人也競相縫製。但過不多久，不少穿中山服的外省人露出惡劣的本性，臺灣人怕被視為一丘之貉，也就很少穿了。人們諷刺那衣服上四個大大的口袋，是要方便放入孫中山（指印有孫中山肖像的紙幣），所以才叫作中山服。

穿中山服的男人向佑德開口：

「你就是蔡佑德先生嗎？」

「是的。」佑德輕輕地點頭行禮。

「請你到總局來一下。」

「嗯？……」

「沒有什麼大不了的。不過有點事要請教你。請你現在就同我們走一趟。」

話雖然客氣，但帶有非要你就範不可的語氣。

「好，我馬上去換衣服。」

佑德放下棋子站起來，又回頭向永川說：

「這盤棋恐怕要擱下來了。」

永川愣著一言不發。

佑德相當沉著，這情況其實在腦海裡早已想了又想，在夢中更是出現過好幾遍。現在雖然明白三個大漢的來意，不過倒沒有感受到夢中那種淒厲的恐怖感。

走到正房門口，佑德差點撞到匆忙跑來的妻子桃江。

「怎麼啦？」桃江蒼白著臉問。

「嗯，他們說有點事要問我，叫我到警察局去一趟。」

也許是怕佑德逃走，穿制服的警察趕緊站到兩人面前擋著。許刑事和穿中山服的漢子則尾隨於後。佑德進入寢室，穿好襯衫，塞一包香菸，換了外出的褲子。

「不會有事吧？」

桃江憂慮地問。

跟在後面進入寢室的中山服漢子替佑德回答：

「太太，不會有事的，說不定今天晚上就回來了。」

佑德踏出大門，眼梢浮現出母親和貞的影像，可是已沒有時間向她們打招呼了。大門口，停著一輛已經發動引擎的大型吉普車。許刑事跳上車去，伸手拉上佑德，讓他坐在後座中央，他自己和穿制服的警察把佑德挾在中間就座。穿中山服的漢子上了車，坐在司機旁邊，向他耳語了一番。

佑德別過頭去，恰好遇上桃江已經瞭然一切的眼睛，於是勉強擠出一絲笑容，向她揮手告別。

吉普車尖銳地鳴了一聲，車體猛烈地顫動了一下，匆匆地開走了。

突然，從桃江後面，傳來了一陣似著了火般的貞的哭聲。

「爸爸，咭鈴，咭鈴！爸爸——」

4 東行北回歸線道路

吉普車很快地馳過小鎮狹窄的街道，進入寬闊的北回歸線大路。這條大路恰在北回歸線上，東西走向，上面鋪著柏油，兩旁密密地植著木麻黃樹，形成一條綠色的長廊，景致優美如畫。雖然已過了下午四點，驕陽的餘威猶存。佑德被挾在警官和許刑事之間，不能動彈。很明顯的，目的地就是二十公里外的嘉義市了。嘉義市裡，有警備司令部、調查局及保密局等三個單位的情治機關，它們競相邀功、亂逮捕稍有嫌疑的老百姓。

車子晃動了一下，佑德腰際撞到了一種堅硬的東西，想必是許刑事身上所帶的手銬。他今天不使用那手銬，或許是他對校友的禮遇吧？佑德邊想邊看了許刑事一眼。許刑事一直保持著緘默，灰黑的臉上，一點表情也沒有，有如一尊雕刻的石像。佑德和他並沒有什麼交情，不過由於同校的關係，那張臉倒是從小就熟悉的。小時候，他勇猛活潑，是運動場上的健將，廣受小孩們的愛戴。然而，自從他走上了警官這條路之後，現在每遇警方要抓朴子人時，他總要參與其中，檢視人犯是否無誤。聽說，要抓張玉坤[2]時也是他帶路的。雖然撲了好幾次空，他仍然鍥而不捨，終於完成任務。想起玉坤，小時候的一幕往事又浮現佑德腦海：那時許某跟玉坤同被選為校隊選手，參加郡運動大會。在接力賽跑時，他從玉坤手中接了最後一棒，快步追過其他的選手，衝到終點，獲得冠軍。當時為他叫好，歡欣鼓掌的情景，猶歷歷在目，想不到今日卻被他逮捕，這究竟是什麼樣的緣分？

感覺到佑德的視線，許刑事慢慢地從口袋掏出一包香菸，一言不發地，遞給佑德。佑德抽出一根，道了聲謝。許刑事為他點燃香菸，仍然默不作聲。

佑德一邊抽著菸，一邊轉過頭去，看著道路兩邊的甘蔗園。以後會怎麼樣？佑德毫無把握。只知道，前面等著的是訊問和拷打，並且情治機關是進去容易出來難。

「究竟是受何人的牽連而被捕？會被牽連到什麼程度？」佑德不停地思索著。

小鎮上有這樣的傳聞：有人在訊問時，說出一些自己認為是微不足道的小事來搪塞，結果還是被認定為重大犯罪，而被判死刑；也有人，自己完全沒有做過的事，經過誘導訊問，被迫寫了自白書，按捺指印，而糊裡糊塗地被拉出去槍斃；更多的是，在訊問過程中，不肯承認而被殘暴地拷打，以致成為殘廢。無人不知：情治機關已經奉了上令——寧可錯殺一百，不可枉縱一個。

佑德絕望地想著這些，突然，一絲希望從心底油然而生：一年前不是才獲准到美國留學嗎？那時一定有經過一番徹底的思想調查的。佑德最可能被懷疑的大學時代的思想和活動，一定經過仔細的調查，而認為沒有問題才放行的。

吉普車繼續奔馳著，路上很清靜，除了偶爾過的牛車，再也沒有看到其他車輛。遠處的青山，襯著秋日的晴空，強烈地映入眼簾。過了北回歸線指標，終於進入嘉義市了。

經過嘈雜的市區，車子在一棟建築物前面停了下來。佑德認出這是嘉義縣警察總局。然而除此之外，上面還掛了些其他招牌。顯然，同一棟建築物，並存著些不同的情治單位。其中一塊招牌寫著：「保安司令部刑警大隊嘉義本部」。

穿制服的警官和許刑警，從左右各抓著佑德的手拉下車，很快地從玄關進入總局，由穿中山服的男子帶路爬上二樓。

二樓有一個房間，門口已站著兩名大漢在等著他們。佑德被交給這兩個大漢，立即被帶入了房間。

外面還陽光普照，可是房內的窗簾全拉了下來，五、六個燈泡全亮著發出刺目的光線。六張辦公桌併成兩列，另一邊則放著一組普通的沙發椅。看來是很平常的一間辦公室，不雅致，但也不像是拷問的地方。

大漢之一讓佑德坐在靠牆那排辦公桌的中間，另一個則倒了一杯茶放在佑德前面。除了這杯茶，和一個菸灰缸，桌面上再無其他東西了。

兩個大漢也坐了下來，他們的準備工作已完成，似乎在等著更高階層的人來。

接著要發生什麼事？不安又緊張，佑德從口袋裡掏出一根香菸，點了火。不知不覺中，手已經微微地在抖動了。

5 自新辦法

門開了。一個穿中山服的男子，帶著五、六個人走了進來。這個男子和以前那些穿中山服的人不一樣，他穿的中山服質料高貴得多，人也長得較斯文。

「陶隊長。」

穿著水色恤衫的人叫道，一面忙著拉出佑德正對面桌下的椅子。

佑德站起來鞠躬。被叫作陶隊長的那男子做個手勢，示意佑德不必客氣，一面緩緩地坐了下來。

水色恤衫的男子坐在他的右邊，向佑德介紹說：

「這位是陶隊長，他對你很有好感。你要好好聽陶隊長的話，按照隊長的指示行事才好。」

其他的情報員圍著佑德，也陸續就座。桌面上不知何時已放著三包香菸。陶隊長抽出一根，水色恤衫男子馬上趨前為他點火。

悠然吸了一口，陶隊長開口了：

「蔡老兄，怎麼樣？美國好玩嗎？」

意料不到的問話，使佑德有點尷尬。

「是、是的。好玩。不錯。」

「你運氣真好，從那麼多人中被挑中赴美留學，真不簡單呀！國家花那麼多錢栽培你，以後一定會好好重用的。你不久就會當校長，以後還會順利地步步高升，前途一片光明燦爛，真是令人羨慕！」

「……」

「……可是現在有點兒麻煩，非請你自己來解決不可。」

陶隊長臉色一變，神情陰狠了起來。

「記住，如果你的決定有差錯，你光明的前途就會一下子化為烏有。我的意思你明白嗎？」

「嗯。」

佑德點頭。

「關於你過去的所作所為，我們在你出國前就調查過了。老實說，要不要讓你出國，我們的意見並不一致。」水色恤衫的男子插嘴說。

「陶隊長最後裁定，你才走得了的呀！」

「謝謝隊長。」

佑德再度點頭道謝，那是真心誠意的道謝。

「可是在你出國期間，我們發現我們的調查有點紕漏。」

「……？」

「你在美國舒舒服服地過日子，我們在這裡卻坐如針氈，天天坐立不安呢！」

但是佑德回國時，情治機關並沒有把他從機場直接帶走。他們讓他在家裡住了一個月，片刻也不離眼地監視著他。

啜了一口茶，隊長再度開口了：

「你知道如今有『自新辦法』，對不對？」

「是的，我知道。」

所謂「自新辦法」，是在一九四九年叛亂條例施行後的翌年，也就是一九五〇年五月，頒布的法令：鼓勵加入共產黨的人，在被逮捕前出面自首，並提供一切相關資料及情報，就可視為無罪。乍看之下，這辦法似乎很寬大。可是，只要有一個人去自首，就會有十多個甚至上百人被抓走。而且，這自新者只要有一點隱瞞或是陳述不實，就會立刻被取消自新的資格，而拉出去槍斃。後來證明，這個「自新辦法」，其實是相當苛刻殘忍的。[3]

陶隊長說：

「如果你現在在這裡坦白地把事實講出來，我們會想法子讓你適用自新辦法。是的，我們擔保，你一定能適用。」

「……」

「你也許不知道，我一直對你抱有好感。」

隊長制止了水色恤衫男子想要插嘴的舉動，繼續說：

「我真不忍心把像你這樣有前途的青年送到軍法處去。我希望你能瞭解我的苦心。」

隊長緩緩地靠向椅背，一面說著，一面舉起茶杯送到嘴邊，眼睛一瞬也不瞬地盯著佑德。

不知要把視線轉向哪兒，佑德只好也拿起了茶杯。

6 兩者擇一

陶隊長忽然起身，開口問：

「你認識陳明智，是不是？」

「是的，我認識。」

佑德回答。

明智是佑德小學同學的弟弟，比佑德低了三個年級，佑德從小就認識他。他的父親是醫生，家境富裕，從小要什麼有什麼。明智人很聰明，個性開朗，活潑可愛，常常拿著新的玩具到處亂跑。小學畢業後，他考上頗負盛名的臺南二中，然後又順利地進入臺灣大學。正當有所作為之際，不知何故，他卻突然退學返鄉，原因至今還成謎。明智的圍棋下得很好，大一時就在全校的圍棋大賽中獲得優勝。目前他讓佑德二子，佑德還下得很吃力。

陶隊長說：

「明智是自首的。他的條件可適用自新辦法，所以沒有定罪入獄。現在他不是安安逸逸過得好好的嗎？」

佑德早就知道明智是自首的。那是佑德出國之前三年發生的事。明智自首當天晚上，單只朴子一地就有三個放假返鄉省親的大學生在家裡被抓。其中黃烈堂被判了死刑；吳哲夫和涂平郎則分別被判十五年和十一年徒刑，現正在政治犯監獄服刑中。[4]

明智重新改裝亡父的診所，現在朴子開西藥房。當然，比起那三個被判刑的人，他是過得舒服得多。

陶隊長再問佑德：

「你也認識黃烈堂，是不是？」

「是的，我認識。」

「他思慮欠周，很可惜丟了一條性命。看看他留下來的父親吧，一下子就變老了，是不是？」

佑德常常看見喪失獨子的那老人在街上踽踽獨行，令人十分同情。

「好了，開場白講太多了。總之，人的命運，往往是一念之差就有天壤之別。你現在就是在這樣的分水嶺上。兩者擇一，你選哪一邊呢？」

「可是……」

「你要坦白承認所有事實，毫無隱瞞地告訴我們一切。」

「可是……我沒有……什麼特別的話……」

「聽清楚，我們已經握有關於你的確實情報。現在我沒有辦法告訴你是什麼情報，因為我們一講出來，自新辦法就不能適用於你了，希望你能相信我們。我們正努力想替你脫罪，希望能把大事化小，小事化無。」

佑德認真地聽著，不知道是否該道謝。

「所以……」

陶隊長比手畫腳地繼續講：

「最重要的是：什麼人、在什麼時候、什麼地方吸收你？你又做了什麼活動、吸收了什麼人？把這一切坦白地講出來。那麼，我們就為你好好地想辦法脫罪，你馬上就可以回家了。」

「我可以發誓，我從來沒有加入共產黨，我沒有做任何活動，所以我也沒有吸收任何人。」

佑德一口氣說完了一直想說而沒有機會說出來的一串話。

「裝傻！」

水色恤衫的男子，怒聲斥喝著：

「有確實證據你還要賴？隊長一片好意，你還不領情？」

佑德以堅定的口氣說：

「我真心誠意感謝你們的好意。可是我實在沒有加入匪黨。」

陶隊長的臉上，浮顯出一片失望。他說：

「事情發生得太突然了，你也許一時還難以衡量。好了，慢慢考慮再做決定吧！」

瞥了一眼腕上的手錶，陶隊長淡淡地說：

「開飯了。」

7 與貓共餐的老鼠

陶隊長一起身，大家也跟著站了起來。佑德不知如何是好，躊躇了一陣子，還是不敢站起來。生平第一次，佑德感受到失去自由的滋味。

房間的另一端，不知何時已擺了一張摺疊式的桌子，各色各樣的佳餚，一盤盤地被端進來擺在上面。情報員們就像參加例行餐會一樣，一個個陸續入座。

這些人中，佑德只認識其中一個，那就是駐在朴子的情報員，人稱「胡將軍」。小鎮上誰都不敢得罪他。佑德知道他本名叫胡漢章，階級只是陸軍上尉。可是他不穿便服，總穿著一套拿掉階級徽章的軍服，因此而得到「胡將軍」的稱號。他是印尼的華僑子弟，能說流利的閩南語。據他自己說，他年輕時為響應蔣委員長對愛國青年的號召，回歸祖國參加情報局的工作，還暗殺了好幾個汪精衛政權的要員。[5]

佑德以懇求的眼神，向他求救。

「蔡先生，到這裡來坐，一起用餐吧！」

胡將軍的語調，有意想不到的體貼，佑德鬆了一口氣，走到胡將軍的旁邊坐下來。

八菜一湯，相當豐盛的菜餚。包括佑德在內，恰坐了十個人。有一個穿著日本海軍短大衣的，盛了一碗飯放在佑德面前。佑德不好意思地起身道謝。

「喂，開動吧。」

胡將軍向著佑德說。

有如參加貓的盛宴的老鼠一般，佑德戰戰兢兢地動著筷子。

一個前額半禿的情報員半開玩笑地對佑德說：

「喂，不要客氣。這頓飯是託你的福吃的呀！」

用餐中，他們幾乎無視佑德的存在，盡聊些無關緊要的話題。佑德拚命地想著非對胡將軍講些話不可，卻全然想不出有什麼話可說，只好默默地咀嚼著。也許胡將軍也是同樣的感受，他只是默默地動著筷子。的確，兩人之間可以談的話題太少了——除了麻將以外。而玩麻將雖然半公開，但法律上還是被禁止的，在這種公開場合，並不適合做為話題。

饗宴過了一半，胡將軍終於開口了：

「最近手氣好嗎？」

雖然回國已經過了一個月，可是佑德還沒有機會摸過牌。

「一直沒機會。」

佑德回答。

佑德和胡將軍曾經一起打過十多次牌。在明智家下棋時，只要胡將軍進來，明智就馬上收拾棋盤，改玩麻將。胡有帶人來時還好，如果他一個人來，明智可就忙了。當時電話還不普遍，明智要辛苦地騎著腳踏車，到處去找牌搭子來。佑德也在這種情況下，好幾次被邀到明智的藥局去摸牌。

更糟的是，大家都不大喜歡和胡將軍打牌，因為他牌品不好，脾氣暴躁。只要他連續摸到壞牌，就會煩躁地口出惡言，連三字經都出口，甚至把牌子重重地擲在桌子上。有時牌子反彈起來，掉落地上，有如受傷的小老鼠，吱吱叫著到處亂竄。這時，撿牌的工作，總是落在明智身上。可是，和胡將軍打牌有一樣好處——只要胡將軍在場，大夥兒就不用擔心警察來取締。

餐桌上，無視於佑德的存在，大家聊著天：電影、菜餚、盤尼西林新藥、腳踏車、小孩、幼稚園，甚至皮鞋、西裝料都上了話題。買雙鞋子要花掉一個月薪水的時代，廉價皮鞋也被津津有味地談著。

不過，他們也不是全然無視於佑德。只要談話一觸及煙花女人，就會馬上被打斷而改變話題，這時佑德就會感到有視線投注到他身上。

在這些無關緊要的談話中，佑德默默地認知到一些對自己以後可能有益的事情——譬如這些人的姓氏及省籍。

雖然沒有正式介紹，佑德從他們彼此的稱呼及講話的腔調中知道：先前盛飯給佑德的人叫「老何」，是唯一的臺灣人；前額上禿，一臉惡相的胖子叫「老蘇」，是福建人；水色恤衫的男子叫「老王」，是浙江人；陶隊長也是浙江人，他是大學時代投身青年軍的，非常疼愛小孩。

這頓飯吃得異乎尋常地遲，佑德暗自後悔走得太匆促，以致疏忽了要帶手錶。現在到底幾點了呢？佑德很想知道，然而開不了口問他們，只得默默地在心裡忖度。

「現在家人一定很擔心。」

霎時，佑德的腦海裡，浮現出母親和妻子憂愁的苦臉。

「要不要上廁所？」

比較能親近的老何走過來問。

廁所在走出房間的走廊對面，三、四個人一起進去。何某讓位給佑德，自己站到佑德的後面等待。佑德掏出了縮得小小的性器，雖然已經過了好幾個小時，還是沒有尿意。想到何某就在後面等待，愈焦急就愈尿不出來。別人全都解完尿出去了，佑德的括約肌仍然緊縮得不能發揮機能。

「不要太緊張，慢慢來。」

何某安慰佑德，而移到旁邊的便器前。

何某邊解尿邊說：

「你相當受到優待，不用太操心。」

接著他又講了些似乎不該對嫌疑犯講的話：

「最近有件事，對你非常有利。上面改變了方針，指示我們，對知識分子除非有確實證據不要動粗。你運氣真好。」

何某的話似乎暗示著：對你不會用拷問，所以不要亂講。

這是同為蕃薯仔囝的親切使然嗎？佑德好像吃了一顆定心丸。

括約肌終於鬆弛了，尿也順利地解出來。佑德一走出廁所就看見剛才一起進入廁所的三、四個大漢，無言地守在廁所前等待著。

佑德被帶回房間，在被指定的座位再度坐下。

8 寫吧！

桌子上放著一疊十行紙。

陶隊長在對面的椅子上坐下來。他丟了一支香菸給佑德，語氣比剛才不客氣：

「如果你不好說，就寫吧！把從光復到現在，你的交友關係和一切大大小小的社會活動，統統寫出來。如果你寫的和我們的情報一致，就可以證明你的清白。我們可認定你的自新，立刻會送你回家。你可以照常上班教書。家裡的人現在一定很擔心了，你早一點讓他們放心吧！」

「可是……社會活動要寫什麼呢？」

「那是你比我們更清楚吧？你過去相當活躍，不是嗎？」

「……」

佑德也不敢請他舉幾個例子。

隊長換了一下坐姿，斜著眼凝視著佑德說：

「你參加過好多社團。老實說，你回國前，我們就查了又查。愈調查我們發現疑點愈多。」

「……」

「你的朋友，不，也許要說你的同志，被判有罪的已經超過三十人了，我們再也不能放著你不管，所以今天才請你來這裡，當然不是請你來吃飯。」

「……」

「但是如果你不坦白承認自己做過的事，一意固執裝傻的話，那事情就麻煩了。」

剎那間，隊長的笑臉變得很凶惡，銳利的目光探試著佑德的眼睛。一陣沉默過後，隊長站起來，一手支在桌子上，另一手搭在佑德的肩膀。邊敲邊說：

「千萬不要忘記，這是你最後的機會。」

好像有點動怒了，隊長說完立刻掉頭走向門口。五、六個大漢也跟在後面魚貫走出。走到門口，隊長停下來向穿水色恤衫的王某小聲吩咐了幾句。王某頻頻點頭。門關了，一夥人都走了，現在只有兩個人留下來。一個是王某，另一個人穿著花色的香港恤衫，他在用餐時不大開口，好像被稱為「老田」。

這兩人從裡面把門鎖上，走向佑德。在佑德前面的桌前，坐了下來。

王某從胸前的口袋，掏出一支原子筆，放在佑德面前，說：

「好了，老老實實地寫吧！」

9 寫什麼？

拿起筆來，佑德全然不知道從何寫起。

如果有加入共產黨，當然可以按照陶隊長的話坦白寫。沒有加入，要怎麼寫呢？老實說，佑德對共產主義從來沒有親近感。雖然念過幾本共產主義的書，卻沒有一本能引起他的共鳴。無產階級文學也不過是當作文學的一部分閱讀，不覺得特別優秀，也不覺得有什麼毒素。

佑德反芻著陶隊長的話：「再調查」、「疑點」、「紕漏」、「確實情報（照王某的話，是確實證據）」等一一浮現了出來。為什麼有再調查的必要呢？難道出國前的調查不夠充分嗎？不，不大可能。一定是出國後發生了什麼新的狀況。

佑德的朋友中，被判有罪的大致可分兩種：同鄉或是大學同學。但是他們大都在佑德出國前已經被捕而定罪。[6]如果他們其中一人和佑德有關聯，佑德出國一事早就泡湯了。

唯一的例外，是張玉坤。他是在佑德出國之後才被捕的。佑德回國後才知道，由於玉坤的牽連，單是朴子近郊一帶，就有二十多人被捕。[7]一定是在訊問玉坤的當中，引出了些對佑德不利的事情。

不錯，佑德和玉坤有相當長的一段交往，但是並沒有一件可稱為犯罪的事實。相信玉坤也不會歪曲事實無中生有才對。如果要寫與玉坤的因緣，那麼五、六張紙也寫不完。但是，從進來以後，並沒有人對佑德提及玉坤，現在，從眾多朋友中單挑玉坤來寫，也未免太奇怪了，那不是「不打自招」嗎？

佑德愈想愈不知如何下筆。

「喂，趕快寫吧！」

王某催促著。他的三角眼，眼尾高高吊起，一點都不友善。問他怎麼寫，不過是自取其辱罷了。

多方考慮之後，佑德終於決定以自傳的方式下筆。從小時候開始，隨著歲月的流逝，時代的變遷，述及所有被判有罪的朋友，以及與他們交往的經過。並且一面猜想陶隊長所說的「疑點」或「紕漏」，一面加以辯明或釐清。

有了大致的構想之後，佑德下筆，從自己的出生開始寫起。

10 被判刑的朋友們

蔡佑德，一九二五年（民國十四年）出生，八歲進入朴子男子公學校（小學）。同班同學有葉金桂[8]；隔壁班同學有黃士廉、陳清土[9]；高一級的有張玉坤；高四級的有李水井[10]；低三級的有陳明智、黃烈堂、涂平郎。

小學畢業後到日本讀舊制中學。中學三年級時，太平洋戰爭爆發。畢業後回臺灣，在母校當代用教員，不久被徵調入伍。八個月後，日本投降，臺灣光復。俟師範大學創校，即負笈北上就學，時年二十二歲。

在臺北讀大學時，佑德和大哥一家人同住在建國中學的宿舍。那時一起住的，還有一個和大哥同校教書的同鄉李水井。

大一時，佑德和一群同好創立了臺語戲劇社，並被選為社長。那時他們翻譯改編了好幾部外國名劇，以臺語搬上舞臺，在臺北、嘉義、朴子等地上演，頗為轟動。[11]暑假回鄉時，又與張玉坤、鄭文邦[12]等一夥人組織了「朴子學生聯誼會」，被選為會長。

一九四七年（民國三十六年），「二二八事件」爆發，師大英文系的學生，一下子減少了十人。從此以後學生運動風起雲湧，校園內也失去了安寧。師大自治會會長邀請佑德擔任康樂部長，但是過不了多久，在一九四九年（民國三十八年）四月六日，學生大量地被逮捕，一切學生活動都遭到禁止。自治會、戲劇社也就自然煙消雲散了。佑德的同班同學，再減少為二十名。從這事件以後，逮捕持續著，直到畢業的一年半內，大家莫不戰戰兢兢地活在恐怖之中。到畢業時，原有的五十名學生，只剩下不到二十人了。

畢業後，佑德在就業訓練時加入國民黨，並回鄉在朴子的新設高中執教鞭。一年後結婚，時年二十七歲。

一九五三年（民國四十二年），託美援之福赴美研習教育，一年後回國。再一個月，進入警備司令部，接受訊問。

這就是佑德的全部經歷。其中最有問題的，應該是在大學的那四年間的生活。原來，和佑德在同一屋簷下生活了將近一年的李水井，竟是大陸訓練出來不折不扣的共產黨員。他曾擔任全學聯[13]的總負責人。四六事件一發生，他最先被捕。同時被捕的還有十名學生和一名教員。他們在一九五〇年九月，也就是佑德畢業後不久，一起在臺北馬場町被槍決。為了殺雞儆猴，屍體還被曝曬了半天。這名被槍決的教員，就是佑德小學隔壁班的黃士廉。在報紙上看到他名字時，認識他的人都不禁脫口而出：「那麼溫和的人，怎麼會？」[14]

十名被槍決的大學生中，也有一位朴子人。那就是當時就讀於法商學院的鄭文邦。他的父親在小鎮行醫多年，是朴子的名士，也是鎮上的首富。所以文邦從小讀的，是日本小孩就讀的學校。「朴子學生聯誼會」成立時，他被推掌管總務和會計。這樣的一個富家子弟，卻成為馬克思的信徒，終至畢命於馬場町。

其餘的九個大學生中，有四名是佑德的臺語戲劇社社員。從報紙上看到他的戲劇社員竟和故鄉的朋友同案被捕而一起槍斃時，佑德真是感傷不已！

這樣的巧合，也許他們現在才發現。也說不定，他們現在正在懷疑這是佑德牽的線呢。這會不會是陶隊長所說的「紕漏」之一呢？

說到被判刑的朋友，不能不提起師大自治會會長周慎源。他是水上人，畢業於嘉義中學。因為水上離朴子很近，他的大哥又住在朴子，所以從中學時代，他就常來朴子，因此和朴子的學生很有交情。慎源體格健壯，富於正義感，和玉坤特別投緣。進入師大後，他被選為自治會長，成為學生運動的首領。關於他，有不少的英勇事蹟。

四六事件發生前約一個月，慎源在師大學生宿舍被特務逮捕，雙手銬著手銬，乘著三輪車，被兩個特務挾在中間而帶走。當三輪車經過臺大法商學院學生宿舍時，他突然從三輪車一躍而下，大聲向宿舍裡的同學呼救。同學們成群地趕來，兩名特務只好狼狽而逃。

四六事件發生前夕，憲兵包圍學生宿舍時，慎源再一次奇蹟似地突破包圍網逃出去，使警備司令部顏面盡失。

可是，第三次被獵捕時，他就沒有那麼幸運了。由於同志的背叛，慎源被誘從山中的基地來到桃園，而陷入特務的圈套。在層層包圍下，慎源拒絕投降，而與特務們展開一場驚心動魄的槍戰，最後身中無數發子彈，斃命在大灘鮮血當中，以如此壯烈的方式，結束了一條年輕的生命。[15]

佑德寫下了他和周慎源從初次見面以至於在師大被他邀請擔任委員的經過。

接著佑德寫出他在師大組織戲劇社的動機、活動、經過，以及與學生示威遊行的關係。一面供述，一面為自己辯明絕無與共黨掛鉤之情事。

11 好漢玉坤

帶來的香菸抽完了，佑德伸手去拿桌上的香菸。

「可以嗎？」

「嗯。」

王某點頭。

自從佑德開始寫，王某一直沒開口，也不催促。每當佑德寫完一張，他就拿起來唸一下，發出一聲「嗟」，然後放回去。是瞧不起呢？還是不符他的期望？

終於，必須寫到張玉坤了。

玉坤在幼稚園、小學都是佑德的上一級。他一直都是個引人注目的人物。要寫他的事，不是三言兩語講得完的。

小鎮只有一家公立幼稚園，兼收日籍與臺籍的小孩。每當臺灣小孩被日本孩子欺負時，玉坤總是挺身而出，以他高大的體格，毫不畏縮地一人對付兩三人打架。小學的校際運動會時，在壓軸好戲的接力賽跑中，玉坤一出場，總是受到全校同學的喝采。稍後進入臺南二中，玉坤更成了黑帶的柔道高手，名噪一時。一言蔽之，玉坤是個群中之龍的英雄人物。

不過，在二二八事件中，玉坤和大部分的大學生一樣，並沒有積極的活動。二二八事件中犧牲的，大都是已經成名的菁英，或是地方上素孚眾望的人物。尚未享有盛名地位的大學生，幾乎沒有受到損害。不過以二二八事件為轉捩點，大學生對政府感到極度的失望和憤怒，從此急速傾向反政府，轉而從共產主義中去尋找失去的希望。一年內，此傾向如燎原之火蔓延到全島，一發不可收拾。玉坤可能就是在這時期加入共產黨的。

學生們舉行示威遊行，大聲疾呼著反政府的口號。不用說，玉坤總是走在遊行的最前頭。

政府終於決心，展開以智識分子為對象的大整肅，大量搜捕學生。這就是二二八事件翌年所發生的四六事件（或稱四六學生事件）。[16]

大學生經此重大打擊，人數銳減了一半以上。佑德所念的英文系，學生人數由四十多名減少為二十名。周慎源所念的數學系，竟只剩下一名！不過，這並不意指有一半以上的學生被捕。逃亡的和失望輟學的，恐怕比被捕的更多。

當然，玉坤是被捕的主要對象。他察覺到被捕的危機，早已祕密地離開宿舍，躲在朴子家中。特務在宿舍沒逮到他，立即南下包圍他的老家。當便衣特務乒乒乓乓地敲打他家正門時，玉坤全身穿著黑色衣服，由二樓以繩索縋到後面的屋頂，按照計劃好的路線，順利地逃亡成功。這是玉坤的第一次脫逃。

玉坤逃離朴子後，躲在十多公里外的沿海小村棺子寮。一年後，特務們查出了他的行蹤，動員了大量的員警去包圍他的住處。然而玉坤早已警覺地在那前一天離開。一日之差，特務們又撲了個空。

玉坤離開小村後，進入山區和其他的政治犯會合。[17]他們在山中有一個基地，過著勉強自給自足的生活。不管外面的特務是如何拚命地想抓他們，他們就這樣苟延殘喘地過了兩年。

兩年後的一天，不知何故，玉坤單獨一人喬裝為農夫，下山到了嘉義市。在東市場一個麵攤子吃麵時，好幾個巨漢突然出現，他們一起撲向前去，把玉坤壓倒在地上，立即五花大綁地把他捆了起來。玉坤就這樣被帶走了。當時，他的小學同學許刑事正是在場驗明正身的人。

「大魚落網了！」

特務們歡天喜地領了獎金，開了慶功宴。

這是佑德留美期間發生的事，桃江在給佑德的信裡，只悄悄地寫了一行：

「甘地（玉坤的綽號），被捕了。」

12 光復的感激

輕描淡寫地述說了一下兩人的幼少時代，佑德從臺灣光復開始，寫出了與玉坤交往的關係。

復歸祖國，中國話叫作「光復」。第二次世界大戰後，提到臺灣，都以光復前、光復後來區隔。

一九四五年，日本投降，臺灣回歸祖國。先輩們歷經無數次的抗爭，未能完成的美夢，忽然成真而出現在眼前。臺灣人感激地哭了。

實在可以這麼說：不知道臺灣人光復時的感激的人，沒有資格談光復後的臺灣史。

當時老的、少的、農民、商人、公務員、工人、家庭主婦、甚至地痞流氓，莫不陶醉於光復的美酒，享受著醺醺然的幸福。

到外面散步時，很多人都手上拿一面自製的小國旗，似乎一刻也不忍放開。地痞流氓都加入忠義堂，幫忙維持日本警察走後的地方治安。小鎮的犯罪率，一下子降為零。

年輕的鎮民陸續復員歸來。佑德從日本空軍，玉坤從日本陸軍，文邦、哲夫、明智等則從學生兵團，大家紛紛回到家鄉。

回鄉的青年們立刻組織了「三民主義青年團」，他們自動自發地協助著任何有助於建設新國家的工作。他們熱情地發誓，願做偉大新政府的礎石。

首先，他們學習唱國歌，然後一遍又一遍地教別人唱。他們捲著舌頭學習全然陌生的北京話，卻不得不在漢字旁邊，用日本平假名注音。有些注音實在太離譜，還鬧了很多笑話。

發音雖然不準，情意卻是摯真。如此洋溢著真情被唱的國歌，世界上恐怕很難找到第二個了。

青年們動員了一切樂器，在廟口、集合所、以及任何空地，掛了一面大國旗做背景，熱心地教民眾唱國歌。男的、女的、老的、年輕的聲音，此起彼落地響遍了小鎮的每一個角落。

和國歌一起傳來的，還有一首〈義勇軍進行曲〉。

青年們一點都不知道這首歌以後會成為共產政權的國歌，他們流著淚高聲唱著，真心地讚美那英勇抗日的勇敢的中國人：

起來，不願做奴隸的人們
把我們的血肉築成我們新的長城

在臺灣，也有人作歌表達心意，風靡一時：

臺灣今日慶昇平
仰首青天白日清
六百萬民同快樂
壺漿簞食表歡迎

在臺上，頭髮凌亂揮動著指揮棒的青年們熱情洋溢，正象徵著新臺灣的新希望。

青年們也致力於恢復小鎮的整潔。戰後的小鎮，一片殘破荒涼。廢棄不用的防空洞雜草叢生。久未修復的道路，窪洞裡積著水，成為孑孓的溫床。青年們分配了各人的負責地區，動員了全部的人力，甚至小學生也不例外。每天天未明，大家就拿著鋤頭、竹掃把、畚箕集合在一起，賣力地清掃。不出數星期，小鎮的面貌煥然一新，令人驚嘆不已。如此乾淨的小鎮，光復前日本警察就是用罰金威脅，也沒有辦法做到呢！

青年們，當然也包括女子隊員，每天晚上參加三民主義研習會，認真而愉快地學習新的祖國語言和政治理念，對佑德這些青年們來說，上天，正是青天白日；大地，則充滿著美麗的新希望。

然而，這些熱情的青年們絲毫沒有察覺，遠比光復前更為苛刻的命運，已經悄悄地來到很近的地方，靜靜地等著他們。

13 青天白日了

寫完沉溺於光復的感激中，以及與玉坤、文邦等友人一起從事的種種活動後，佑德不知道有一件事是否該寫出來。雖然這件事與本案毫無關聯，但它是一個最恰當的實例，寫出來正可使他們瞭解佑德等蕃薯仔囝是多麼熱愛祖國。反正，寫出來也沒有什麼不好，佑德這樣想了一下，就下筆了。

那是發生在光復後不久，正當全臺灣都在歡天喜地的時候，三個朴子出身的抗日英雄從臺南監獄返鄉的故事。這三人都是佑德的公學校的前輩，在一九三九年五月，中日事變發生約兩年後，以叛亂罪名被日本特務逮捕，並分別處以重刑：

首謀者黃　昆　有期徒刑十五年
李欽明　有期徒刑十五年
黃嘉宗　有期徒刑十二年

以當時的標準而言，這是相當重的刑罰。事件發生時，他們同是十八歲的年輕學生。黃昆就讀於臺南二中；李、黃兩人則就讀於臺南師範學校。這三人宣誓要效忠祖國，還慎重其事地寫了誓書，押了血印。他們定期在遠離人煙的公墓聚會，歌唱佑德等在光復後才學會的國歌，並且研讀三民主義。

當時中日戰爭爆發，日軍以破竹之勢在中國大陸節節進逼，小鎮時常舉行提燈遊行，慶祝皇軍的勝利。

雖然幾乎不能想像中國軍隊會進攻臺灣，黃昆等人卻誓言，一旦中國軍隊登陸，他們一定內應。事情敗露後，他們被捕，受到殘酷的毆打並被判以重刑，而鋃鐺入獄。

光復時，他們已在獄中度過了六年的青春歲月，如果戰爭再延續下去，他們恐怕不久就會死於虐待和營養不良。

這三人回鄉的消息一經披露，佑德等青年學生就手執國旗，趕緊跑到火車站去迎接。

火車站位於小鎮的南端，它屬於製糖公司，是個小小而整潔的白色建築。這火車站，對於即將歸來的三人來說，想必是個充滿回憶的地方。

每當假期結束要返回學校時，男男女女的學生們就穿著制服，戴著制帽，手拿柳條行李箱，在發車前一兩小時就到火車站來。那是男女學生可以彼此微笑或偶爾交談一兩句話的唯一社交場所。即使短短的一兩句話，也會深深地烙在他們的心中，而成為在離鄉求學期間滋潤他們心田的甜蜜回憶。

這天，當時的女學生們也有幾個來到車站迎接他們，有的還帶著小女孩，手捧小心編好的花束，準備獻花。

忠義堂的人也拉著里亞卡（手推車），載了鑼鼓趕來。

小火車嗚了一聲汽笛，緩緩地滑入月臺。登時鑼鼓喧天，鞭炮齊鳴。人們揮舞著國旗，歡呼著：

「萬歲！萬歲！」

在如雷貫耳的歡呼聲中，三個返鄉的英雄，終於出現在月臺上。曾是網球選手的黃昆，一跛一跛地走著，蒼白的臉孔，孱細的手臂，瘦骨嶙峋的身軀，赤裸裸地告訴人們他們這六年來所受的痛楚與折磨，令人為之鼻酸。可是他們泛著淚光的雙眼，雖然飽經滄桑，仍然明亮而閃閃發光。

三人向不斷搖旗吶喊的人們一一握手道謝。三個小女孩跑過去獻花，掀起一片鼓掌喝采聲。他們蹲下身去抱起女孩，豆大的淚滴，就像斷了線的珍珠，從三人的眼中汩汩地流了出來。

然後黃昆放下小女孩，脫下所戴的網球帽，高高地拋向天空，用盡全身的力氣喊了一聲：

「青天白日了！」

很自然的，佑德等也仿效黃昆，把帽子高高地拋上天空，激動地喊著：

「青天白日了！」

熱情興奮的歡呼響徹雲霄，在場的每個人沒有一個不掉眼淚。

毫無疑問的，這世界的天空正是青天白日。

這是在一九四五年（民國三十四年）八月十五日日軍投降，到同年十月二十五日中國政府接收臺灣之間一段極短時期所發生的一個故事。雖然當時的臺灣處於無政府狀態，卻真正是青天白日的世界。

14 戲劇社和聯誼會

「篤、篤。」有人叩門。田某起身去開。被叫作蘇胖子的和戴銀框眼鏡的洪某走了進來。

「呵——」王某站起來，打了一個長長的呵欠。

「怎麼？還在寫啊？」

蘇胖子喃喃地說。

王某在門口對蘇胖子小聲說了幾句，就同田某一道走出去。門再度關上，而且上了鎖。接班的兩人來到佑德面前坐下。戴銀框眼鏡的洪某丟了一包香菸在桌上。看來佑德似乎是真的受到優待。

「好好地把事實寫出來，你說謊也騙不了我們的。」

蘇胖子以略帶威脅的口吻說。

佑德點點頭，繼續寫。一字一句都是真情實事，毫無半點虛假。

接著該談到師大的臺語戲劇社了。佑德慎重地描述該社創立的動機以及活動的經過。如果這社團被認為是共黨的外圍組織，佑德就死定了。當時幾乎所有大學裡的社團都是共黨的外圍組織，所以負責人還健在人間的的確少之又少。[18]

日據時代，在各級學校內部都禁止使用臺語。隨著皇民化政策的大力推行，竟有不少蕃薯仔囝以不會說臺語為榮，並且公開誇言其事。光復後，只有一段很短的時間，臺語在校內准許使用，但不久又在政府「推行國語」的美名下被禁止了，真是受盡虐待的語言。因此臺語中有許多字已經失傳，而變得愈來愈粗俗。臺語戲劇社的主旨就是要研究那些佚失的字句，提高語言的格調，進而發揚臺灣文化。佑德是臺語戲劇社的發起人，他起草主旨，募集社員，所以眾望所歸被推舉為社長。

當時，共黨學生漸漸滲透進入所有社團，進一步掌握了社團的主導權，愈來愈明顯地表露出反政府色彩。唯有臺語戲劇社，社名就已標明了「臺語」，社員更清一色是蕃薯仔囝，因此背景複雜的大陸學生很難滲透進去。

二二八事件時，大學生們雖然不滿，還能保持冷靜。但是眼看二二八事件的大屠殺，以及愈來愈腐敗的政權，大學生們普遍感覺憤慨，而開始積極參與反政府運動。光復當初對政府的熱望轉變成失望，而在二二八事件後，則幾乎是絕望了。絕望的學生想要在大陸出現的新政權中尋找新希望。不管是什麼主義，蕃薯仔囝渴望出現一強而有力的政權，來打倒眼前腐敗的政府。大陸的人民也是這種心理吧？不然，為什麼共產黨能在那麼短的時間內席捲整個大陸呢？

從大陸陸續出來的共黨學生，逐一吸收了純真的臺灣學生，以三、四人為單位，形成了一組一組的細胞組織。若不是在同一組，就互相不知道是黨員同志。[19]

當時所有的集會，都有反政府的演講，反政府的諷刺劇更是到處可見。學園內充滿了反政府的傳單和大字報。在這種情勢下，臺語戲劇社裡會有十多名社員加入共產黨，也是極為自然的事。

另一方面，國民黨的職業學生，也在暗中逐一報告學生的活動。他們好似雙面獸，一面佯裝著同情共產黨員大罵政府，一面卻做著密告的動作。

臺語戲劇社首先推出大陸名劇作家曹禺的《日出》，而獲得好評。這是齣描寫貧富差距的悲劇，屬於無產階級文學，共黨學生大為拍手叫好。沒想到一年後曹禺轉變為共產黨員，此劇在臺遂被禁演。然而佑德當初上演此劇的動機卻很單純，只是為了介紹祖國的名作。

臺語戲劇社的第二部戲是有島武郎的《ども又の死》，佑德把它翻譯成《阿T的死亡》，自任導演。在當時群情騷然的校園內上演這種純文學作品，似乎有點不合時宜。不過此劇的上演，證明了臺語和其他語言一樣，可以表達相當高的格調。

戲劇社成立的同一年，朴子的學生們在故鄉成立了「學生聯誼會」，參加的有將近六十名大學生和一百多名高中生。唯一沒有加入的大學生，就是黃烈堂。推想起來，他可能在這時就已加入共產黨了。

玉坤在選舉會長的席上，大大稱讚佑德在臺語戲劇社展露的組織能力和戲劇才華，極力推薦佑德出任會長。玉坤自己擔任副會長；文邦、哲夫分任總務及康樂部長；平郎則負責舞臺設計。似乎是聯誼會成立不久之後，他們四人才相繼加入共產黨的。

事後看來，佑德擔任聯誼會會長真乃萬幸之事。換成玉坤來當的話，聯誼會很可能會被認為是共產黨的外圍組織，而朴子學生可能就無一能倖免於牢獄之災了。

聯誼會利用休假，借用戲院開演藝會。表演合唱、舞蹈、戲劇等節目。他們除了演出曹禺的《日出》之外，還把大陸另一劇作家田漢的《南歸》也搬上了舞臺。

當時還未有電視，小鎮的鎮民都高興地買票來看戲。收入超過了支出，聯誼會就把盈餘全數充作貧困兒童的救濟金了。

受到鼓勵的佑德，把當時頗受好評的美國電影《金石盟》（*Kings Row*）改編為三幕五景的舞臺劇，以臺語演出。本來佑德十分猶豫，不知道鄉下人是不是能接受這種以心理描寫為主的戲劇，但結果證明是大成功。

在此劇裡，佑德親自飾演男主角巴里斯，玉坤則飾演巴里斯的愛人的父親。兩人合作得無懈可擊。

此劇的表演成功，證明了不必迎合大眾的粗俗嗜好，只要提供高水準的作品，民眾一樣可以接受。佑德等覺得非常安慰，並受到極大的鼓勵。正準備大有作為之時，突然發生了四六學生事件。戲劇社和聯誼會被迫解散，文邦、哲夫、平郎等相繼被捕，玉坤從此開始他的逃亡生涯。從那時起到現在，佑德不曾再見過玉坤。

很幸運的，所有密告者的名單裡，似乎都沒有佑德。所有上演的戲劇，也都經過訓導處和警察局的核准。所貼出的每一張海報，也都是佑德拿到訓導處和警察局蓋過章的。當時有人指責佑德太軟弱，然而這種慎重的做法，也許正是佑德沒有名列黑名單的最大原因呢！

四六大風暴過後，一切的學生活動都停止了。沒有什麼特別的事要寫，佑德簡單述及畢業、就職、結婚、留學以至歸國，而結束了全部的供述。

用掉的十行紙，超過了五十張。

15 親切的特務

「終於寫完了嗎？頭一次看到這麼長的自白書。」

蘇胖子沒有仔細看佑德所寫的東西，他把原稿紙收集起來，攏齊了放進牛皮紙袋，順手拿起桌上的一根香菸點著就走出去了。

交班進來的，是何某和另一個被叫作山東大漢的特務。

何某在把門鎖上之前，問佑德：

「要不要上廁所？」

因為全無尿意，佑德鄭重婉謝。

「來這裡坐吧！」

何某坐在沙發上向佑德招手。

佑德站起來，拖著麻木的雙腳，走了過去。

山東大漢以和他體型不成比例的細小聲音，附在何某耳邊悄悄地說著話。

「……文書……會議……油條……」

佑德斷斷續續地只聽到這些。

何某點點頭，山東大漢就出去了。

何某指指前面的沙發，向佑德說：

「疲倦了吧？輕鬆一下，稍微休息比較好。」

多麼溫和親切的聲音，佑德覺得對何某好像可以問一些不用掩飾的話。

何某上鎖回來時，佑德開口：

「我會不會有事？」
「大概不會吧？只要你一切照實寫。……不過你寫的可真不少啊！」
「那些全部都是事實。」
「嗯，我也是蕃薯仔，你的感觸我全都能瞭解。看到蕃薯仔囝這樣一個一個被抓起來，然後送到軍法處，真是令人難過。幾乎全部都是有正義感又聰明的青年呢。如果不是扣上思想問題的帽子，將來都是很有為的人材啊！」
對這意想不到的談話，佑德感覺有點突兀。
「不過，朴子出身的青年實在太多了。已經有李水井、鄭文邦、黃烈堂、黃士廉四人被槍斃了。怎麼會有這麼多呢？」
「……」
佑德也不明白其中道理，也許只能說是傳統吧？
沒有結論，何某改變了話題。
「我記得戰時你在航空部隊，是吧？」
「是的，我在誠部隊。雖然屬於航空隊，不過誠部隊是地上勤務的。」
「我戰時在日本海軍，被派在驅逐艦。主要任務是保衛運輸船。」
何某告訴佑德，能睡的話儘管睡，而自己繼續談他的海軍生涯。他似乎把問訊擺在一邊，儘是談些海南島、香港、新加坡，又談了慰安婦，以及他在各地港口玩過的女人等等。佑德實在沒有心情聽這些，不過卻對何某產生了親切感。說把何某當作地獄裡的觀音菩薩是有點誇張，不過佑德確有在地獄碰見自己人的感覺。

佑德雖然閉上了眼睛，卻沒有辦法入睡。抓住機會，佑德睜開眼說：

「現在家裡的人一定很擔心我。」

「嗯，當然會吧。」

「他們可能不知道我在這裡。」

「嗯，大概不會知道。」

佑德的擔心是有充分理由的。在二二八事件中有無數這樣的例子——當事人被抓去哪裡訊問，家人完全不知道，數天以後卻成為河上的浮屍或橋下的棄屍被發現。家裡的人現在一定正擔憂著此事。

「有沒有辦法讓他們知道，至少我現在還平安地在這裡？」

「這……我不能答應你。不過，如果拖久的話……還是通知一下比較妥當。」

「會拖久嗎？」

「哈哈……我不知道呀，這就看你了。可能兩三天就可以回去，也可能拖個好幾年。」

「……」

你的供述和這邊的調查一致的話，留你在這裡也沒有用。況且，你剛回國不久，不是要報告你對國家有什麼貢獻嗎？我們會盡量早點讓你回家的。不過，如果你的供述被認為不實，那就還要再調查，事情恐怕就不簡單了。」

「啊？我講的全部都是事實。」

「嗯，別人我不知，我也是蕃薯仔，我會盡量幫你的。」

「真多謝。」

佑德道謝後，又加了一句連自己聽了也會臉紅的話，那是從中國社會學來的。

「如果能早回家，何先生的恩情一輩子感激不盡。」

「哈哈！」

何某站起來，拍拍佑德的肩膀說：

「多少使頭腦休息一下，也可以小睡一會兒。有人來的話，我會叫醒你。」

佑德衷心地感謝神明，此時此地能遇見這麼親切的一個特務。

16 泡湯的一縷希望

山東大漢回來了，手提著一個紙袋，裡面裝著燒餅、油條和豆漿，這是典型的中式早餐，表示現在是早晨。可是每個窗戶都掛上了厚厚的窗簾，佑德一點也看不出早晨的跡象。

何某拿起早點來吃了，又請佑德也吃一點。然後他帶佑德回到原來桌邊的位子，留下山東大漢一人，自己走出去了。

山東大漢在佑德面前坐了下來，開始講述共匪在他家鄉做了多麼傷天害理的事。譬如，把地主吊在高高的樹上，百般折磨之後，又故意使他掉落地上，這樣反覆幾次，直到地主全身沾血而死等等。他以親切的口吻，勸佑德趕快脫離共產黨。他並且保證自己的話，絕對是出諸對佑德的好意。這山東大漢似乎是個從低層幹起的率直軍人。

不到一小時，門突然開了。陶隊長帶頭，五、六個人魚貫地走了進來，如原先那樣，圍著佑德坐下，每個人的臉色都很難看。

陶隊長把佑德先前所寫的供述書用力地擲在桌上，說：「先講結論吧！我們一致認為你的供述書只能用四個字形容，就是『避重就輕』。要緊的一字不提，寫的都是一堆廢話。你辜負了我的好意了。我給你充分的時間，不是要你寫這些垃圾的。我要你寫出所有全部正確的事實！」

「可是我寫的全部都是正確的事實啊！」

佑德慌忙回答，聲音有點顫抖。

「真是這樣嗎？問題就在你沒有寫出來的事實。」

蘇胖子突然站起來，破口大罵：

「這傢伙不給他點顏色看是不會認罪的。」
「可是要點全都寫出來了呀！」
佑德拚命地辯明。
王某憤慨地說：
「狡猾的傢伙！」
沒有一個人相信佑德的話。從這場面、氣氛，佑德心裡清楚，陶隊長所謂的「坦白講就可以回家」，這縷希望是完全破滅了。
陶隊長說：
「你糟蹋了我的美意，你做了錯誤的判斷。你太小看我們了。你該知道，你是隱瞞不了我們的。」
隊長起身離席而去。
現在不能再寄望隊長的好意了。王某取代他的位置坐下。田某拿走佑德面前的菸灰缸和香菸。優待似乎已經結束。
剛才的人馬匆匆離去，只留下田、王兩人。田某把門上了鎖，回來坐在王某旁邊，從抽屜裡拿出了一疊訊問用紙擺在桌上。
一連四天五夜或五天四夜（佑德自己也不明白）的疲勞訊問就此開始。

17 同鄉李水井

王某訊問，田某做筆記。

「你什麼時候認識李水井？」

「他從大陸回朴子的時候認識的。」

李水井回鄉，是在黃昆等三人英雄式的返鄉之後約二星期。他沒有如三人那樣受到熱烈的歡迎。然而，他才是真正的抗日英雄，因為他實實在在到過千里之外的重慶，參加抗日戰爭。

黃昆等三人到白色的小火車站去接他。他們是曾經寫過誓書，捺過血印的同志。不知是幸或不幸，黃昆等人被捕，李水井卻逃過了日本特務的魔掌，從日本本土逃亡到朝鮮，再經由滿洲，投靠南京的國民政府。隨著戰局的推移，還千里迢迢地遠赴重慶。單只這一段傳奇經歷，就足以寫一本書了。

抗日勝利後不到半個月，李水井就經由上海回到故鄉了。當時小鎮上能說標準的北京話的只有他一人。他立即被聘擔任臺南州（大臺南縣）教育會的講師，而到各地的國語講習會去指導。晚上他教教師們北京話，第二天教師們再現學現賣地把它教給學生。這麼粗陋的學習系統，運用起來卻出乎意料地成功，證明只要大家有熱情，什麼事都行得通。

然而李水井不久卻辭去講師的職位，應聘到報社擔任記者，在眾人惋惜聲中，離開朴子到臺北去。後來，他又受聘，到當時臺灣的第一名門高中建國中學（即原來的臺北一中）擔任國文教師。

翻一翻供述書，王某問：

「你和李水井住在同一房間，是嗎？」

「不，只是住在同一房子。」

「那不是一樣嗎？為什麼？」

「家兄也是建國中學的教師，他配有一棟宿舍。因為同鄉的關係，李水井搬來一起住。」

那是宿舍極度缺乏的時代，兩家同住一棟宿舍並不稀奇。何況李水井是同鄉又是單身漢。這些佑德在供述書裡其實已講得很清楚。可是王某雞蛋裡挑骨頭，一再地挑起問題來問，而田某就把它記錄下來。

「一起住了多久？」

「差不多有一年。」

「正確一點地說，從哪時到哪時。」

「從二二八事件的約半年前，就是一九四六年的八月左右，到隔年的八月為止。」

「他什麼時候吸收你？」

「不、不，他沒有吸收我。」

「一起住了一年多，你說他沒有吸收你，誰會相信？」

「我絕對沒有被他吸收。」

「你那麼拚命否認反而奇怪啊！李水井在大陸時就已加入共產黨，勝利後他奉命從上海回到臺灣，就是要盡量吸收學生。他絕不會放過像你這樣的人。」

一旦被認定加入匪黨，又因為佑德有不少活動，一定會適用叛亂條例第二條第一款：「加入匪黨，以非法之方法意圖顛覆政府而著手實行者處死刑。」

佑德拚命地否認。沒有結論的爭執持續了一陣子後，王某轉而訊問書籍的事。

「他給你看過什麼書？」

如果讀過禁書，就適用叛亂條例第九條「受匪徒宣傳者處以感訓」，會被送到感訓所接受洗腦。不過，一般不會這麼簡單就結束。因為共產黨員所採取的吸收過程是，先給吸收對象看左傾書籍，然後觀察其反應，再進一步吸收。所以看過禁書，可能意味著已經被吸收，這麼一來事情就嚴重了。

不過，李水井真的沒有給佑德看過任何禁書。

佑德正思索著如何回答時，王某的一雙三角眼已經高高吊起，一副「由不得你說不」的神情，他說：

「毛文集和什麼書？」

佑德沒聽慣北京話，一時還意會不過來什麼是毛文集。當他慢半拍意會過來那是集毛澤東言論的小冊時，田某已匆促地寫入訊問書了。儘管佑德矢口否認，田某卻怎麼也不肯把這三個字從筆錄中去掉。他們又異口同聲地說，一個身為高中教員的知識分子，不會沒有課本以外的書籍的。他們更槍口一致地指責佑德必定有所隱瞞。

佑德無奈只好舉出幾本較不會出問題的書，如《東周列國誌》、《莫泊桑短篇小說集》、《泰戈爾詩集》中譯本等。王某氣得幾次站起來，拍桌大罵：

「不要把我們當傻瓜！」

可是佑德也拚命力爭，他的腦筋還沒有糊塗到亂說禁書的地步。

王某接著逼問佑德在李水井的房間中看到了什麼東西，非得要佑德把一年中看到的東西統統說出，否則不願干休。他還逼問李水井書信往來的情形，使佑德甚感困惑。幸好當時宿舍裡沒有電話，否則麻煩就更大了。

王某又要佑德舉例，一一說明平常跟李水井聊天時談些什麼。他一本正經地問：

「說什麼政府的壞話？」

當時，幾乎沒有一個蕃薯仔囝不說政府的壞話。大家一起談笑，最後總要把政府罵上幾句。佑德不能說：「我們沒有說過政府一句壞話。」那樣等於是說：「我們都是白癡。」太沒有信服力，王某一定不會相信。

當然最大也最普遍的壞話是：「政府利用特務機關亂抓人。」可是，這話哪能在此地提出呢？佑德逼不得已，只好舉出當時最為人詬病的幾個實例，當作李水井講過的話。

第一例：

光復後不久，王添灯省議員在議會質詢戰後留在倉庫的物資去向。

「倉庫裡的米、糖、樟腦到哪裡去了？」

大家都知道，這些東西早被偷運到大陸出售，鉅額貨款也早已由貪官汙吏們分贓。

可是物資局長卻毫無羞恥地回答：

「全部被盜了。」

王議員又問：

「專賣局倉庫裡的七十公斤鴉片到哪兒去了？」

專賣局長也面不改色地說：

「被白蟻全吃光了。」

王添灯議員大怒，要求行政長官罷黜這兩位局長。可是兩人不久即獲得升官，而王議員卻在二二八事件中慘遭報復，橫死刑場。

第二例：

王育霖檢察官握有新竹市長貪汙的確據，並將市長起訴。市長嗤之以鼻，置之不理。王育霖檢察官便攜逮捕令親赴市長室逮捕。不料警察局長竟是市長的同謀，他早在市長室中等待。等王檢察官一行人到達，局長反而指揮與王檢察官同去的警員包圍王檢察官，搶走他的逮捕令，並把他趕出門外。盛怒的王檢察官趕返法院報告上司，不料上司反而以失去逮捕令相責，還要追究他的責任。王檢察官憤而辭官，到臺北當高中教師。

二二八事件一發生，市長立即差了警員找出他，槍斃後棄屍於淡水河畔。一個富正義感的蕃薯仔囝，就這樣慘遭三個大陸籍貪官謀害。

第三例：

有一位軍人（當時軍人全部為大陸籍）的太太到醫院生產，不幸因難產開刀而死。該名軍人要求鉅額賠償而與醫院打起官司。這是臺灣前所未有的官司。主審推事吳鴻麒於調查後判醫師無罪。二二八事件後，吳推事亦遭報復，陳屍於水溝中。

聽完佑德的供述，王某以極不愉快的表情說：

「總而言之，你們對政府不滿。聽你的話，好像也有點道理，可是實際上沒有那麼單純。你們只從臺灣的立場來看事情。事實上應該從中國整體的立場來看才對。把臺灣的物資運到中國大陸有什麼不對？不是要救中國嗎？臺灣人長久受了日本的奴化教育，思想偏差，雖然情有可原，但是亂說中國政府的壞話是不對的。」

「……」

「所以李水井知道你也對政府不滿了，他讓你看了書，又在六、七月間勸你加入匪黨。」

「不，沒有這回事。」

佑德雖然如此回答，但是有點心虛。李水井確曾在七月上旬，不經意地對佑德說了一些話，事後想來似乎是要勸誘佑德入黨。他告訴佑德，有一個愛國青年的研習會，大家聚集研習中國的政治、文學、戲劇等，問佑德有沒有興趣參加。當時佑德單是臺語戲劇社的工作就忙不過來了，所以沒有明確回答他。後來李也未曾再提起。八月間，李突然從宿舍消失，從此沒有再回來。建國中學那邊也是以自然辭職處理。

一九五〇年（民國三十九年）十一月三十日，佑德從報上得悉李水井被槍決。同案被槍決的共有十一名，李赫然名列首位，鄭文邦、黃士廉也名列其中。由於李已父母雙亡，無人替他收屍，所以由文邦的母親一併替他料理後事。據文邦的母親說，十一人中只有李水井頭部被打得稀爛，慘不忍睹，因為他直到行刑前仍然不絕口地咒罵政府。文邦的母親請土公替他化妝，然而土公也無從化妝起。最後只披了一件滲血的法衣，送進火葬場的焚爐。一個血性好漢，竟落得如此可憐的下場。

李水井被捕後，他顯然沒有隻字片語提及佑德。否則佑德早已被捕，更不可能三年後出國留學了。

王某執拗地要追究佑德和李水井的關係，而佑德卻再三地否定、再否定。

那是永無休止的一場耐力的比賽。

18 無可救藥的傻子

兩位訊問者輪流去上廁所，但他們並沒有問佑德要不要一起去。可能在生祐德的氣吧，臉色難看得很。佑德也沒有感覺有排泄的需要，或許水分都變成汗水流光了。他倆拿出香菸，自個兒抽了起來，也不再請佑德了。佑德也壓根兒不開口討一支來抽，倒不是故意鬧意氣，而是一種自衛意識使然。佑德覺得，如果開口向他們乞求東西，心裡的防波堤有一角就會崩潰。

王某轉變訊問的方向：

「那麼來談鄭文邦吧！」

認識文邦的人，沒有一個能談起他而不流淚。幾乎可以斷言，他是這世上最純潔、最正直的一個人。他似乎不知道這世間有「惡」的存在。

身為小鎮最富裕的醫生的長子，文邦和佑德等人不同，從小讀的是日本小孩就讀的學校。凡是他所要的東西，不必開口他父母就替他準備妥善。為了他，他父母還直接從日本訂了幼兒繪本、幼年俱樂部、少年俱樂部等月刊雜誌。當時大部分公學校的學生，都赤著腳上學，文邦卻從小就穿皮鞋。他還騎著小孩專用腳踏車，在鎮上快樂地轉來轉去，彷彿是鎮上的貴族小公子。但難能可貴的是，文邦從未因身為富家子弟而有半點驕矜之色。有人喜歡看他的書，他就借他看；有人喜歡騎他的腳踏車，他就讓他騎，一派寬容大度。

長大以後，文邦更是風度翩翩，體格強健，氣質容貌比電影明星還勝一籌。如此一個完美無瑕的青年，竟年方二十就橫死馬場町。[20]唯一的原因，就是他進入大學經濟系，而研習了馬克思理論。

一面翻開佑德的供述書，王某一面問：

「關於文邦，你寫得不多嘛。」

的確，佑德只寫了學生聯誼會那段。

「你對文邦有什麼感想？」

「我覺得，很可惜。」

佑德無意中說出真心話。

「為什麼？」

「……」

「那傢伙是死硬的共產主義分子，你怎麼同情他？」

「……」

「那傢伙是叛徒。我們的敵人，人民的敵人，你怎麼同情他呢？」

兩人異口同聲責備佑德。

「不，我不那麼想，他是泥濘中一朵清淨無垢的花。」

佑德想要這樣大聲地表示反對，可是真這麼做的話，無異是自殺。

不過，佑德也不能同意他們的見解而違背良心說：

「是的，你們說的不錯。」

那是對神的冒瀆，絕說不出口。

佑德回答：

「如果文邦不加入共產黨，而加入國民黨，他一定可以升到相當的地位，所以我覺得可惜。」

正在做筆記的田某，放下了筆，開口道：

「他在臺北接受訊問時，我也在場。他真是無藥可救的傻子。在我們面前讚美共產主義，還要對我們說明馬克思理論的優點。不但毫無反省之意，還說他同情我們的無知，真是太自大了。我真想賞他一個大大的耳光。」

當時沒有在場的王某問田某：

「他不是全部承認自己所做的事嗎？」

「是呀，他很坦白地承認一切，訊問最早結束。」

田某轉向佑德，以諷刺的口吻說：

「怎麼樣?你也該學學鄭文邦,像大丈夫敢做敢當承認自己所做的事呀!」

他們雖然稱文邦是無可救藥的傻子,卻不能不承認他是大丈夫。

田某再一次開口,嚴厲追問:

「那傢伙對我們都敢鼓吹共產主義,誰相信他沒有對你們這些朋友鼓吹呢?好了,從實招來吧!把他吸收你的時間、地點及內容統統說出來。」

田某的話,其實有點正確。文邦的確常常提起馬克思、恩格斯等理論,但他從不勉強別人接受他的意見。佑德所認識的文邦,是個人緣好、個性真摯的青年。雖然認同共產主義,但不是共產黨員——直到後來,不知何時,被李水井吸收為止。佑德衷心以為,像文邦這樣一個白璧無瑕的人,應該不要隨便碰他,而該讓他活在這亂世之外的一個清淨世界。

佑德雖然承認文邦常提及共產思想,但也堅定主張自己並不認同,還常反駁文邦。

沒想到這話一出,竟惹來一連串的麻煩。王某一定要佑德說出,在何時何地、如何反駁。從朦朧的回憶中,佑德僅能勉強記起時間和地點,至於反駁的內容,卻無法明白說出。其實,佑德所謂的反駁,根本只是談話中不經意脫口而出的字眼。兩人在一起時,一起談政治,佑德都只有洗耳恭聽的分。

「記不清楚了。」

佑德只好這麼說。

但是，田王兩人不肯鬆手，一定要佑德說出個名堂來。佑德暗地裡後悔，如果早知有今日，當初應該多讀讀馬克思的著作才對。

在無法逃避的情況下，佑德只好硬著頭皮，演起了獨角戲。他自己編造出一套馬克思理論，再針對這自編的理論加以反駁。

如果馬克思當時也在場旁聽，他一定聽得目瞪口呆。

19 書、書、書

胡將軍和剃平頭的陳某進來了。

瞥了一眼手錶，王某站了起來。

田某向佑德問道：

「所講的全是事實嗎？」

「是的，全是事實。」

寫上這兩句話，田某把剛剛完成的筆錄推向佑德，拿出印泥，要佑德在調查書的最末行簽名並捺上指印。

調查書共有十張，佑德連瀏覽一遍的時間都沒有，只能匆促找出關於毛文集的部分，堅持他並沒有說過李水井給他看過毛文集。一番爭執後，田某不甘願地在毛文集三個字上各畫了一個小圈圈。這和佑德一向劃兩條線表示刪除的習慣不同，佑德有點不安。不過，田某畢竟願意刪除毛文集三個字了，佑德也只得在筆錄上簽名捺印。

胡將軍斜眼示意平頭陳帶佑德去上廁所。佑德坐在便器上，仍然沒有一點便意。最後勉強擠出了一點尿。只是這麼一點，卻把整個便器裡的水，染成了一片怵目驚心的茄紅色。這就是佑德在這個地方如廁的最後記憶。

現在輪到胡將軍訊問，平頭陳筆記了。胡將軍表情冷酷，與平時打麻將的臉孔判若兩人。他從剛才的毛文集開始。

「你說了毛文集，怎麼後來又否認呢？」

「不，我沒有說過毛文集。我聽不慣毛文集的北京話發音，正在摸不著頭緒，所以慢了點回答。」

「哪有這樣的事，你在躊躇著要不要承認，才慢回答的。」

「不，真的聽不慣那本書的北京音，才不能馬上領會的。」

「哪有聽不慣的道理？大家都一聽就懂。」

「大概跟我沒什麼關聯，才沒有馬上聽懂。」

「沒關聯？你家有那本書呢！」

胡將軍很有把握似地，說：

「你好好想，誰給你那本書，或是借你看那本書，非想出來不可。」

可是佑德怎麼也想不起來家裡有這麼一本書。

「蔡老兄，我們有緣認識，我不會太為難你的。俗語說『見面三分情』，不是嗎？可是你如果否認到底死不認帳的話，那就另當別論了。」

平頭陳插嘴說：

「胡先生對你相當客氣，聽說和你有點交情，他說要盡量幫忙。我們不會害你的。趕快承認，趕快回家。彼此不要搞得太麻煩。」

「可是那本書一點印象也沒有。」

胡將軍站起來說：

「好，那麼告訴我們，你家有些什麼書？」

事情演變得太麻煩了，可是有什麼辦法呢？只好逆來順受。

佑德正想開口回答，胡將軍急急比著手勢說：「寫、寫。」

「著作者也要一起寫出來。」

胡將軍加了一句。

佑德只得從夏目漱石的《公子》（ぼっちゃん，又譯《少爺》）寫起。接著寫出在印象中的日本作家及作品。最後寫出石川啄木的詩集。佑德以國別分類，繼續寫出俄國作家，從杜斯妥也夫斯基到傑荷。這時在室內踱來踱去的胡將軍，走過來看了一下。他似乎完全不認得表列的這些書，神情愈來愈不耐煩。

「好了好了。沒用的書寫那麼多有什麼意思。先寫中文書。」

佑德只得列舉《東周列國誌》、《中國通史》、《白話史記》、《阿Q正傳》、《三民主義新論》……等等。

一直保持沉默的平頭陳，吐出一句話：

「又避重就輕了，這傢伙在愚弄我們。」

胡將軍走到佑德後面，拍拍佑德的肩膀說：

「寫左傾的書吧，中文日文都可以。我們不是要知道那些書名，我們是要試試看你有多坦白。」

也許還不夠程度說左傾，佑德寫了藤倉維人的《藝術論》（按：應為藏原惟人），又寫上已經燒掉的幾本中國作家的書。其實這些書內容並非左傾，不過是後來作者投靠共產政權，才成為禁書的。這些書一被禁讀，小心的佑德就偷偷把它們燒掉了。

胡將軍回到自己的座位開口：

「你有沒有忘記一本很重要的書？」

「……？」

「一看就懂共產主義的書。絕不會忘掉才對。」

佑德歪著頭想了一下，怎麼樣也想不起有這樣一本書。胡將軍暴躁地催促著，可是佑德卻無論如何說不出來。

平頭陳說：

「你看，一點都不坦白。」

胡將軍說：

「好吧，我給你一個提示——『唯』字開頭，『本』字結尾的一本書。」

「哦，想到了。是日文的《唯物辯證法讀本》（按：作者為大森義太郎）。」

「是呀，為什麼不早講？」

「那本書不是我的，是從師大圖書館借來的。剛才胡先生說要寫我的書，所以我只想到自己書架上的書。」

人不會記得從圖書館借讀的全部書籍。在讀從圖書館借來的書時，更不會有犯罪意識。況且，《唯物辯證法讀本》根本就是極初步的學術作品，與共產主義並沒什麼關係。可是他們好像認為唯物論就是共產思想。

胡將軍嘴邊泛著冷笑，以諷刺的口吻說：

「可是那本書在你家的書架上，和其他共產主義的書排在一起呢。坦白講吧，其他還有什麼書？」

看樣子，從圖書館借來的書也非寫不可了。

佑德就讀的師大，是光復後由前臺北高等學校改制的學校。圖書館的書也全數移交過來。由於未受到戰災，圖書藏量頗豐，其中有百分之八十是日文書。當時日本的思想管制也很嚴格，明顯左傾的書，不可能存在於圖書館。河上肇的《貧乏物語》，已經是在管制線邊緣的著作了。

佑德寫上《貧乏物語》，另外又寫出幾本無產階級作家的作品，如小林多喜二的《蟹工船》等。後者已有中譯本。

兩名特務終於看到他們認識的書了。平頭陳很高興地寫上《蟹工船》。到現在為止，平頭陳在調查書上寫的已經有《藝術論》、《唯物辯證法讀本》、《貧乏物語》及《蟹工船》等四本了。

關於《唯物辯證法讀本》究竟是佑德的書或圖書館的書，雙方爭執不下。本來這事到圖書館查證一下就可明白，可是圖書館可能已當作禁書處分掉了。最後雙方同意以「該書是佑德從圖書館借出，有一段時間擱在家裡書架上」做結論，佑德才稍稍放心。

剛吐了一口大氣，馬上又有新的不安發生。胡將軍拿起佑德剛才寫的書名單，嘶地一聲撕掉了。而調查書上又只有那四本書名。如此一來會不會給人一種錯覺，以為佑德再三再四地研讀那四本書呢？其實那四本書只不過是佑德念過的書的百分之一，不，連兩百分之一都不到呢？佑德很客氣地提起這點，但胡將軍只是一笑置之。

「只不過普普通通的書，有什麼好大驚小怪的？」也許有人會如此想。

可是那正是活在白色恐怖的人們的悲哀。念過禁書的人，會被認為中了禁書之毒，依據叛亂條例第九條，會被送去接受感化。雖然法律規定感化為期三年以下，實際上一期三年，但可無限制地再來一次，所以有時等於無期徒刑。

看來，佑德不可能沒事了。

可是對書籍的追究，到此好像告一段落了。

只留下一個問題：

他們怎麼知道，佑德家裡曾擺過一本《唯物辯證法讀本》呢？

20 絞首臺的鐵線

兩特務把佑德留在座位上，站起來彼此耳語，然後走到沙發那邊去休息。

佑德靠在椅背上閉目養神。不分晝夜的連續訊問，使佑德的眼睛相當疲倦，幸而思考能力還十分健全。

他們怎會知道那本書在他的書架上呢？佑德不停地思索著。顯然是常到家裡來的人告訴他們的。那麼這人必是玉坤，不做第二人想。玉坤告訴他們什麼事呢？在什麼時候、什麼地點告訴他們的呢？

玉坤在二月中被捕的時候，根本沒有時間，也沒有理由告訴他們佑德的事。他必須供述：吸收他入黨的人、他所吸收的人、和他一起逃亡的人、以及助他躲藏的人等等。聽說一共牽連了二十多人，這就夠他忙了。調查書一定是龐大得驚人。很可能是在調查告一段落，被移送看守所或軍法處時，玉坤才告發（這字眼實在不希望使用）佑德的。那麼，很明顯的，他必定是要求助於「自新辦法」。「自新辦法」標榜以功贖罪，犯罪的人如能告發某人，並因此破獲其他共黨的細胞組織的話，他就能獲得減刑。難道玉坤為了怕死而告發佑德？

「蔡佑德有別的系統的共產組織。」

如果他這麼一講，情治單位一定驚慌失措——他們發護照給大魚，把他送出國了。慌忙中，他們一定再提出玉坤，重新調查佑德之事。

「有什麼證據或理由，讓你斷定蔡佑德另有共黨組織？」

於是玉坤必須講出證據和理由。

「我在佑德家裡的書架上看過共產思想的書，《唯物辯證法讀本》。」

可是，只這本書還不能斷定佑德是共產黨員。所以很可能又加了這麼一句：

「也看到過毛文集。」

這話一出，佑德就不能平安了，一定被情治單位叫去，接受很徹底的調查，正如現在這般。因為，毛文集正是吸收黨員所用的一種工具。

如果玉坤再加一句：

「聽李水井說過，蔡佑德也是同志。」

那麼結果不難想像。因為佑德曾是種種活動的主辦者，能活著回去的希望就沒有了。

總之，玉坤所講的一字一句，都像層層鐵線般地把佑德捆綁到絞首臺。佑德現在非得一根一根自己來解開不可。

可是，這種推理，有一個重大的疑點：

「玉坤是如此卑鄙的人嗎？」

21 竹馬之友

兩名特務回到座位，在桌上放了一杯開水給佑德。

「關於張玉坤倒寫得不少。」

翻閱著佑德的供述書，胡將軍說。

「那麼，對玉坤你有什麼感想？」

「嗯，他是身心強健的人。」

佑德小心翼翼地回答。

「你從幼稚園就認識他嗎？」
「是的。」
「交往相當長，是竹馬之友。」
「是的。」
「在朴子學生聯誼會，你是會長，他是副會長嗎？」
「是的。」
「奇怪，他不是高你一屆的前輩嗎？」
「是的，我推薦了他，而他推薦了我，結果他的提議獲得通過。」
胡將軍的臉上又泛出一抹微笑。
「你們互相尊敬，是嗎？」
「……」
「你尊敬他什麼地方？不會只是身心強健吧？」
「他有很強的正義感。」
「嗯，有什麼根據？」
於是佑德講了幾個供述書裡沒有述及的，幼少時期玉坤扶弱鋤強的事例，又再添幾個他長大後，看到不義，就馬上挺身而出的例子。

「什麼時候知道他是共產黨員？」

「四六事件後，聽到他逃亡才知道。」[21]

知道他是共產黨員而不去告發，就犯了叛亂條例第九條「知情不報」之罪。

「他一定勸過你入黨。」

「不，從來沒有。」

「不要騙人。他沒有理由不吸收竹馬之友。況且，你念過種種共產思想的書籍。」

不管別人怎麼想，玉坤倒真的從沒對佑德說過半句吸收的話。也許他以為佑德早就加入了共產組織，因為佑德和李水井不是住在同一屋簷下嗎？

胡將軍和平頭陳繼續逼迫佑德承認「被勸入黨」和「知情不報」。佑德拚命地否認，一點都不屈就。因為佑德深知一承認就沒命了。沒有結論的你來我往式的爭執，使雙方都疲憊不堪。

稍微休息後，胡將軍轉而以輕鬆的口吻問：

「你們不是一起進臺灣大學先修班嗎？」

「是的。」

這一點佑德在供述書裡沒有提到，他們卻調查得很清楚。

「為什麼轉校？」

「通貨膨脹太厲害了，我怕學費不夠，對以後的生活沒有把握。」

輟學回家時，的確很難過。不過很幸運，不久師大創校，佑德參加入學考試及格，再度負笈離鄉升學。更幸運的是，半年後佑德的大哥從日本回國，並在建國中學就職。佑德住進大哥所配的宿舍，生活一下子有著落。

「嗯，師大是公費，不必花錢。不過玉坤一直留在臺大……，看來他的家庭也不見得太富裕呀。」

「他是長子。他的雙親說，甘願吃草根，也要他們的兒子完成大學畢業。」

忽然腦海裡浮現出玉坤雙親樸實勤勉的臉孔。[22]他們為子犧牲了大半輩子，可是那臉孔現在也許天天沾滿了眼淚吧！

「念大學時，你們是不是常在一起？」

「是的。」

「他常到你家裡去？」

「是的。」

「為什麼事情去找你？」

「沒什麼特別的事。」

「舉幾個例子吧！」

「要去看電影，或是換書、借書什麼的。」

「哦，借什麼書？」

「記不清楚了。」
「奇怪，你又要隱瞞了。有不能講的書，是不是？」
「沒有那樣的書。」
「那就講出來嘛。」
事情常常就是這麼奇怪，非講不可，偏偏想不出來。佑德講了四、五本，就無以為繼了。
「玉坤家裡有許多共產思想的書，借給你一兩本並不奇怪，不借你才奇怪呢！」
「沒有這類的書籍。可能他知道我對那樣的書不感興趣。」
話題又回到書了。
「那麼你對什麼樣的書感興趣？」
「文學和戲劇方面的書。譬如赫曼．赫塞……對了，我從圖書館借出赫曼．赫塞的全集，而且把它轉借給玉坤。」
「赫曼．赫塞？」
「是的。德國的作家，當時被認為是二十世紀的良心。」
「……」
「他的作品恰恰與唯物論相反，重點在描寫唯心的世界。譬如探求人生真理而苦惱的青年……或……」

「好了。」

佑德想讓他們瞭解，對這樣的書感興趣的人，是不會對唯物論引起共鳴的。可是，那是辦不到的事，赫曼．赫塞的書，在中國一本都還未出版。

從訊問的經過看來，玉坤對竹馬之友始終只提到書本一事，這一點使佑德稍微鬆了一口氣。

胡將軍接著把佑德犯案的朋友，一個一個提出來，問佑德對他們的感想以及交往情形。他故意再三再四地提起李水井、鄭文邦、周慎源，讓佑德再三再四地回答，找出前後不一致的小地方，再加以追問，不厭其煩地要佑德說出加入匪黨的時期。無聊透頂的訊問綿綿地繼續下去，不知何時才能結束。平頭陳停止了筆記，頻頻地打著呵欠。總之，他們的目的只有一個。

「差不多了，趕快承認算了，那麼就可以回家休息。」

22 汗衫

不知何時，何某已經進來坐在沙發上。佑德好像有點迷糊了，對人的進出沒有反應。胡將軍和平頭陳這一組結束了訊問，循例讓佑德捺印後，匆匆離開。

何某對佑德招手。

「到這裡來吧，這裡比較舒服。」

佑德站了起來，可是不能馬上走動，膝蓋隱隱作痛。

「嗯，對了。」

何某走過來拉佑德的手。

「我到過你的家。」

何某讓佑德坐在沙發上說。同他一組的山東大漢不在房間裡。

佑德問：

「家裡的人怎麼樣？」

「很擔心的樣子。不過聽了我的話後，比較放心了。我安慰他們，調查一完，你就可以馬上回家。」

「多謝，多謝。實在不知道怎樣來感謝你。」

「哪兒的話，同是蕃薯仔囝嘛。這麼一點兒小事……對了，你的小孩幾歲了？」

「一歲九個月。」

「那麼，和我的小孩同年紀。不過你的小孩很會說話。拿起香對神拜拜說：『保佑爸爸快點回來。』」

聽了這一句話，佑德差一點就掉下眼淚來，心態已經變得太脆弱了。

沙發旁邊的桌上，放著一個蔓草花樣的包袱。

「你家人託我帶給你內衣和枕頭。聽說你換枕頭就睡不著。」

何某解開包袱，一面說：

「好了，趕快換吧！」

何某取出汗衫和內褲，交給佑德。

佑德換好汗衫後換內褲。舉起的腳，僵硬得不能順利伸進褲管。從換下來的衣物，傳出陣陣汗臭撲鼻。

換完了，正好山東大漢進來，他把帶來的饅頭和豆漿放在桌上。到底經過幾小時，不，幾天呢？厚厚的窗簾依然掛著，晝夜不分。四顧房間內，發現沒有一個時鐘。反而壁上有拿去鐘的痕跡。是刻意不讓佑德知道時間的。佑德一時衝動想要問何某現在幾點，可是馬上認為不應讓對自己這麼親切的人為難，而立刻煞住把話嚥下去。反正知道時刻也是無濟於事。口內乾得不得了，嘴唇裂成一片片的鱗狀。很想討一點水喝。可是何某卻拿一個饅頭遞給佑德。佑德一點食慾也沒有。

何某勸告說：

「不吃不行，你很久沒吃東西了。」

佑德捻了一小塊饅頭放進嘴裡。霎時，舌頭有如著火般的灼痛。哀嚎了一聲，反射似地吐出嘴裡的東西，疼痛卻沒有隨著消失。

「怎麼啦？」

何某問。

「舌頭痛得要命。」

佑德覺得舌頭好像布滿著千百個水泡。

「呵、呵……」

佑德把舌頭伸出口外，哈著氣。

何某窺視著佑德的口內說：

「嗯，舌頭上有許多紅紅的小顆粒。」

佑德縮回舌頭。舌頭伸出收進相當不靈活，舌根僵硬得很。

「那麼，喝這個。」

何某從手提鍋倒了些豆漿，放在杯子裡遞給佑德。太燙了，佑德不敢喝。

「請給我水。」

佑德哀求。

「水嗎？」

山東大漢立刻走出房間去拿水。

佑德閉上眼睛，靠在沙發上休息。如此的疼痛，從來沒有發生過。對佑德來說，連續兩天兩夜的熬夜並不稀罕。結婚前，寫東西熬夜的翌日，再接下去下棋或打麻將又熬一夜的荒唐事是經常有的。大家都認為他能熬夜。可是從來沒有一次舌頭會變得如此疼痛。那麼，到目前為止，一定已經熬過不止兩夜了。

山東大漢拿著水壺回來。他也夠親切，把水倒在杯子裡遞給佑德。佑德小心翼翼地試了一口。舌頭很爽快地接受了冷水。佑德大大地放下心來，一口氣喝了四、五杯。

可惜，剛換好的汗衫一下子又被大量的汗水浸透。

23 山東大漢

「現在我來問你，不過你可以閉著眼睛回答。」

何某在桌上放了調查用紙說。佑德靠在沙發椅背上，相當舒服。可是寫字的人要屈身伏在桌上，比坐在辦公桌寫是有點委屈。

何某自己問，自己筆記。

「你在大學時期有沒有加入任何政黨？」

「沒有。」

「有沒有被勸加入共產黨？」

「沒有。」

「在你身邊有沒有共產黨員？」
「有。」
「你不知道他們是共產黨員嗎？」
「一點都不知道。」
何某照佑德的回答記入，一點都不找麻煩。
「你所演的戲劇中，有沒有禁演的作品？」
「只有曹禺的《日出》。不過，那是我們演了以後它才被禁演的。我們演這齣戲時，還有可能被表揚呢。因為有功於介紹祖國名劇呀！」
「在什麼地方演那齣戲？」
「臺北、嘉義、朴子三個地方。」
「有沒有得到許可？」
「有。在臺北經過大學當局批准；在嘉義和朴子都事先得到警察局的許可才上演的。劇本也事先提出去檢閱。」
「嗯，一切都合法。是不是？」
「是的。」
佑德知道，何某正為他做有利的筆錄。

「啊——」

佑德不知不覺中，打了一個大呵欠。也許這是進來這裡以後，所打的第一個呵欠。在何某面前，感到較安心使然吧？至今，在一言差錯就會產生嚴重後果的緊張狀態下，雖然是三天三夜不眠不休，並沒有打呵欠的空間。

「能睡的話，可以小睡一會兒。」

何某親切地說。

道了謝，閉上眼，想睡也睡不著。可是佑德不想打開眼睛。一打開，眼睛就有微微刺痛的感覺。是香菸、光線或是過度疲勞使然呢？可是雖然閉著眼，還是可以察覺何某站起來，也可以聽到何某和山東大漢講話的聲音。

「喀！」聽到了在桌上放東西的聲音。打開眼睛一看，原來是山東大漢再度拿來盛得滿滿的水壺。佑德起身道謝。

「要不要喝？」

他親切地問。

不等佑德回答，他倒了滿滿一杯遞給佑德。佑德再度道謝，接過來喝。

「趕快承認，趕快回家。」

山東大漢如哄小孩般地勸佑德。

何某走過來，把手放在山東大漢的肩膀說：

「這位范先生人很好，心地也很善良。」

可是山東大漢一離開，何某就附耳告訴佑德：

「不過，那大漢在殺人數目上，是不會輸給任何人的。他年輕時當過執行死刑的劊子手，而且聽說用的是青龍大刀呢！」

可惜，剛使人產生親切感的山東大漢，頓時又變成了妖魔鬼怪一般可怕的存在。

24 何某的不滿

究竟睡了多久，佑德自己也不清楚。只有十分鐘嗎？對時間的感覺已經麻木，所以沒有把握。可是，即使只有十分鐘，也是很值得。水分的補給也是一件很重要的事。佑德覺得體力恢復不少。這都是何某和山東大漢一班人的恩德。

何某繼續訊問。問的似乎都是些無關緊要的事情，筆錄寫了滿滿三大張。

交班的一組還沒有出現，三人就聊起天來。不過佑德還是只有洗耳恭聽的分。山東大漢又開始講起共黨在大陸種種慘絕人寰的殺人手段。何某可能聽膩了，露出不耐煩的神情。知道了山東大漢曾經是劊子手之後，他的「殺人談」比以前更具有臨場感。可是山東大漢的話，總是不離他所專長的殺人故事。

何某隨口問佑德：

「文邦的妹妹是什麼名字？」

「叫作素雲。」

「不愧是大美人。我曾看過她一次。」

「……」

「好像還沒有結婚？」

「是的。」

「聽說有很多大學生追過她。」

「是的。」

佑德不知道那算不算「追」，不過許多大學生把她看作偶像似地崇拜，倒是真的。

「為什麼婚期慢了？」

「嗯，不怎麼慢吧？」

佑德如此回答。如果說婚期慢的話，原因不難猜想。合乎她理想的那些青年俊彥，幾乎都被捕光了。留下來的，離她的理想太遠，都是些沒有骨氣，正義感薄弱，只顧追求名利的男子。

「玉坤是不是也追過她？」

「這個……」
「這個怎麼了？講清楚一點。」
意料之外的，何某很認真地追問。
「我不知道。」
佑德雖然如此回答，心中其實知道玉坤的確對她有特別的好感。不過，他有沒有向她明白地表示過愛意，就無法得知了。那時代不會隨便說出「我愛你」這一類的話。雖然有種種方法表示愛慕之情。
一瞥手錶，何某站了起來，叫佑德回到辦公桌的座位。他自己也坐回原來的位置，再讀一遍筆錄。讀完後，何某面對佑德，以小得不會被山東大漢聽到的聲音說：
「我對政府也是不滿的……」
「……」
「譬如說宿舍吧。他們外省人都占了好宿舍，卻不願意給我。就因我是蕃薯仔囝才不給的。再三再四地申請，最近才給我一間會漏雨的小宿舍。」
「……」
「他們為了自己的方便，亂改出生日期，真令人厭惡。利用大陸上沒有戶籍謄本的漏洞，朋友三人彼此證明就可改變，甚至有人改了兩三次。掌管戶政的警察署長，自己率先更改。五十多歲的老頭署長，把年齡改為四十多歲，而娶了三十多歲的女人做老婆。」

何某沒有忌諱，率直地表達了他的不滿。他說的都是眾人皆知的醜聞，並沒有什麼可大驚小怪的。所不同的就是，在此時此地，會聽到這些話，使佑德感到十分驚愕，而不敢貿然點頭表示贊同。

何某的聊天，最後，總歸都好像以女人作結。

25 朋友法蘭西斯柯

王某和田某那一組又來交班了。王某取代何某的位置坐下，單刀直入，馬上開始訊問。

「你什麼時候知道玉坤被捕？」

「在美國時。」

王某的眼睛明顯表示不信。

「不是回來才知道嗎？」

「不，回國的幾個月前就知道。」

「怎麼會知道？」

「內人信裡有提到。」

「奇怪……」

王某和田某彼此互看一眼。

他們特務覺得奇怪是有道理的。不知從何時開始，妻子桃江寫給佑德的信，都被情治單位竊看。述及玉坤被捕的信，也許是在那以前寄出；也或許因為只有一行，所以他們未能看出。現在想來，桃江當時並沒有直寫玉坤，她寫的是甘地——玉坤因為皮膚較黑，而有甘地的綽號。

「為什麼有必要告訴你呢？」

「沒有什麼必要。內人每週寫給我一封信，任何大小事情都告訴我。有些是微不足道的，譬如鄰家老人跌斷腿啦、柚子成熟啦，或是母雞孵出一窩小雞等等。」

「你現在有沒有保存那封信？」

「有的。內人寄給我的信，我全部帶回來了。現在都在家裡。」

也許這是一個有力的反證，佑德暗自慶幸。如果佑德是共產黨員，聽到玉坤被捕，一定害怕自己也會東窗事發，而不敢回來。按理就會投靠中央，或在外國申請政府庇護，絕不會笨到自投羅網的。

可是王某另有別的看法。

「那麼，你是知道玉坤被捕還回來，是嗎？」

「是的。正是。」

「嗯，那麼可以斷定，你從共黨中央接到新的指令，回來工作。」

意想不到的推論，佑德為之錯愕。

「從海外傳達命令到臺灣的路線，目前已經斷絕。無線通訊等於給我們情報。所以，要傳達命令，你最適合。你會講英語，也會講日語，要和外國人接觸很方便。」

「沒有……」

「別緊張，聽我把話講完。」

間歇性地會短暫失去知覺的頭腦，再度緊張起來。

「你從檀香山就和一個外國人在一起，搭同一班飛機到東京，四天之間住同一家旅館，還一起行動，然後在羽田機場分手，不是嗎？」

王某探視著佑德充血紅腫的眼睛說。

「不錯，可是那外國人並不是什麼可疑人物。」

「在哪裡認識？」

「一九五三年九月在華盛頓D·C認識的。一到美國，國務院就為我們這批外國來的受訓者舉辦為期一週的講習會。我們就是在那時認識的。」

「他叫什麼名字？」

「卡洛斯·法蘭西斯柯。他是菲律賓醫師，從事公共衛生的工作。」

王某翻開卷宗，對照名字。他們的確做過調查。

法蘭西斯柯醫師——佑德如此稱呼他——和佑德在由檀香山飛往東京的飛機上再度碰面。當時的螺旋槳飛機上，乘客寥寥無幾。法蘭西斯柯醫師遇到會講日語的佑德，非常高興，當場改變第二天就要由東京返回菲律賓的行程，決定與佑德一起觀光日本。他們一同投宿於上野一家和式旅館，由佑德帶他到處觀光。銀座、新宿、有樂町、淺草以至吉原。法蘭西斯柯每天連呼：「艾姆拉雞（我真幸運）！」四天後滿意地回國去了。

這期間，並沒有什麼可疑的行動。兩人忙著觀光，那有餘暇談及政治。兩人間的談話，明朗又快活，充滿了友情與歡笑，也沒有空間留給枯燥無聊的政治。因此，雖然知道他人品可親，卻一點都不知道他的政治主張和立場。現在想來，倒有一件事讓佑德有點不安——有一次，美國反共的大將參議員麥卡錫出現在螢幕上，法蘭西斯柯哈哈大笑地指著他說：「他不對。」萬一他真的是共產黨員，會怎樣呢？現在就疑神疑鬼，特務們更不會鬆手了。那麼，一切的辯護，不就落空了嗎？

王某再問：

「你們在東京都做些什麼事？」

「觀光。」

「去什麼地方看什麼東西，你還記得吧？」

「還記得……」

「那就把你們去的地方全部寫出來看看。」

田某把紙推過來。

佑德一連寫了十幾個地方，呈給王某。

王某一瞥，站起來怒喝：

「不要賴。難道你不懂一天有二十四小時嗎？從到達東京，一直到離開，按照順序寫出來。坦白點！」

現在，只好從一九五四年八月二十七日正午到達羽田機場開始寫了。

飛機到達羽田機場的場面相當戲劇性。佑德至今還記得，飛機一落地，地勤人員馬上跑過來，在地上鋪了一條紅色的絨毯，一直到候機室。在遠處，有穿著和服盛裝的日本女郎，捧著花束列隊等候著。各式各樣的旗子迎風飄揚，一定是來迎接什麼大人物的。可是除去佑德和法蘭西斯柯，不到十名的乘客裡，看不出有誰是這樣的貴賓。

不久，真相揭曉。原來，他們是來迎接兩名職業摔角高手的。其中一名叫「紐曼」的，在機上還被法蘭西斯柯猜想是「走私者」呢。兩人哈哈大笑來到候機室。當時日本最有名的摔角大王力道山也在歡迎人群中。

佑德接著必須按順序寫到何時離開機場，何時到達上野的旅社，何時在何處晚餐，在何處散步，怎麼度過一夜，以及何時就寢等等。

失去自由已經約有四天的頭腦，間歇性地有一兩秒鐘會陷入灰色世界。酷使（按：日語，過度使用）著這極度疲乏的頭腦，佑德終於寫完了整整四天九十六小時的行程。

沒有自信會完全正確。放下筆時，佑德真正到了身心崩潰的邊緣。

王某還在看一些別的文件，有一短暫的空白時間。突然，從腦海深處響起了一個聲音：

「忍氣吞聲也要有限度。起來反擊！」

王某從卷宗抬起頭時，佑德抓住機會，敞開喉嚨大聲說：

「王先生。」

「咦？」

「我不是共產黨員，所以不會受任何共產黨的指令。假如法蘭西斯柯是傳達指令的人，他交給我指令後，一定馬上消失，哪裡會和我一同住了四天呢？再者，如果我接到了指令，我會立即找個適當的地方躲藏起來，怎會留在家裡束手就縛呢？我一點都沒有內疚的地方，才能夠如此。不是嗎？」

王某以難以置信的表情，驚愕地瞪著佑德。

在一般國家，這只不過是普通的反駁。可是對活在白色恐怖下的人民，如此的反駁帶有相當的危險性。通常是利少弊多。如果你反駁得沒有道理，會被視為沒有悔改誠意，而加重計刑。反駁得有理，則可能引起對方生氣。老羞成怒，正是重面子的中國人的特徵。

「那是我們要判斷的事。」

王某皺著眉說。

不過，也許反擊真的奏效，或是他們要等待菲律賓和東京來的調查報告，王某不再對新的指令繼續追究了。

26 蘇胖子動粗

田某開門出去，可是回來時，沒有關上門就回座位。佑德記得，當初剛被叫進來訊問時，門禁很森嚴，關上以後，必定從裡面上鎖。看來門禁似乎有點鬆弛了。是不是他們認為叫進來的不是預期中的大魚？或者他們認為經過一連幾天的訊問，嫌犯已經失去了逃亡的力氣。也許，只是為了室內瀰漫著汙濁的菸草味，需要換一下空氣。總之，門一打開，密室封閉的壓迫感頓時消失，令人大鬆一口氣。

不過，那氣氛沒有維持多久，五、六個人魚貫地進來，門再度被關上。

王某繼續訊問，再一次提起毛文集：

「你家裡的毛文集是誰帶來的，還想不起來嗎？」

「家裡沒有那樣的書。」

佑德再度回答。這樣的回答，已經重複了不知幾百次了。

「確實在你家裡。事實勝於雄辯，你無法否認的。」

「如果有的話，我一定會注意到。但我完全沒有印象。」

突然，頭上方傳出一聲吼叫。

「他媽的！」

佑德抬起朦朧的雙眼，映出蘇胖子因憤怒而漲紅的臉。

「這傢伙，不給他吃一下苦頭不會說真話的。喂，老王，你怎麼問都沒有用，讓我來！」

蘇胖子揪著佑德胸前，從椅子上一把拉起。佑德如氣球一樣，浮了起來。

「喂，姓蔡的，好好聽著。你敬酒不吃吃罰酒嗎？我就讓你到下面去吃個飽。」

田某以訓小孩的口氣說：

「到下面去，皮肉就會痛哦。反正遲早要認的，不如現在就認吧！」

蘇胖子更用力地揪緊佑德。

「誰帶來那本書？你說不說？」

「關於毛文集，我無話可說了。」

「他媽的！」

蘇胖子一罵，用力推了佑德一把。

麻痺的雙腳，本來就很難支撐體重了。這一推，撞倒椅子，人也栽在地上。紅腫的雙眼冒出金星。

「把這傢伙帶到下面去。」

蘇胖子回頭下令。

立刻有兩個穿中山服的男子走上前來，一人一邊夾住佑德的手腕，從地上拉了起來。剛才急劇的動作也許拉傷了肌肉，佑德站立不穩，只得靠在兩人臂上，任由他們拖向門口。聽信何某不會有拷問的那句話，還是太天真。佑德一步步地走近地獄的折磨。

「等一等！」

快出門口時，胡將軍喊了一聲。

「帶回來。我再試試看。」

雖然只是一時，佑德感覺有如在地獄遇見了菩薩。以暴躁易怒聞名的胡將軍的聲音，此刻聽起來有如天籟。

無論如何，最需要避免去的地方，就是拷問室。

27 妥協

胡將軍走過來，小聲對佑德說：

「相信我。我不會害你。」

扶著兩名中山服男子的手臂，佑德又回到原來的座位。蘇胖子遠遠地坐著，雙腳翹起，放在桌上，開始抽起菸來。胡將軍取代王某，坐在佑德面前，田某繼續筆記。

胡將軍開口：

「好了，我們有確實的證據，你否認毛文集是沒用的。」

確實的證據是什麼呢？有什麼根據嗎？

「你忘記那本《唯物辯證法讀本》在你家，是不是？我沒有說你故意抵賴，我說你忘記。聽懂吧？」

胡將軍的話帶著「你還不懂我的好意嗎？」的口吻。佑德愈來愈搞不清楚，到底胡將軍是敵是友。他們所說的確實證據，一定是指玉坤的供述。到此佑德不得不相信，只有《唯物辯證法讀本》一書，並不能斷定佑德是共產黨員，所以玉坤必須偽稱他也看過毛文集在佑德家裡。而特務們一向把自新者的供述，當作確實的證據。

佑德還在狐疑當中，胡將軍開始誘導訊問：

「你家裡有沒有脫落封面的書，想想看。」

「好像有幾本。」

戰後，書籍大都殘缺不全。有封面脫落的，大家就剪一片厚紙裝訂代替。

「其中說不定有毛文集？」

「這個……，我不知道。」

「這很重要，一定要想出來。」

這不是要想就想得出的。尤其是現在，每隔片刻，頭腦就墜入灰色世界，而這間隔，似乎愈來愈短暫。

「想不出……我想不出來。」

「嗯，你沒有說『沒有』。」

「……」

「可能有，但你沒有念，是不是？所以你才沒有什麼印象。」

「我絕對沒有念。」

「嗯，有人用白紙裝訂那本書後拿來，是不是？」

「如果有的話，可能就是那樣。」

「如果有人拿來，那個人是誰呢？」

「也許是玉坤。」

「不是他。」

胡將軍斷然否定。

果如所推測，毛文集這檔事是玉坤招出來的。玉坤證言他「看過」，但他一定沒有講「帶去」，否則他們就不必如此辛苦地追問「是誰帶去」了。

如果佑德用昏鈍的頭腦，不負責任地隨便說出一個名字，這人一定會立即被逮捕調查，因為他會被認為是要吸收佑德加入匪黨。即使這人現在已在獄中，也會立即被提出來再調查，並且被認為有隱瞞事實，後果就不堪設想了。

「也許是周慎源。」

佑德回答。反正死人不會起來講話。

「嗯，其他呢？」

「真的想不起來。」

「譬如……葉金桂？」

「不會，他一次都沒有到過臺北我的住所。有的話一定是張玉坤或周慎源其中一人。」

「嗯，可是奇怪，你念了那麼多書，對周慎源拿來的書不會沒有好奇心吧？沒有翻翻看嗎？」

「在我記憶中，完全沒有那本書。」

「那本書後來傳到哪裡去了？」

「不知道。」

「一直留在你家書架上嗎？」

「不，家裡沒有那本書。」

「書會自己不見了嗎？」

「也許他再來帶回去的。」

「他逃亡後去拿的嗎？」

「不知道。逃亡後再來拿的話，我一定印象深刻，所以應該是逃亡前。」

「嗯，他怎會又帶回去？」

「可能他覺得我沒什麼反應。」

「他一句話不說就帶回去嗎？」

「是的。我一句話都沒有聽過他說及書。也許逃亡前要整理物品來帶回去的。」

「嗯，逃亡是燃眉之急，也顧不得吸收你了。可以這麼想？」

「是的，大概可以這麼想。」

今天胡將軍的訊問和前一次不同，「嗯」說的特別多，並且好像故意迎合佑德的回答。是好意或是惡意？

不管如何，關於毛文集的冗長而空泛的爭執，好像終於找到妥協點了。

28 長鬍子

玉坤的謊言，造成另一個新的謊言，白紙黑字的寫成筆錄，呈現在佑德面前。雖然百般不願，也只得簽名捺印。

簽名前，佑德瞪著眼睛，正視著胡將軍說：

「我可以說一句話嗎？」

「什麼事？」

「我曾經和不少共產黨員有過關聯，所以被你們懷疑，我無話可說。可是換個立場看的話，我有那麼多的共產黨員在周圍，而仍然沒有被吸收，這個事實充分可以證明，我的反共意識比別人強烈，不是嗎？我受表揚也不為過，怎麼反而被處罰呢？」

胡將軍沒有如剛才那樣點頭說「嗯」，但是也沒有搖頭否定。

「你的不滿，我不是不知道。可是，我不能在調查書上那樣寫呀。我們不是辯護律師嘛。哈哈！好了，好了，捺印算了。」

雖然有點後悔，佑德還是在指定的地方簽名捺印。胡將軍遞給佑德一根香菸，就和田某一起出去。別的特務不知何時都已離開了。

室內只留下兩名穿中山服的男子，這兩人帶佑德回到沙發去坐。沙發上仍然放著何某從家裡帶來給佑德的蔓草巾包袱。解開包袱，馬上看到一條毛巾。佑德拿出毛巾正要擦汗，穿中山服的男子之一示意佑德把毛巾交給他。佑德交出毛巾，取出一件汗衫。全身遍黏著一種濃稠的液體，要叫作油汗不如叫作汗油。要換汗衫前非擦去不可。不久，那穿中山服的人回來了，手裡拿著浸過水的溼毛巾。

佑德立刻把那溼毛巾覆在臉上。冰涼的感觸非常爽快，對熱氣的發散很有幫助。眼皮尤其需要溼潤。經過好幾分鐘，還不忍心從眼睛移走溼毛巾。佑德忘了擦胸膛，一直把毛巾覆在臉上。

按著毛巾的手，觸及嘴邊的鬍子。

佑德的鬍子，一向稀疏得不成樣子，只有鼻下的八字鬍，和下巴上屈指可數的幾根山羊鬚。兩三天不刮也不覺得難看。

「對了！」

佑德猛然想到，「已經過了幾天呢？」

用手指頭摸摸八字鬍的長度，比三天沒刮時還長出很多。那麼，被叫進來一定至少經過四天以上了。佑德對自己不能不感到憐憫。母親知道的話，不知要多傷心。

「咦？」有人打開門。

佑德聽到穿中山服的男子走過去，小聲告訴那人「開會」。

原來，特務們是在開會。那麼必是在討論佑德的筆錄，要做出一個結論。也許，他們已開過不少次會議討論對策。佑德只好聽天由命，等待會議的結束了。

要對付他們的新行動，佑德必須趕快冷卻頭腦，使它盡量恢復正常的機能。溼毛巾是唯一的依賴。

29 何某的真面目

肩膀輕輕地被搖了一下，佑德驚醒過來。剛才不知不覺中好像陷入了沉睡。佑德趕快挪開毛巾，睜眼就看到是何某，才鬆了一口氣。何某接過毛巾，交給中山服的男子。

「我很佩服你的毅力。」

何某說著彎腰坐在佑德旁邊。

「你體力不錯，頭腦也從頭到最後都很清楚，實在難得。」

「最後？」

對何某，佑德才敢這麼大膽地問。

「那……也不見得。老實告訴你，我們現在正在開會，不久就會有結果。」

「我會怎麼樣呢？」

何某悠然地吐出一口白煙，淡淡地說：

「恐怕你會被送到臺北去。」

「咦？」

「可能會送到上級機關，重新調查。」

怎麼受得了再來一次疲勞訊問？況且上級的訊問一定更厲害。真是那樣的話，說不定會精神崩潰。

「怎會演變成那樣？」

「因為在此地的調查毫無進展。」

穿中山服的男子提著溼毛巾回來，可是佑德現在管不了什麼毛巾了。

「這裡的調查還不算詳細又徹底嗎？」

「不，不，要點都落空了。連最重要的事也搞不清楚。」

「什麼事？」

「想要吸收你的那個人。這個人不弄清楚，什麼都不能解決。」

「姑且不論吸收不吸收。關於毛文集，我已經承認可能是周慎源帶來的。筆錄上不也這麼寫嗎？」

「就是那一段不可靠。缺乏信服力。」

「……」

「連訊問你的胡將軍，好像也沒有什麼把握。」

何某突然閉口，好像暗自後悔說了些不該說的話。

過了一會兒，何某探身更靠近佑德說：

「其實，能在此處解決對你最有利。我可以助你一臂之力，胡將軍也好像很同情你。對這個人來說，那是很罕有的事呢！」

「當然能在這裡解決最好。請多多幫忙。」

「我很不忍心看你被送到臺北去。」

「那我該怎麼辦呢？」

「辦法是有的。」

何某把身體移過來，幾乎貼著佑德，在耳邊悄悄地說：

「我保證一定負責替你辦妥一切。不過你要老實地告訴我。」

「什麼事情？」

「把毛文集交給你的那個人的真實姓名。」

佑德一時摸不清何某話中的含意，而在腦中再三地推敲——「把毛文集交給你的人的姓名……」

一看何某，他正屏著息，緊張地等待著佑德的回答。頓時，佑德明白了一切。

佑德決然地說：

「老實說，這樣的人並不存在。並且找遍我的家，也找不到什麼毛文集。」

何某愕然地說：

「哦？真是這樣嗎？」

「我敢發誓，真的是這樣。」

氣氛頓時凝重，陷入長達數十秒的沉默。

「對我你也不肯講呀？枉費我想幫助你的一番好意。」

「……」

更長的沉默。

「哼！」

何某終於哼了一聲，打破沉默站了起來。佑德不由得也隨他起立。可是僵硬的膝蓋，伸也伸不直，砰地一聲，又倒回沙發。

何某再也不看佑德一眼。原來他被分配的任務，就是要探出那最後的一句話。如今，他已經完成他的任務了。

何某自顧自地取出一根香菸，抽了起來。佑德好像不敢正視猙獰的怪獸，偷偷地瞄他的側臉。那副臉上，再也找不出那親切的蕃薯仔囝特務的昔影。顯現在眼前的，只是與用力推倒佑德的蘇胖子相同的——也許更可怕的——冷酷無情的嘴臉。

何某不再回顧，一言不發地走到門邊，砰地一聲甩上門出去了。當然是要到會議室去報告。

佑德靠在沙發椅背上，閉上了眼睛。從閉著的眼睛中，湧出了大顆的淚珠。淚水一旦決堤，就汩汩地流個不停，再也擋不住。佑德拿起毛巾，用力擦了又擦。那不是悲哀自己將要被移送臺北的坎坷命運而流的眼淚，那是一個有人性的「人」的悲憤的眼淚。

不但人權被蹂躪，人性也被糟蹋的「人」的悲憤的眼淚。

30 進入未知世界

佑德用沾滿淚水的毛巾，擦擦身體，換了汗衫，再度坐在沙發上，前後左右地搖擺著已經僵直的頸子做運動。

胡將軍一個人走進來，他探視著佑德的眼睛說：

「看來你的精神還滿不錯呀！」

他們是疲勞訊問的專家，人的精神氣力似乎可以用眼神判斷。

「我們的精神反而不如你。哈哈！」

胡將軍苦笑著說。

注意一看，他頭髮凌亂，邊幅不修，眼睛紅腫，一臉倦容。但勉強擠出微笑談話的胡將軍的口氣，意外地溫和。在別人面前，他用粗暴的口氣，但是只有兩人時，口氣就溫和得多了。也許比何某更有人性，佑德對他第一次產生好感。

佑德下了決心問。

「我會怎樣呢？」

「那……」

胡將軍欲語還休。

這時，佑德看到陶隊長帶著幾個部下走了進來。他是來看他的「囚犯」最後一眼的。佑德閉上眼睛，裝作沒看見。事到如今，還有什麼話說？難道非向他打招呼不行。陶隊長對胡將軍耳語一番就走出去了。

胡將軍命令兩名穿中山服的人：

「帶他到下面去。」

下面？拷問室？

察覺到佑德的不安，胡將軍笑著說：

「到下面去好好休息一下。」

穿中山服的兩人走近佑德，扶著他站好。佑德靠著兩人的扶持，慢慢走向門口。胡將軍拿著佑德的包袱尾隨於後。

經過長長的走廊，下了樓梯。昏暗的燈泡，稀疏地亮著，人影卻一個也沒有。只有腳步聲的回音詭異地劃破深深的寂靜。

走過掛著「訊問室」木牌的房間，那正是聲名狼藉的拷問室。

步行運動使腳恢復了機能，已經沒有必要扶靠著別人了。

走廊的盡頭，有一墨黑的大鐵門，幾乎高達天花板。門前有一張辦公桌，坐著一個值夜的男人。辦好手續後，那個男人用一把大鑰匙開門，讓一行人進去。轉彎九十度，再繼續行走，又有一個鐵門。這一次鐵門的高度只有一個人高。已經有一個人在門內等候，他開了鎖，吱吱地拉開鐵門。穿中山服的兩男子已經完成了使命，掉頭沿原路走回去。

胡將軍把包袱交給佑德說：

「恐怕要到臺北去……」

那是對佑德先前問的那句話的回答。

「那麼，放心在裡面好好休息吧！」

「多謝你。」

佑德點頭道謝。

「嗯。」

胡將軍也點了點頭，拍拍佑德的肩膀，轉頭走了。佑德注視著他的背影，霎時，一陣暈眩，差點跌在地上。

「趕快進來！」

看守再催促。

佑德抱緊包袱，穿過鐵門，進入一個前所未知的新的世界。

看守從偌大的辦公桌抽屜取出一個空牛皮紙袋說：

「把口袋裡的東西全部掏出來，放在這袋子裡。」

口袋內只有手帕和皮夾。於是放進皮夾，留下手帕。

「手錶呢？」

「沒有。」

「把皮帶抽出來放進去。」

褲子的皮帶也要解下，一併放入。那以後必須過一手提著褲子的生活。佑德油然體會到囚犯的滋味。

大辦公桌後面的牆上，掛著一個大大的電鐘。好久沒有看到鐘了。針正指著十二點過三十分。牢獄裡光線暗淡，陰氣森森。有鼾聲，有蠕動聲。有幾個人直起身來，以好奇的眼光探望著新來的人。佑德再一次暈眩，比剛才那一次更厲害。

拿著一大串鑰匙的另一個看守，打開中間那間牢房，以手示意佑德進去。佑德穿過一公尺高的鐵門，爬了進去。房間裡鋪著木板，已經有一個先進來的人在那裡呼呼大睡。他睡得很沉，連佑德進來也沒被吵醒。他的旁邊鋪著一條薄薄的毛毯，那就是佑德今晚的臥鋪。

等不及從包袱裡取出枕頭，佑德倒頭便睡。

那兒有力氣去揣測什麼未知的世界？

31 同室的少年

不知經過多久，深睡眠漸漸地轉成淺睡眠，現實的人聲不斷地混入佑德的夢中。佑德繼續睡覺，那些聲音卻愈來愈清晰。

佑德在睡眠中依稀覺得臥榻很硬，不像是睡在榻榻米上，倒像是睡在木板上。待想起自己正是睡在牢房裡的木板上時，才猛然驚醒，回到現實世界。

睡夢中聽到的人聲，原來是左右囚房同伴們的說話聲。佑德睜開眼睛，赫然看見一副天真無邪的少年的臉孔在眼前，正以關懷的眼光注視著自己。

「咦？」

佑德急忙想要起身。但是身體還休息不夠，不能馬上適應，不聽使喚。

「歐吉桑，終於醒了。」

少年莞爾微笑。

昨夜的先客，原來就是這個少年。佑德只覺得兩腿痠懶，大腿和小腿腹的肌肉，好像要從骨頭脫落似的。佑德起不了身，索性再度閉上眼睛，手自然地伸出去捶打大腿肌肉。

「幾點了？」

佑德問少年。

「下午兩點半。」

少年回答。他移到佑德的腳邊，開始按摩佑德的大腿。

「喔，謝謝你，太舒服了。」

佑德再度墜入夢中。

「歐吉桑，不吃便當嗎？」

雖然，聽到少年的話，佑德懶得回答，只勉強搖搖頭。

少年可能一直不停地按摩。大約兩小時後清醒時，佑德覺得舒服多了。佑德將上半身支撐起來，少年還要繼續替他按摩。

佑德緊握他的雙手道謝。

「謝謝你。托你之福，好像活回來了。」

少年滿面喜色，好像救回一個不省人事的人那樣高興。

「歐吉桑總算沒有事了，你整夜一直在發出呻吟聲。」
「打擾你真對不起。由於你的按摩，讓我現在能恢復元氣，真謝謝你。」
從囚房內，時鐘看得很清楚。針正指四點半。
「你叫什麼名字？」
佑德問少年。
「阿福仔，李阿福。」
佑德站起身來，伸伸懶腰，活動活動筋骨。
「你幾歲了？」
「二十。」
少年的回答，有點出乎佑德意料之外。那副天真爛漫的臉孔，怎麼看都不出十五、六歲。體格也不大。
「我是蔡佑德，比你大十歲。」
一般對大十歲的人，不會叫「歐吉桑」。可是現在的佑德，頭髮蓬亂，鬍子沒修，被叫作「歐吉桑」並不奇怪。
佑德抬起頭，眼光和坐在看守臺的看守相遇。已經不是進來時的那個看守。佑德輕輕點頭行禮，對方也點頭回禮。此處是要暫時收容嫌疑犯的所謂「看守所」。全棟就是一座扇形的建築物，分隔為七間囚房。扇形的扇軸兒有高出一層的看守臺，上置一個大桌子。坐在那桌子，就可以同時監視七間房。每間囚房的門面寬度約有一公尺半，後面有差不多三倍寬。因為建築物是扇形，所以門面也成弧線。從後面的高窗子，可以看見天空。房間光線良好，通風也滿不錯。在房間的角落，有沖水式便器和盥洗臺的設備，也有自來水的水龍頭。整個囚房可讓十二、三人並排躺下睡覺。

佑德在房內四處走了一下。小門旁邊的便當還在。問阿福要不要吃，他只搖頭。佑德打開水龍頭，喝了好幾大口的水。奇怪，一點便意都沒有。到現在為止，已經五天沒有排泄了。這是生平頭一遭。

「聲音太大！」

看守制止左右囚房的談話聲。他們一直在談賭博，喋喋不休。

各囚房的小門邊有一個小木框，用鐵線繫著，木框裡有個牌子寫上囚犯的姓名和罪名。因門面成弧形，所以雖然左鄰右舍的牌子無法看到，再隔壁的牢房的牌子就看得明白。

縱目看過去，右邊第二間鄰房前的木框掛有「賭博張××」、「竊盜陳××」兩張名牌。左端囚房的名牌，最引起佑德的關心。上面寫著「叛亂莊水清」。犯了叛亂罪的人，就是所謂政治犯，判刑遠比竊盜犯及賭博之輩重。看來莊某也是犯了叛亂條例被抓進來的不幸的人。到底是什麼樣的一個人呢？佑德窺視了好幾次，可是對方不靠近門面就無法看到。

佑德所住的囚房前也一定有個名牌。從囚房內只看到木框的後面，無法看到名牌上的字。可是，有一張一定寫著「叛亂蔡佑德」。另一張李阿福上面也寫有罪名吧？佑德覺得應該不會有大不了的罪名，不過還是問一下：

「阿福，我是當作政治犯被叫進來的，你呢？」

阿福羞赧地回答：

「殺人。」

「什麼？殺人？」

當著瞪眼驚訝的佑德面前，阿福伸出兩根手指頭。

「殺了兩個？」

佑德口呆了，說不出話來。

「是。」

阿福點頭。

這殺人犯的臉孔竟是如此天真無邪，真難令人相信，更難令人痛恨。

32 殺人犯

另一個看守走進來。雙手各帶著一個藺草袋。

「吃飯了。」

有人喊。引來一陣騷動。壁上的鐘指著正五時。外面陽光還很亮。這是一頓早來的晚餐。看守在各房對照名牌，一個一個發放鋁盒便當，上面附有筷子。佑德一連睡了十五、六個小時，加上阿福的按摩發揮效果，食慾已經恢復。

阿福很快打開鋁盒蓋子，一大口一大口地開始猛吃。白飯上面有青菜、蘿蔔干和一片滷魚肉。不知舌頭好了沒有？佑德小心地放了一口飯在舌頭上。不痛了，紅腫的小顆粒已經消失。這是四天以來所吃的第一頓飯。被強迫的斷食也許使腸胃變得衰弱，佑德小心翼翼地慢慢咀嚼。本來是喝牛奶最合適，可是現在沒有選擇的餘地。再放一片青菜試試，一點味道也沒有。體內的鹽分大量消失，連味覺也失去了。滷魚肉有點味道，蘿蔔干則太硬難以咀嚼。吃不到一半，佑德的食慾已經全消失了。

阿福已經全部吃完。他說比家裡吃得還好。在家裡，他通常吃蕃薯簽飯。

佑德問了阿福他家裡的事。阿福的雙親都在他八歲時染上瘧疾去世了。以後一直和祖母兩人相依為命過活。祖母到田裡打零工養他長大。十三歲時，他到一家腳踏車店當學徒，現在可以修理腳踏車維生。

可惜的是，他交友的範圍太窄，本來就不多的朋友都嗜賭如命，賭博似是他們唯一的娛樂。在他的生活圈裡，沒有一個人可以開導他。可憐的阿福，十三歲時犯罪的陷阱就已經為他安排好了。

他那天真無邪的童顏，怎麼看都不像殺人凶手。

佑德問：

「你真的殺過人嗎？」

「是。」

「殺了誰呢？」

「鬈毛阿浜和大頭金生。」

「為什麼殺人？」

「他倆都詐賭，把我儲蓄的錢全部騙走。」

「真是歹人。被騙走了多少錢？」

「八百元。」

大學畢業生月薪不到一千元的時代，八百元可是不小的數目。對阿福來說，至少要半年，甚至可能好幾年，才能存到這個金額。他一心想要使祖母高興，省吃儉用，拚命存錢。

「你常賭錢嗎？」

「不，生平就只賭過那一次。我的朋友天天賭錢。我都不賭，在旁邊看，所以才能存八百元。」

「怎麼突然想賭了？」

「鬈毛仔引誘我。他叫我從郵局領出錢來玩玩。」

阿福垂頭喪氣，似乎不喜歡回憶這一段。

「我想要快點存到一千元，才起了貪念。該死！」

阿福小聲地自責。

「他贏了我四百元，拍拍屁股就走了。過了不久，有一天天氣很好，我看見他在鴨仔寮呼呼地睡得好舒服。也許是著了魔，我就拿起旁邊的棍子，朝他的頭一敲，他就死掉了。」

「哈哈哈哈！」

突然傳來一陣笑聲，原來是看守臺上的看守發出的。囚房內的談話聲，左右鄰房也許無法聽到，可是坐在扇軸兒的看守卻聽得一清二楚。

「這麼簡單就死掉了。哈哈！」

看守轉向佑德，還笑個不停。

「我會怎麼樣呢？」

阿福並不介意他的話被看守聽到了，轉向看守認真地問。

「不會怎麼樣的。他命中注定要死的。哈哈！」

阿福的臉顯出安心的喜色。

看守問：

「那麼，警察沒有叫你去問話嗎？」

「他們到店裡來問過我，我說不知道，他們就走了。」

「哈哈！還有那叫作大頭的那個人怎麼死的？」

看守很感興趣地再問。

「大頭金生仔是賭場的東主。我想贏回四百元，所以再從郵局領出四百元去賭場。可是我押的地方都沒有中，一定是他詐賭。」

「後來呢？」

看守對如何殺人似乎比殺人動機更感興趣。

「他走出賭場，我就跟隨他。他走下埤圳彎腰汲水洗臉時，我從後面揪住他的頭髮，把他強壓到水裡。」

「這麼簡單就死翹翹了嗎？」

「不，他個子比我大。他好像發瘋的水牛一樣，拚命地打滾。我也被拖進水裡，但是我絕不放手。直到他不動了，我才鬆手。」

「嗯，那屍體怎麼處理？」

「我把他拉上堤岸，從他褲袋裡抽出八百元，其餘的放回去，就離開了。」

「屍體呢？」

「屍體？我以為他會甦醒，把他放著，就一個人溜回家了。」

佑德聽了覺得心情很沉重。因為身體尚需要睡眠，手腳也還疲懶，所以逕自躺下來。

「我會怎樣呢？」

阿福再度問看守，好像看守代表權威那樣熱切地問。

「兩人都是前世注定要栽到你的手裡的。不然的話，怎麼那麼簡單就死了？你沒有罪，放心睡覺好了。」

阿福聽了很高興，移坐到佑德身邊。

「我來給你揉一揉好嗎？」

「好了。」

佑德的意思是婉謝表示「不必了」，可是阿福卻聽成是肯定的回答，開始按摩起佑德的大腿。經他一揉搓，還是覺得相當舒服。

佑德極想報答阿福的親切，可是現在的佑德能做些什麼呢？想要給他一點東西，可是沒有東西可以給，除了親切的話以外。

可是如果阿福問：

「我會怎麼樣呢？」

那時該怎麼回答呢？那句話是目前他對何某、胡將軍等人問過的話，是身繫囹圄的人最切身的問句。佑德不能像剛才看守那樣，回答一些明顯是欺瞞的話。但是也說不出宗教上能讓他釋懷的話，因為佑德自己從未相信過天國或者來世的存在。

這個問題，佑德在夢寐中翻來覆去地想了很久，覺得比應付胡將軍等特務們的訊問更難回答。

33 自責的喊叫

感覺到有便意，佑德起身如廁。這是五天來第一次的便意。可能吃了一點便當，消化器官再度發揮機能了。便祕是免不了的。經過一連串的噗噗聲，終於排泄了五、六粒如玻璃珠大小的糞便，同時放出大量的瓦斯。阿福拿給佑德叫作「草紙」的粗劣紙張使用。那是需要時，可以向看守索取的。

排泄後，佑德覺得身心都很清爽，有如做完難寫的宿題。進來後，第一次覺得有心情唱歌。隔壁的囚房，有人唱起歌來。晚飯後到九點就寢的一段時間，可能是看守所內最快樂的時間。這時候的談天說笑，看守也不大干涉。

阿福和佑德找到了共同的歌，就是〈農夫之歌〉（按：應為〈農村曲〉）。

透早就出門
天色漸漸光
受苦無人問

走到田中央
走到田中央
為的顧三頓顧三頓
不驚田水冷霜霜

兩人一面走，一面和著拍子唱。很難得苦難中也有短暫快活的時刻，甚至有家庭的氣氛。可是聲音過高，看守就會用鐵尺敲打桌子說：「聲音太大！」而加以制止。佑德一面唱，一面探視他最關心的左端莊某的七號囚房。但沒有他的動靜，只看到同房的竊盜犯，把手放在正面鐵柵，往外探視。

九點了。

「就寢。」

看守喊。

電燈一下子熄滅，變成暗淡了。身體還需要睡眠。佑德躺下來，和阿福並枕而眠。

不知道經過多久，阿福搖醒佑德。有人進來了。佑德直覺得那是政治犯莊某，馬上翻身，趴著一直注視進門的地方。只見一個憔悴不堪的男人，拖著拖鞋，藉著兩名看守的手支撐著軀體，一步一步走向自己的囚房。不用說，那個男人正是政治犯莊水清。[23]他頭髮散亂，鬍子沒修，臉上不知何故好像塗了一層油脂，在暗淡的燈光下，一閃一閃地反光，鬼氣森森。莊某慢慢地走過佑德的四號囚房。很可能，他是晚上睡在七號囚房，白天就在那個訊問室接受拷打訊問。莊某有什麼確實證據被他們掌握著嗎？佑德想起何某的話：

「除非有確實證據，否則不會動粗。」

不過，現在還相信何某的話，有點可笑。

佑德匍匐到正面鐵柵邊，繼續注視著莊某。七號囚房的小門打開了。兩名看守一鬆手，砰地一聲，莊某仆倒在地板上。一陣急促的喘息聲後，莊某似乎爬到某個角落，而從佑德的視野消失了。所內再度恢復平靜。

大家再度入睡後，突然，劃破一片黑夜的寂靜，從七號囚房，傳出一連串用拳頭猛烈敲打地板的聲音。看守兩人慌忙跑過去。不像受盡酷刑回來的人，莊某發出如雷一般的聲音，傳遍了全牢獄。

「該死！我該死！我真該死！」

那是血淚交織的，莊某自責的叫喊。

那尖銳的自責聲，貫穿所有聽者的肺腑，永遠留在耳際，令人終身難忘。

到底莊水清發生了什麼事呢？佑德久久不能入睡。

34 清倉

早上六點左右，佑德醒過來。是十月八日星期六的早晨。幾天來不足的睡眠，好像完全補足了。佑德站起來和阿福一起做體操。尤其是屈身運動，做起來最舒服。

佑德不時地探頭去看七號囚房，可是看不到莊某的人影。

看守來分配早餐了，每人兩個饅頭，一碗豆漿。佑德全部吃完。食慾好像也恢復正常了。可是體力還不能說完全恢復，全身還是懶洋洋。

時鐘敲了八點後不久，獄舍的鐵門外面響起一陣騷動。看守走到右邊的一號囚房，打開小門，叫一些人帶行李出來。一共走出來四個人，可是都沒有帶行李。他們到大辦公桌邊，取回錢和手錶。看守取出手銬，把四個人犯如串珠似地連銬起來。兩個穿制服的警察進來，四處察看了一下，看守把四個人犯交給兩個警察。

門外好像還有幾個警察等著，他們帶著人犯走了。佑德回頭去看阿福。阿福臉色蒼白，雖然沒有開口，眼神卻明顯地在問：

「我會怎樣呢？」

佑德還未想出適當的回答，只好說：

「不要操心，操心是多餘的。」

佑德再邀阿福做體操。

「你本性正直又親切，神會妥貼為你安排的。」

阿福露出一個微笑。

可是不久，二號、三號、四號、六號囚房的嫌犯同時都被叫出去。八名嫌犯在大桌子前排成一列，兩個兩個用手銬銬在一起。阿福又緊張了，聽到手銬聲，臉上就顯出恐懼的樣子。

佑德對阿福說：

「從這裡出去的每個人，按規矩都會被銬上手銬的。」

「歐吉桑也會被銬嗎？」

「當然會。就這樣，卡喳。」

佑德逗笑地裝出銬手銬的手勢。

兩人再度做起體操。很明顯的，阿福不能專心。

「李阿福，準備！」

終於輪到阿福要被叫出去了。這次只有他一人。阿福正在收拾包袱時，佑德取出一件自己的汗衫，遞給阿福。能給他的只有這麼一點東西。可是阿福無論如何不肯接受。

「你很善良。我一輩子不會忘記你。」

佑德這麼說。阿福一聽，馬上用兩手緊緊地摟著佑德，說：

「能遇見老師，我很高興。」

這是阿福第一次叫佑德老師。佑德說不出話來，只是緊抱著他。是的，阿福最需要的，就是一個可叫著老師的人。有一個這樣的人在他身邊，就不會有今天這回事。

阿福終於被戴上手銬，交給警察要帶走了。從佑德的視野消失之前，阿福突然止步，回過頭來，向著佑德高高舉起戴著手銬的雙手，做最後一次的告別。阿福走了。以後不再有機會看見他了。

幾乎全部的嫌疑犯都被送走了。

「對了。」佑德想到，今天是十月八日星期六，隔一個禮拜天就是十月十日，中華民國的建國紀念日了。這次嫌疑犯的送檢，就是節前所謂的「清倉」。

35 被留下來的政治犯

現在牢裡只剩下兩個政治犯，就是佑德和莊某。莊某可能一直躺著睡覺，只是偶爾聽見他的呻吟聲。整個早上都沒有看到他的人影。

看守來分配便當，這次只有兩個。他把便當從鐵柵縫放進囚房，大聲叫著：

「吃飯了。」

可是七號囚房一點反應也沒有。

佑德打開便當。米飯上面有青菜、油豆腐、荷包蛋。也許是適應了，或許是生理上的需求，佑德竟全部吃光了。

七號囚房終於有了莊某起身的動靜。時鐘的指針指著已經過了十二點半。莊某好像在漱洗、如廁。看來似乎不必有人幫助，也可以走動的樣子。

終於，莊某的人影進入了佑德的視野。莊某打開便當一看，馬上又蓋上。

「咳，咳。」

佑德乾咳了幾聲，故意引起莊某的注意。兩人的視線一交會，佑德趕緊露出微笑，對他表達了善意。莊某再靠近鐵柵，瞪視著佑德，旋即移開視線，去看囚房前的名牌。也許是看到了「叛亂」兩字，他發出一聲：「哦！」

同病相憐，不需言語，自能意會。

「我姓蔡。」

佑德壓低聲音說。

坐在大桌子前的看守，抬起頭瞥了一下佑德，並不制止。

「吃一點吧！」

佑德忠告莊某。

莊某再一次抬起眼睛看佑德。

「蔡兄嗎？我姓莊。」

莊某打開便當，吃了一兩口，再度蓋上，把便當推到一旁。他的動作斯文，與昨夜激烈的舉動，判若兩人。

兩人談起話來。

「我是恆春人。」

「我是朴子人。初次見面，請多指教。」

「我在恆春開木炭行。」

「我是教員。」

「教員，不錯呀。我以前也是教員。我畢業於臺南師範學校。」

看守站起來了，制止兩人再講下去。談話被迫中斷。

佑德躺下來。一躺下，就想到剛才還躺在身邊的阿福而心痛。

下午四點過後，進來了兩個新客。他們雙手沒有被銬，表示不是從外地來的，而是從同一建築物，很可能就是從訊問室直接送來的。按這兒的規矩，他們也抽出皮帶，寄放隨身物品。

七號囚房的莊某，半抬起身，爬到小門邊。

「呦，福林、松柏嗎？」新來者嚇了一跳，轉身尋找發出聲音的人。

「呀！莊老兄。」

其中一人大叫。

「原來如此。」

另一人低聲嘟嚷。

莊某跪著向他們叩頭說：

「對不起！真對不起！」

流著淚，莊某對兩人不住地謝罪。

新來者被禁止講話，旋即被關進佑德右邊的一號囚房。一號囚房和七號囚房是扇形的兩端，遙遙相對，彼此可以清楚地看見對方。看守的用意是，看可以，交談則不行。

突然，莊某發瘋似地敲打地板，大聲嚷著：

「我要死！讓我死好了！」

不理看守的制止，莊某繼續嘶喊著。

看守趕快打電話求援。兩個穿制服的警官很快地跑了進來，把莊某銬上手銬，拉了出去。莊某繼續向兩人大叫：

「都是我不對！對不起！我該死！我真該死！」

一號囚房的新來者卻無言以對。

等看守回來時，佑德問：

「帶到哪裡去了呢？」

「看護室。」

看守不耐煩地回答。

佑德想起，那天晚上要來這裡時，好像有經過看護室。在大鐵門和看守所中間，好像有一個房間，掛著那樣的木牌子。從門上的小窗子，可看到裡面。房間的四壁，都貼著榻榻米，用來防止犯人撞頭自殺。這可能是關凶暴犯人的地方。

新來的兩人，開始不安地小聲談話。同案者兩人被關在一室，表示訊問已經結束，沒有再調查的必要。

看守走到一號囚房，換了兩張新名牌。

「叛亂趙福林」

「叛亂劉松柏」

政治犯總共四名被留在此地，等待慶祝光輝的民主國家建國紀念日。

36 哭泣的新來者

當天晚上，除了一號和四號囚房以外，其餘的囚房已是空無一人。看守的負擔減輕了，顯得很輕鬆。大概是因為非同一案件，他並不干涉佑德和新來者談話。

佑德和福林、松柏談了種種話題。

他們兩人都是在當天未明，大約五點左右，分別在東港和臺中遭到逮捕。那是在莊某被拷問後不到數小時。特務們毋須花時間申請逮捕狀，他們正如當初對待佑德一樣，只需用吉普車把人帶來就行了。

經過八小時的訊問後，下午四點左右，趙、劉兩人被送入牢房。莊某知道，他們兩人一定會被捕，所以在前一夜才會那樣自責地大嚷：「我該死！」那淒厲的喊聲，至今還活生生地在佑德耳邊迴盪。

松柏現在臺中某銀行服務，福林則任職於東港水產試驗所。[24]兩人都是恆春人，同在高中時代，被莊某吸收加入共產黨。他們不大懂共產主義的理論，只是盼望像樣的政府出現。以後，他們沒有做任何活動，也沒有再和莊某接觸，甚至連通一封信也沒有。這樣經過四年，他們幾乎快忘記莊某時，突然遭到逮捕。穿中山服的大漢和便衣刑警闖進家裡來，在驚訝的妻子面前，把他們銬上手銬帶走。

「我們是犯了什麼罪？」

兩人中的一人問佑德。

「剛才訊問時，你們承認入黨了嗎？」

「是，我們都那樣回答。可是我們沒有黨證，也沒有宣誓入黨。」

特務們一直把自白看作證據，所以黨證、宣誓都不是問題。

「你們沒有吸收任何人，是不是？」

個子較矮的松柏回答說：

「我們連自己有沒有加入也搞不清楚，怎麼會去吸收別人呢？」

「這在外國，完全不構成犯罪……」

「在我國呢？」

「很遺憾，在我國有叛亂條例，會送去軍法處，以二條一項起訴。」

「咳，咳。」

看守故意咳了幾聲。他大概聽到二條一項，心生疑懼，制止了佑德他們的談話。「聽到二條一項，鬼也會嚇跑。」這句話真是一點也不誇張。

不久，看守打起了瞌睡，個子較高的福林不安地又問了佑德：

「蔡老兄……被起訴後，會怎麼樣？」

「在軍法處的法庭被宣判罪行。」

松柏插嘴說：

「可是，剛才訊問我們的那些人說，只要我們承認，就會送我們回家去……」

沉默了一段時間，福林再問：

「罪刑差不多會判多久？」

「依你們的情況，雖然有參加，但是完全沒有活動，判十年有期徒刑的可能性最大。」

佑德覺得有點好笑，自己不過是先進來幾天，就好像老前輩似的，以權威的口吻對新來者講話。

他倆聽到十年，似乎嚇了一跳，看來這方面的常識幾乎等於零。佑德有點後悔自己太多嘴了，想要安慰他們，再加一句：

「二條一項是，處十年以上有期徒刑，或無期徒刑，或是死刑。十年是最輕的量刑。」

又是一陣沉默。

松柏說：

「……可是莊兄怎麼說出我們的名字呢？」

聲音帶著埋怨的口氣，這也難怪他們。

佑德降低聲音說：

「都是因為拷問。」

他倆沒有反應。也許是聲音太低聽不清楚；也許是拷問的意思一時不能理會。

可是昏昏欲睡的看守卻聽懂了。他站起來，示意佑德不要再做進一步的說明。

佑德住嘴了。看守卻主動跟佑德聊起天來。他先談些各地的風俗習慣，然後談及看守的職責和辛苦。看守在保安司令部的組織裡，可說是最低的職位，大部分是沒有晉升希望的蕃薯仔。這些看守看起來有點同情政治犯。

這位看守溜嘴說道：

「我們都希望你們能夠無罪釋放。反正你們被判有罪，獎金也沒我們的分。哈哈哈。」

說到獎金，當然佑德知道，捉叛亂罪犯有獎金制度，可是從沒想到自己會變成發獎金的對象。在這個制度下，每抓到一個嫌犯，特務們就有一筆獎金可以朋分。然而最不合理的是，嫌犯一旦判罪，獎金就立刻頒發，即使以後知道誤判或誤殺，獎金也不會被追回。這不等於是獎勵誤判或誤殺嗎？發給捕獲獵物的獵犬獎品是合理的，可是不能把獎品發給誤捕獵物的獵犬，應該給他懲罰才對。否則，狂犬豈不是愈發跋扈囂張了嗎？

這樣不合理的獎金制度，不可能通過議會．但是獨裁者的命令是至上的。和其他的法令一樣，沒有必要在議會提出。即使提出了，只要說一聲總統的指令，就沒人敢反對。假設還有人敢反對的話，去抓他，一定可領到最高額的獎金。

佑德躺下來反省。這兩天說了一堆自大的話，其實自己的事情都一無把握。可能會送到臺北去重新接受調查，被拷問的可能也有。眼前看過莊某受完拷問回來的樣子，佑德對自己愈發沒有信心起來。可是也不能每天在悲嘆中度過，還是把命運託付給上蒼去安排，盡量不掛心才好。

傾耳靜聽，從一號囚房，傳來一陣微弱的男人哭泣的聲音。

37 萬歲的呼聲

遠處傳來樂隊演奏的音樂，是慶祝雙十節所舉辦的遊行。朴子現在一定也正在慶祝遊行吧？「貞現在是不是在看遊行呢？」

佑德想起女兒，又想起了妻子和母親。

諷刺的是，最盛大熱烈真心真意慶祝的雙十節，竟是物資最缺乏、生活最艱苦的光復初期的兩年。在朴子這樣的小鎮，上午舉著旗子遊行，晚上再提著燈籠遊行，一天之內非有兩次遊行不過癮。那個時候，大家都有在慶祝自己國家的建國紀念日的真實感。如今，不過是感覺到，在應付外來政權的建國紀念日罷了。可是對小孩來說，還是一個等待已久的快樂節日。

佑德憶起，自己小孩時過節的情形。小孩子興高采烈地慶祝日本的紀元節（建國紀念日）或天長節（天皇生日）時，父母們有什麼樣的感觸？永遠都要慶祝外來政權的建國紀念日，難道是上天賦與臺灣人的命運？其實那不是侵略紀念日嗎？

遊行的行列漸漸靠近，有人的聲音摻雜在音樂聲裡了。一段音樂和一段音樂之間，有人在指揮喊口號。遊行隊伍好像已經到了警察局門前。

「三民主義萬歲！」

指揮者大聲喊道。

「三民主義萬歲！」

接著傳來集團附和的聲音。

「反共抗俄！」「反共抗俄！」

「消滅朱毛！」「消滅朱毛！」

「……」「……」

最後一定喊：

「蔣總統萬歲！」「蔣總統萬歲！」

一集團過去，又有樂隊帶頭的新的集團上來，叫喊著相同的口號，最後一定是喊：

「蔣總統萬歲！」「蔣總統萬歲！」

蔣介石總統是那麼偉大嗎？那麼值得臺灣人尊敬嗎？那要待後世的歷史家研究。不過身在囹圄的人看來，他不過是一個殺人魔。他是二二八大屠殺的最高負責人，如今更是下令執行「寧可錯殺一百，不可枉縱一個」的暴君。是不是白色恐怖的元凶呢？

被尊為「孔明」的佑德的舅父，就曾對佑德說過：

「美國在日本投下兩顆原子彈，但是在臺灣投下更有破壞力的無限炸彈——蔣政權。」

日本人在互相對抗的戰爭中，被敵人的炸彈炸死，死也瞑目。可是臺灣人是被熱烈歡迎的親爹殺死的，死能瞑目嗎？

熱烈歡迎蔣介石的場面，在佑德腦海裡還是很鮮明。

那是一九四六年十月二十一日，光復後一年又兩個月，整個臺灣還沉迷於回歸祖國的美夢時發生的事。從首都南京、蔣總統翩然飛來臺灣。救世主的來臨，使全島興起歡迎的熱潮，整個臺灣幾乎都沸騰了。

在臺北的中山堂，代表全臺灣的紳士顯要都趕來齊聚一堂，參加歡迎會。深為總統的奇力斯馬（Charisma：使大眾熱烈信服的領袖魅力）懾服的某位仕紳，對媒體記者說：

「今天能夠拜謁偉大的蔣總統，並且能夠與他握手，一輩子沒有比這更光榮、更高興的事了。我感覺死亦無憾！」

字字句句，都是真情流露。

不久，過了一個新年，二二八事件一發生，他就因為素有名望，糊裡糊塗地被殺了。死時有無遺憾，如今再也無法問他本人。

不分職業，所有階層的人聽到總統在中山堂，都拚命地跑去歡迎。大學校園幾乎成了空城。當時還是大一新鮮人的佑德，上氣不接下氣地跑到中山堂去。幸運的，在前廣場的後方，擠到一個勉強可站著的地方。當時的場面，真是沒有立錐的餘地。花草全部被踐踏，所有的樹上都是人。

「不要再上來了，樹枝會折斷囉！」

到處都聽到這樣的驚呼聲。

四周建築物的陽臺、屋頂上也都擠滿了人群。

人人搖著旗，吶喊著：

「蔣總統萬歲！」

終於，蔣介石總統和宋美齡女士出現在中山堂寬闊的陽臺。一時「蔣總統萬歲」之聲震撼大地。總統伉儷高舉著雙手，回應民眾的歡呼。

無數抗日英雄流了那麼多熱血也無法達成的事，這位英雄終於做到了，他正是民族的英雄、民族的救星。

民眾揮著旗子、揮著手帕、揮著帽子，或僅只是揮著一雙熱情的空手，流著眼淚，高聲叫喊「萬歲」，歷久不停。

總統始終無法從陽臺下來，一離陽臺，就被民眾歡呼的波濤喚回。如此盛大，真心真意的熱誠歡迎，是臺灣史上從來沒有的。

佑德無法站立在同一個地方。從後面不斷湧來的民眾，推得他不得不前後左右地移動。突然，在一片萬歲聲中，好像聽到了一聲「佑德」。佑德抬頭一看，原來旁邊的樹上，站著吳哲夫、鄭文邦和文邦的葉姓同學。佑德擠過人群，靠近那棵樹。哲夫指了樹枝的最前端。玉坤爬在那裡，探身出去，看起來似乎要掉下去了。

「蔣總統萬歲！」他的聲音已經啞了，還是拚命地喊個不停，滿臉分不清是汗是淚。那時，玉坤沙啞熱烈的呼聲，猶如昨天一般，還留在佑德的耳朵裡。屈指一算，從那狂熱的歡迎已經過了八年的歲月。

佑德回到現實世界，在囚室的地板上躺了下來。

遊行的音樂漸漸地遠去，佑德冷靜地聽著愈來愈小聲的「蔣總統萬歲」。

38 往臺北的夜行列車

終於，要被送到臺北的日子到了。十月十四日熄燈後入睡不久，看守叫醒佑德。

「蔡佑德，起來準備，要送檢了。」

佑德立刻起身，小解。說準備也不過是穿上褲子，把枕頭和盥洗用具包入包袱罷了。時鐘指著十點二十多分。

在大桌子領回錢和皮帶，趕快繫上。從來沒有想到皮帶是如此重要的東西。現在站立時也可使用雙手了。可是把皮帶的釦釘插入最後一孔，也無法扣得十分緊。

兩個便衣刑警走了進來。一個高大魁梧，一定是柔道高手。另一人看不出是刑警，是個子不高的白面帥哥，穿著格子花樣的西裝。如果不是腰間掛著手槍，可能會被誤認為是普通公司的職員。

魁梧的那個刑警取出手銬，把一邊的銬環扣在佑德的右手，另一邊則銬在自己的左手。

「走吧。」

魁梧的刑警這麼一說，拉著佑德就要走了。

佑德用不帶手銬的左手趕忙抓起包袱，被拉著走。剛和看守談起話來的帥哥刑警，急忙跟在兩人背後。佑德看見福林和松柏蒼白著臉，從鐵柵間往外探望。一直到踏出牢獄的鐵門時，佑德才在背後聽到他倆小聲的道別——「再見！」

走過長長的走廊，在右邊看見看護室。莊某好像還在裡面。轉彎九十度，來到大鐵門。一行三人穿過鐵門，默默地繼續往前走。

上了樓梯，來到正門玄關。下著毛毛雨的路上，停著一部吉普車。

「叭叭叭！」

等得不耐煩的樣子，司機馬上發動了引擎。

載著三個人，吉普車往火車站疾駛。

好久不見的塵世，顯得悲哀又淒涼。也許是夜深了，沒有多少人影。霓虹燈映在路上的雨水裡，惹起濃濃的鄉愁。

過了約十分鐘，吉普車到達車站。站內倒是還有不少人來來往往，有些人在大聲講話，好像是另一個不同的世界。他們自由地行動，毫無拘束。佑德等三人走進候車室，坐下來等火車。

帥哥刑警向佑德自我介紹。

「我也姓蔡。這位是陳先生，他兼柔道教練。我們兩個都是蕃薯仔。」

他的話多少解除了佑德的不安。

坐在前面長椅子的兩個女人，看了佑德的臉孔，顯出不解的臉色，旋即注意到佑德手上的手銬，急忙站起來，移到別的椅子去了。坐在陳刑警旁的男人也注意到手銬，趕緊站起來換了個位。

佑德並不感覺不快，相反的，如果能夠的話，真想開口大笑一番。

坐了一會兒，兩刑警帶著佑德穿過驗票口，到月臺等車。往臺北的夜行列車慢了二十分鐘，直到凌晨，才進入月臺。一行三人上了中間的車廂，選坐在最前面的位子。佑德靠近窗邊，與陳刑警並坐，蔡刑警則在對面的位子坐下。他喜歡講話，和任何人都能輕鬆地談起來。不過他還是避免向佑德多說。兩人拿出香菸抽起來，也請佑德抽一支。佑德婉謝了。佑德已下定決心不再抽菸，除非是重獲自由。此班列車預定於清晨五點到達臺北。

細心的蔡刑警，拿出一條手帕，蓋在手銬上。如此一來手銬不再引人注目。佑德閉上眼睛，聽他兩人的聊天。

雖然同屬於警備司令部，這兩人是刑警而非特務。他們協助護送如佑德這樣的政治犯，卻不參與政治犯的訊問或逮捕。也許因為這樣，他們談天的範圍都是竊盜或殺人的事情。

他們談到了李阿福。

蔡刑警說：

「說句老實話，阿浜命案發生後，我馬上認為阿福可疑。你還記得嗎？我曾向隊長建議逮捕李阿福。」

他所講的隊長，是刑警大隊的隊長，不是掌管特務的陶隊長。

「隊長怎麼說？」

陳刑警問。

「隊長叫李阿福來，看一眼，就否定了。李阿福看來稚氣未泯，而且他一天也沒有脫班呢！又不賭。」

「哈哈！別的賭徒都跑光了，他不跑。」

「是呀，真是一群呆子。我們要抓賭的話，隨時都可以在現場抓呢。」

「注定閻羅殿要多一個冤魂。」

「哈哈！像大頭那樣的人，死了多少個有什麼關係呢？不過，當時照我的建議逮捕阿福的話，大頭就不必死了。」

「他不死也不知道該感謝你呀。」

「可是我一直都在注意李阿福，即使沒有發生第二次命案，可能也會被我逮著的。」

「哈哈！獎金溜走，真可惜。」

「哈！……可是那傢伙真有一套，是天生的殺手。殺了阿浜之後，看到我們也一點都不怕，一副泰然自若的樣子，真是……」

「那還談什麼獎金呢？隊長以下全員受騙。」

「喂，喂，我是例外呀！」

「是嗎？」

「可笑的是，殺阿浜的最大嫌疑者就是大頭金生。哈哈！」

「不但沒有獎金，還要罰金才對。哈哈！」

不知不覺中，佑德睜開了眼睛，在聽他們的話。他倆看一看佑德，露出苦笑。佑德再度閉上眼睛，假裝睡覺。

「如果是他們的話，就抓了。」

蔡刑警還不甘心的樣子，悻悻地說。

「那當然。」

陳刑警回答，打了一個大呵欠。

兩人所講的「他們」，指的是那些特務。在警備司令部中，刑警與特務之間時有傾軋。特務可憑著叛亂條例隨便抓人，刑警卻好像沒有那麼隨便。

不過，佑德所知的阿福，和蔡刑警口中的阿福，有很大的差異。佑德所知的阿福是善良、膽小、又怕惹事的孩子；蔡刑警所講的阿福，卻是膽大、冷酷又狡猾。哪一個才是真正的李阿福呢？

但有一點佑德可斷言的，就是「阿福絕不是天生的殺手」。阿福對佑德說過：「遇見老師，很高興。」那句話絕對是真心話。此話暗示著「如能早一點遇見老師就好了」。如果有一個可叫老師的人在他身邊，佑德敢決然地說，他就不會殺人。

雖然知道很冒昧，佑德還是張開了眼睛，問蔡刑警：

「那李阿福會受到什麼判決？」

「他昨天被起訴了。求刑當然是死刑。」

「他不是還未成年嗎？」

「不，犯罪時他剛滿二十歲。」

「唉！」

轟隆轟隆地，往臺北的夜行列車進入了隧道。從忘記關閉的窗子，吹進了一股煤煙，人人用手掩著口鼻。

忽然，佑德看見映在窗子玻璃上的自己的臉孔。

「呀！」

佑德嚇了一跳，發出一聲驚呼。

在那玻璃上，佑德清楚地看到，《日出》那齣戲裡他所扮演的那黃省三的臉孔——失業又貧困，被迫跳河自殺的那憔悴不堪的臉孔。

與當時妝扮完全相同的一副臉孔，瞪著驚訝的眼睛，注視著當時的導演，好像在問：

「這到底是怎麼一回事？」

注釋（本篇注釋者為林傳凱）

1 在一九五〇年代的白色恐怖中，朴子可說是重災區。除了曾任建中教師的李水井，身為一九五〇年代判決的「省工委學生工作委員會案」的案頭外，許多北上或到外地念書的學生、或他們留在故鄉服務的小學同學們，都陸續捲入了白色恐怖，例如鄭文峰、黃嘉烈、黃師廉、張壁坤、張碧江、陳清度、涂炳榔、吳哲雄、林榮和、張景川、陳安瀾。這些案件大多牽涉「學生工作委員會」的活動，甚至牽連到家屬入獄。此外，還有許多到外地服務的朴子人，或日本時代曾與「老臺共」有關的朴子人，因此判處死刑。

2 本文中的張玉坤，即逃亡多年後，於一九五六年九月二十六日槍決的臺大法學院學生張璧坤，為蔡德本於朴子的友人。按蔡德本在文中所述，張璧坤是在被捕後期，基於求生的掙扎，而牽扯到故鄉未涉組織的友人求自保。對此說法，部分家屬有不同看法，可參考《承擔家變：白色恐怖中的朴子張家》收錄的訪談。至於案件的客觀情形，可參考業已公開的政治檔案，其中留下了張璧坤被捕後案情發展的一些紀錄。

3 「自新」與「自首」兩詞常被混用，實際上有著區別。「自新」通常是指被情治人員逮捕者，或願意協助後續偵辦、或提供「有力」的破案線索者，得以免刑，甚至准予加入情治機關的狀況。「自首」則是如蔡德本所言，於案件未曝光前，出面向警政或情治機關坦承一切，若被官方認定為「誠實」者，可准予免刑，但通常會因此導致大量關係者被捕。

4 黃烈堂，為一九五二年九月二十五日判決、一九五三年五月九日槍決的臺大學生黃嘉烈，得年二十七歲，其老父黃錐也因「包庇」罪名判刑一年六個月。吳哲夫，即臺大學生吳哲雄；涂平郎，即師範學院學生涂炳榔，兩人都曾參與「臺語話劇社」演出，並由張壁坤介紹下參與地下組織或參與討論。吳哲雄一度「自首」，並被官方要求以「反共臺語話劇團」身分巡迴各地演出，宣揚政府國策與自首辦法。一九五一年，昔日臺大同窗張英杰出面「自首」，供出吳哲雄於「自首」時未坦言的活動情節，因此時任嘉義貨運公司朴子辦事處業務主任吳哲雄被捕，於一九五二年判刑十五年；涂炳榔則判處十年徒刑。

5 一九五五年，保密局改制為情報局。若蔡德本記憶無誤，這段情節發生於一九五五年後。張壁坤約於一九五四年二月八日被捕，至一九五四年八月二十四日判決，但至一九五六年九月二十六日才判處死刑。因此，對照檔案，這段情節，應該是發生於一九五四年案件定讞後一年左右的事情。

6 朴子青年第一波判決集中於一九五〇年，包括鄭文峰、黃師廉都於此時槍決；第二波則約於一九五一至五二年，如黃嘉烈於一九五二年九月二十五日判處死刑；吳哲雄等人也於一九五二年槍決。而張壁坤被捕時間最晚，為一九五四年二月八日。

7 一九五四年判決的葉城松（嘉義市人）、張壁坤等案，為「省工委學生工作委員會」最尾巴的案件。本案前後超過三十人被捕，涵蓋嘉義六腳、臺南安定、屏東縣等地，大多是葉、張兩人逃亡時曾躲避過的地區的居民。過半被捕者，最後以無罪、不起訴處分開釋；但也有部分人判處無期徒刑、七或十年以上有期徒刑。

8 即葉金柱，時為東石國小教師，一九五〇年因「省工委學生工作委員會」判刑十二年。

9 即朴子國小教師的黃師廉、陳清度。兩人分別於一九五〇年因「省工委學生工作委員會」判處死刑、十二年有期徒刑。

10 李水井，朴子人，日本時代曾因抗日而遭日警通緝，後逃往中國，曾於重慶等地擔任記者等職，直到戰後返臺。由於能說流利的北京話，一度於朴子國小擔任國語教師。後前往臺北，於「二二八」後，因不滿血腥鎮壓而參與地下黨。初期負責臺北市中等學校教師系統；一九五〇年初蔡孝乾第一次被捕脫逃後，蔡孝乾指示化名「李潔」（外號「外省李」）的徐懋德逃離臺灣，徐便將原本領導的「學生工作委員會」交由李水井聯繫。李水井於一九五〇年被捕後，受特務誘騙，認為可以爭取全體「自新」而將組織全數供出，導致「學委會」破案。即便如此，李水井仍於一九五〇年十一月二十九日遭槍決，得年三十一歲。

11 對照史料與報紙報導，以及涂炳榔等人受訪口述，「臺語話劇社」的演出乃是一九四八年底至一九四九年上半的事情。

12 即鄭文峰，朴子人，臺大法學院學生，惟案件爆發前已離校，未求躲避，曾前往新北市烏來福山國小擔任教師。一九五〇年仍因「省工委學委會案」被捕，判處死刑，得年二十二歲。

13 此處敘述與史實稍有出入。李水井參與共黨是「二二八」後的事情。此外，至一九四九年底前，他領導的主要是「省工委臺北市委會」下的教師系統。是一九五〇年初，才接手「學生工作委員會」的聯絡工作。且地下黨並無「全學聯」組織，只有「學委會」組織。

14 此處有幾項謬誤：第一，一九四九年四月的「四六事件」時，李水井並未被捕，他是在一九五〇年五月才被捕，相距一年。第二，李水井等人於一九五〇年十一月二十九日槍決，而非九月。第三、本案被捕者共四十五人。其中判處死刑者，包括李水井在內為十一人，其中泰半為臺大或師院畢業生，但當時多已出任教職或公職，例如師院畢業的鄭澤雄是澎湖水產學校教師、師院畢業的吳瑞爐是斗南中學教師、師院畢業的賴裕傳是高雄商職教師。其中保有學籍者，只有王超倫、鄭文峰。黃師廉並非本案唯一被槍決的教師。

15 此處描述時序有誤。「四六事件」發生前的一九四九年三月二十九日，周慎源與臺大各院自治會成員，尚在臺大法學院舉辦「青年節晚會」，會上並宣布成立「臺北學生聯盟」。而「四六事件」發生時，周慎源才遭遇到特務在校逮捕與脫逃事件。按照徐懋德口述，周慎源脫逃後，由他帶去植物園交給負責桃、竹、苗活動的張志忠，周慎源才前往桃園中路與蘆竹等地躲藏。爾後，周慎源由於與地下黨在桃園地區的部分幹部有路線之爭，因此於眾人往南脫逃時刻意「失聯」，導致周慎源獨自在桃園流浪。但根據史料記載，周慎源是於雜貨店買菸時，巧遇盤查員警，一度試圖拔槍而卡彈，又準備掏出身上的手榴彈時，被員警擊中頭部而當場斃命。因此，實際場面，可能沒有蔡德本此處描述的戲劇化。

16 「二二八」事件爆發於一九四七年二月底，「四六事件」爆發於一九四九年四月初。「四六事件」時雖通緝校內左傾學生，但多為外省籍，而以本省籍學生為骨幹的「學生工作委員會」實質受害不深。直到一九四九年秋天發生「光明報事件」，還有一九五〇年夏天李水井被捕，「學生工作委員會」才真正破壞，招致大規模獵捕。

17 指王耀東（臺南安定人）、劉光典（遼寧旅順人）。他們源於不同的地下黨系統，但逃亡期間曾與張璧坤等人合力逃亡，包括躲至高雄旗山等地。王耀東後與張璧坤同案死刑；劉光典則於一九五八年宣判死刑，一九五九年二月四日槍決。

18 此處稍嫌誇張。一九四七年底，臺大與師院的各級「院自治會」設立後，社團活動才日益旺盛。當時，確實有許多左傾外省學生，帶入對岸流行的壁報、話劇、歌詠、研究會等形式，成立各種社團。但並非所有左傾學生都參加了地下組織。尤其在臺大，許多社團中的活躍者還是較通北京話、中文的外省學生；而「省工委學生工作委員會」卻是以臺籍學生為主體。

19 若專指蔡德本友人所涉及的「學生工作委員會」，那麼發展情形並非如此。一九四七年「二二八」後，先是由蘆洲出身的「老臺共」廖瑞發（時為臺北市委會負責人），吸收了對鎮壓不滿的師院、延平學院、臺大等校學生，籌組了「學生工作委員會」，直到一九四七年底才由江蘇人徐懋德接手領導。該系統的外省人甚少，甚至少數受判決者，如吳崇慈（江蘇人，判刑十年）如訪談中所述，他反而是由臺籍的張璧坤吸收才參與地下組織。

20 鄭文峰槍決時為二十二歲。

21 張璧坤並非於一九四九年四月「四六事件」後逃亡。一九五〇年秋天發生「光明報事件」，進而導致臺大法學院、基隆中學、成功中學等支部破壞後，張璧坤才於該年秋冬開始逃亡。

22 張璧坤的父親張其德，於一九五六年四月十四日，也因「包庇叛徒」罪名判刑十年。

23 莊水清，檔案記載為高雄人（但蔡德本所述為恆春人），原為高雄三民國小教師。一九四九年底，原在該校服務的朱子慧（當時已調任獅甲國小）、黃朝林、謝秉乾等人陸續被捕，並於一九五〇年判刑。莊水清隨後辭職，一九五四年九月擔任煤炭商（即下文所述的木炭行）時，因他人供出在三民國小時曾有校內聚會而破案。一九五四年十二月二十日判處死刑，一九五五年三月十一日槍決。

24 此處所述的，可能是與莊水清同案中唯二的本省籍政治犯方振淵、林兆鏘。兩人均為高雄人，方振淵當時在臺中區農林改良場擔任辦事員，林兆鏘則為高雄第一商銀辦事員，職業性質有隱隱的對照關係。但此處所述案情，與林兆鏘及同案外省政治犯陳德祥所述有落差。兩人表示接觸到地下活動，主要還是在高雄三民國小內與朱子慧相處時的事情。因此，此處可能是蔡德本記憶或獲得資訊有落差（政治犯在獄中未必會向難友表露真正案情），或是寫作上的刻意設計。

施儒昌訪問紀錄

施儒昌口述／
張炎憲、許明薰、楊雅慧、陳鳳華訪問

◎一九九八年十二月二十三日、一九九九年八月二十八日、一九九九年九月一日受訪。收錄於《風中的哭泣：五〇年代新竹政治案件》下冊，二〇〇二年十月由新竹市政府出版。二〇一五年十二月，在張炎憲老師過世後，重新由吳三連基金會出版。

施儒昌（一九二二～）

新竹香山人，施儒珍（一九一六～一九七〇）之弟，新竹高商初級部畢業，一九五二年考入新竹香山鄉公所任戶籍員，一九七八年以里幹事退休。一九五〇年開始，因新竹市委書記黃樹滋被捕，施儒珍等人曝光，施儒珍先是在親友家逃亡兩年多，後回海山里老家，由二弟施儒昌在柴房旁砌出狹窄的隔間，自囚長達十八年，一九七〇年因黃疸無法送醫過世。施儒珍家族多受牽連，除舅舅因協助藏匿被判三年，施儒昌曾被關三天，父親也曾被拘禁恐嚇，身心崩潰下不幸於火車月臺跌落受傷過世，母親也因長期壓力腦中風而死。

家世背景

我是昭和七年（一九三二年）出生，新竹香山的內湖國小畢業，考上新竹農業學校之後，不久就發生空襲。戰後，國民黨接收臺灣，將新竹農業學校解散，學生隨自己意願可以到桃園農校或到苗栗農校就讀。我到苗栗農校讀幾個月後，因為交通不方便，又申請到桃園農校。當時新竹地區同年級就讀桃園農校的學生只有我一個，孤單無伴在外面租房子，很不習慣，一個月後我回來，考進新竹高商初級部，三年後要再讀高中部時，沒考上。當時我已經十七歲，決定留在厝裡幫忙農業與家事。

我出世就住在現在新竹市香山區海山里的農村。根據家父所說，早期我們的祖先和祖先的叔叔兩人從中國來臺灣，在鹿港登陸後，來到苗栗縣竹南鎮的大埔里一帶開墾。當年他們可能沒有攜家帶眷來臺灣，所以家父說我們是「有唐山公，沒唐山媽」，意思是祖先來臺灣以後，和竹南大埔里當地的平埔族女子結婚。不過聽家父說這些代誌的時候，我還是囝仔，也沒有進一步去追究。

祖先開墾經過好幾年，在這已經建立家園，後來因為他是獨子，中國大陸的祖墳沒人可拜，才又回去背祖先的祖墳來臺灣住。到了我阿祖時代，新移民到大埔里的林姓大族，人多勢大，財產被他們侵占，不得已才搬來現在新竹縣香山區海山里。我們厝附近本來住很多戶，後來都搬走，現在只剩下我們的舊厝還在那裡。

家父經農，日本時代讀過新竹公學校，後來去租土地種甘蔗來賣給製糖會社，雖然有經營，但是沒什麼賺錢，才又繼續經農。家裡有兄弟姊妹八個，四男四女，家兄排行最大，下面四個姊妹、我和兩位弟弟。我和家兄的年紀足足差十七歲。

日本時代的逃離

家兄施儒珍，大正五年（一九一六年）出生。新竹公學校畢業後，依他的興趣考入宜蘭農業學校就讀。剛畢業後，他並沒馬上去就業。為了要去日本，他偷偷跑去基隆港偽裝成船夫，假裝搬貨進船艙，躲在裡面差不多三天，沒有東西吃，一日晚上肚子餓出來偷吃時，被船員發現。當時那艘船是由臺灣載貨要去日本的貨船，後來船到日本港口卸完貨，又原船將他載回臺灣。一直到他被載回臺灣，家人才知道他的去處，後來日本政府將他羈留九個月。

放出來不久，他又偷跑去中國，家人四處找不到他，沒有人知道他會跑到哪裡。以前的鄉村較迷信，大家都說他是被茫神仔（指鬼魂）牽去，才會失蹤找不到。我小時候常常聽到大人們說，人若被茫神仔牽去，鑽進草叢裡，憨憨地，自己都不知道要走出來。後來家父拜託附近厝邊、親戚朋友，一日差不多發動三、四十人到附近山上、溝邊、草叢堆裡，用竹子四處去攪、去找，找了三個多月還是沒消息，沒辦法才去警察機關報案。警察馬上聯絡全臺灣警察單位全面找尋，還是找不到，後來又聯絡中國上海的日本領事館。那時中日還未發生戰爭，中國還是國民黨政府統治。日本領事館拜託上海的警方協助尋找，果然在上海找到家兄。當時臺灣人和中國人無論在穿著、走路都不同，他到上海人生地不熟，摸不到方向，也沒有其他認識的熟人，在外面逛的時候，被當地警察發現，交給日本領事館，再將他送回臺灣。他去中國到被送回，前後大約半年的時間。這一次逃走，日本政府沒有羈留他。

新竹州事件被捕

傳統的農業社會，父親對長子有較大的期待。家兄接連跑日本又去中國，家父非常生氣，說大家被他搞得不但花錢又花精神，還連累親戚朋友四處找他。從中國回來後，他開始安定下來，考入新竹州農林課服務，這個時期認識鄭萬成、王如欽、楊金輝等人，大家常去黃旺成先生家聚會討論。他在農林課服務沒幾年，發生「新竹州事件」，被日本政府逮捕，剛開始關在新竹少年監獄，經過新竹法院判決七年後，移監臺中監獄，在臺中監獄關六年。新竹州事件中，只有家兄關較久——「判七年、關六年」，其他的人有的無罪釋放，有的只有關幾個月，或一兩年而已。會判這麼重，應該是他有發起、帶頭的意思，加上他的民族意識較強，對法官的審問較會抵抗、激烈的關係！

日本政府雖然也會逮捕左傾思想的人，但是對待思想犯的待遇比較好。在監獄裡，日本人不曾打他，吃也較好，一餐還有加一條香蕉，平時只有做一些糊火柴之類輕鬆的勞動。牢裡一般作賊、偷豬、殺豬的犯者，一星期就固定要被刑一次，吃的飯菜、青菜一律用水煮過，沒油、沒有水果。我印象很深，他曾告訴我，那些一般犯人很可憐，他吃完丟掉的香蕉皮，還撿回來吃。當時我年紀還小，家父曾經帶我去面會。日本人對犯人的家族不會歧視，對我們的態度都很友善。

他在一九四五年三月出獄，日本正受到美軍的轟炸，一時還找不到工作，朝山派出所警察就叫他去做警護團工作。以前的警報器沒有馬達，需要用手動，他每天去派出所旁邊的警護臺臺上搖警報（絞水螺）。同年八月十五日，日本就投降了。

日本戰敗後，警護團的工作沒了，我叔叔正好在日本人經營的鈴木醬油新竹市店當課長，安排他進去醬油店工作，後來結識一位小姐，從戀愛到結婚。其間，受到黃旺成先生的影響，加入三民主義青年團，協助國民黨政府接收工作，二二八事件後，三青團也解散了。家兄結婚那年，剛好三十歲。婚後一個月，就到新竹縣五峰鄉的一間小學當教員，校長李林樹先生和他是朋友，介紹他去教書。當時我十四、五歲，也曾去學校找他玩。他在那裡大約教兩年書，後來農林廳新竹檢驗局成立，應徵進入檢驗局工作。在檢驗局服務期間，因為「匪諜」案開始逃亡。

對國民黨政府的失望

日本戰敗，「祖國」要來，他非常高興，剛開始對國民黨還很期待，他在三民主義青年團指揮要迎接「祖國」來接管臺灣，沒想到蔣介石政權一來，卻是這麼匪類、這麼土匪，是來欺負我們臺灣人，糟蹋我們臺灣人，他非常反感。二二八事件以後，看到國民黨中國人的真面目，他搖頭說這是烏合之眾，是土匪不是人，差他的理想差太多了。他這時候思想開始轉變。

家兄的個性，從以前就很不喜歡和資本家或是有錢人、有地位的人交陪（來往）。他的個性不貪，在三青團時，協助國民黨新竹地區接收，看到國民黨很多接收人員私下奪取日產，他說這是屬於國家的財產，他絕不會去貪。我曾玩笑對他說：「那時候別人都在拿，你應該也拿一些來變賣，用來做為日後發展組織的經費，不用大家掏腰包，不是很好！」他說：「屬於國家的財產，我絕對不拿！」

二二八事件發生那日，他到新竹市區去看，不小心被手榴彈打到，右腿受傷，被炸彈片傷到還不算太嚴重，他趕緊去醫生館敷藥、包紮後就回家，不敢讓人知道。二二八事件之後他都待在家裡。後來國民黨開始清鄉抓人，由里長帶警察、棉被兵[1]來家裡調查兩次。兵仔的步槍上安刺刀，一來就砰砰叫，叫我們排隊，拿出戶口名簿，叫里長在那裡唱名。一個一個點名、舉手，兵仔再對人又對名。家人都很緊張，害怕他的傷會被牽連。那時他身穿長褲，蓋住受傷的右腳，所以沒代誌。腿傷後來就痊癒了。

根據後來他告訴我，他在宜蘭農林學校求學，住學寮時晚上都會去買馬克思的書回來看，就是那時候他開始研讀馬列主義思想，但是沒實際參加任何活動。我看過他桌上的書，多數屬於馬克思主義的書和經濟學方面的書。他雖然受日本教育，漢文自己有研究，看得懂。他曾對我說：「我的這些書，你有時間，可以看看。」我才知道他是在研究社會主義這方面的代誌，不過他很少對我提起當時的政治、思想的事。他們的組織，我知道是在二二八事件之後才開始有行動。當時我年紀還小，不過印象中黃樹滋、鄭萬成時常來家裡和家兄開會、檢討。我們住的是鄉下農村，四邊都是樹木、農田，他們都在偏僻的樹下，討論一個下午，甚至整天，我只知道他們三個人，至於他們如何發展組織，我不清楚。不過他曾經告訴我，那時他的工作主要是對馬克思主義理論的宣傳，對朋友宣傳。我年齡差他十七歲，所以他的朋友交往，我比較不瞭解，連家父家母也不知道他參加這種活動。

在外逃亡近三年的經過

事情發生是從黃樹滋被治安人員掠去開始，家兄知道這消息後，事先聯絡厝裡，告訴我們常來厝裡的黃姓朋友已經被掠走，他自己可能也有危險，萬一治安人員來，有什麼動靜，大家要小心注意。家父家母這時候才知道他參加這種活動。家兄自結婚後，住在朝山里，就是現在香山車站對面，離我們厝海山里，大約有一公里。他回來通知我們以後，每日照常又去上班。有一日，他去桃園農業改良場出差三天，第三天要回來時，七、八個治安人員下午兩、三點乒乒砰砰來厝裡要掠人，一來就問：「施儒珍有在嗎？」那時我們心裡有數，趕緊說不在。家兄要出差到桃園前，早已經事先告訴我們，他三天後要回來，會坐普通車到香山車站，時間大約下午五點多。我們沒想到治安人員竟然對我們說，他們也早已經調查到家兄那日會坐下午五點多的火車回來。我們知道，逮捕終於要開始了。

香山車站前一站是新竹車站。火車還未進站前，我們已經事先派人去新竹車站等，四姊站第一月臺，二姊站第二月臺。另外，我們幾個親戚到香山車站，分散幾處，只要一看到家兄，馬上要叫他逃走。五點多，火車在香山車站靠站，治安人員上前包圍，沒有看見家兄下車。其實早在新竹車站月臺看守的姊姊們，一發現治安機關特別派一位和家兄認識的朝山派出所警員江光輝去守候時，更加不敢大意。那時二姊厝住在日本時代黑金町機關庫[2]後面，她守候在第二月臺，火車一靠站，馬上進入車內，一節一節車廂從頭找到底，看到家兄，趕緊趁火車還未開動，帶他從機關庫後面逃走。

家兄從新竹車站逃走後，不敢去住二姊厝裡，姊弟手足，一定會被治安機關搜查，他直接跑去我阿舅陳秋貴那裡。我阿舅在開貨運公司，就在現在新竹女中的對面。家兄去到那裡也沒告訴我阿舅實際的情形，只說他要去那裡玩幾天。阿舅只年長家兄一、二歲而已，兩人像兄弟一樣，感情很好。家兄在那裡待了三天，後來是楊進發打電話到我阿舅厝裡問家兄的消息。楊進發是家兄的朋友，和我阿舅也認識，不過他沒有參加家兄他們的組織。我阿舅告訴楊進發，家兄在他厝住過三天。事後家兄再次逃亡時，楊進發卻被治安人員逮捕，逼供用刑時，才說出家兄曾經住過陳秋貴厝裡，後來我阿舅被判三年，在軍人監獄關三年。唉！家兄去住三天，卻害他坐牢三年。楊進發也因為「知匪不報」，被判十二年。

我阿舅被關時，我外婆很不諒解，常常來厝裡要我們將她的兒子還她，說是我們拖累她，害她的兒子被掠走，我媽媽也很無奈。但是反倒是我阿舅，為人很開化，關三年出來後，我向他道歉，他說「關就關了，無所謂！」

我曾經責問家兄：「你怎麼那麼笨！他（黃樹滋）已經被他們掠去了，一旦知道這個消息，你就應該快走，到國外也好。」他說他們當初有約定，一旦被掠去，被打被刑，絕不供出來，到死都不能洩漏。他相信黃樹滋的人格，相信他不會供出大家，所以他才沒事先逃跑。他萬萬沒想到黃樹滋後來全部都供出來。國民黨一旦下令全面逮捕後，要再逃走已經很困難了。從黃樹滋被捕到全面通緝家兄，這中間，將近有一個月的時間。在新竹南寮漁港常有走私偷渡，但我們沒有特殊關係可以讓他偷渡出去，只好自己來想辦法。剛開始他也認為：「這種政治的事哪有什麼罪，有的話頂多進去關一下而已。」日本時代他也被關過，他認為沒什麼大不了。唉！所以說我們臺灣人很單純，沒想到中國人的心肝是這樣惡毒。

家兄在我阿舅陳秋貴厝住三天，也知道這非久留之地，早晚會搜查到親戚這裡來，決定先回香山。一路上怕被治安人員看到，晚上一個人走路先去竹東，再從竹東翻山到香山尾的南港里，一位大姊夫林崑明厝裡住一個月。後來被外人看到，擔心會洩漏身分，他又跑去同樣是南港里，我們姪輩親堂施火塗的一個靠山邊較偏僻的地方，住了半年。那裡地處偏僻，只住一、二戶人家，住久了，他出來活動，又被厝邊看見。那時外面四處會貼告示，通報可以領取獎金，家兄想一想，擔心可能會有危險。他叫我姪輩親堂的女兒來通知我，要我想辦法處理。

後來我想到住在海山里我堂伯施其清的厝，應該可以暫時去那裡。阿伯厝距離我厝有好幾百公尺，靠海邊，我事先跟他們先說好。我和家兄向阿伯借一些農具，傍晚七點多，頭戴斗笠，一個擔菜籃、一個擔畚箕，偽裝像是鄉下人工作收工要回家的模樣，特意選以前製糖會社的五分車路來走，行人較少。我地頭熟，碰到熟人較清楚，所以我走前面，他跟後面，兩人就這樣到我阿伯厝。阿伯厝附近差不多有十多戶，厝內人多，進進出出，還是不隱密。後來，我想到他們厝後有一間堆放柴火、稻草的房子，我在厝內地上往下挖一個地洞，高度不高，長寬度大約足夠一個人躺在上面，人躲在裡面，可以坐著，無法站立。下面用磚塊、木板鋪好，人躲進裡面，上面再用一塊木板蓋上，再鋪稻草掩飾，留一個小孔讓他能呼吸，三餐由我伯母送給他吃，我也常常去看他。就這樣，他白天躲在洞裡面，晚上再出來活動，躲了將近兩年。

當時只有家父、家母和阿媽、二姊和我，知道他躲在哪裡。

自囚的歲月

雖然我阿伯、伯母很照顧家兄，不怕被連累，但是我們厝裡自己也在檢討，這樣下去不是辦法，萬一連累阿伯一家被槍決也不行；家兄長期住在地洞，溼氣重，對身體也不好。我算了算，家兄在外逃亡將近三年了。他剛逃亡，治安機關一天到晚，無論白天或夜晚，一直來厝裡搜查，經過三年，已經較不那麼嚴密搜查，在厝裡家人較可靠，應該會較安全，外面不但不安全，也容易牽連親戚。我和家兄商量結果，最後決定回到厝裡。

那時治安人員來厝裡時，我都有觀察他們搜查的方式以及搜查的地點。我們厝附近很偏僻，風圍、竹籬很茂盛，治安人員都會到風圍、稻草堆、穀倉四處用刺刀去刺，進屋內會到每一間房間用腳去踹，但是我發現到他們沒有去量牆壁有多長、多寬。我利用這一點，想到可以去砌牆壁。就在廚房隔壁的一間柴房的牆壁內多砌出大約二尺寬，剛好一個人肩膀的寬度，可以躺下去。再留一個小孔。我厝附近除了我們一戶，隔壁還有我堂兄一家，我和堂兄說要砌牆的事，他提醒我砌牆壁不能用新磚塊，容易被發現，後來我想到可以拆舊豬舍的磚塊來用。但是還有一個問題，砌磚塊時，水泥塗抹後，外面牆壁還是會留下新水泥痕跡。我又想到可以將水泥和火灰（灰燼）混合試試看，就開始去試驗。我用一般稻草燒成的火灰，發現顏色太白，會硬、會澀，經過我不斷的試驗，最後用舊木柴皮所燒出來的火灰和水泥混合，顏色終於和原來的牆壁同色。砌完後，洞口只留兩尺高能夠出入，最外面再放一些乾柴。完成後，我才從阿伯厝將家兄帶回來住。

家兄在裡面只能躺著、坐著，沒辦法站立。鄉下的瓦片房屋，都有空隙，外面空氣可以進去，只是裡面光線不夠，不敢牽電火（電燈），怕有危險。他要看書看報紙，就點一盞水燈（煤油火），只能白天點，晚上燈亮怕會被發現。他一進去，磚塊就趕緊再砌好，為了方便明天要再拆開磚塊，我用赤泥土和火灰混合後塗上去，用赤泥土取代水泥，比較好拆，又有黏性。我就這樣每天拆，每天塗。白天只拆一、二塊磚塊送食物進去。晚上才完全拆開洞口，讓他可以進出。早、午兩頓餐，家母會送給他吃，家母過世後，由家兄的女兒送給他吃。他都在晚上五點出來活動、洗澡，七點就必須進去，太晚會擔心危險。排泄都利用晚上五點出來，裡面放一個桶子，供他小便。星期天我若有充裕的時間，就放他出來牆外的深井仔（小埕仔）曬太陽，有時我拿剪刀替他簡單的理髮，後來他女兒較大了，也會替他修剪。不過，星期天放他出來，我會趕緊爬到附近將近二、三樓層高的尤加利樹上四處監視，等到他進去後，我再下來。

裡面的放置很簡單，一個枕頭、一個便桶、一盞煤油燈，還有幾本書，有時我會拿報紙給他看，讓他可以瞭解一些社會動態。晚上出來時，我們也會聊天，談論時局的變化。

我們儘量不讓親戚知道。除了家母、兄弟三人、阿伯阿母，隔壁的堂兄夫妻、我太太、大姊、二姊、四姊們知道外，姊夫們都不知道。姊姊們回來都是隔著牆壁和他說話，不敢讓姊夫們知道。

那時候，治安人員已經不像剛開始那樣常來，通常在晚上十二點到凌晨五點間來。根據我的觀察，若白天九點、十點來，是屬於例行公事；晚上深夜十二點到凌晨五點就是來暗探的。我們厝前厝後都養很多隻狗，晚上若聽到前面有吠聲還不要緊，若厝後聽到吠聲，就知道一定有人來了。若是只有厝前有吠聲，後來再聽到厝後有吠聲，就知道他們跑到厝後去了。剛開始幾年，任何風吹草動，我們絕對都很小心提防，家兄晚上出來活動時，都儘量不讓他碰到任何東西，怕手紋印在上面，萬一治安人員檢驗到，就麻煩了。我們住家附近都是砂質土地，早在家兄逃亡在外期間，我就養成晚上睡覺前拿一支掃帚在附近地上掃一掃，天亮我會去找鞋印，就知道昨夜有沒有人來過我家。治安人員正式來我家搜查時，我偷偷注意他們的皮鞋印，會知道有哪些人半夜來過我們家暗探。有一天就被我看出一位朝山派出所警員張萬來，後龍人，他走過去的鞋印，被我認出正是半夜來過我們家的鞋印。有時我氣不過，天黑前會用畚箕到附近撿一堆石頭，十二點過後，我聽到狗吠聲，石頭拿起來就一直往外亂丟，故意大聲罵：「哪一個賊仔脯？」有打到沒？我也不知道。

國民黨治安人員來查是從緊到鬆的，剛開始搜查得很頻繁，但因為國民黨的治安單位太多了，互相沒有聯繫，所以個人走個人的路線，像是調查局、保密局、警備總部、憲兵隊、刑警隊都曾來過，其中最常來的是國防部警備總部，其次才是刑警隊、憲兵隊。最凶也最野蠻的，大多是外省人。經過五、六年，搜查的次數才漸漸變少。一年一年變鬆，我記得大約經過十五年，都在接近年節才會來。

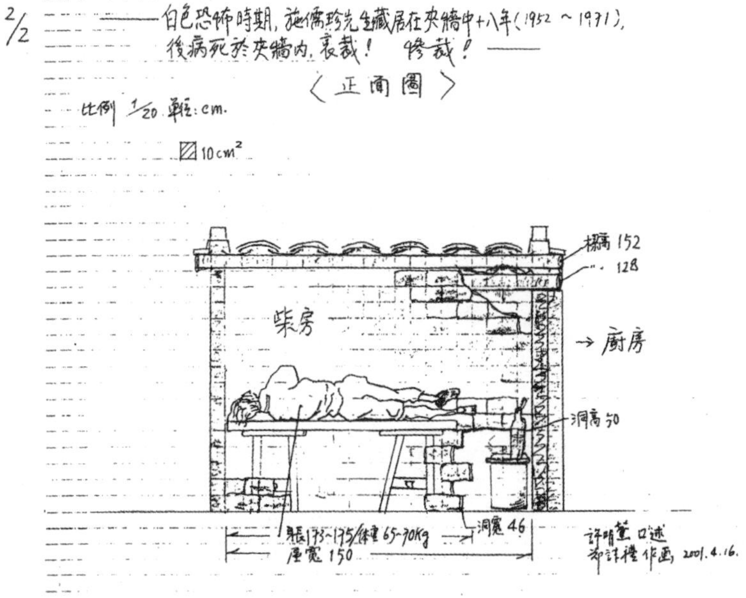

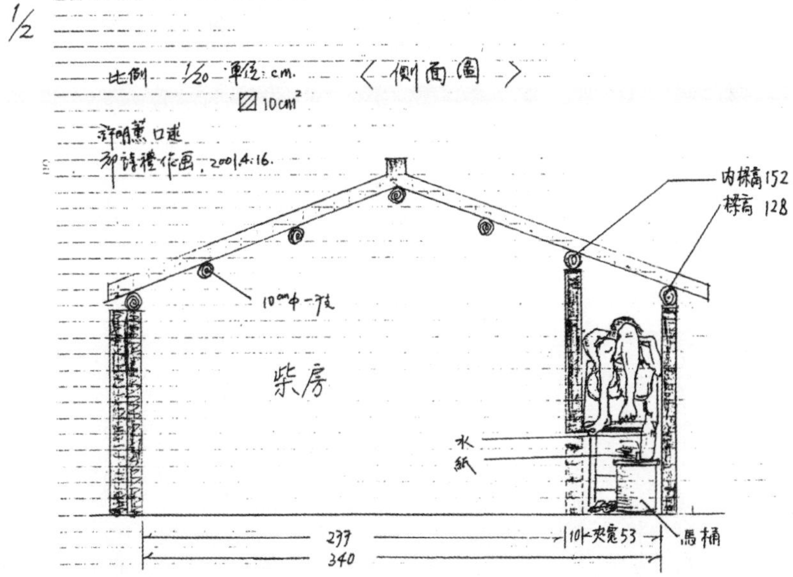

同為白色恐怖政治受難者的鄭詩禮，根據許明薰的口述，繪製施儒珍自囚在家中柴房的正面圖與側面圖。（許明薰提供）

我被憲兵隊、警備總部審問

家兄逃亡還躲在阿伯厝裡時，我曾經被憲兵隊掠去關三天。那時十二月底天氣寒冷，我因為在田裡做事，身上只穿兩件薄衣，一條短褲。他們來厝裡找不到我，直接到田裡掠我，我要求先讓我回家穿一件厚衣，他們不肯，將我載到憲兵隊，直接關進去牢裡，沒有問話。和我同房一位苑裡人，大我十幾歲，他的親戚也是犯了白色恐怖這種案，掠不到人就掠他來充數，已經被關了三個月。當時冬天寒冷，晚上睡牢裡地板，又沒棉被可蓋，他後來空出自己一小塊毯子分我蓋。我被關三天，他們不給我吃飯，也沒問話，早上會押著我，讓我去漱牙洗臉而已，一直到第三天，裡面一位組長突然叫我去，對我說：「抱歉！我這幾天都不在這裡，這些隊員不懂事，你受委屈了！」我當然知道這是謊言，他根本有意要凌遲我。這個時候，才開始問我家兄的事，無論他怎樣問，我一概說不知道，後來他也沒辦法，叫他的部下煮了一些飯菜，我根本沒有心情吃，隨後我又想：「我為什麼不吃？你們這些中國人來臺灣，吃臺灣的，今天你們給我吃的，根本是我們臺灣人的。」當時桌上五、六盤飯菜，我一口氣全吃光。那日在場還有三位苗栗來的女老師，當初參加共產黨組織被掠後辦自新，每個月要報到一次。我吃飽後，組長拿電影票要讓我和三位女老師一起去看電影，我應聲說好，出去後，直接要去坐火車回家。那日從田裡匆忙被帶走後，衣衫不整，整身骯髒，出來後褲帶又被治安人員拿走，我一路上只有拎著褲子，到新竹火車站坐車。當時我身上沒錢，心裡想，萬一火車站憲兵不讓我上車，我就和他們吵架。通過剪票口時，剪票員看我那麼冷的天氣只穿一件短褲，走路搖搖擺擺，手還緊抓褲頭，大概認為我神經不太正常，沒找我拿車票，我就大步走過去。

還有一次是被警總叫去，裡面一位楊組長，東北人，七十多歲，個子很高，人很凶，一直問我家兄的代誌，他問什麼我都說不知道。後來他叫他的部下帶我去「參觀」牢房，向我一一介紹牢裡這間犯人是怎樣被刑，那間犯人又是如何被刑。看完後，組長問我有何感想，我說我不怕死，你若掠不到我大哥，我讓你掠去充數沒關係。當時我心頭很穩，絕對不會被他嚇唬。後來問不出什麼，也拿我沒辦法，就讓我回去。其實那時家兄已經躲在厝裡了。

家父被刑，失神發生事故

家兄走後，刑警隊的許德輝來厝裡掠走家父，將他雙手捆綁吊了三天，雙腳踩不到地，只能稍微墊腳尖。這樣審問、刑求三天，不給他飯吃，一定要他說出家兄的下路。那時家父知道家兄躲在我阿伯厝裡，他怎麼被刑也沒說出來。後來我跑去找當時新竹市議長陳添登，他是家父在新竹國小的同學，我拜託他出面保釋家父。交保時，治安人員開出的條件是限家父在一個月內將家兄交出來，否則要再抓家父去關。家父就因為這樣，心生恐懼，一直煩惱到精神瀕臨崩潰。一九五二年七月二十八日，農曆六月七日，就在他出來後的第三天，他要坐中午十二點左右的火車回香山，身體靠在現在竹東線第二月臺貨車邊候車，因為很疲憊，稍微打盹。沒想到火車交接時，砰的一聲，他整個人摔下去，小腿被車輪碾斷。火車站副站長和家父認識，趕緊將身上皮帶脫下來替家父止血，將家父送去省立醫院，剛好中午十二點多，醫生已經午休。當時的醫院還沒有急診制度，沒有值班醫生可以幫忙，等到醫生開始看病時，已經是下午兩點多了。家父因失血過多去世。

家父過世時，家兄人還躲在我阿伯那裡，不能來看家父最後一面。家父的遭遇很可憐，這也是為什麼我到現在還這麼怨恨蔣家政權的緣故。

家父在世時，專門幫過世的人穿衣服。以前沒有葬儀社，只有專門賣棺木的壽板店，家父在朝山派出所附近一帶，若有人過世，子孫不敢替他穿壽衣，就會請他去幫忙，家父都不收禮。家父的膽量是不怕死人，但是怕警察。只要聽到情治安人員要來，嚇得手腳都發抖。我們這些兄弟是怕死人，不怕警察。治安人員一再恐嚇，我的膽量只有更穩，愈不怕。家兄的膽量甚至比我還大。

媽媽長期恐懼，腦中風過世

家兄搬回來厝裡時，家父已經過世，家母很害怕，我一再安慰她千萬不能怕，才不會露出破綻。只要治安人員來家裡查戶口時，我都特別交代她只要坐在那裡不要動，他們問什麼，都推說妳聽不懂北京話就好。治安人員搜查到廚房時，我也儘量故意不靠近那裡。平日，我們都會將柴房的大門開著，以避免他們起疑。有一次，家父一套西裝吊在家裡，治安人員一來，很凶地硬說是家兄的衣服，後來其中一人，說這是老人家穿的衣服，整個才緩下來。

家母可以說是被這些治安人員嚇死的，他們三更半夜來家裡，乒乒砰砰喊聲「開門」，馬上就用力踹門，大聲罵。一開門，探照燈拿來，故意照眼睛，讓你刺痛，產生恐懼。家母一方面怕治安人員，一方面又怕家兄被搜查到，不堪長期恐嚇，晚上無法入睡，精神支持不住，血壓一直上升，最後腦充血，中樞神經麻痺，全身癱瘓不能動彈、不能說話。經過三年，治療無效就過世了，當時是一九六二年八月。

堅持信仰，絕不自首

家兄的意志很堅強，隨時有準備死的決心。他叫我替他準備一支小刀放在裡面。萬一被查到，他不出來，要在裡面自殺。他逃亡那一年，鄭萬成也逃亡在外，走投無路情況下，鄭萬成不得已出來自首。當時機關報紙都有呼籲，報導大家出來自首，治安人員也來厝裡通知我們，遇到家兄只要勸他出來自首，就沒事。我將外面情形，告訴家兄，問他的意見。他堅決不自首。他說國民黨也是非法的政權，他不是做什麼壞事情，這是個人的思想信仰問題，他認為他做的是對的，沒有必要自首。我說：「既然你不自首，我們就繼續奮鬥下去！」

另外一次是鄭萬成自首後，治安人員帶他來厝裡，當時他並沒說什麼。治安人員告訴我，若知道家兄的消息，叫他出來自首，就沒事了。他們叫鄭萬成拿一封用日文寫的信交給我，說：「他若回來，你將這封信拿給他，看看就會瞭解。」日文我略懂一點，看到裡面寫道：「……我知道你有鐵的意志，絕對不投降的。我還是奉勸你出來較好……」信用十行紙寫，大約十一、二張，用迴紋針別著，裝在信封袋裡。晚上，家兄出來後，我不敢將信直接交給家兄，怕信封沾上手紋，萬一被情治人員化驗到。我一張一張攤開來給他看。看完信後，他還是堅決他的想法，寧死也不出來自首。那封信放了好幾年，後來就丟掉了。

因為我處處都很小心，所以我有這個信念，絕對不會讓國民黨找到家兄。雖然他們汙辱我們很深，但是我也看破他們的手腳，他們這群笨桶只會欺負人，絕對奈何不了我，所以家兄也很放心。雖然家兄大我十七歲，但是厝裡的男孩子，我們二人比較接近，較親。我常常跟他接近、聊天，慢慢瞭解他的思想。他說馬列主義是輔助赤貧的人民抵抗資本主義，資本主義是在剝削人民。關於臺灣的前途，他認為臺灣這個問題很難解決，我們應該要自己來獨立，不用看人頭面。中國人的心是惡毒的，不能相信。他曾經說過，若不是韓戰爆發，國民黨早就倒了。他堅信國民黨早晚一定會倒，我也認為國民黨一定會倒。

家兄自一九五〇年開始逃亡，在外兩年多，躲到家裡十八年，總共逃亡二十一年。期間，他的身體一向不錯，他告訴我要吃大蒜，身體能夠殺菌，產生抵抗力，所以他逃亡在外那幾年，躲在潮溼的地洞裡，也不曾感冒、拉肚子。後來過世是因為罹患黃疸，皮膚和眼睛都是黃色，那時我們不能找醫生來看，只好到藥房買成藥吃，都無效。大約是一九七〇年的農曆七月初六過世，享年五十五歲。

家兄過世那日是晚上將近八點，隔日，我姪子去買石灰，我們兄弟、姪子在厝邊挖一個洞，用石灰砌好，拆門板將家兄抬到那裡靜靜地埋葬，再用門板當作棺材板蓋在上面，不敢做墓碑、買棺材。祖先神主牌位上也不敢寫他的名字，我曾經寫一張他過世的年月日，塞在牌位裡面，後來換新神主牌位時，不小心弄丟了。經過二十多年，大該是解嚴後的兩、三年，大姊才提到我們應該去替他撿骨，撿骨後，將他的骨灰放在臺北的靈骨塔。

失落的親情與愛情

家兄的太太姓陳，竹北新社人，年紀比家兄小十歲。結婚後，夫妻搬到香山火車站附近住，離我們厝不遠。家兄逃亡後，治安人員常去他厝裡搜查，當時朝山派出所一位警員陳坤，常常藉故半夜兩三點查戶口，欺負我兄嫂。我兄嫂漸漸開始和他有來往。後來她搬到新竹市，認識東門市場一位賣鴨蛋的人，就去法院申請和家兄離婚，嫁給他。當時她不知道家兄已經躲在厝裡了。她的丈夫後來過世，她又跑到臺北投靠華西街很出名的應召站何秀子，做她的助手。當時規定，私娼館被掠違禁幾次後，負責人要坐牢。何秀子後來被掠去管訓三年時，大嫂接管整個應召站，大約一年多。五十多歲就生病過世了。

家兄和我兄嫂感情並不好。她未結婚前曾經有個戀人，後來去做軍伕，下落不明，才結識家兄。沒想到結婚後，以前男友回來，還去他們厝裡找過我兄嫂，造成他們夫妻間的衝突，感情由此不好。她和家兄育有一男一女，當初要改嫁時，家母將孩子帶回家，由我們來扶養。他們的兒子新竹中學畢業，沒考上大學，曾經在臺北工作，現在在臺中當公車司機。女兒國小畢業，沒繼續升學，後來嫁到臺北縣。關於他們爸爸的事，他們年紀還小時，我們不敢說，一直到讀國民小學畢業後，才讓他們知道。我們要預防，萬一小孩子被掠、被唆使、誘拐說出來，或是被刑求，受不了說出來。所以我們會管制他們不能去那裡。不過家兄晚上出來，等到孩子睡了，他會靜靜到房裡偷看。

家兄很疼惜他們孩子，尤其是和女兒感情很好。他兒子長大後漸漸瞭解自己父親的事，對國民黨很憤慨，在臺中開公車時，遇到民進黨選舉，都會跑去助選。他剛開始是民進黨員，建國黨一成立，馬上就加入建國黨。

我的家庭，有感情沒幸福

我曾經有兩次想要自殺，一次家母還在世，一次是家母過世後，我已經娶妻生子。家母還在世時，我還沒結婚，為了這家庭，我精神上所承受的壓力很大，活得很痛苦。曾經有一晚，我一直在想，人活著那麼痛苦，做人還有什麼路用？我想要自殺。當時厝門口出來就是鐵軌，要自殺很容易。但是我又反過來想：「我現在若自殺，家兄在逃亡，誰來負責照顧他？家母的難過，恐怕會比死還可憐。」想想還是不能自殺。我在厝外一個人放聲痛哭，不敢讓家母知道。別人的眼淚是哭出來，我的眼淚是流進去，要哭都不能讓人知道，只能偷哭。

經過家母過世，一九五八年，我二十七歲結婚。結婚對我而言，並無喜悅感可言。家庭在落難，很悽慘，結婚好像變成一種不得已。婚後一個多月，我將家兄的事告訴我太太，她非常害怕，我安慰她、慢慢解釋給她聽，開導她。失去那款歡喜的心情，我的家庭可以說有感情沒幸福。我太太生小孩後，我的家庭責任變重，長期的精神壓力使我非常痛苦，我想到我一生都沒幸福可言。人生活著這麼沒快樂，我很想要逃避，又起了自殺的念頭。但是又想到我已經是有太太、孩子了，不能自私丟下他們不管。我一個人偷偷在外面流眼淚，不敢讓太太看見。這種想要自殺、對人生無望的心情，我不敢讓她知道，怕會影響她。一直到解嚴之後，我才敢告訴她當年自己的心情。

當時我在精神上的打擊與痛苦，不只是煩惱家兄躲在厝裡被查到，那時治安人員常來糟蹋、恐嚇我，警總一位土匪頭仔（主任），東北人，很凶，常常來恐嚇我們。我為了要讓自己堅強，不恐懼，他要打擊我時，我就先威脅他、堵他，我告訴他：「你掠不到我大哥，我代替他讓你們槍斃，我不怕死！」他才說：「不是啦！怎麼能將你抓去槍殺。」他也常常恐嚇我：「我要讓你明天回去吃自己。

將你的職務殺頭（革職）」，我說：「這種事你們國民黨做得到的。」他又說：「不只這樣而已，明天的飯不給你吃。」

我會趕緊退休也是因為這樣。一九五二年我應考新竹香山鄉公所的戶籍員，考進去已經服務一兩年後，治安人員才知道我在公家服務。鄉長告訴我，治安人員一直很頭痛，他們說早知道我會去應徵，就絕對不讓我報到。既然讓我報到，已經是有資格了，他們也不得不讓我做。我在鄉公所做戶籍員二十二年，一九七四年我轉去香山鄉公所當里幹事，一直到退休，都不能升遷。當時只要服務年滿二十五年，可以辦退休，領退休金。當時厝裡還負一些債務，我擔心他們這樣繼續恐嚇下去，萬一這筆退休金領不到就悽慘了。所以我服務滿二十六年就辦退休。

當時無論是農會、漁會，人民機關團體都布置祕密的地下人員，都是由裡頭的職員兼職。我們小小香山地方就有三個人，兩個外省的，一個本省人。本省那位曾經偷偷告訴我，我已經被做記號，永遠都不能升級。我們工作的機關內，連一位小小的課員要升級，都要國民黨黨部蓋印章同意。我戶籍員的職位是最小的，我早有心理準備。

有一次，我看到當時由李萬居辦的《公論報》報紙，報導韓國總統鎮壓學生運動。我在辦公室看到這個新聞，只是批評：「南韓這個總統這麼可惡，竟然開殺掃射大學生，這麼獨裁！」鄉公所裡面一位叫程佛僧，外省的地下工作人員，馬上將我說的話報到警總去，說我「言論偏激，要管訓十年」。開會討論時，那位本省地下工作人員才建言說，我只是根據報紙做批評，報紙是公開的，而且這件事又是國外的新聞，不應該這麼嚴重。這個密告案才被取消。真是可惡！

對蔣政權的控訴

面對這種種打擊，我的苦衷不能向家母、我太太她們說，反而還要時常安慰她們。這種痛苦，日復一日，無處可說，常常晚上睡不著，喝酒來麻痺自己，才能入睡。這種人生不是一年兩年的事，是幾十年來痛苦的遭遇，實在沒有辦法來形容。我們被蔣介石集團糟蹋得太慘，被他們這樣欺負，刑求逼供，如果意志比較不堅強、沒耐性的人，差不多都要自殺了。

這是我們的人生，遭遇是如此，也是沒辦法。我不會怨恨家兄，我們是手足兄弟情，沒推辭的道理。我主要是怨恨國民黨，怨恨蔣家政權，是他們造成我們家破人亡，這麼悽慘。所以我常常想要報復，甚至想要去刺殺他們。我還記得，日本時代我讀國民學校時，學校有日本部隊，日本兵對我們學生很好，常會說故事給我們聽。他們說日本兵很勇的，一個人可以打十個蔣介石的兵仔。後來我去當兵，我覺悟到我要比日本人打更多個蔣介石的兵仔，我絕對要消滅一百個以上。部隊移防金門時，我配有一支衝鋒槍，當初就在想：若有戰亂，我一定要將衝鋒槍拿起來，把蔣介石帶過來這些土匪兵全部打死。我是很憤慨的。

後來是看到蔣家三代一個一個慘死，我心內這點恨，才消去三分之一。是上天在幫我們報冤！

那些被他們殺害、迫害的的亡魂已經在向他們討命了。這個時候，我的心才開朗起來。

家兄的故事會公布出來，主要是許明薰先生很熱心地追蹤。家兄過世不久，我已經沒什麼牽掛了，加上孩子們讀書通學的問題，我從香山老家那裡搬到新竹市租房子。我向林天賜租房子，打契約時，他看到我的姓名，一問原來他不但認識家兄，還是當年因為替家兄做連帶保證，新婚不久就被掠去關。我當場向他道歉，他說：「不會！不會！我不會怪你們，要怪就要怪國民黨蔣家的人。」我將家兄的事完全告訴他。後來許先生去找鄭萬成，鄭萬成再去找林天賜，他勸我說出來讓大家知道。

因為怕被查到，當年家兄所有的東西，全部都燒掉了。鄭萬成和我見面時，拿出一張他保留四十年的家兄的照片，我看了很感心！這是家兄唯一留下給我們的紀念了。

注釋

1 編注：據說當時的兵身穿鋪棉的軍服，很像包著棉被走路，因此民間嘲諷為棉被兵。

2 編注：機關庫是日治時期停放與維修火車的地方，新竹機關庫就在目前新竹火車站的東側，原建物一九七九年已經拆除。

青島東路三號：我的百年之憶及臺灣的荒謬年代〔節選〕

顏世鴻

◎一九八二年開始撰寫約三萬字的獄中回憶錄，一九八八年，修改成十六萬八千字的原稿，書名為《霜降》，扉頁上提獻給葉盛吉，寫「獻給S. Y.」，其後又重修兩次。二〇一二年七月由啟動文化正式出版。

顏世鴻（一九二七～）

出生高雄旗後，小時曾隨家人遷居廈門，中日戰爭後回臺，就讀臺南州臺南第二中學校（現臺南一中），一九四五年三月考上臺北帝大預科被徵為學徒兵，戰後一九四七年十月重新進入臺大醫學系就讀，因學長葉盛吉介紹加入地下黨，一九五〇年六月二十一日於臺大宿舍被捕，判刑十二年。服刑期間曾至綠島，一九六四年一月二十一日自小琉球出獄後，重新考取臺北醫學院，一九六八年畢業後考取醫生資格，在臺南市開設診所。現定居臺南。

一九五〇年十月，血濺馬場町

八月三十一日郵電案判決，十月十一日計梅真、錢靜芝兩位女士赴馬場町。計梅真是二月五日被捕的，所以蔡孝乾是擋了五天。十月十四日是基隆案，鍾浩東由內湖新生總隊，移送軍法處。李蒼降是被用刑最久的人，這時也走馬場町；還有一位汐止支部書記唐志堂，在日據也是被日本特高招待過，他們都有親人在二樓的女囚房。他的手已被銬，還帶著小小的包袱，另一手掌輕輕搖著，是對妻子、妹妹等告別與叮嚀；雖很久沒有走這麼遠的路，但步伐自然。十月二十一日鐵道案五位，臉堆著笑，卻反而使人心酸；剩下的人一概判十五年。鐵道案就是一個大家當參考的對象。

自鐵路案判決，連我這小卒也寫了「遺書」，行情已經太亂，當時中國助北韓參加韓戰的志願軍已渡河。一向睡得好的我，開始四點多一醒，再也睡不著了，這才看到斜對面的七號房，看到臺南二中前輩吳思漢[1]兄。他念京都帝大醫學部，決意赴國難，經過朝鮮，越過當時「滿洲國」的東北，到達重慶。國民黨還懷疑他可能是日本派來的間諜，藉口要空降派他到臺灣山地打游擊；他毫無心機，一口答應，後來是丘念台先生出面而打消此案，但後來他還是在阿里山被捕。

他由滿洲逃到抗戰陪都，光復回臺在《新生報》刊登〈奔向祖國千里[2]不為遠〉，我曾讀過。當時這篇報告文章和陳文彬先生的次女陳蕙貞小姐的〈漂浪の小羊〉是頂有名的。[3]與這兩篇同樣出色的就是楊逵先生的那篇〈和平宣言〉，楊逵因而得了十二年免費飯票，稿費最高。[4]

吳思漢先生就在十月下旬開始，清早不到五點起來蹲馬桶，再用乾毛巾抹擦全身，而後穿上新的內衣、潔白的襯衫，靜靜坐在自己的位置；到了看守把鐵柵門開了，他才脫下了外衣，回復一天牢內的普通生活，日復一日。無意中看到他的靜寂「臨死的典禮」，心內感受太多，再也睡不下去。

十一月一日早上，我也看了他那一天早上的一切，心內正想自己似不像他，心內沒有他那份必死的自覺，也沒有似他將死亡看成一種人生的重大演出。這句話並不適合，對吳兄是種冒瀆。

十月下旬的臺北，早晚已經相當有涼意。自十月初，有些不夠格等候早點名的，已經開始送到新店安坑的新的看守所，因為這裡太擠了，而且陸續有人要來。當時于凱案、臺南市案，人還沒有來，保密局移送的作業暫時中止。十月下旬拉風的節目也已經不做了，那些早上出門的人，會在身上多加一件外衣，雖然用上它的時間不會太長。

歷史上記載的人類慘酷的遭遇，就自己所知的是迦太基的族滅，特洛伊的陷落，耶路撒冷的落城，長平與新安的坑卒，揚州、嘉定等的屠城，歐洲的宗教屠殺，希特勒的死亡營[5]及對猶太人的殘殺，史達林數次的整肅，日本人在南京的暴行，四．一二的苦迭打[6]，文革的暴風烈雨，高棉的殺戮戰場，十數年前南斯拉夫、非洲的互相族鬥。以此而論，五〇年代到七三年初的白色恐怖實在算不上什麼。連南韓濟州島、韓戰、越戰的互相殘殺，都比不上。

當時我不過是那大時代亂局的一個小小的泡沫。如一九四七年九月二十日，坐華聯輪由上海歸臺[7]，佇立在船尾凝視出現又消失的泡沫，形成一條白色的痕跡向北方的黃浦江口告別，而我的遭遇不過是這大時代的可有可無的小小故事。我對音樂差不多是近於音癡，但心喜愛音樂，尤愛法國小調，只是不會唱，偶而可以聽到輕而低吟的魏爾倫的〈秋之歌〉(Chanson d'automne)：

Les sanglots longs
Des violons
De l'automne
Blessent mon coeur
D'une Langueur
Monotone.....
Et je m'en vais
Au vent mauvais
Qui m'emporte
Deçà, delà,
Pareil à la
Feuille morte.

秋日的小提琴的、長長的嗚咽，
以單調的弱聲，一切窒息而蒼白，
我回憶往日，我啜泣
我行走於疾風裡，
我被風吹去，忽南，忽北，
儼然一片死葉。(胡品清先生譯)

確實在此，近三分之一的人，似這些落葉，在此殘秋，或將來臨的冬天散去。如此在這沉默的時刻，在這寂靜的秋天，我默默地傾聽這法國小調。[8]

事實上，十月下旬出去洗臉，已經會感到冷意；而且出去倒馬桶可以看到，有時候風捲起青島東路上的樹葉，飛越那高高的牆，幾片、幾片的落葉就飄落到這無樹的特區。隨著一陣由大屯山疾落的朔風，落葉又輕輕地飄起，真的，有時候向北，有時向南，好似預告不久之後，一些生命將會如此地飄落。

於是十一月來了。我那一天早上也有些失眠，看了吳思漢，聽了鐵柵門聲又脫了下襯衫。看書還早，心內有一些鐵路案後一直去來的焦慮感。我知道這是為了幾位認識的人，許強先生、葉盛吉兄，甚至為那見了三次面的楊廷椅兄。以及在我前面還睡著的劉嘉憲，他還是一個剛變聲的小孩，萬想不到，他只能再活六天。[9]

心想快入冬了，我身邊有一件夾克，出去倒馬桶時會加上。那是一九四七年九月自上海回臺時，二舅媽、外婆、五舅給我的零用錢多了，留著帶回臺灣也沒有用，我少一件在臺北冬天能抵擋寒流的冬衣，拿出三十萬法幣託淑貞姐買一件皮夾克，帥氣，冬天也可以禦寒。想不到她在忙註冊、開學[10]，一忙把我的事忘了，等她摸到那包錢，只能買一件布的夾克，加上一本企鵝版的海明威《戰地鐘聲》。那件布夾克一九六四年一月二十一日由小琉球釋放回臺灣時還穿著，一直到穿到一九六七年，前後近二十年。

十一月一日那一天平平靜靜、沒有早庭，吃了早餐，可能過了中午，看守進來叫名了。那時候已經習慣了，知道這是要到新店的看守所。由臺北案楊成吳先叫，呂聰明沒有叫[11]，然後叫學委案，叫陳子元、江源茂，又叫葉雪淳。他們帶著東西出去了，放在A區前面那片水泥地，那是許多人早庭走過的。而且我們每天早晨，洗臉時也走過的那片廣場。時間好似被凍解了，很久、很久沒有聲音。

心內想，可能是落到殘留班，如呂聰明兄。心內似有一份近於諦觀的感覺和心悸。B區仍有人出來，其實可能只是三分鐘的時間吧。最後看守又回來了，走到十號押房前，叫了我的名字，有一份安堵感，也帶著懺悔；盡量壓著自己的表情，慢慢地站起，整理一下剛才心內的紛亂，拿出襯衫和長褲穿上。我算是由A、B兩區出去的最後一個人。那時候的心態很矛盾又可笑，我實在不是文天祥或譚嗣同那一種料子，不是拿才華來比，而是對生死之間的超脫。也許外觀沒有什麼動靜，由那三分鐘的反應，我不過是沒有把對命運的一份期待，露骨地表露到表情或外表而已。就是在此地每一刻、每一剎那必得守分。所有離開這裡的人，不管是早點名，或到安坑，或調回情報單位，必得守分寸。對留下來的呂聰明兄，或那剛滿十八歲的劉嘉憲，還有其他的人，我只能輕輕擺手示意保重。

去的人大概已無早庭的憂慮，留下來的起碼是十五年。臺北案在一樓留下二十位，去了十四位；剩下六位，十五年。我們的案只剩下一位無罪的周先生[12]和樓上的黃采薇小姐。其他十一位，十一月二十九日走馬場町：李水井、楊廷椅、陳水木、黃師廉、陳金目、賴裕傳、王超倫、鄭文峰、吳瑞爐、葉盛吉、鄭澤雄。黃師廉以一小組長或支部幹事，名列第四，甚覺意外，後來拿到判決書（十二月三十日黃昏），才知道就是口供中有「計劃成立武裝小組」；所以朴子其他三位，陳清度、張碧江、葉金柱都判十二年。[13]我們案由檔案看，知道判決書被退回三次。第一次加賴與王兩位，第二次再加鄭文峰和吳瑞爐，第三次被駁回，六名無期就全去了。

拿著行李，也只是包袱一個，到了外面，陰天，看不到烏黑的十號押房。遍看找不到葉兄、許強先生和北所A10一起的吳瑞爐兄，覺得熱淚似擠滿眼眶，趕忙用拂那般，用襯衫的上臂拭掉淚水。矛盾的是心悸似乎已經停了，這是很老實的反應；不過心內卻有一絲，類似犧牲了太多的朋友的那種罪惡感及不安。其實這場面，對我來說也是無可奈何的，我只是由網中脫出來的一條魚。

雖然是雲層很厚的晚秋，內外的亮度差太大，由這廣場無法看清押房前面的那走廊，押房內更是一片烏黑了。開始點名，而後又兩個人銬成一對。偏門上有部交通車，我們上去時上面已有近四十個人已坐著。每個座位兩個人一銬，在走道空位的，只好橫著，坐在人家行李的棉被上。我行李少，就一直站著，面向東，心想走羅斯福路四段可以看到臺大正門。車內只有兩、三位憲兵而已，不像早庭那樣的大場面，反正這些人（臺北案二十多位，學委案三十二位）近似逃了一劫，似乎拾到老命。[14]就算是不銬，如以後在綠島，大致上也不會有人想跑了。[15]

車就駛開了我住六十個晚上、六十一個白天的青島東路三號。一直到杭州南路到南昌路，而後轉到羅斯福路，由景尾[16]入新店也只有這條路。過臺大看得清楚，一百三十多天未見，沒有多大變化，路邊似多些攤位。我是六月十九日坐〇號公車來臺大最後一次。車速大約四十公里左右。一路上沒有人對這輛交通車拋一眼，這不過是外表平凡的交通車，我們也只能默默地、又匆匆地，投射迅速而流動的眼光。我稍帶些依戀，掃過這一個也算熟悉的城市的角落。也許大家心內仍惦念留在青島東路的朋友。我算在臺北度了五年半，已經與臺大失去關係了。當時傅斯年校長還活著，但高血壓、舒張壓常過一百三十，眼底的血壓及血管硬化的程度都已是最嚴重的ＫＷ４度，隨時都可發生意外。事實上他再活了五十天，就逝於他寫給黃得時[17]先生的「田橫之島」，臺灣臺北市。

已經是下午二點多，雲厚、微微有點冷意。車大約不到一小時就到安坑。

施琅入臺是康熙二十二年（一六八三）秋天，自鄭成功一六六三年入臺江鹿耳門算起，鄭明據臺是二十一年。翌年康熙甲子（一六八四年），清在臺置諸羅、鳳山、臺灣三縣，並置臺灣府在臺南；日治即置臺北州文山[18]郡新店街，舊地名有大坪林、龜山、直潭、青潭、安坑等五處，這一所看守所就是在安坑。我查不到新店的地名始於何時。

到了安坑，我們住在向西的一個押房。[19]沒有青島東路長，寬多了近一公尺，電燈泡也是新的，馬桶當然是新的。沒有用心數過，這裡大約有十二個押房。我們案子五位與臺北案同住。判決之前，仍然不准和家人見面，大妹來時是坐新店線的小火車。新店線和淡水線已成為歷史了，新店線比淡水線早廢近二十年。

這裡以前是小戲院，向街那邊有半樓式的二樓，就成為辦公和看守住的地方，當然還有衛兵。後面有塊空地，是老式瓦磚，比較大而且近正方形，瓦磚上面有青苔，古色蒼然。在庭與房的界線有兩個窗口，就是當作接見的地方。街面也是瓦磚敷的。

新店我只到過大坪林一次，當時新店大坪林如臺北縣的中和、永和一般，都是田庄氣味很濃重的地方，離經濟起飛和都市化還要一段時間。

在新店看守所，我反而不讀書，而下圍棋。十歲回臺，大概十一歲，已搬到佛頭港以後，常去大東醫院當父親開刀的助手。莊孟侯先生才教我下圍棋，讓十三子還是輸。[20]到了安坑拜邱媽寅[21]兄為師。初去，排九子還是輸的時候多；兩個月後，我早一步去軍監時，邱兄授我三子，偶而升二子。三十分一局的快棋，連勝三局就升一子，輸三局降一子；多的時候一天下過十局。邱兄不教，沒有棋書，就是由經驗的累積，在錯誤及修正的過程，慢步向前，偶而參加打三國（象棋玩法之一種）。心不能靜，不適讀書。自十一月一日到十一月二十九日夜，心內實在為葉盛吉兄等留在青島東路的熟人不安，大家都一樣不能自在。我就是如此除了寫信，看看有些膩而乏味的《生命的科學》以外，差不多是下圍棋度日。橋牌是去綠島拜林鍾鶴[22]兄為師，又看一本原文的蓋巴遜的書差不多背上，才成為理論「專家」。表面上，室內二十餘人大約相同，大家扮著樂觀而自在，心中似有難以形容如鉛重般對朋友的憂慮，只是表面上裝著一副大家都相同的「我沒有事」的表情。

當時外面的種種消息與軍法處那邊的消息，如中共入西藏、蕭伯納死亡火葬、法軍撤離越南老街，到山地武裝工委案，八日早晨就傳到七日早上判決，包括那未成年的劉嘉憲，以及施部生、呂煥章、張建三、李金木、莊明鐘、林如松、彭沐興、黃士性等共九位死刑，十四人分別被判刑。後來火燒島種地瓜時一起的尤昭榮[23]，當時滿十八歲，也判了十五年。劉嘉憲剛變聲，我為此難過了幾天，心內很鬱悶。比新店沉悶的氣候更重一些，在心理上、生理上他還是小孩子。[24]

施部生的故事很多，只簡略記下一些。

日據時代臺中商職畢業，當時當了記者。被捕時在山地的草寮，保密局早派人毒死他們放哨的狗；晚上本來有輪值守夜的，那晚上也睡著了。當卡賓槍吐火之前有人警覺被包圍，遲了一步，現場已被掃死大約五位。施部生小腿挨了三顆子彈。在保密局，他邊和莊西下象棋，邊讓醫官開刀。醫官似有意不用痲藥，最後還剩一粒子彈，推說難拿，可能是事實，也可能是臺詞。不過人說，他如古代關羽，沒有縮過眉毛，當然也不哼一聲；以後他走路一邊用竹拐子，拐著走路。通常不用手銬，算是對英雄好漢的禮遇。不過去馬場町時是否五花大綁，沒有消息。現在檔案公開了，槍斃前後有照片，一看便知。[25]

他與楊廷椅熟，十一月七日他出了押房之門，走到楊廷椅的號子，用竹拐敲那鐵筋上，說：「大目的，我先走了，等你。」而後又是一跛一跛地走出去。

就是他們出門那一天，中共、北韓人民軍和聯軍三方面都證實，中共正在北韓，派出「志願軍」參與作戰。

十一月八日中共公開宣布「義勇軍（志願軍），已在北韓作戰」。十一月九日因貪汙案，朱冠軍被判死刑，十三日陳布雷逝世兩週年。十五日宣布：「潛臺匪諜辦法延期十一月廿五日截止」。[26]

十一月十九日高雄案劉特慎、李份、朱子慧、丁開拓、何玉麟、陳山水、陳成法七位判死刑被槍決，十年十四位，五年二十二位，感訓一位。他們還有在桃園企圖逃亡的罪，有些支書判十年，有些死裡逃生的感受。當他案的人的評語是「還算便宜」。十一月八日，四位沒有傳到消息。十一月十八日，高雄案之前一天，應為蔡孝乾本身的案件，季澐、羅定天、王義火、黃石岩、賴瓊煙、徐淵琛六位被處死刑，蔡孝乾、陳澤民、洪幼樵、許敏蘭等處自新。[27]

十一月二十三日，中共政治局社會部的陸效文、陳道東、周芝雨、陳昌獻、毛鴻章、栗歲豐六位，喪命馬場町。[28]周、毛兩位之外是政大出身，陸效文為十一期，其他三位是十三期。

十一月二十四日，在月初遭狙擊後，美軍由華克將軍下令後退五十哩，這時候麥克阿瑟又下令揮軍北進結束韓戰。二十五日夜起，二十多萬的美軍、韓軍、國聯軍與三十多萬的中國、北韓軍隊遭遇，受到突擊的美軍與國聯軍，尤其南韓與土耳其部隊的損失甚大。而後在東線的美軍也遭到伏擊，有人形容為「美國陸軍史上最大的敗北」。其實是南韓軍先崩潰，美軍想加以制止，但無法阻擋，為了避免被包圍所致。加上氣候惡劣，空軍無法發揮[29]，只好先退到漢城之線。

這些消息還沒有傳到，我們卻先聽到，臺北案去了十四位。十一月二十八日天未明，郭琇琮、吳思漢、謝湧鏡、鄧火生、王耀勳、朱耀珈、許強、高添丁、張國雄、盧志彬、劉永福、蘇炳、李東益、謝桂林，共十四位。[30]其中學醫的六位，所謂帝大出身的四位。只有陳宇一人以和尚洲支部書記判十五年。十五年有：陳宇、呂聰明、謝新傑、林從周四位。張秀伯[31]、蘇芳宗兩人涉偽造身分證判十四年。十二年中的楊松齡，再另案發生，一九五三年由火燒島被調回，一九五四年二月二十六日與林茂雄，同時被判死刑。謝湧鏡先生在臺大醫學院的熱帶研究所服務，研究免疫及血清的醫學博士，因涉及草山支部，名列臺北市委吳思漢之後為第三名，有些意外。據說他們十四位被槍決當天，唱〈國際歌〉、喊口號，致駕駛出了一點小車禍，所以當天不准收殮，示眾一天。

示眾，這種封建時代的習俗，對現代人來說除了脅嚇以外，找不出其他意義。說封建當時還要插上那古老的牌子，也是很封建的。人死了以後再加什麼形式上的懲罰，並無什麼意義。清朝還行凌遲，臺灣在荷蘭時代有五馬分屍，死的一剎那過去，五馬、六馬又有什麼分別。「示眾」只是對活著的他人有點教訓的意思。馬場町那一帶，白天甚少人路過，菜市場還有一段距離。菜市場開市早，大致人數一多可能聽到槍聲，一天行槍斃最多兩次十八人，有的案人數多分成兩天（如一九五四年二十人，分十二月四日及五日）。[32]

看判決書的檔案，臺北案及學委案最後核准是十一月二十五日，所以我一直想是對十一月二十五日中共志願軍反擊的一種「挑戰與回應」。如今年歲一大，檔案出來了，現在已經看開了，無案不核，所以這不過是一種「方便」的作業而已。人命不過是作業流程中可有可無的做作，也算是一種悲劇，尤其赴死的是臺灣及中國的菁英。

注釋（本篇除編注外，皆為原注）

1 本名吳調和（一九二四～一九五〇），臺南人。一九五〇年涉「臺北市工作委員會郭琇琮等案」，一九五〇年十一月二十八日，與許強等同案十四人，被槍決於馬場町。

2 千里是指日本里，四千公里，其實不止千里。

3 陳文彬先生譯林語堂先生《北京好日》（*Moment in Peking*，即《京華煙雲》日譯本），我曾由歸日的日本人買過，以後他當我們的國文的老師（他兼臺大文學院教授，是建國中學的校長），教我們「甲骨文字」。陳蕙貞小姐以後改名陳真，以後到大陸，一直當電臺的日語廣播員，剛過世不久（按：二〇〇五年過世）。編注：〈漂浪的小羊〉一九四六年獲《中華日報》小說徵文首獎，當時陳蕙貞只有十四歲。

4 楊逵先生也是臺南二中（現南一中）的第一屆老先輩，夫人葉桃（又名陶）是母親旗後公學校的同班。在綠島他照顧苗圃，就是我們菜圃的右鄰。

5 死亡營（Todeslager）是納粹德國在二戰期間為種族滅絕而設的集中營，又稱滅絕營。

6 編注：苦迭打，意指政變，為日文外來語，由法文「coup d'Etat」音譯而來。

7 編注：戰後，顏世鴻在進臺大醫學院讀書前，一九四七年八月下旬到九月中旬曾至上海，回來後十月至臺大註冊。

8 十三年後，我才有機會在新南陽看到《最長的一日》的電影。那時才聽到英國廣播中，諾曼第登陸之前，前頭兩句，用作準備進攻的訊號，後兩句就是進攻開始。那低沉的聲調，使我心中又激烈地重新地顫抖，而且與《阿拉伯的勞倫斯》一樣有映必看，都看了八遍。

9 李敖的文件中寫十月二十七日。我離開的十一月一日，他還睡在我的對面。依據檔案，劉嘉憲（一九三一～一九五〇）的施部生案在十一月七日，入冬那一天被槍決的。

10 淑貞姐那時候是同德醫學院四年級，以後不當眼科而當小兒科醫師。

11 楊成吳，一九二七年生，臺北人。涉一九五〇年「臺北市工作委員會郭琇琮等案」一九五〇年五月十三日遭逮捕，被判刑十二年。一九六二年出獄。呂聰明，一九三〇年生，臺北人。涉一九五〇年「臺北市工作委員會郭琇琮等案」一九五〇年五月十三日遭逮捕，被判十五年。一九六五年出獄。

12 周春仁。

13 張碧江，一九二九年生，嘉義人，時為朴子國校教員，與作者同案，被判刑十二年。其大哥張璧坤、父親也在白色恐怖期間受難。張璧坤時為臺大法學院經濟學系學生，因涉一九五四年「臺灣省工委會臺大法學院支部葉城松案」，於一九五四年二月八日被槍決，父親被以「藏匿叛徒」被判刑十年。（取自／「綠島人權園區」新生訓導處展示區「青春．歲月」展區）葉金柱，一九二五年生，臺南人，與作者同案，時為東石國校教員，被判刑十二年。（取自「綠島人權園區」新生訓導處展示區「青春．歲月」展區）

14 楊松齡兄判十二年，一九五三年另判死刑，一九五四年二月二十六日被槍決。

15 綠島待了十一年多，白天上山工作甚至無人帶差，只在碉堡衛兵處有個人帶到，簽名就去了。只發生一個例外，波蘭籍油輪「塔布斯號」的船員，懂得引擎及駕駛，航海也在行，卻不知道「綠島漁船歸來，舢舨要把舵拿走，動力船要把存油抽空」的規定，所以他們三位沒有成功，只好「成仁」了。

16 臺北景美舊名。

17 黃得時（一九〇九～一九九九）。臺北高校、臺北帝大文政學部，專攻中國文學及日本文學，戰後曾為《新生報》副總編輯，後轉臺大副教授。長於中國文字及中日比較文學外，臺大先修班時曾教我們《孟子》。編注：田橫之島由來為傅斯年題字給黃得時「歸骨於田橫之島」。

18 文山以包種茶出名，我與文山茶相識倒早，也不是我自少有心品茶。父執吳先生對茶很講究，泡一壺茶就談茶經。說來有些玄，對茶一聞一嚐就會記得什麼茶，但一時濃茶傷胃，我十九歲就鬧十二指腸潰瘍，曾在綠島因濃茶傷胃開了十二指腸出血後就不喝茶；說不定我不該學醫，應以當品酒的師匠為職業；但這也難，我是體質不堪品酒，滴酒就臉紅。

19 幾位十年以下的在其他押房，當時不知道。

20 編注：有關莊孟侯與顏世鴻父親顏興，可參看卷二林書揚〈曾文溪畔的鬥魂——莊孟侯與莊孟倫〉。

21 邱媽寅，一九二五年生，臺南人。與作者同案，一九五〇年三月二日被捕時，為臺灣大學經濟系三年級學生，被判十年。一九六〇年三月一日出獄。

22 林鍾鶴，一九一四年生，浙江人。一九五一年二月二十三日被捕時為財政部臺北關本口稽查員，被以涉「中共上海職委會潛臺姚家本等案」，被判刑十年。（取自「綠島人權園區」新生訓導處展示區「青春．歲月」展區）

23 尤昭榮，一九三二年生，臺中人。涉一九五〇年「臺灣省工委會臺中武裝工作委員會施部生等案」，被判刑十五年。

24 其實未滿十八歲，一九四九年澎湖的流亡學生案就有了，以後美國也有十八歲的少年在韓國、越南赴死。

25 目前此案的檔案中，槍決公文內無附槍決前後照片。

26 當時慣用這種詭異的文字。「潛」本來是大部分土生土長的。

27 省工委會季澐案，一九五〇年十月二日判決。季澐（張志忠夫人）、羅定天（蔡孝乾的報務員）、王義火、黃石岩、賴瓊煙（羅定天夫人）、徐淵琛等六位，一九五〇年十一月十八日被槍決於馬場町；嚴秀峰（李友邦妻）、黃宗羲、曾來發等被判刑十五年；黃財五年；張星兒三年；其餘五人無罪。

28 李敖文件的槍決日是二十二日，差了一天，是錯的。

29 其實空軍還是出動，甚至動用頗有惡名的汽油彈，有時候還誤投在美軍上面。（約翰．杜蘭著，孟慶龍等譯《韓戰、漫長的戰鬥》下冊（臺北，麥田出版，一九九九），頁四一四。

30 草山支部悉數死刑，這是一種威權政權的反應。

31 張秀佰，一九二八年生，臺北人。因涉一九五〇年「臺北市工作委員會郭琇琮等案」，一九五〇年一月十二日被捕，時為臺北市城中區公所戶籍員，被判刑十四年。（取自「綠島人權園區」新生訓導處展示區「青春．歲月」展區）。

32 《不堪回首戒嚴路》及官方檔案、李敖文件。《不堪回首戒嚴路》（臺北：臺灣游藝設計工程有限公司，二〇〇五）。

流血的身體、寂寞的枯骨——

側寫「白色恐怖」下雲林地區的兩位女性

林傳凱

◎二〇二〇年十二月首次發表於《向光》雜誌第三期

林傳凱（一九七九～）
臺北人，臺大社會所博士，現為中山大學社會系助理教授，從事白色恐怖研究與地方歷史記憶運動多年。

一九四九年後，「白色恐怖」的足跡遍及臺、澎、金、馬的土地上。從今日公開的檔案中，可知當年被捕的「政治犯」以男性居多，女性的人數則相對較少。但這從不意味「白色恐怖」真正影響的只有男性。實際上，無論是成為「政治犯」的女性，或那些「政治犯」留在外面世界的女性家屬，那段歲月從未放棄在她們的身心留下各種烙痕。在這篇文章中，我就嘗試通過檔案、文學的結合，探索雲林地區的幾位女性在「白色恐怖」肆虐歲月下的身心狀態。

我們先從一封檔案中的血書看起。這張血書的作者名叫高草，她於一九二六年一月二十八日生於雲林莿桐鄉莿桐村，家中為自耕農，為家中長女。高草自幼成績優異，一九四四年四月畢業於當年的虎尾高等女學校，是當時為數不多的女性知識分子。之後，在二次大戰的脈絡下，她於一九四四年四月到一九四五年十月被日軍徵召到廣州第一陸軍病院擔任護士，直到戰爭結束。之後，高草於一九四五年十月至一九四六年四月，進入到臺人集結以相互照顧的「廣東臺籍官兵集訓總隊」服務，組成者大多是受日軍徵去廣東的臺人，但也包括少數於二戰時期因志願「抗日」而前去的臺人，例如蕭道應（屏東佳冬人）、黃怡珍（臺北汐止人）夫妻。[1]此外，包括日後陷入白色恐怖的鄧錫章（臺中市人，死

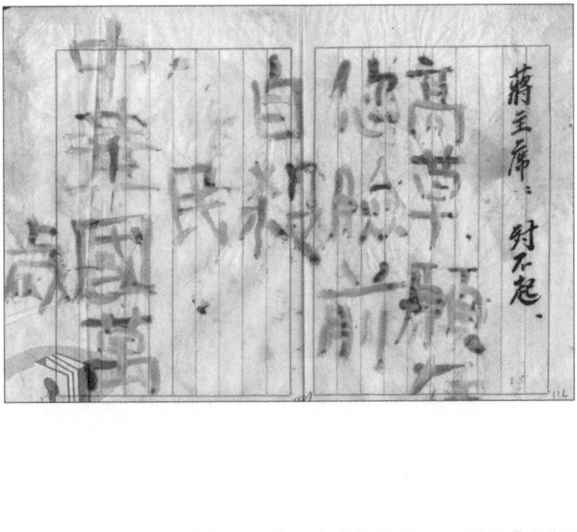

刑）、石聰金（苗栗苑裡人，自新）、邵水木（臺南人，十年，後病死獄中）……等人，當時也都在這支隊伍。[2]在廣東的期間，可說是高草生命的重要轉捩點——根據她被捕後的自述與旁人口述，這段期間，由於認識了因「抗日」而主動前往廣東的蕭道應、黃怡珍夫妻，才使得她對這場戰爭的性質有了新的認識，並且逐漸對殖民、帝國主義的壓迫等問題，有了未曾有過的思考。

這群耽擱在廣東而乏人協助的臺人，一直到一九四六年春夏才陸續返臺。高草於一九四六年四月回臺後，先在莿桐國民學校擔任老師，也在此時與日後捲入「白色恐怖」而身亡的另一位教育工作者郭慶（一九五二年四月一日槍決）成為同事。一九四八年七月，高草收到返臺後在臺北的北一女中、大同中學等教書的黃怡珍來信，邀請她前往臺北，於是高草辭去了教職。她先到當時重要的報社《公論報》擔任發行課事務員（一九四八年七月到一九四九年七月），與廣東時認識的石聰金、邵水木等人成為同事。一九四九年七月後，她轉到蕭道應任職的臺大醫院擔任護士——也是在這段時間，高草才接觸到蕭道應、黃怡珍早已參加的地下組織，主要協助抄寫文書、聯絡訊息的工作，直到隔年七月因為「白色恐怖」也在臺大醫院蔓延開來而離職。離職後，高草曾經短暫失業，並且協助逃亡的黃怡珍等人傳遞音訊給家屬。她於一九五一年二月後返回故鄉的莿桐鄉衛生所擔任護士，直到六月初為特務在家中逮捕。

根據藍博洲在〈高草〉一文中記載[3]，高草於家中被捕時，適逢月經，特務卻不讓她處理流出的經血便將她逮捕，還一面嫌棄她血汙的身體形成了眾人的困擾。令人感傷的是，這個在被捕之初便「流血的身體」的形象，卻也可以視為高草在生命尾聲的一個重要意象。

從高草死前留下的文字來看，被捕之初，她很可能就在雲林的警局中受過一番刑訊，導致身心先受到衝擊，深感恐懼。一九五一年六月下旬，高草移送到臺北的保安處訊問。根據官方檔案的記載，在一九五一年六月二十二日下午一點，在保安處訊問的高草突然激動起來，將自己的右食指咬破，然後用汨汨流出的鮮血在在紙上書下：「蔣主席，對不起，高草在這裡做錯好多事情，請原諒我，中華民國萬歲！」等到該處的督察趕來，勸戒高草不要激動，此時高草則喃喃自語：「我以後不再寫了……」。從檔案中來看，這不是唯一一封血書，她在另一封陳情中，先用毛筆寫下了「蔣主席：對不起」，之後則以鮮血寫下「高草願在您臉前自殺，中華民國萬歲」的字樣，希望「陳情」給總統做為「懺悔」——實際上，高草於訊問期間，而危疑恐懼下寫下了一連串「陳情」或「報告」，有的要給法官，有的要給蔣總統，總之都是呈報給她想像中「能決定自己命運的國家掌權者／大人物」。不過，從檔案來看，這些報告始終沒有往她期望中的「大人物」遞去，只被保安處的人員當成線索，好追蹤她在一次次「失常」的報告中透露的些許「訊息」。

客觀來說，高草的報告始終是「自言自語」，始終沒有得到「大人物」的回應。而沒有回答的沉默，卻讓高草更加不安與恐怖了。於是，她被「不確定」帶來的恐懼折磨，一夜一夜的揣摩上意，懷疑自己哪裡說錯話、哪裡不夠誠實、哪裡表現得不好而無法得到「大人們」的原諒。在前一封血書的隔天，高草則以毛筆字再寫了一封信：「昨天所寫血書不是惡意，請為原諒」、「自殺行為是一時心裡不安，找不到出路，恐怖心所做的……」。

在七年前，我訪問桃園一位當時與高草同房的楊姓女政治犯時，她提到高草當時的狀態已經相當恍惚，有時候是用手指咬血來寫「血書」，有一次甚至用月經流出來的血來書寫「血書」（也能從旁窺見，於被捕時正值「月經」而未被善待的高草，仍在日後沒受到應有的尊重）。印證在檔案中的痕跡，則是高草在這段時間寫下了許多凌亂而起伏的訊息。在之前的「血書」得不到回應後，她遞上了另一張訊息：「請法官：趕快讓我自首，最短時間讓我死，打、殺、通電、槍斃、燒，我現在不管，請趕快開始，讓我死，我心裡痛苦死了。」這張紙條初看有些混亂——自首是生，刑殺是死，她要生又要死，豈不顯得矛盾？但是細想下去，這張紙條的意義並無矛盾。最折磨高草的，乃是她在之前的紙條所說的「恐怖心」，是心理的強烈恐懼。因此，無論生也好，死也好，能夠讓她在最快時間擺脫這種心理恐懼的方法，就是好方法，而她渴望能快快降臨。

後續的訊息中，高草被恐懼心逼得揣摩「上意」，像一個無助至極的學生在猜著攸關畢業的考題答案。她不斷陳述各種折磨身體的死法，希望國家能「擇一」而了結她的痛苦。有一天的紙條寫到：「請給我下面的死法：把我現在的身體（不再加害，如打掉等），一秒中放在火中燒，燒後放水流。我現在一些祕密都沒有了，不過不要把我的死法給家人知道。」後續的紙條又寫到：「如前所寫的死法，不許的話，請把我的身體送到病院去，做研究科學解剖的材料，活人的解剖材料是很少的，但解剖以前要給我打入麻醉藥……」。在這裡，高草開始想像用自我的身體的「解剖」來贖那「莫須有」的罪——高草的自我審視與折磨，解剖的不只是自己的肉身，甚至是自己內心的各種最私密的記憶。

最後，雖然她先前已經為寫「血書」而道歉，但她再次用自己的血寫下給國家的話：「法官請原諒我，高草要轉變到底！」

這一次，高草所說的「轉變到底」是要袒露甚麼呢？客觀來說，絕不是什麼了不起的、關於地下組織的關鍵情報，而是這位二十六歲少女內心深處的一些祕密。她向「大人物」坦述，她先前確實不夠誠實，「羞講」了她捲入地下組織的緣故。她說，這是因為她到臺大醫院服務後，認愛上了一位陳醫生。醫生對她很好，有了感情，是因為這份感情才參加了他介紹的地下組織，並袒露了彼此的親密關係。在這封報告的結尾，也就是在「血書」的左側，高草最終寫到：「我現在要罵他，我不要再為他來做事情、為感情來做事情，我決定要拿出勇氣出來了，我決定要轉變到底，轉變以後為國家、民族、為三民主義來奮鬥。」

這一系列的過程中，聯合小組的訊問者怎麼看待這些「血書」與「陳情」？特務們將一次次的紙條中列表，把高草透露的「匪嫌者」一一羅列，然後要求臺中、臺南等地的特務迅速加以清查逮捕。另一方面，他們早已察覺高草的身心狀態已經失常。六月二十六日，聯合小組的特務在訊問時後向上呈報：「該犯屬女性，並有先天遺傳之精神病，且受匪黨教育積毒極深，心理變化瞬息不定，致使偵訊工作無法早日獲得圓滿結束。」即便如此，特務的優先任務在於訊問與抓人，而不打算立刻治療因恐懼而身心瀕臨崩潰的高草。

一九五一年七月十九日，情況更為惡化而危及生命時，保安處才開始有了治療的打算。在警衛大隊第二中隊的報告中提到：「高草近日精神失常，絕食已四天，經多方勸告無效，為恐發生意外，即由張醫官代為施注營養藥品，亦遭拒絕。」這樣的情況愈演愈烈，到了七月二十八日，保安處發函給錫口療養院（當時醫療精神病患的地方），請院方診斷高草是否確實罹患精神病。該院的態度似乎很不想沾染這個與「匪諜案」有關的燙手山芋，院方回覆：是否為精神病，需要住院診療，但該院目前床位擁擠，無法判斷，因此將鑑定高草精神狀況的請求駁回。至少從檔案中，我們無法看見高草轉往其他機關接受醫療協助的紀錄。從七月十九日至八月十九日，精神大起大落的高草，就繼續關在保安處的牢裡，接受恐懼心無窮無盡的折磨。

即使情治單位已經注意到高草的精神失常，也認定她有接受醫療的需要，卻還是持續進行訊問，並將成果視為具有法律效力的「筆錄」。一九五一年八月十九日，當保安處第三科結束訊問後，準備將她移送保安司令部軍法處起訴。情治人員明明知道高草在這段時期的身心狀態，卻還是在給檢察官的「偵訊報告表」的「擬處意見」欄位加上了幾句注記：「該犯在偵訊期間態度頑強、中毒極深，擬移軍法處法辦。」

高草在混亂中做出的各種自白、口供、陳情報告，對於她的案情極為不利。但在「精神失常」被特務強加扭曲為「態度頑強、中毒極深」的惡意下，高草最終於一九五一年十二月七日以「意圖以非法方式顛覆政府，且著手實行」的名義判處死刑，並於一九五二年二月二日上午六點執行槍決，享年二十六歲。這一次，在新店溪畔的刑場，鮮血再次汩汩地由高草的心臟處流了出來。這是高草最後一次流血，並在溪畔的朝日下，結束了高草短促而令人心痛的一生。

另一位女性則是住在雲林二崙，外號「阿綿」的詹滄玉。在檔案中，這位女性的名字鮮少出現，主要聚焦在他的先生廖清纏身上。

廖清纏生於西螺，童年時被二崙安定村的廖家收養。他天資聰穎，臺中一中畢業後，於一九二七年負笈前往日本第四高等學校就讀。對於殖民經驗的反思，使他在學期間便熱情地投入反日運動。他先於一九二八年夏天返臺參與「文化協會」在西螺的演講會而被日警逮捕（無罪開釋）。返回日本後，他更接觸了東京鼓吹「反戰」與「反殖民」的日、臺左翼分子，以及「築地小劇場」的實驗戲劇，最終導致他於一九三一年為校方開除。之後他仍在東京活動，援助當時大逮捕下入獄的左翼分子與其家屬，進而導致自己也於一九三二年也被捕入獄九個月，獲釋後返回臺灣。

一九三五年後，廖清纏在家鄉度過了一段相對平靜的日子。他成為當地「西螺米穀協會」的經營者，協助推廣本地的優異米糧。一九三六年，他通過醫師黃文陶介紹，與淡水女中畢業且曾前往京都的詹滄玉結婚。此段時間，廖清纏在鄉里的聲望極高，尤其曾因「反日」被捕的經歷，更使他成為鄉里年輕有志者的榜樣。不過，緣於一九四〇年代日警對臺灣社會運動的壓制更為劇烈，廖清纏此間沒有太多參與抗爭的紀錄。就這樣，時間推進到一九四五年八月，日本宣布投降，臺灣的歷史也進入了新的一頁。

戰後，左翼活動在雲林地區的復甦，並非以廖清纏為起點，反而先席捲到小他四歲的另一位同鄉的知識分子——鍾心寬——身上。鍾心寬，虎尾農校畢業，是該鄉永定村第一位接受「新式教育」的知識分子。農校畢業後，鍾心寬就進入二崙庄役場服務（類似今日的鄉公所），戰後更成為二崙鄉公所總幹事。根據檔案、當事者口述，及鍾心寬族親鍾文音於〈心寬的年代〉所述——當時該村落的永定國小，於一九四五年後來了一位年僅十八歲左右的廈門教師林五地。林五地年紀雖輕，中學時代卻已參加了共產黨。抵達永定國小後，由於能通臺語、個性熱情，很快地就與該校的臺籍教師廖坤林、陳天枝……打成一片；進而又通過他們的介紹，認識了在鄉公所服務的鍾心寬等人。當時，這群以鍾心寬為首的臺籍年輕人，對「光復」後公家機關的「接收」亂象，及臺灣社會的高失業率、通貨膨脹深感不滿。林五地不斷通過私下談話、提供書籍，最後打動了眾人組成一個以讀書、討論為主要活動的地下組織。

這段互動並沒有持續太久。一九四七年下半，林五地的組織領導人在臺大歷史系被捕，引發組織崩潰，導致林五地急忙撤離臺灣。鍾文音在〈心寬的年代〉，便記錄了鍾心寬背著患病的林五地偷渡離臺的場景。此後，這個以思想交流為主軸的小團體靜默了一段時間。直到一九四八年，林五地在對岸聯繫上新對口，改由臺灣地下黨的張志忠、李媽兜前來領導，才使得二崙鄉的左翼活動重新活躍起來。

這段時期，眾人想要擴張組織，自然聯想到有左翼背景、在地方上又極富聲望的「老前輩」廖清纏。不過，從廖清纏「自首」時的筆錄中可見，當時已四十多歲的他，不但有了妻小，在地方經營米穀產業有成，甚至不久後更參選了雲林縣議員，對生活的諸多考量已不同於少年時。因此，雖然張志忠、李媽兜從一九四八年便屢屢勸說廖清纏參與地下組織，他一直要到一九四九年才點頭答應。之後，地下黨則把他交給小他四歲的鍾心寬「領導」。廖清纏在「自首」時提到，當初知道「上級」是鍾心寬時，不免有些感嘆，現在的他，竟然是由比自己小的後輩來領導活動……

一九四九年五月，省主席陳誠宣布戒嚴。一九五〇年，白色恐怖開始席捲全島。一九五一年五月二十六日，鍾心寬前往鄉公所上班時，聽說合作社總幹事被捕，警覺情況不妙，開始逃亡。這連帶使得廖清纏也開始逃亡。作家季季在記述廖清纏的〈額〉一文中提到，廖清纏離家時，最大的孩子十三歲，最小的才三歲，而他的妻子「阿綿」才在四月底經歷小產。廖清纏在回憶錄中自述，在準備逃亡的那晚，他先將家中書籍燒掉、將昔日日人贈送的番刀藏在古亭下，待孩子們入睡後，才跟老母親與剛剛「小產」完的妻子，在祖厝的大廳門口告別。此時，他幽幽地對妻子說：「孩子托妳了，妳也得自愛，不是我無情，而是情非得已……」。季季則在〈額〉一文中寫到，「她點點頭，眼睛仍然沉靜得如沒有一絲微風吹過。他倉皇地在她的額上輕輕地吻別……」此後，男人逃離了戰場，躲在離村落不遠而寂寞的甘蔗田。整個與國家拉鋸的重擔，就此落在了那些被迫上戰場的女性肩頭。

〈額〉中說到，警察抓了十多位曾與廖清纏、鍾心寬共事的鄉公所、農會職員後，每日都鼓動三、五個被捕者的親屬，來到廖家的大埕，半哭訴半怒罵地要廖母交代兒子的去處。有時，則是情治人員前來家中威嚇。而這位堅強的老婦人，也以同樣的搥胸頓足，告訴眾人她也不知道自己孩子的去向。廖母以這樣真誠的「演技」，試著保護躲在甘蔗田中，只能讀著《三國演義》與《金瓶梅》度日的廖清纏。半年後，阿綿不堪騷擾而病逝了。廖母更託村民轉告甘蔗田中的廖清纏——千萬不要奔喪，特務一定會藉此機會抓人。因此，廖清纏與妻子並沒有見到最後一面，他只能在甘蔗田聽著做功德、出殯的北管聲，靜靜地向一切告別。

兩年的折騰，連堅強的廖母都無法支撐。待昔日有組織關係的鍾心寬被捕、廖學霖出面自首後，最終，廖清纏也不得不出來面「自首」。不過，由於廖清纏不願牽連他人，保留了若干環節，導致軍法官認定他「自首不誠」，最終於一九五四年四月十六日仍將他判處十五年有期徒刑。鍾心寬也曾計劃自首，但檔案印證了鍾文音在〈心寬的年代〉中的記述——他自首後，隨即懷疑警察可能加害，於是在移送時跳河逃亡。他一度因撞擊昏厥，恍惚地在河道上逃亡一段時間，最終仍於上岸時被捕。至此，鍾心寬連「自首」的機會都喪失了。一九五四年八月二十七日，鍾心寬於刑場結束他四十三歲的一生，留下遺孀與一群日後深受警察監控所苦的族親。鍾文音寫道：「他自身標榜信奉的公益卻給家人災難，一個在外頭忙至昏天暗地的男人，他的家庭是何等的寂寞」，「這聲音後來一直響在她的往後餘生，成了午夜裡的百鬼眾魅。她且成為眾妯娌和鄉民遷怒的對象，『要不是妳尪出來招人參加，也不會牽連到咱』。」

鍾心寬死了，留下了無助的妻子。廖清纏活了，妻子卻先他死去。十五年刑滿，廖清纏返家，人去樓空。〈額〉記載到，廖清纏的孩子都已成年。多年前下葬的母親，則按習俗撿了骨，將金斗甕安置於廖清纏書房，等候他出獄處置。廖清纏卻遲遲沒有處理妻子的遺骨。後來，在夜闌人靜時，「孩子們都睡了，廖君有一點恍惚，然後，漸漸被沉睡的夜喚醒了。一些記憶，一些勇氣，一些潛藏的慾望，在他心底緩緩甦醒了過來。」廖清纏抱著金斗甕，最後，打開了金斗甕，取出了妻子的骨頭，最終真摯而熱情的親吻了她的頭骨。此後的兩、三年，廖清纏每日都在書房內，念書、唱歌給妻子聽。直到更為老邁時，才在妻子喜愛的白柚樹下，將阿綿的遺骨歸於塵土。

「白色恐怖」時期，從狹義的「政治犯」來計算，確實生理男性的數目遠大於女性——光是雲林縣的男性死刑犯，就有鍾心寬、施純忠、陳天枝、廖坤林、郭慶、林文豹、程日棠、張萬枝……等洋洋灑灑的清單，女性死刑犯卻只有高草一人。但倘若只從「獄內」來計算，顯然會忽略了重要的歷史事實。當這些男性逃亡、入獄時，無論是主動或被動，「獄外」的女性也無從選擇地捲入了名為「政治」的風暴，「家」頓時成為另一種牢籠。無論是一度孤身面對特務與鄉里壓力的廖母、餘生接受鄉親流言蜚語的鍾妻，乃至於騷擾下孤獨死去的阿綿……，這些女性從來就無法在「白色恐怖」脫身，既要照顧留下來的兒女，要忍受鄰里與親族的孤立，還要面對國家權力以各種方式輾壓日常的巨大壓力。此時，傳統的「家」與現代的「國家」，構成了層層疊疊而無法掙脫的牢籠。

高草的血書，也成了另一幅令人膽寒的風景。身為日本時代為數不多的「知識分子女性」、又於戰後接觸了「進步」思想。被捕後，特務先以最「傳統」的方式羞侮她，並且在刑、逼、羞辱交錯下，迫得高草的精神陷入了混亂。陷入混亂後，高草不斷以最「傳統」的方式挽救自己的處境——她屢屢以最「傳統」的方式，用混著各種血液的血書向「權力者」表忠，祈求快快結束痛苦。進而在不得允諾的自我懷疑下，一次次把自己推向更恐懼的深淵。最後，高草向國家吐露的終極祕密，「只是」她視為最私密的情愛與親密關係。這些袒露，可說是她心底最珍藏的底線，也反映了做為一個女性行動者背後認定最屬於「私」層次的體驗。即便如此，國家對於這樣的袒露毫無興趣，最終仍將高草推向刑場，結束她短促的一生。

以鮮血向國家表示懺悔的身體、化成白骨的身體，這只是「白色恐怖」下女性處境的一點殘頁。關於那段歲月中更多的女性際遇，除了遲來的探索，也需要對諸多「空白」與「預設」處抱持警覺。

是為記。

注釋

1 編注：有關蕭道應、黃怡珍（後改名黃素貞）與高草的往來，亦可參考卷二黃素貞〈我和老蕭的抗戰和地下黨歲月〉。

2 王育麟於二〇〇七年發表的紀錄片《如果我必須死一千次——臺灣左翼紀事》便是以石聰金為主角。其中，包括了許多對於高草於廣東與返臺初期的側寫。

3 藍博洲，〈高草〉，《臺灣好女人》（臺北：聯合文學，二〇〇一），頁六六。

乾杯！白鴿——
敬高菊花與無法公共的記憶

吳易叡

◎二〇一五年十二月二十三日首次發表於《報導者》

吳易叡（一九七八～）

臺灣彰化人，專事醫學史研究，曾就讀中山醫學大學、牛津大學衛康醫療史研究中心，現任香港大學李嘉誠醫學院的醫學倫理及人文學部總監及助理教授。著有《群瘋：精神疾病和世界衛生組織的早年歲月》（*Mad by the Millions: Mental Disorders and the Early Years of the World Health Organization*）。

「下次你們來，幫我帶長渕剛那首〈かんぱい〉（乾杯）的CD和兩瓶米酒好不好？」「好啦CD我們幫妳帶，可是阿姨，酒不好啦少喝一點。」我是這樣虛應菊花的。[1]

那是將近十年前的初春。疾馳上山，為的是搶在路面完全被白霧壟罩之前抵達阿里山達邦村。同行的除了唱片公司的製作人、樂手、錄音師，還有跟班的我。那時，從精神病房辭職年餘，朋友們知道我鑽研心理創傷，慫恿我一道前往。

事件發生之後，大社的祭儀一度不再舉行。這裡曾經是無人願意歸返的老家。七旬的菊花才剛接受肺部的手術，決定搬回山裡的傷心地。深居簡出的日子再單調也不過，平時不外打打毛線、燒柴、看NHK，照顧串門子的小貓。出來迎接我們時菊花畫著濃妝，一身桃紅色連身洋裝。體態豐腴但婀娜不減當年，如走出神殿的女神。

到訪之前我們做足了準備，讀過不同的史料記述。在千篇一律的敘事裡，我以為她早已坦然或麻木，相信再怎麼深的傷口終有一天也會風乾。疤痕癒合之後便成了一塊鑲嵌在皮膚上的勛章。父親和他的戰友們：高一生、湯守仁、汪清山、方義仲、林瑞昌，他們的名字一再被追謚、歌頌。歷史不斷被增補，陣亡英雄的軍階一槓槓地往上添加。但對未亡人而言似乎都不是那麼重要。

「阿姨，我們可以錄音嗎？」菊花沒有拒絕。這不是她頭一次面對錄音筆。不同文史工作的團隊和研究者，早就因為不同目的或只是風聞，各自數度來訪。

和白色恐怖典型的哀傷敘事並無二異，逮捕或失蹤之後便是無夫無父的家庭。但疤痕一揭，底下埋藏了政治史的亂世凶年裡，恆常闕如的情節。

挑起掙錢養家的重任，高家大姊開啟了南北歌廳走唱的生涯，也見證了戰後秀場的錦歌繁絃。從原本懷抱著留學夢的音樂老師，成為當紅歌星派娜娜。她的歌路極廣，訪問時還能信手捻來好幾段，從英文、法文到西班牙語都難不倒她，興奮起來還手足舞蹈的。

「Cucurrucucú, paloma……」菊花得意自己的寶刀未老，風情萬種卻掩不住歌詞裡無以名狀的悲傷。一隻白鴿藉著酒精傷逝他離去的愛人，他漫長而無盡地等待愛人的歸來，至死方休。五〇年代的西門町歌場，臺下有的是遷臺的外省公教人員，有的是仍駐紮在臺的美國大兵。而在衡陽路的「自由之音」歌場演繹這隻椎心泣血的白鴿時，菊花所盼望歸來的是誰？

夜晚無邊的等待，接連的是白日無盡的躲藏。

其實男性在菊花的生命裡並無缺席。父親赴死之後一肩扛起家計，還得閃躲特務的監控。有時他們尾隨菊花造訪一場接著一場的秀，有時他們索性就坐在歌廳的觀眾席間，甚至住在她下榻的酒店，三不五時擋住她的去路，要她「自首」，承認自己和父親一樣是共產黨的同路人。自首就不再找妳麻煩了，我們也只是聽命行事，休怪上頭對妳不利。有時床頭金盡，被迫成為國民政府的特殊使節，和來訪的外國將領交往。寡人之疾的追求甚至來自老總統的孫子。

同樣的故事一再被訴說，只是有些細節從來不被記錄。知道的名字永遠是那幾位戰士，挖出了荒山一角我們就彷彿理解了真相。我們對著簽下「如擬」並蓋上官印的那人咆哮，而那人也早已逝去。

每晚冗長而令人疲累的自陳之後，「恨」依然是無法退場的關鍵字。誰知菊花對全民公敵並不一直懷恨。反倒以為身負著使命感的我，只要提到她父親的名字一次，便硬生生地把菊花身上那道糾結而堅硬的疤痕劃開一次。

「我恨我的爸爸。」什麼？阿姨妳這樣說，要我怎麼寫呢？我能這樣寫嗎？

「我如果不是高一生的女兒，晚景不會如此淒涼。」

藍眼棕髮的大兒子，生父不詳。獨力養大的Tony最終成了一名水手，卻在南非跑船時發生意外溺斃。老二終於才是和心儀對象共結連理的結晶。在臺北開了日本料理小店，日子還算捱得過去，但好景仍然不常。小兒子意外被捷運撞死。菊花每每從噩夢中驚醒，夢裡都是他淒厲的求救聲。

我要她回想細節時，菊花的眉頭皺成一團，低頭陷入長考。不知如何回答時，突然要求我說：「再幫我倒杯米酒好嗎？」她的臉上經常掛著一抹讓人難以理解的微笑，紊亂的記憶也時常讓人不知從何接話。有時她天外飛來讓人尷尬的一筆：「Harry啊你幾歲？有女朋友嗎？阿姨其實還年輕呢！」在那抹奇異的笑容底下，似乎是七旬老嫗對傷逝的少女青春的悲悼。

訪談累了，菊花喚我們到後院裡去升火燒柴。燒完了才可以準備明年再種東西。高一生開墾新美農場時也是這麼跟族人吩咐的嗎？我一抬頭，山裡同樣的濃煙一處處。一時間，疾風把星火吹成大片深紅。我定睛觀火，仍然有太多事情想不明白。

提起父親、蔣介石，還有相繼被無常擒擄的兒子，哀戚的表情似乎都再現著事件發生時的驚恐。只是為何這些事從來沒在任何文史紀錄裡現身？是因為菊花的創傷記憶和高一生的悲愴史蹟沒有直接關係？抑或菊花迂迴、充滿暗示而不甚精準的記憶拼圖，無法成為可供編纂的史料？

為了讓轉型正義的齒輪順利運轉，我們挖掘、黏合並風乾歷史。但創傷的刻痕卻如萬花筒裡的成像，時間的汰洗並不會讓真相更加清晰。萬花筒怎麼轉，受苦的形貌也隨著殘餘的記憶碎片變動。難以啟齒的身體不幸又往往在層疊的哀慟紀事裡被擠壓到最底端。事隔多年，她對獨裁者甚至父親和其他族人、家人的恨與忌妒，終究難以成為轉型正義工作裡政治正確、公平客觀的評論注腳。

在意識的層面，我們似乎知道什麼該做，什麼能做。在無意識裡，那些解離的、殘存破碎的，還鑲嵌在肉身裡隱隱作痛的，便無法銘刻作傳。我們拿了菊花描述到青島東路探視父親的一段錄音，做為她懷念逝者的總結。其他部分只好往硬碟的最深處收藏。

事件之後，一個人顛倒的記憶和紊亂的情緒可以持續多久？對父親的恨是有意的、無心的？是故意無的放矢，還是下意識裡求取方便性的說法？

或許是傷害程度的區別，又或許是壓力根源的誤識。在病房裡，我們太習慣醫學的特定評估方式和標準的診斷準則。我們總是太刻意地想要辨識出值得介入治療的對象。然而往往需要治療的，是沒有那紙證章，無法獲得診斷的靈魂。

去國多年。尋找創傷的根源，和解答自己為何離開醫界去習史的時間同樣漫長，也同樣沒有答案。

一百多年前的大戰期間，人們企圖識別的是哪些懦夫在道德上沒有資格存留在沙場上，必須就地反綁手腳懲罰或槍斃。多是十四、五歲的娃娃兵，他們躲在深不見日的戰壕裡，一聞砲彈飛過便眼神驚恐，渾身抖動抽搐，嚴重者整身僵直。人們驚異，原來歇斯底里也會出現男人身上。那時英國的醫師威廉・黎佛士（William Halse Rivers Rivers）基於人道情懷登高一呼，認定彈驚症（shell shock）是再也正常不過的心理反應。

醫學史學者衛斯里（Simon Wessely）認為：人的記憶某種程度上受到現代技術物的影響。二戰期間，電影技術的普及改變了人類神經系統儲存過往片段的方式，記憶因此能夠如同捲動膠片那樣自由回溯，能被再度體驗。傷兵不再抖動。在診間裡他們觸景傷情、掉淚、學習開口說話。說出來，就好過了。然後到了越戰之後，為了爭取國家賠償和醫療保險，創傷終於成為可供給付的名目。於是，創傷後壓力疾患（PTSD）成了倖存戰士的光榮證書。但也從此，擁有語言的人才擁有創傷。

可惜戰後的臺灣語言失落，沒有言說的口。啞巴壓死子[2]，就算懂得說也沒有管道和對象。

巧合的是，精神病房一時間湧進了隨國民政府的播遷——或潰散——來臺灣的公教人員。他們在診間裡撕心裂肺地傾訴渡臺後的適應不良，有的回想起國共內戰的慘況，有的憶起和家人分散的情景。懂得說的，去看病；不懂得說的，或許就到淡水河畔或西門町聽歌一解思鄉之苦。有的搞不好還聽過派娜娜唱的〈白鴿〉。

但對於絕大多數的島民而言，面臨半世紀嚴密的思想和言論監控，宿命堵住了創傷的出口。受二二八牽連的醫界也無法脫離瀰漫著整座島嶼的深層恐懼。林宗義，臺南人，林茂生次子。二戰期間在日本學習精神醫學，回臺之後先是擔任臺大精神科的戰後首位主任，然後到了日內瓦，在世界衛生組織推動全球精神疾病分類。父親同樣失蹤了半個世紀，沒有逮捕原因，不知犯下何罪，沒有判決書，沒有政府的任何相關說明。一九八二年他回到臺灣，遍訪了歷經同樣遭遇的受難者家屬，卻找不到任何一條診斷給他們。

PTSD診斷準則A第一款：此人曾經經驗、目擊或被迫面對一或多種事件，這些事件牽涉到實際發生或未發生，但構成威脅的死亡或嚴重身體傷害，或威脅到自己或他人的身體完整性。

創傷不成立。因為主體仍在事件中。事件尚未成為過去。

見證，論者有言，是治療創傷的第一步。史料殘缺而破碎時，我們只好借助文藝創作。佛洛依德說，這是昇華（sublimation）；比較文學學者說，這是誇飾（hyperbole）。創作是否能夠擬真，各界依然爭論不休；但若無這些作品，真相則永無天日。Shoah（按：紀錄片《浩劫》）見證了納粹屠殺；《廣島之戀》見證了原爆；《悲情城市》見證了二二八；《溫州街的故事》見證了起於戰爭的分離；《寒夜》見證了殖民地的悲苦；《幌馬車之歌》見證了左翼運動的撲殺。而為了見證高一生，我們上山採歌。

可惜政治的書寫極少是陰性的。當我們求助於集體宣洩，那被深藏在光榮的疤痕底下，屬於身體最私密處，無法集體目擊、集體控訴，無法進入公共領域的傷口，則仍然無從癒合。任憑鮮血不斷汨出，我們依然只能沉默或訕笑以對，然後變得犬儒或虛無，不再相信正義降臨得再遲還是會降臨。

我一直不斷地想起法農（Frantz Fanon）那根源於體質的創傷：黑皮膚、白面具；山地人皮膚、漢人面具；共諜、原住民、秀場歌星、女人。歷史的暴力尚未昇華為詩歌，詮釋者的暴行便又反覆襲來：人種歧視、民族沙文主義、道德瑕疵的指涉。歷史編纂者的雄性慾望逗留在秀場後臺。當他們專注死者身上的彈孔，菊花為了生存的負隅頑抗，卻只能流於無法進入正史的秀場八卦。一甲子了，鉛華洗盡的歌女仍得和自己道德形象奮戰，她沒有傾訴的機會，也沒有治療的可能。

紀念專輯出版後沒多久，收到了菊花的弟弟高長老捎來的email。簡短的文字大意是說，有你們這些年輕人的幫忙，姊姊終於見到父親了。高一生告訴她說，就放寬心吧。坐在電腦前的我先是久久不能自己，但一回神心想不對：這不是酒精性譫妄嗎？菊花可能根本沒戒酒，反而喝得更凶了。而或許很簡單，我們只是需要創造出一個鬼魂和孤單的自己對話。

忘記了是第幾度上山。那天下午，帶了長渕剛的ＣＤ，和同行的樂手再度來到達邦村，還有菊花吩咐的兩瓶米酒。在暮色裡，和已近八旬的老人對飲，聽著〈かんぱい〉。歌手糾結的嗓音在唱機裡轉動：「傷逝的青春、成為烙印的悲喜、夕陽裡再度見面的親友啊⋯⋯」

かんぱい！白鴿。我想對她舉杯，但終究只是默默看著雙眼輕閉，跟著唱機哼唱的她，沒有說話。

太陽下沉到一個角度，光線倏地從窗緣離開。氣溫驟降，馬上便能感覺露水的溼重。老屋的霉味從地面逼近，彷彿集體歸建的幽靈。

「哎呀，是咪咪！」一隻白貓從窗外跳了進來，得意地在菊花的懷裡取暖。

注釋

1 編注：於這篇文章發表後兩個多月，高菊花女士於二〇一六年二月二十日凌晨病逝，享壽八十五歲。高菊花（一九三二～二〇一六），阿里山鄒族人，日文名字為矢多喜久子，父親為高一生，因父親重視教育，高菊花被送至臺南南門尋常高等小學校就學，後因戰爭空襲回阿里山國民學校，之後就讀臺中師範簡易師範科，畢業先後在民雄國校、阿里山香林國校教書，並準備出國讀書，但父親高一生於一九五二年九月十日被逮捕，一九五四年四月十七日槍決，使家中經濟陷入困境，高菊花五〇年代開始在歌廳以藝名派娜娜走唱。整個家族與部落掩埋在白色恐怖的陰影中。有關當時部落情況，可參看卷一伐依絲・牟固那那〈光明乍現〉與〈反共大陸的童年〉。

2 編注：臺語，指有苦說不出。

白崇禧和賴阿統

謝聰敏

◎二〇〇五年撰寫，收錄於二〇〇七年《談景美軍法看守所》三版，前衛出版。

謝聰敏（一九三四～二〇一九）

彰化二林人，臺大法律系、政大政治所畢業，一九六四年與彭明敏、魏廷朝撰寫《臺灣人民自救運動宣言》被捕，判刑十年，後減刑為五年，一九六九年出獄。一九七一年因臺北美國商業銀行爆炸案受羅織牽連再度入獄，判刑十五年，在六張犁看守所曾企圖逃獄失敗。一九七五年蔣介石過世減刑為六年六個月，一九七七年二度出獄。一九七九年出國，在紐約時與邱幸香結婚。一九八〇年撰寫「談景美軍事看守所」專欄，一九八三年在美國出版，一九八八年返臺，一九九一年《談景美軍事看守所》在李敖出版社出修訂版，之後擔任立法委員、國策顧問，致力轉型正義相關工作。

一

政論家阮銘曾經告訴我，國民黨和共產黨各有專長，國民黨是以「謀殺」除敵，共產黨是以「分化」取勝。國民黨謀殺的對象固然是蔣家政敵，與人民無關，但是政敵周邊的小民卻受到無妄之災。賴阿統就是一個殃及池魚的典型案例。

賴阿統案是魏廷朝臨終前帶給我的。魏廷朝——我的患難之交——在中壢設有辦公室，協助政治受難人和他們的家屬申請補償金。我在立法院提案成立「戒嚴時期不當叛亂及匪諜審判案件補償委員會」，申請補償的人需要提供原判決資料或證明文件，由於年代已久，許多受迫害人證物證遺失，魏廷朝為人追問遺失的迫害證據。我最後一次和他見面是在一九九九年秋天。他在臺北希爾頓大飯店二樓餐廳帶來賴阿統案的關係人——賴阿統女兒的親人——敘述賴阿統的故事。[1]

賴阿統是臺北市鄭州路「美記貿易行」總經理。美記貿易行進口釣具和獵具，賴阿統酷愛打獵和釣魚，因而與當時名流何應欽將軍、白崇禧將軍、楊森將軍及前外交部葉公超部長常有來往，擔任獵槍教練。一九五二年某日深夜（按：另根據賴阿統太太一九五四年的陳情書，失蹤時間為一九五三年十二月二十七日），賴阿統忽然被不明身分的幾個便衣人員逮捕，神祕失蹤。在五〇年代的戒嚴中，臺灣最大綁架集團就是特務組織。果然，一九六一年一月二十四日，賴阿統就從臺灣警備司令部職業訓導第三總隊開釋。他已失蹤七年多。她的女兒在「陳情書」中說他「對其被捕、拘禁、管訓之原委，始終未向家屬親友透露一語」。我記得我離開政治監獄時也在一份保證書上簽署：「在監中所見所聞如有洩漏，願受法律以上的任何處分。」一個政府機關在任意綁架人民之後，又以「法律以上的任何處分」恐嚇人民封口，那就是無所不在的白色恐怖。

我看到這份陳情書就猜想賴阿統的失蹤是和他所認識的名流有關。當時我到洛杉磯探訪家人，購讀《李宗仁回憶錄》，尋找蔣介石和他的將軍們的關係，發現名流中以白崇禧與蔣介石的恩怨最深。不幸，一九九九年年底魏廷朝在慢跑中因心肌梗塞昏倒病逝，留下未解開的「賴阿統案」。

二

「賴阿統案」是由他的女兒張賴瑞雲向張旭成立法委員陳情而開始的，日期是在一九九九年七月七日。張賴女士以手稿寫出簡短的事件經過。她說：

在白色恐怖的年代裡，先父賴阿統在莫須有的罪名下遭受逮捕，一關七年多。當年本人姊妹四人均年幼無知，對當時的真相，先母甚少提及。就記憶所及，被捕時約在民國四十一年左右、四十九年左右釋放回來。數年前立法院討論二二八及白色恐怖平反事件，本人曾向先母提及此事，無奈年事已高的先母罹患失智症，已不復記憶。更不幸的是，先母也在數月前仙逝。

在先父釋放回來之後不久，一位自稱臺北菸廠（臺北市華陰街，現在為建成國中）廠長任先生不定時地造訪先父，美其名是探訪先父居家生活安適與否，實則是暗中監視，時間長達數年之久。試問任廠長是接到什麼單位的命令來造訪先父？任先生除了是臺北菸廠廠長的身分外，又兼具何種身分？再說，先父被關的地區不出臺北市區，是否有關單位未有存檔，實讓人難於信服。

懇請有關單位查明，還我真相。

申請人　張賴瑞雲

賴阿統次女張賴瑞雲先是在一九九九年五月三日向軍管區司令部軍法處申請「賴阿統判決書」。軍官區司令部軍法處在五月十一日覆文，臺灣省保安司令部留存資料中沒有相關涉案資料，建議向原審判機關國防部軍事情報局查詢。賴阿統是從臺灣警備總司令部開釋的，開釋文件的文號是「臺灣省警備總司令部職業訓導第三總隊開釋證明書（50）總特字第001號」。「特字第001號」，非常奇怪的案件，因為賴阿統是由國防部保密局——軍事情報局的前身——移送的。換句話說，賴阿統是由國防部軍事情報局逮捕的，逮捕的理由應該就是「國家安全」的政治因素。

於是，勇敢的張賴瑞雲得到張旭成委員的支持，七月七日向國防部軍事情報局陳情，索取「賴阿統案」檔案。國防部軍事情報局在七月十九日覆文，覆文的內容如下：

經再詳查本局現存檔案，確無臺端之父賴阿統遭受羈押等相關資料可循，惟因所陳事件年代已久，為恐疏漏，煩請臺端提供有關書證或案情內容，俾便查考該案之原轄機關。

軍事情報局沒有任何「賴阿統」資料，不知道「賴阿統」是由誰送到軍事情報局，也不知道為什麼軍事情報局會羈押了「賴阿統」，更不知道釋放後負責監視的「任廠長」。

三

軍事情報局是從保密局演變而來。李敖介紹保密局偵防組長谷正文給我。我曾經安排李敖和谷正文到立法院為「李登輝是否參加共產黨」聽證會作證。谷正文組長曾經透露，軍事情報局龍潭營區還羈押蒙古籍的俄國軍官「圖畢」。我在立法委員任內約《中國時報》記者張平宜到龍潭營區探訪「圖畢」空軍少校。當時他已經被囚禁四十年——臺灣坐牢最久的政治犯，他和賴阿統一樣被囚禁但是沒有判決書，《自由時報》和《中國時報》曾經分別報導。

圖畢是外蒙古籍的俄國空軍少校，父親曾經是外蒙古的外交部長，二次大戰在德國作戰，與美軍接觸。一九四六年，他駕駛飛機，從外蒙古經哈爾濱到美國駐北京辦事處請求政治庇護，轟動國際。國民黨政府自中國撤退，他也隨美國大使團來臺，住在高雄。一九四九年七月，他駕駛吉普車，路經高雄要塞司令部，保密局官員從埋伏中出現而逮捕他。圖畢被捕後爭吵不停。美國大使館向國民黨政府抗議，保密局遂逼迫圖畢躺在地上，塗抹紅藥水，覆蓋泥沙，拍下圖畢槍決照片以欺騙美國。圖畢則被移送龍潭營區長達四十年。

我在立法院向國防部提出質詢，孫震部長答詢承認確有此事，並且指出圖畢尚在營區，可自由出入。二〇〇〇年，我返回臺北，參加魏廷朝喪禮，訪問保密局谷正文組長，向他求證「賴阿統案」，他承認他奉命暗殺「白崇禧將軍」、逮捕「漁獵用品店老闆老賴」。他曾經口述「三次制裁白崇禧致死」故事，刊登在《白色恐怖祕密檔案》中，一九九五年由獨家出版社刊出。兩年前，我請谷正文組長在書上簽名，並請《民視異言堂》莊小姐在太平洋百貨公司樓上餐廳採訪，留下紀錄。

四

白崇禧在抗戰中立有大功。根據李敖、汪榮祖合著《蔣介石評傳》，一九四八年十二月二十四日，白崇禧在武漢擁有大軍，卻以密電告訴蔣介石應該停止軍事活動，由美英蘇三國斡旋和平。十二月三十日，白崇禧又以密電告訴蔣介石「趁早英斷」。蔣介石卻是計劃內戰國際化，提請美、蘇、英、法四國干預，被四國拒絕。

據谷正文「三次制裁白崇禧致死」，美國駐軍大使司徒雷登欲以李宗仁、白崇禧為中心，另建第三勢力，白崇禧與河南省議會議長張軫聯合通電[2]，「要求蔣介石下野，舉行國共和談，希望能與共黨隔江而治」，據汪榮祖和李敖前書，李宗仁和白崇禧確有「保衛大西南計畫」，被蔣介石暗中破壞。

谷正文指出白崇禧眼見和談陷入僵局，提出「以蔣介石出國換取國共隔江和平相處」方案，據汪榮祖和李敖前書，李宗仁擬定甲乙兩個方案，甲案要蔣出洋，乙案要蔣交出權力。蔣介石所擬的是「代行總統職權」，白崇禧借漢高祖的話說：「要做就做真皇帝，切不要做假皇帝！」由於蔣介石下臺後，暗中操縱如故，李宗仁在一九四九年五月二日向蔣攤牌，促蔣「去國愈快、離國愈遠為最好」。

廣州撤退前，據汪榮祖和李敖前書，蔣介石離間李宗仁和白崇禧，白氏反共心切，保衛兩廣之心更切，經蔣一番慰勉，動之以情，白盡釋前嫌，信其誠懇，促李歸政於蔣，真心合作。白崇禧撤退海南島。據谷正文所述，蔣介石從臺灣派遣陸軍副總司令羅奇、前上海市長陳良飛到海口，攜帶信函和金磚，遊說白崇禧來臺組閣。白崇禧派李品仙來臺試探蔣介石用意，李品仙電告「蔣介石是出於至誠」。於是白崇禧在一九四九年十二月三十日來臺，他一下飛機，「即再也不能離開臺灣一步了」。

汪榮祖和李敖在前揭書中則說：

最後白崇禧顯然誤信蔣介石晚來的「誠懇」，失敗後前往臺灣與蔣共患難，結果不但當不上官，還遭到冷漠與歧視而又不得離境，鬱鬱以終。（見第七八八頁）

其實汪和李都錯了，死因應該是李敖的朋友谷正文「三次制裁白崇禧致死」。

五

白崇禧來臺以後，失去海南島的軍隊，與何應欽將軍「打獵」是他生活中的一大樂趣。他們兩人聘請販賣獵槍的「美記貿易行」總經理賴阿統為「打獵」師傅。賴阿統是定居臺北的客家人，為人豪爽，交遊廣闊，在客家宗親中人緣極佳，在戒嚴時期，「交遊廣闊」就是罪名。蔣介石得到一則情報說：「白崇禧不甘寂寞，意圖發展客家組織，再造勢力，聯絡地點是一名客家人在臺北市鄭州路經營的一家漁獵用具店。」

這一則情報勾起了蔣介石的新仇舊恨。蔣介石電召保密局長毛人鳳查辦。在白色恐怖中，許多政治迫害都是由蔣介石父子親自指揮的。毛人鳳將查辦任務交給偵防組長谷正文，告訴谷正文：「領袖認為老妹子可能謀叛，你去調查。」保密局奉命跟監十餘名政治敏感人物，白崇禧就是其中一人，代號就是「老妹子」。

根據谷正文口述記錄，暗殺工作執行三次。首先，偵防組從鄰居獲悉「賴阿統有一個嗜好，天氣好的時候，喜歡趕早騎腳踏車到處逛逛」。於是谷正文派兩人騎腳踏車在鄭州路中原路口守候，賴阿統騎車出來，便被守候人員撞倒，製造假車禍和賴阿統爭吵，賴阿統要求到警察局理論，三人走到預先埋伏的偵防車前，製造假車禍的兩人立刻將賴阿統架起來，推進了偵防車，然後亮出證件。谷正文組長就在偵防車上等候，賴阿統驚愕地辯解他是生意人，沒有犯法。

根據賴家女兒賴瑞琦回憶，賴阿統是在半夜失蹤，我告訴她谷正文的故事，她回想當年猶在小學讀書，有早睡習慣，清晨醒來父親已經不在。

賴阿統被捕後，谷正文問他：「白崇禧常到你店裡活動，買了多少槍彈？」

「他自己有獵槍，所以來店裡只買散彈。」賴阿統謹慎地說。賴阿統堅決否認獵具店是政治活動基地，也沒有客家組織。據賴家女兒回憶，許多親友陸續被逮捕，特務無不施以酷刑。記憶最深的是特務人員對生殖器官的刑求特別感興趣，他們偏愛以牙籤刺入龜頭，但是他們羅織不出足以讓人信服的罪狀。

谷正文提出偵查結果，由毛人鳳轉呈蔣介石，蔣介石不滿意，向毛人鳳施壓說：「事情豈可這樣簡單，況且，他是一個歷史罪人。」偵查的結果是什麼？還是由蔣介石親自決定。於是蔣介石正式下令毛人鳳採取制裁罪人的行動。谷正文說暗殺不能留下半點痕跡，以免外界懷疑「政治暗殺」。

谷正文強化跟監，收買了白崇禧的楊姓副官，跟監人員被白崇禧識破，白崇禧幽默地說，跟監人員是蔣總統派來「保護我的！」楊副官給谷正文捎來白崇禧已經約好花蓮鄉鄉長林意雙（按：應為壽豐鄉長林玉雙）到壽豐山打獵的信息。登山須坐小型山間鐵軌的人力軌道臺車，谷正文提出「軌道謀殺」計畫，派人在白崇禧一行人上山後破壞一處木製小橋——鬆開橋面木墩上的螺絲——待白崇禧等人下山行經橋面，連同軌道臺車一起墜入五十餘公尺峽谷。

當日下午三點，高山上滑出兩部軌道臺車，相差三十公尺，白崇禧是在第二輛，第一輛滑落谷底，副官見狀，急煞車無效，使力將白崇禧推出車外，跌到地下，自己則脫逃不及，隨車跌落谷底。白崇禧看到荒野中四具血肉模糊的屍體，已明白真相，由同時脫逃的另一個副官循軌道下山報案。谷正文隨毛人鳳第三度前往官邸向蔣介石報告，蔣介石遺憾地說：「再從長計議吧！」[3]

六

賴阿統失蹤以後，太太帶著小女兒賴瑞琦向何應欽和白崇禧兩將軍求救。據賴家女兒回憶，她還記得將軍府的大宅院和慈祥的將軍，兩將軍雖然地位崇高，眼見特務人員心黑手辣，胡作非為，受害人橫禍飛來，啼天哭地，也不敢作聲。

賴家終於獲悉綁架的是國民黨政府。博愛路總統府對面的警備總部公共關係處[4]可以轉送衣物和食物給賴阿統，但是不能面會。她們除了依照規定檢送日常用品及食物以外，也到處打聽賴阿統的囚禁場所，她們聽說政治犯流放綠島，也坐火車、換小船遠赴綠島尋親。但是無論臺灣或綠島，她們都找不到賴阿統的監牢。在賴阿統囚禁期間，賴阿統不能見到他的家屬，包括妻子和女兒。

七

谷正文沒有放棄他的暗殺行動。當時，毛人鳳病死，保密局長由張炎元接任。[5]谷正文構想「毒殺計畫」。白崇禧有一情婦是民社黨之主席傅榮之妻。（按：無法查證）傅太太與白崇禧有三十五萬元債務糾紛，谷正文的計畫就是企圖收買傅太太毒死白崇禧。傅太太是精明幹練的女人，張局長不甚支持谷正文的計畫。谷正文的「毒殺計畫」未曾執行。

八

谷正文調保密局督察室，他深知蔣介石必除白崇禧，繼續尋求暗殺的機會。白崇禧在夫人死後常常到易怡醫院[6]染髮，由張姓護士按摩筋骨，兩人來往頻繁。白崇禧購買美軍用蒸餾水和米酒泡藥酒，中藥是從中醫協會理事長賴少魂購買，谷正文終於發現為蔣介石下手暗殺的機會。

據谷正文描述，他給賴少魂理事長打電話，谷正文錄下一段精采的對話。

「昨天是不是有位四星將軍來過？」谷正文問。

賴少魂是個機靈人，谷正文是保密局官員，賴少魂聽後心知不能隱瞞，只好托出實情：「白將軍不是病，他想補……」

「不管是什麼，你可要發揮專長，蔣總統要你多『照顧』將軍，重病得下猛藥。」谷正文暗示他在劑量上動手腳，使垂垂老矣的白將軍不勝藥力，一補不起。賴少魂一聽，忙說：「明白，明白。」

於是賴少魂給白崇禧重新開了一帖強力的藥方，並電請白崇禧立刻更換新藥。一九六六年十二月一日，張小姐再到白宅夜宿，第二天，白崇禧原有南下行程為吳梅村主持的高雄楠梓加工出口區剪綵，跟監人員訊問白崇禧官邸人員，推開虛掩的房門，隔著紗帳叫喚，仍無回應，副官揭開紗帳，發現張小姐早已離去，白崇禧赤裸著身體趴臥在床，副官伸手一摸，才知主人已氣絕身亡，肢體冰冷了！谷正文揭穿了蔣介石如何利用特工人員制裁桀驁不馴的將領。[7]

九

谷正文在《白色恐怖祕密檔案》敘述「一代名將」白崇禧的死亡，卻未曾交代賴阿統的去向。谷正文綁架獵槍教練賴阿統是為「制裁」白崇禧，對白崇禧的「軌道謀殺案」失敗，賴阿統就沒有作用，但是谷正文沒有撕票。

原來谷正文綁架賴阿統後，將賴阿統寄存在警備總部保安處[8]——臺北市西寧南路東本願寺——一般市民稱為「閻羅殿」，賴阿統失蹤是在一九五二年。一九五九年四月十七日才由警備司令部裁判，交付感化。開釋日期是在一九六一年一月二十四日，開釋的機關是臺灣警備總部職業訓練第三總隊，那是專門管制流氓的機關。事實上，他被囚禁七年又二十八日，囚禁的場所就是警備總部保安處，沒有移動，可是白色恐怖補償基金會只承認交付感化的一年九個月。至於從一九五二年至一九五九年的七年四個月，賴阿統從人間蒸發，政府不願意負賠償責任。

一九六一年一月二十四日，警總官員發動六輛軍車浩浩蕩蕩護送賴阿統回家，警總的護送陣容不但威嚇賴家親友不能為「客家會」的事呼冤申訴，而且逼迫賴阿統參加國民黨，可是賴阿統始終拒絕加入禍國殃民的政黨。

二〇〇五年十一月十八日，我帶賴家兩女兒訪問高齡九十六的谷正文。他歉疚地說：「我逮捕賴阿統的時候就知道他是冤枉的，但是上級要辦他。」

上級是指保密局長毛人鳳。谷正文已經中風，牆上還掛著毛人鳳和沈醉的筆跡，沈醉是投共的特務頭子。谷正文年輕時還是演員，有一本大陸出版的書還刊出他在八路軍中演話劇的照片。他拿出從賴阿統店裡買到的釣魚桿撫摸，他出國旅行也隨身攜帶釣魚桿。

賴家小女兒賴瑞琦在爸爸被捕時只有三歲，她的媽媽需要賺錢扶養四個女兒。瑞琦懂事以後從來沒有看過爸爸，她常常自問：「為什麼我沒有爸爸？」每星期她要給爸爸送牢飯，她盼望在送牢飯的時候碰到爸爸，但是她在每星期都落空，她不知道爸爸的模樣。她從小就是自閉兒，她不斷自問：「為什麼爸爸是壞人？」親友們疏離賴家，只有鄭爸爸和正隆紙廠的黑狗伯照顧她。家裡缺錢，媽媽就送她去鄭家伸手借錢。

每年過端午節，媽媽做了粽子送給兩家好人，有時候也送粽子給何（應欽）公館和白公館。爸爸每天寫一封信給媽媽，她也從送牢飯的簽收單知道爸爸還活在人間。

七年又二十八日，六輛車送回爸爸。這是她第一次看到爸爸。高大、豪爽、英俊、好客，她心目中的好爸爸。

爸爸坐牢的朋友來了。一個手指受到酷刑，不能拿東西；一個已經發瘋；有一個變成白癡。爸爸的右手也常常抖動。爸爸認為何將軍和白將軍救他生命，在家裡的牆上，右邊掛起白將軍照片，左邊掛起何將軍照片。

媽媽從鄰近吳家以高利貸借錢，爸爸必須賣掉店面還債，一家搬到第九水門附近，幸好爸爸發明一些小器具維持一家生活。爸爸在牢裡背讀書上的句子，告訴她：「吃得苦中苦，方為人上人。」但是不能告訴她發生什麼事，怕她講出去後被抓走。她遺憾小時候失去父愛，她立志要還父親清白。

我臨走前問谷正文，為什麼保密局（軍事情報局）和警備司令部沒有賴阿統被捕的資料，也沒有判決書？谷正文爽直地回答：

許多人被拘禁沒有登記，所以在牢裡也沒有軍糧，只記我的帳。我退休的時候，這些情治機關向我索取三萬公斤軍糧。這三萬公斤軍糧就是沒有名的囚犯吃掉的。我也沒有還給情治機關。

除了賴阿統以外，究竟還有多少沒有名字的政治犯吃掉了谷正文三萬公斤的軍糧？他們的名字被埋沒在黑暗中，等待我們去發掘。

注釋

1 編注：賴阿統案根據國防部情報局一九五五年存留的裁定書，給出的另一個版本的「原因」，是因為賴阿統認識簡吉，簡吉曾提供「匪書」且向其借貸，因為情節「輕微」僅交付感訓三年，但三年後，一九五九年因「考核其思想仍未改善……令入勞動教育場所嚴加管訓」，因此總共關了八年多。此外，根據警政署檔案，賴阿統是於一九六一年一月十四日准予結訓。家屬於二〇一三年七月十五日拿到總統具名頒發的「名譽回復證書」，但仍不清楚父親遭逮捕關押的具體原因，家屬在查證與申請補償的過程中，發現賴阿統的檔案仍在國防部，並沒有移交給檔案局。至於補償部分，仍沒有申請成功。參考葉虹靈，〈L女士的父親為何入獄〉，《蘋果日報》，二〇一四年七月十五日。

2 林易澄、吳俊瑩注：一九四八年八月張軫被任命為河南省政府委員兼主席，並非議會議長。白崇禧電蔣介石，同日張軫也通電要求蔣下野，而非「聯合通電」。出處：蔣經國日記，《危急存亡之秋》。

3 編注：這起事件的經過後來有《更生日報》追蹤，記者田德財於二〇一三年三月二十五日報導，查出一九五三年十二月二十四日中央社與《聯合報》當時的報導，應為白崇禧、楊森與林玉雙搭乘從花蓮南下的柴油車，與從玉里北上的汽油車在鳳林站附近相撞，白崇禧車上共十五人，十三人均跳車無事，林玉雙與楊森的一個副官被撞出車外約十公尺，林玉雙頭部受傷，送醫後仍不治死亡，副官左腿跌斷，無性命危險。

4 編注：警備總部原址在臺北市博愛路一七二號，現為國防部後備指揮部。

5 編注：張炎元為一九五六年接任，當時保密局已改為國防部情報局。

6 吳俊瑩注：易怡醫院，私人開設，地址在臺北市南昌街二段六十六號之二。該院曾與軍友社合作，士兵可憑該社證明，免費治療麻面。〈易怡醫院專治麻面 士兵免費〉，《聯合報》，一九五八年四月七日，二版。

7 林易澄注：另請參照白先勇書。他指出父親白崇禧死因為心臟冠狀動脈梗塞，弟弟白先敬所見父親遺容平靜安詳，認為谷正文所說受命用藥酒毒殺，是「捏造故事」、「無稽之談」。關於賴阿通（書中記為通）被捕，他指出賴家向白求援，白崇禧曾面見警總副司令李立柏卻未獲下文。他記述，據後來情治人員透露，賴阿通身為白崇禧獵友，往來密切，入獄與此有關。惟他說賴出獄時（一九六一年）白崇禧已過世（一九六六年），似有時間誤差。白先勇編著，《父親與民國：白崇禧將軍身影集》下冊（臺北：時報出版，二〇一二），頁七、一三三。

8 編注：賴阿統被捕的時間為一九五三年，當時東本願寺還是臺灣省保安司令部保安處看守所，一九五八年五月十五日，保安司令部與「臺灣防衛總司令部」、「臺北衛戍總司令部」、「臺灣省保安司令部」及「臺灣省民防司令部」整併為臺灣警備總司令部。所以這裡的警備總部保安處是一九五八年後的說法。一九六七年警備總部看守所遷移到博愛路一七二號，原址由國有財產局標售給民間，東本願寺遭拆除，改建為現西門町的獅子林新光商業大樓、六福西門大樓與誠品百貨武昌店三棟大樓。

詹益樺：那一天，阿撒普露

廖建華

◎收錄於二〇二〇年二月《狂飆一夢：臺灣民主化與沒有歷史的人》，廖建華影像工作室出版。

廖建華（一九九〇～）

臺灣嘉義人，畢業於清大化工所，現為獨立影像工作者。紀錄片作品有《末代叛亂犯》、《狂飆一夢》，同時著有同名出版品。

詹益樺給蔡有全的信[1]

哥：

平安，今日透早日頭打霧光時，跟庄腳仔朝長（按：應為陳照長，以下同）兄駛著農用車，來到菜市口虱目魚粥阿忠攤位，吃早餐，在吃A時陣，遇到順發仔、水源兄、清仔伯、榮仔，大家攏是農樣A打扮，真有禮貌，從這條街喊到那一條街A「HO早」聲，他們十分的關心我生活情形，看我有得住麼，或是到他們家吃飯、坐坐諸情形，要離開之前，大家為趙搶付錢在那裡幹來罵去，真是十分親切，過一陣子互相拜別，我呷朝長兄駛向釋迦園山頂，路途上朝長兄教我一些釋迦栽培和運銷問題，沿著美景以及車上音樂曲〈要拚才會贏〉，使我精神振奮，來到釋迦園時，才不到六點，沒想到隔壁園福源叔已經做一點多鐘，心內暗暗為這些農民嘆氣，又看到他黝黑彎曲軀體在園中轉來轉去打拚在採收，採收完的釋迦還要每粒每粒小心放置以及拿著小毛刷刷掉釋迦白點蟲，要後裝箱等工作，又想到前幾天福源叔捐付一仟元給我做生活費，心中自責萬分，他抽的是新樂園，我抽的菸是MABULE（按：應為Marlboro），這一天心中對他的一切實在感慨良多，我頃刻間祈禱上帝，請您賜我更加力量為這群被社會經濟剝削，社會階級剝削弱者做一點代誌，他們不憨、是善良，他們不是笨、是自求不傷害別人的滿足。

我們常「聽到」也常「講到」的公義、愛、尊嚴，但我們是否落實做到？臺灣社會上弱者權益是否落實替他爭取了嗎？

我現拿鋤頭時，挑擔時，常思考這些問題，臺灣社會上弱者在哪裡，他們被變成弱者是什麼原因，是什麼人造成，是什麼事演變，現我不敢有什麼結論，我自訂一個方面，跌倒成為弱者的人，我站立那個地方扶啟他。

勇敢臺灣人的無助與挫敗

一九八九年的五月十九號，天空下著綿綿細雨，草根工作者詹益樺身上帶了三個打火機，背著預先準備的汽油，跟著時代雜誌負責人鄭南榕的出殯隊伍[2]，從士林廢河道出發，一路步行至解嚴後仍是警戒禁區的總統府前廣場。眾人穿著弔祭用黑衣，上頭有著「紀念鄭南榕」幾個白字，悲戚與緊張一如人群浩浩蕩蕩，在風雨欲來的街頭。

那是集結了當時信仰臺獨建國、國殤等級的萬人隊伍，不少群眾隱忍著對國民黨政權的悲憤，預期將有一場不可避免的對峙，或許一個新而獨立的國家，可能因此往前再跨出一步，即便有所傷亡。[3]

有人看到詹益樺捧起地面的積水，洗了洗臉，有人向熱情的他搭話，卻出乎意料地不大被理睬。當前鋒隊伍抵達總統府前廣場，多數人在後頭見著的景象，是前方冒出一股黑煙，但無人知曉為何多出這一焚燒抗議的行動劇，直到慢慢傳來「阿樺燒死了」的訊息時，眾人還誤以為是運動領導人黃華出事。

在後來的各種報導與影像中，我們知道那是詹益樺穿越眾人，點燃身上汽油的自焚抗議。在攝影師潘小俠的照片中，詹益樺儘管下半身已是熊熊烈火，仍雙手攤開高舉，猶如浴火鳳凰。當下，有人看到詹益樺手持一本聖經，有人聽到他高喊「上帝啊！主啊！請原諒他們，他們不知道自己在做什麼！」[4]幾個步伐時間，詹益樺便撲倒在總統府前的鐵絲網上，以自焚做為他三十二年生命的最後選擇——殉道。

如果說，鄭南榕的自焚為反對運動帶來的震撼，是巨大的悲憤與傷痛，其中仍參雜不少鼓舞與激勵眾人向前跨步的作用，那做為「追隨者」的詹益樺，帶給眾人更多的可能是無助與挫敗。

無助是，一條生命在政治性最高、也最需要衝撞抗爭的總統府前逝去，指揮中心下達的指令卻是要群眾原地坐下，以防更多傷亡。縱然是可理解的決定，但眾人被迫無所作為，事後亦無人能對此解釋，尤其詹益樺不是運動領導或知識分子，他是來自街頭市井的草根黨工，身分位階與群眾更為相似。在遺體被救護車送走後，因為鄭南榕的遺體必須趕赴火化，只能部分人群留下為詹益樺焚燒紙錢。

至於挫折，則是過往反對運動總以「勇敢的臺灣人」做為情感上的號召，面對獨裁不要懼怕、不畏犧牲。但如今，詹益樺的自焚即使讓眾人激憤、惋惜與傷心，國民黨政權不僅沒有因此退後一步，甚至利用媒體，將其殉道栽贓成民進黨自導自演而擦槍走火的鬧劇[5]，社會大眾對臺獨建國的理解與認同，依舊遙遠。生命的獻身是否真能有效喚起人民的覺醒，成了多數人內心的衝突與矛盾，留下不知如何面對的情緒，當時也因此有不少的反思與討論。

從自焚事件所衍生出來的種種反應中，我們所關心的是：這種殉道精神，是否適合做為反對運動的集體倫理？更確切地說，能否有一種政治思想，在價值位階上高於我們個別或集體的生命？或是超乎我們現有的政治經驗，足以做為我們絕對信仰的對象？[6]

擺在眾人眼前的，是「臺獨運動的下一步是什麼」的問題，這是所有鄭南榕「後死者」的責任，並且顯然無法單靠烈士殉難便能克竟其功。[7]

基層組織者詹益樺

詹益樺是嘉義竹崎人，父親在國小時候就被送到火燒島管訓近十年，由阿嬤一手帶大。父母離異後，他跟著母親搬到臺北，從工專肄業後陸續做過報關行、電梯維修等工作，也跑船到紐西蘭過。當時，詹益樺曾意外落海，有同事因此喪生，也是他第一次感受到死亡與重生。

父親回臺後在迪化街做生意，詹益樺三不五時會過去「搵豆油」[8]，父子間除日常問安並不多話。踏入民主運動後，詹益樺工作不穩定，父親偶爾會塞錢。在父親伴侶眼中，詹益樺有許多情感，但沉默不多話，有義氣也無法被束縛，一如他的父親。當年五二〇農運時，詹益樺拆下立法院的匾額，後來知道那是兒子正在做的事情，也是以從電視上看到報導這樣間接的方式，保持一段距離地在意著兒子。

自焚前，詹益樺有向父親通過電話，但也只說了明天會有事情，直到電視報導，才知道兒子自焚。對詹父而言，沒有能不能諒解這件事，每個人的人生路都是自己決定的，要走什麼路，自己會知道。父親尊重那個耿直的兒子，即使知道的當下，快要窒息。

真正讓詹益樺踏入政治運動，是在桃園機場事件時，他被軍警非法拘禁與毆打，全身是傷的一次，他以「人間煉獄」形容這個過程。當時他因為被抓導致工作曠職，雖然沒犯任何過錯，公司卻以此為理由解僱他。此後，詹益樺便開始在黨外雜誌社工作。

詹益樺在運動圈認識的第一個人是蔡海埔[9]，因為蔡海埔的五專同學金仔去金門當兵時，認識了豪爽不拘，或說不修邊幅的詹益樺。「阿撒普露」這個又臺式又日式的綽號，便是軍中同袍所取。退伍後，一群同年紀的朋友相互認識，聚會聊天、喝酒、打麻將、找工作，如同一般年輕人的交往，直到蔡海埔念了研究所，透過朋友介紹進入黨外雜誌工作，參與民主運動。當時的詹益樺還在做一般工作，某次有一空檔，被一起找去包圍臺電大樓的反核運動，那是他第一個參與的運動。

C當時也是蔡海埔一群人的其中一員。有一段時間，金仔在士林租了個辦公室，C還在念插班，住在樓上，詹益樺三不五時會跑去聊一些五四三。當時C最大的感受是，詹益樺講話不大敢直視對方，比較害羞。詹益樺自焚後，C從《阿樺》書裡看到對詹益樺的第三者敘述，有一段讓他深深震撼。

那是在鄭南榕雜誌社開會的一次，詹益樺因對程序問題有所質疑，不斷發言表示意見，但這和C所認識的詹益樺判若兩人。踏入運動圈前，詹益樺的個性並不衝動，有點沒自信，也不善於表達，意見不同時並不會急於說服另一方。C認為機場事件是很重要的轉折，詹益樺無緣無故遭受毆打，因此失去工作，沒了穩定收入和穩定住處；做為一個男性，心境上勢必有很大的轉變，自此積極參與運動的力量，也許來自憤怒。

詹益樺參與民主運動的四年中，有三年都待在高雄跟著戴振耀做農民運動。當時他厭倦了在臺北許多人只高談闊論的環境，便在蔡有全的介紹下，到高雄農權會跟著戴振耀一起做農運、地方組織。此後，舉凡大樹、旗山、美濃、六龜、甲仙、阿蓮、路竹、梓官、彌陀、橋頭、岡山等地的運動人脈與環境，戴振耀都介紹給詹益樺認識。在他眼中，詹益樺有無比的熱情，也許出身底層的緣故，對勞工、農民有很深的同情。

當時，曾有農民問到底詹益樺拿了多少錢，才會如此地付出、幫忙，但其實農權會給不了詹益樺什麼錢。在高雄的日子，有夥伴的地方吃飯不成問題，不管是戴振耀家或誰家，都能多一副碗筷，但要有多餘的薪資極其困難，彼時農權會運作的部分經費，甚至是來自鄭南榕的贊助。當時戴振耀家裡的經濟狀況也不很好，夏天時住處炎熱，詹益樺便弄了一臺冷氣回去並安裝好，向戴振耀說那是撿大寮區有人不要的，但其實是他自己掏錢買的二手貨。當時的臺灣尚無健保，詹益樺的經濟狀況，是連牙痛都沒錢治療的程度。

農運工作並不全然順利，大多數時候，詹益樺其實使不上太大的力，反而常常面臨兩邊不是人的困境。某種程度來說，詹益樺比較像是志工，志願幫農民處理事務，協助戴振耀一起訓練農民。但在高雄的日子快樂也踏實，他曾向農夫蘇水印說過：「在臺北，一天到晚跟豬在一起。還是這裡比較好。」[10]也許是踏實的感覺，也許是農村與農村的人們，讓彼時的詹益樺有家的歸屬感，生前甚至交代希望骨灰能安放在甲仙他很喜愛的一處美麗地方。遺留蘇水印家中的書上，詹益樺筆記著：「人的生存分成兩條路去應付這世界。一條是現實上。另一條是心靈上。」[11]此階段的詹益樺，似乎已開始不斷地思考些什麼，面對國民黨他已不謾罵，甚至是轉而提出事實根據與人討論。

一九八九年鄭南榕自焚，詹益樺聽到這個消息後便衝回臺北，但不管是臺北或高雄的友人，同時都感受到他神情與想法極度不同，這期間甚至不斷地觀看韓國學生自焚後跳樓的錄影帶。[12]事實上，這不是他第一次接觸韓國激烈的社會運動。一九八七年，戴振耀被URM派往韓國和當地農民生活、交流，遇上的議題是韓國農民抗爭美牛的進口開放，不僅目睹南韓運動者和警察街頭的激烈對峙，也目睹了有人跳樓抗議，這些都是戴振耀回國後，曾一起和詹益樺討論交流的韓國經驗。

自焚者詹益樺

一九八七年，獨派的白色恐怖受難者組成「臺灣政治受難者聯誼總會」，在成立大會上，因蔡有全和許曹德把臺灣獨立列入章程，致使兩人被捕，此後「許蔡救援會」成立，巡迴全國向人民遊行、演講，但政治受難者在臺灣社會一向邊緣，缺人手，缺經費。後來鄭南榕贊助經費，詹益樺等幾人也被推薦加入，成為全職志工。當時社會對臺獨相關的一切仍風聲鶴唳，詹益樺等人被分配到以黃坤能為首的先遣小組，負責先到全臺各地場勘路線，評估安全風險、計算時間。全臺巡迴結束後，詹益樺便到高雄做農運，偶爾才與黃坤能等人相找。

一九八九年四月鄭南榕自焚後，詹益樺再度拜訪黃坤能等幾人，希望協助他進行自焚計畫——出殯當天，他將跟著鄭南榕的出殯隊伍，看何時被國民黨的鎮暴部隊阻擋，便在那時點火向前撲去，也將丟擲手上的聖經，向時任統治者的李登輝表示抗議，因為他身為基督徒卻行不公義。當時鄭南榕治喪委員會規劃的出殯路線，原先沒有經過總統府前，但這讓基層黨工十分不滿，認為這樣無法展示出鄭南榕殉道如此悲壯的臺灣人精神，經過反彈與協調後，才確定隊伍會繞過總統府前。最後，詹益樺也在總統府前殉道了。

在第一次找黃坤能等人時，詹益樺早已做好將汽油穿戴身上的救生衣，那是他謊騙裁縫師身體痠痛，要將熬煮的中藥穿戴身上製成的。從訴說計畫到真正自焚之間的日子並不短暫，身為朋友，黃坤能等人第一個反應動作當然是多次勸退，但詹益樺的回覆卻是你們身為我的好朋友、好兄弟，不必相勸，幫我完成就好。事後許多人得知自焚計畫是有人協助，都極不能諒解，為何不能互拉一把，要讓夥伴如此失去生命，但對黃坤能等人而言，這件事情關乎生死，一旦消息走漏，等於逼著詹益樺必須自焚，甚至與詹益樺碰面時，也沒人問得出到底有沒有要自焚這樣的問題。

有一個歷史的插曲是，黃坤能當時請了一些弟兄，預先準備著汽油彈，內心想著萬一詹益樺真的自焚，便能提升抗爭強度，不至於讓鄭南榕和詹益樺兩人就這樣失去生命。但黃坤能當時並沒有對這些弟兄說出詹益樺的自焚計畫，只是汽油彈的消息最後走漏風聲，被迫放棄。

詹益樺回到高雄後，本來不修邊幅的他，一反常態地刮淨鬍子，穿上體面衣著，陸續向高雄的友人們不表明用意地告別，甚至向戴振耀的父親說了「阿伯我以後不能再來給你看了」的反常話語。等到眾人發覺有異，彼此詢問，才知道詹益樺早已向大家一一告別，搭上回臺北的夜車。詹益樺說，不想拖累大家，因此決定了要離開農權會。

自焚前一夜，詹益樺回到現今新北投捷運站附近的日式舊宿舍，那裡是蔡有全夫妻彼時的住處，隔壁住著蔡海埔。因為地板是傳統日式榻榻米，打地鋪即可休憩，詹益樺回臺北時多在此借宿。彼時，眾人密集討論出殯細節，直到深夜才散去。在比原訂出發時間更早的凌晨，有人敲了蔡海埔的門，但蔡海埔沒有及時應門，只想說應該沒什麼能再討論的了，等到開門時，只見詹益樺剛好轉出那條平日只有郵差送信會來的巷子。後來的出殯隊伍中，蔡海埔與友人怕詹益樺會像五二〇農運時有較衝的舉動，所以一路保持著四、五公尺距離跟著，直到總統府前的臺北賓館區域，因早被軍警圍了起來，無法前進，兩人心想應該不會再有事情，才坐下歇息。不久後，總統府前冒出了陣陣濃煙。

在詹益樺走出巷子後，因為怕汽油味過於濃厚而被發現，事先安排了友人鄭遷生騎著機車，帶他前往士林廢河道的出殯集合點。到現場後，照著原先要求，詹益樺被安插到隊伍最前方的政治受難者組別，幾個年輕弟兄以鄭遷生為首，在詹益樺周圍保護著他，以免汽油衣被軍警或民進黨人員發現。那天綿綿細雨，從接到任務到看著詹益樺被火著燒的皮膚不斷掀開，事先知情的弟兄，也只能不斷傷心與流淚。

詹益樺的自焚也讓歷史往另一個方向走去。其實，當天街頭運動的基層黨工們有許多的單線規畫，行動代號是「風火山林」。在我訪問到的兩線中，其中一線是護送黑名單陳婉真闖關回臺，另一線則是由基層黨工廖耀松運送為數不少的棉被，準備在總統府前讓群眾能跨過鐵絲網與拒馬，如二十多年後的三一八運動。當天在詹益樺著火後，之所以有人拿出棉被試圖滅火，便是由此而來。當時線與線之間並不清楚彼此的任務，也不知道誰被分配任務，那年代必須如此分配任務，以躲過國民黨政府的阻攔查緝。

詹益樺的自焚，是戴振耀這輩子哭得最慘的兩次之一，上一次是他因美麗島事件被捕坐牢，林義雄的母親與女兒被謀殺的時候。抵達臺大醫院太平間，戴振耀協助脫下來詹益樺的外衣，裡頭有神愛世人四個字，皮夾裡頭除了一張五百塊的紙鈔，便是蔡有全和邱義仁的照片。戴振耀恍然大悟，因為不久前阿樺曾支支吾吾，含糊地向他要自己的照片，但自己堅持如果詹益樺不說清楚，就不給他。

三個人三張照片，都是詹益樺進入運動後產生重大影響的人。蔡有全是帶領詹益樺進入基督教信仰，也是被詹益樺視為大哥的思想引領者，邱義仁則是讓他崇拜其組織運動能力並學習的對象，因為詹益樺相信，如果能有效地組織農民，才能更有效幫助農民。至於戴振耀，則是他運動中相處最久的夥伴。

三十二歲的年輕人就這樣犧牲了生命，真的有價值嗎？我曾這樣向戴振耀發問。他說，也許詹益樺的理想在世時無法實現，但自焚表達了他對鄉土的激勵，也因為他的行動、思想是對臺灣的疼惜，也許就有了價值吧？有時候一輩子到老，沒什麼病痛，也不一定就比較有價值。曾經，戴振耀夢過詹益樺，但他卻是憂鬱的臉龐，想表達卻又無法表達出來。如果能再夢到一次詹益樺，戴振耀想跟他說，以後做事前要跟他先商量一下，不要那麼不信任他啊！

對蔡海埔也是。至今，蔡海埔仍無法諒解自己的是，如果詹益樺不認識自己，沒踏入民主運動，是否就不會造成這個遺憾？還有許多詹益樺生前一一告別的好友，事後幾乎都回想著，如果自己能及時攔住詹益樺，是否就不會發生這樣的憾事。

戴振耀希望，別再有人效仿詹益樺走向殉道的路。

思考者詹益樺

因為拍攝曾心儀的緣故，我才知道當時她花了近一年時間，採訪詹益樺生前在臺北和高雄兩地友人，編成《阿樺》一書，頗詳盡地採訪並撰寫了詹益樺踏入民主運動期間的四年種種。在此之前，我是因為知道鄭南榕，才因而知道還有詹益樺這一人物。

詹益樺來自草根也只有工專學歷畢業，與人相處給的印象多是熱情、樸實，大部分時候沉默不多話，苦幹實幹是最外顯的形象。在往後，眾人討論其自焚想表達的，主要是為反抗國民黨、臺獨建國和為弱勢人民發聲，也多以「臺灣建國烈士」稱呼著他，是草根臺灣人愛臺灣、為臺灣奉獻的精神象徵。

詹益樺自己曾說過：「鄭南榕是一個偉大而美好的種子，我也希望自己能成為一個偉大而美好的種子。」是故，一直以來詹益樺被認為是鄭南榕的追隨者，或者是鄭南榕第二，但相比鄭南榕是為保有百分之百言論自由的明確，詹益樺抗議的是什麼，是否是為了抗議什麼，卻是再也沒有人能肯定回答的問題，即使他對國民黨政權的不滿是相對肯定的，但為何選擇自焚，也只能從日記和遺書中，推測、猜測。

在接觸詹益樺後，我想也許能讓大家多記住另一面向的他，其中不可忽略且有莫大影響的，無疑是基督教的宗教信仰。一九八八年十二月，一群以原住民為主體的URM成員，在嘉義火車站前將吳鳳銅像綁上鐵鍊，拉下了數十年來將原住民汙名化的吳鳳神話，但我們鮮少知道詹益樺亦是參與的成員之一。如果說蔡有全是帶領詹益樺進入宗教世界的引領者，那URM也許帶給了詹益樺在基層工作的實踐，結合上一套有系統、有分析方法的價值體系。

URM全名為Urban Rural Mission，中文為「城鄉宣教協會」，其核心的宗旨是與被壓迫、剝削的人站在一起，不只是「for people」而是「with people」、「of people」，共有為義受苦、對抗邪惡的勇氣等六項核心原則。一九八八年時，基督長老教會的一群運動者正式將這套訓練帶回臺灣，此後幾年，舉凡學運、工運、農運、政運等團體皆會挑選成員進行受訓[13]，對社運而言其過程重點之一便是「事題分析」，對每次的議題做各種資料收集與分析後才決定如何行動，而非一發生事情就只是開宣傳車、拉白布條抗爭，在運動上更能有顯著進展。[14]

我覺得做社會運動一定是要用宗教家的心態來做這些事情，因為宗教家他不是政客，他才會一個行動延續著一個行動，然後他會有理念去集合少數人、體貼多數人的看法，所以就是那時候，由我去草擬了社會運動者該有的精神，對抗邪惡的勇氣、創造性的少數、與被壓迫的人站在一起、為義受苦、互相結為資源的聯盟、非暴力，我們發展了這六個精神出來，然後在每天早上晨間的上課，就這樣地教導。[15]

在心靈力量上，因URM是基督教演變而來的組織與訓練，核心信仰與依據亦來自聖經。我在二〇一四年時，因拍攝《末代叛亂犯》的緣故，曾旁觀過URM初級班訓練的最後夜晚。當時眾人唱著渲染力極強、用臺語發音的歌曲〈一根蠟燭〉：

阮不過是一支小蠟燭
卡要緊是點著起來的光
各人的生命不過是宇宙中的一點
是它所點燃起來的光明
只要自己發光不驚這世界沒有光
每一瞬間攏有它永遠的價值啊
阮決志阮要做這世界的光

一如耶穌在世上的最後一夜，牧師在臺前嚴肅地宣講，番薯代表著耶穌的肉，茶代表著耶穌的血，助教們協助分給現場的成員，宣示著學員們延續耶穌基督為人們奉獻的精神。之後的重頭便是「獻心晚會」，現場將關上日光燈，每位成員手持一根蠟燭，眾人圍成一圈再度唱起〈一根蠟燭〉，當場有一可插上蠟燭的臺灣地圖，大家輪著說出對臺灣的肺腑之言，有些人甚至會在臺灣地圖前方下跪。對我而言，當下的氛圍動容，那不僅是宗教或政治的情緒感染，一如營隊最後夜晚離情依依，只是在URM當下的情緒不是分離，而是自己對自己辯證著與「臺灣」的種種，對上帝、對內心的自己做出期許。

有全兄：

接著您留信，倍感舒暢，多謝您的提示，事實上以現在我盡量運動落實現實生活化，我慢慢調整吧？

您所說的我的生活如何？有一點急需您幫助，就是好幾個月前我向永昌兄借一臺中古機車，永昌兄現時真需要載豬用，麻煩您向永昌兄說一下，能暫慢一兩個月，讓我方便一下。

另外一點就是我打算不讓阿耀他們負擔太重，要邊開計程車邊工作，有全兄，請放心，我不會分心，我前面不是提示運動現實生活化嗎？為什麼我要這樣呢？其實我讓一個人感召到，就是在高雄做勞運林連輝，他是工黨的人，我與他到現在並不認識，可是從多人口風中對他佩服不已，他目前是在一家石化工廠上班，而能在下班之餘，運作一百多個產業工會。

我目前在甲仙開發一個基點，未來看是否影響高縣農權會運作改進嘛，另外（衫林、六龜、內門、旗山、美濃）是我的計畫。有全兄：現時世界上能得到你這位兄哥如此關心，我覺得很幸福，尤其夜晚邊騎機車時邊想到您的關懷，真的，有一種莫名其妙衝勁。

祝平安

弟

阿樺寫的

1988.11.13 夜暝

在經濟起飛的八〇年代末，三十歲左右的詹益樺正思考著這些。他留下來的文字太少，提起URM這段，並不是說URM致使他走向自焚一途，而是從此切入，或多或少能給我們理解詹益樺的其他可能，因為URM對成員的期許，和詹益樺所實踐的想法確實有一定程度的相似。我之所以被詹益樺觸動，其實是在知道其生命歷程後，閱讀到當時時代雜誌記者江瑞添所寫的〈詹益樺自焚前的精神狀態〉一文。

鄭南榕自焚之後，詹益樺曾經在臺北住了一個星期，後來回到高雄，一直到五月十五日他才到臺北，帶著死亡一起北上，準備參加五一九鄭南榕的告別式出殯遊行。

五月十五日深夜，記者在偶然的機會裡和阿樺碰面，談起他一次深刻的經驗。

記者問：「你回到高雄，都在做些什麼事？」

阿樺：「我沒有做事，我到山上沉思，一個人想南榕的事，大部分時間在讀聖經。」

「我告訴你一個神祕的經驗，我到了那個境界，我看見了光，我進去探訪，但是我很怕！所以我跑出來！回到臺北。」阿樺以一種神祕而誠摯的表情，繼續陳述。

記者：「那到底是怎樣的一個世界？」

阿樺：「就是我看見了光，我開門進去，發現裡面是兩個世界，一邊是光明，一邊是黑暗。我很高興，也很害怕，因為我無法把握一定進入光明的那一面，我怕進去了以後就出不來了，我還有很多事情要做，所以我就趕快出來！在出來的途中有一段黑暗的路。」

記者：「這一段路有多長？」

阿樺：「那是一種感覺，不能用距離來衡量。」

記者：「你達到這種神祕境界，是不是受到南榕自焚的影響。」

阿樺：「一開始的時候可以說是，後來就不能這樣講，那可以說是聖經上的境界，我一直在讀聖經。」

記者問阿樺，這段時間閱讀聖經，哪一篇的感受最深刻？阿樺拿起聖經，很快翻到一篇，上面敘述一位葡萄園主僱人工作，結果早晨上工、中午上工、下午上工的工人，都發給同樣的工錢的故事。記者一直無法瞭解其中的精神內涵。

記者跟阿樺只有三次談話的機緣，但是彼此視作朋友，面對阿樺的自焚，久久失神，只有記錄這段最後的談話，做為對阿樺的紀念。

於我而言，在鄭南榕自焚後，詹益樺對民主運動有了更深入的思考，那不只是數落國民黨政權的什麼不好，而是到底他要追求的理想社會如何，自己能做的、扮演的角色是什麼，而他顯然在鄭南榕自焚的這件事情上，看到了某種可能與啟示。詹益樺在四月三十日時便寫下遺書，距離五月十九日的自焚殉道，其實還有兩週多的時間，但彼時文字間透露出來的，是某種踏實的肯定與心境上的平和。

阿兄：

我有幾句話要說，

「相信祂」似你已經相信我已經得到。

「新生命」——不可打折去信念祂。

「依靠祂」似世人要依靠日頭光一樣。

——不可背在世上假十字架。

——要背上帝給我們的真十字架。

我最高興就是十字架上無階級！無特權！

無權威！真清楚！

＋只有「愛」＋

你永遠，永遠手足兄弟
祈禱上帝安排咱留相會。

阿樺
寫
主後1989.4.30暝

當然，沒有人可以代替詹益樺說出他思想轉折的歷程，或是為何決定自焚的動機意念，何況在我知道詹益樺此人的當下，他也早已過世二十幾個年頭，自焚那年我甚至尚未出生。對我而言，尚且不論殉道行為本身如何，詹益樺將思想與行動結合並且內化、體現，已說明其自焚不只是為了幹一件轟轟烈烈大事，也不是未經思考的效仿行為，我也不是想表達有思想的自焚，比起沒有思想的自焚更有價值。生命的結束是個人意志的選擇，無人有資格評論，但直到今日，在臺灣尚未邁向相對理想的社會前，必然還有許多的運動與抗爭，對於還活著的人們與社會，能否不用再走一次前人為後人走過、思考過的路。

某種程度上，我也認為在鄭南榕自焚後，詹益樺之所以選擇自焚，其所丟給我們的提問亦是：臺灣民主運動的層次能否更往上提升？[16]詹益樺如此思考：

如果你是一位「解放」和平運動者：值當咱們臺灣這一小撮「和平革命運動者」，咱很多人很茫然「和平革命」是什麼，它背後意義能對未來有什麼款作用，我的運動啟蒙點：①認清中共、國際形式及人與社會一切問題，並認清它們、批判它們；②徹底瞭解咱們理想；③清楚各反對團體本質；④判清自己本質及層次能力；⑤捉準自己角色去參與各種和平運動。

從今天來看，便是我們都需要去思考的：民主自由的價值是什麼，個人又該如何在自己的位置上去實踐，同時，這也辯證著我們所追求的理想國度，重要的是什麼。我想，即便是所謂的臺獨建國，於此也只是一種過程、方式，不是目標——毫無疑問，如果只是單單咒罵國民黨政府，自身沒有思考自身位置，在位置上能付出什麼，正是詹益樺期許民主運動要告別的處境。在他做了這個決定的過程中，他也思考著做為一個人、活著這件事情：

值當咱活在這時代，這一臺灣這一事態，你會感覺不清不楚，一切，一切的是非道德價值觀已經混淆。在孩提時代，你會感覺權威壓迫你相信它，但不知道它已經剝削你。在學生時代，你會受到階級塑造你接受它，但不知道它扭曲你。在現實社會時代，你會變成一隻快樂的豬或是憂悶的豬。「現實」的承認這兩字，但不知道它切斷你生命真諦。

詹益樺生前常跟蔡海埔說，你們讀書人就是空嘴嚼舌，沒有行動。此後，他便前往高雄從事基層組織工作。「來無張遲，去無相辭」這句他特別在給母親遺書中提到的諺語，也許就如他自由不受拘束的個性，也如他參與民主運動的短短四年，他因著自己的思考與行動，在鄭南榕之後，一如他的綽號阿撒普露，那樣出人預料，踏實而沉默地穿越拒馬與鐵絲網，走到了民主運動眾人在當時難以企及的地方。

後記

本來這篇文章是希望拍成另外一部紀錄片，但種種緣故，最終還是以文字的方式完成，也因為詹益樺的關係，我才另外知道還有像是阿龍（施龍川）、阿生（鄭遷生）、阿騰（陳東騰）這些人的故事，他們也來自草根底層，曾經轟轟烈烈想做一番事情，卻在時代過後，不管是因為生病或不得志，都已離開這個世界，而我所知極少，無法寫出他們的故事。

在拜訪與詹益樺有關的人們時，我去找過蔡有全，那是在他北投住處。當時我以存在主義的觀點去看待詹益樺的運動生涯，但蔡有全不這麼認為，像哲人一般帶著一股氣息，他說著他認識的詹益樺，但後來我其實什麼都記不得了，我只記得——曾有靈感體質的蔡有全友人去他家，說他家有三個鬼魂，兩個燒死的，一個雙手張開，一個雙手交叉抱住胸膛，那是詹益樺與鄭南榕；剩下的那一個吐出舌頭，是在蔡有全舊家後面上吊自殺的陳東騰。[17]當下，蔡有全從容熟練地泡著茶，而我環顧四周。我相信他，但我什麼也沒有看見。

後來我一直很怕真的看見，不知道要跟他們說什麼，而如果真的有，那是我和這些我素未謀面的長輩們，最靠近的一次，不知道他們對我寫的這些滿不滿意。不久後蔡有全因心臟問題去世，一切太過突然，中間也才隔了幾個月時間，那之前我還想著要跟著蔡有全拍一段，但老天的安排是一張照片也沒有。

看到邱萬興大哥拍攝的耀伯和蔡有全合照時，突然對這段記憶有些許釋懷——那些民主運動的鬼魂，臺獨運動的鬼魂，時不我予的鬼魂，我以為拍攝這部紀錄片必須承擔的鬼魂們，都出現在這張照片裡了。他們表情愉悅，至少應該是快樂的吧！希望他們能一路好走。

注釋（本篇除編注外，皆為原注）

1 本文中詹益樺所寫的文字皆來自於《臺灣建國烈士——詹益樺專輯》一書與《時代雜誌》二七七期。

2 編注：鄭南榕（一九四七～一九八九），出生於臺北，就讀臺大哲學系時因拒修國父思想放棄畢業證書，一九八一年開始幫黨外雜誌寫稿，一九八四年創辦《自由時代周刊》，一九八七年發起二二八和平促進會，雜誌共出版了三百零二期，五年八個月中創下被查禁與停刊最多次的紀錄。一九八八年十二月十日，因雜誌刊登臺灣共和國新憲法草案，收到涉嫌叛亂的傳票，隔年四月七日，面對軍警重重包圍，堅持百分百言論自由理念的鄭南榕，在自囚七十一天後，在總編輯室自焚身亡。

3 陳博廣，〈避免鄭南榕出殯隊伍失控　北區部隊武裝待命〉，《自立晚報》，一九八九年五月十九日。

4 江松青，《進步時代周刊》二七七期，一九八九年五月二十一日，頁六八。

5 陳金章，〈詹益樺背上著火……高喊：卡緊把火打熄！〉，《聯合報》，一九八九年五月二十日。

6 張俊宏主編，《到執政之路——「地方包圍中央」的理論與實際》（臺北：南方叢書出版社，一九八九）。

7 鄭肇基，《進步時代周刊》二七七期，頁五。

8 國語的「沾醬油」，短暫停留之意。

9 〈永遠的「阿撒普路」〉一文作者，收錄於曾心儀編著《阿樺》一書。

10 曾心儀編著，《阿樺》（臺北縣：曾心儀自費出版，一九八九），頁五四。

11 曾心儀編著，《阿樺》（臺北縣：曾心儀自費出版，一九八九），頁五四。

12 張美智，《進步時代周刊》二七七期，頁七三。

13 URM最著名的案例除了拉倒吳鳳銅像，一九九一年廢除刑法一百條運動亦是其大成的展現，許多基層黨工亦都受過此訓練。

14 張以忠，〈臺灣非暴力抗爭的歷史考察〉（清華大學社會學研究所碩士論文，二〇一三）。編注：一九八二年由在加拿大任教的林哲夫開辦第一期城鄉宣教訓練班，林哲夫是受URM加拿大的負責人費爾牧師（Rev. Dr. Edgar File）影響。後經由基督教長老教會將URM系統引進臺灣。URM主要是做議題分析進而有社會行動。

15 引自張以忠〈臺灣非暴力抗爭的歷史考察〉林宗正牧師訪談。

16 「王智章認為雖然鄭南榕的自焚對詹益樺的衝擊很大，但卻不是促使他選擇自焚的最大原因。南榕死後，詹益樺已經超越思考其背後原因，進而深思南榕自焚的意義，是否會使反對運動邁進一步，並提升反對運動的層次。」——張美智，《進步時代周刊》二七七期，頁七三。

17 編注：陳東騰（一九五八～二〇〇三），出生南投名間鄉，因會鐵藝，八〇年代曾以設計接擴音器的民主戰車出名，為民進黨創黨一二三人之一。為詹益樺好友。二〇〇三年五月十五日凌晨，在詹益樺忌日前幾天，於蔡有全家中後院上吊自殺。

談景美軍法看守所〔節選〕

謝聰敏

◎一九八〇年起以筆名梁山於美國《美麗島週報》撰寫「談景美軍法看守所」專欄，一九八三年於美國出版，一九九一年九月在李敖出版社出修訂版，二〇〇七年六月於前衛出版三版。

謝聰敏（一九三四～二〇一九）

彰化二林人，臺大法律系、政大政治所畢業，一九六四年與彭明敏、魏廷朝撰寫《臺灣人民自救運動宣言》被捕，判刑十年，後減刑為五年，一九六九年出獄。一九七一年因臺北美國商業銀行爆炸案受羅織牽連再度入獄，判刑十五年，在六張犁看守所曾企圖逃獄失敗。一九七五年蔣介石過世減刑為六年六個月，一九七七年二度出獄。一九七九年出國，在紐約時與邱幸香結婚。一九八〇年撰寫「談景美軍事看守所」專欄，一九八八年返臺，之後擔任立法委員、國策顧問，致力轉型正義相關工作。

一

大押房的四邊都是塗上石灰的牆壁，靠走廊的一邊是一扇綠色的木板門，門邊有一個名片一樣大的窺視孔，窺視孔嵌著玻璃，玻璃外邊覆蓋一塊銅片，下端有一個遞送食物的洞口，可以容納菜盆，洞口上附著一張鐵片可以密閉，靠外的牆壁上端有一個鐵窗，鐵窗上面砌著一片花磚，交錯疊起，留著一些空隙。從外邊看，這是一棟沒有窗口的建築物，室內鋪著地板。地板離地只有一個磚頭一樣高。由於下面沒有通風的設備，地板已經腐爛，靠近鄰室的牆壁，設置抽水馬桶和自來水。大押房大約有四公尺長、兩公尺寬，經常容納八人至十二人。特務認為政治犯所能接觸的只有同房的囚犯，監獄官還可以調動不同案件的政治犯或軍事犯囚禁一間，也可以布置線民監視、分化或打擊。

午後樓下區第十三號的大押房裡，有的半躺在地板上，回想家鄉的青山綠水；有的握著彩筆，畫出一張嫣紅的臉；有的皺著眉頭，草擬著將來的路程。突然從辦公室傳來一陣陣叫喊的聲音。

「冤枉啊！」

「我是無罪的啊！」

「審判不公平啊！」

押房裡的囚犯都知道這是史與為案第三次宣判死刑，他是調查局的專員。調查局的前身是一九三八年成立的中國國民黨中央執行委員會調查統計局，簡稱「中統」，由國民黨元老陳立夫、陳果夫兄弟掌握。在「中統」之前，陳立夫已經利用「黨務調查科」從事特務活動。一九二七年蔣介石下野，陳氏兄弟在上海成立「中央俱樂部」(Central Club)，擁護蔣介石，一般人民稱為ＣＣ派。參加ＣＣ派的人，未必參加「中統」；參加「中統」的人卻一定是ＣＣ派，「中統」是陳立夫爭奪政權的主要工具。

蔣介石另以戴笠領導「軍統」特務——隸屬軍事委員會——彼此監視，互相牽制。兩個特務系統的工作項目略有劃分，但不明確，「中統」和「軍統」之間各爭地盤，互相殘殺。來臺以後，蔣介石將「中統」和「軍統」混合，交給兒子蔣經國指揮。因此，蔣經國任命「軍統」出身的沈之岳出任「中統」根據地調查局局長，著手整肅「中統」特務。

史與為屬於被整肅的「中統」特務，只有走錯路線的特務才有機會兩次發回更審，也只有特務才會這樣驚慌地叫喊，一般臺灣政治犯都是默默地接受死刑的宣判。

史與為案宣判死刑的八個被告[1]都繫帶腳鐐，經過走廊，分別返回他們的押房，他們的腳鐐鐺鐺作響，他們還不斷地嚷著冤枉。一般政治犯是立志粉碎鎖鏈，翻身解放，他們抱著「出頭天」的心情默默地忍受一切的苦難。走錯路線的特務，不敢相信充當蔣政權的忠實的奴才和鷹犬，會有這樣的下場，以十足奴才的心情醜惡地叫嚷。

值班的士官打開第十三號押房的綠色的門扇，讓繫帶腳鐐、仍在叫嚷的史與為走進押房，一股臭味撲向士官的鼻子，士官皺著鼻子砰地一聲關上門，史與為脫下皮鞋，朝地板上一坐，黝黑的方形的臉上浮現著深刻的仇恨。

矮短、粗壯、黝黑的史與為在三張犁的調查局臺北處擔任專員，以狡詐、善辯、出手毒辣聞名。他來自江蘇北部——蘇北人。沈局長認為史與為是潛伏在調查局的共產黨員。

他憂鬱地環顧同房的囚犯。「我是辦理『匪諜』的人，怎麼會變成『匪諜』。」他想。「現在我又和『匪諜』住在一起，這些『匪諜』的臉上都對特務的內部鬥爭帶著觀望的表情。我在看守所還遇到我主辦的『匪諜』林德樊，他原來是警察局分局長，他在軍法處控告我，如果我是『匪諜』，他應該無罪，他是被『匪諜』陷害的人。啊！上級怎麼這樣讓我難堪。這是雙重的懲罰。」

他還記得調查局的同事編造他的罪名，主持的官員是他的蘇北同鄉科長劉兆祥。當時劉科長是五十歲光景的人，眼球凸出，職業性的銳利的眼光透過玳瑁鏡框射到受偵訊的人身上，劉常向黑名單上的人物或政治犯的家屬敲詐勒索，養成貪婪的性格，這是特務這個行業的痕跡。劉的皮膚白皙、嗜愛飲酒、酒後臉色白裡透紅，凸出的黑眼球在玳瑁鏡框中旋轉，像一隻蝦蟆。劉的兩腿長短不一，調查局的年輕工作人員稱為「跛腳的蝦蟆」。史與為下獄以後不停地和舊同事爭論。

「你們要拿出證據來。」他對著包圍他的舊同事說。

「我們辦案還靠證據嗎？」劉科長也操著蘇北口音說。

「你想一想，過去你是怎麼辦案的？」胡專員說。

「我們是自己人啊！」他紅著脖子抗議。

「自己人？你已經是我們的敵人了。」劉科長冷淡地回答。「話又說回來，如果你是自己人，你更應該對組織坦白，組織會饒恕你。」

他列舉過去他所承辦的「匪諜」案件，捶胸頓足，表明一貫「忠君」立場。

「不給你吃一點苦頭，你不會承認，」劉科長諷刺地說：「我們要幫忙你思考。」

四個特務擁上他，用繩索捆綁他，把他摔倒地上。一個特務騎在他的背上，另一個特務揮動竹棍猛打他的雙腿。

他躺在地上呻吟。劉科長走過來，蹲在史與為的身邊，低聲告訴他：

「上級不可能放過你，你我都是『中統』的人，我不會故意和你過不去。你還是承認一點點，讓我們可以交代。」

這是實在話。沈局長指示另一個蘇北人的「中統」特務科長劉兆祥承辦史與為案，一方面使他們互相殘殺，他方面表明處事「公正」。史與為知道劫運難逃，他必須「承認一點點」，讓他的同事和上級嗅到一點腥味。

「十二歲的時候，中共的司令員粟裕，在我的家鄉駐軍，」他沉痛地說：「粟裕住在我家後院。我由於好奇和其他的小孩圍看他，他撫摸我的頭，讚美我是一個伶俐的好孩子。」

這一段話就成為今天判刑的主要依據。

他坐在押房的地板上，撫摸腳鐐上的鎖鏈。他曾經寫了洋洋幾百萬言的答辯書，敘述他所承辦的案件，這幾百萬言答辯書的底稿放在他的身邊。他感恨傷懷，往日種種猛然湧上心來。他喃喃地說：

「如果陳副總統還在，蔣經國就不會整肅我。」

陳副總統就是陳誠，他是蔣介石最親信的將領，也是蔣經國的主要政敵，他在「中統」頭子陳立夫回國以前去世。[2]蔣經國曾經利用「中統」的特務翦除陳誠的羽翼，史與為屢次奉命打擊陳誠。當年，陳誠支持黃啟瑞競選臺北市長，臺灣籍的黃啟瑞在臺北市人緣極佳，陳誠主張使用臺灣秀異分子，穩固國民黨的基礎，因此向黃啟瑞承諾臺北市長任滿以後，將委派他出任臺灣省主席。蔣經國不願意陳誠利用臺灣人掌握臺灣人掌握臺灣省政府，便下令警備總部以貪汙罪控告黃市長，同時指派他的派系周百鍊代理市長。[3]

這個時候，支持黃市長競選的市黨部主任委員羅衡已經辭職。蔣經國一度擬以中央黨部第一組——即組織部——副主任缺拉攏羅衡，羅衡婉拒。因為陳誠派的交通處長譚嶽泉需要他擔任交通處主任祕書，籌辦公路局的改組，如果公路局改為公營企業，他將是董事長或總經理。

六〇年代，蔣黨的財經官僚運用公路局來抑制臺灣的地方財閥——各地方的客運公司。彰化縣的員林—北斗間的路線是員林客運公司的黃金路線，公路局將這一條路線的經營權收歸省有，員林客運的其他路線的收入不夠公司的開支，員林客運公司一度虧累不堪。臺中縣的豐原—東勢間的路線是豐原客運公司的主要幹線，公路局也將這一條黃金路線改為省有，讓豐原客運公司艱苦經營。地方的客運公司也有難言的苦衷，許多沒有利潤的路線，由於地方的需要，不能斷然放棄。當時全臺灣的客運公司只有少數幾家的收支勉強能夠維持平衡，其他的公司都是入不敷出。

公路局改為公營企業是蔣黨財經官僚的重要策略，但是蔣經國正在運用公路局財力，開闢橫貫公路表現政績，極力反對公路局改組，於是清理舊帳，逮捕了羅衡。財經官僚是屬於陳副總統的系統，對於這個蔣介石的托洛斯基派兒子經國相當忌諱，公路局改為公營企業的計畫因而擱置。

在羅衡被捕之前，省政府交通處陳主任祕書夫妻同時被捕，虛構「匪諜」罪名，陳主任祕書判處十五年有期徒刑。特務頭子蔣經國一向善於運用特務製造政治案件清除異己。

史與為是調查局的「陳誠專家」之一，他對陳誠的作風和用人瞭若指掌。當然，他也是黃啟瑞案和羅衡案的辦案人員，只要陳副總統不死，蔣經國就必須重用他。

他仍然坐在地板上詛咒。一隻蜘蛛從窗口的鐵格子上面垂下來，在兩條鐵條上橫搭一條細線，從這條細線搭橋在兩條鐵條上不斷地來回穿梭，織了無數的細線。

「他媽的，老子已經進了籠裡，蜘蛛又要封鎖鐵窗，欺負老子。」史與為震撼著緊握的拳頭吼叫。

二

福利社的玻璃櫃裡陳列著塑膠漱口杯、牙刷、肥皂、筷子、菜盆、碗、毛巾、餅乾和香菸等等。日用品都是以塑膠製品為主，香菸只准工廠和辦公室的外役限量購買，除了辦公室的外役，所有的囚犯都不能直接走到福利社購買。每星期囚犯可以填寫購買單，經過監獄官核准購買物品，每隔幾天福利社的外役推著超級市場所用的小車，分別到工廠和囚房出售簡單的零食。

玻璃櫃後面的圓形凳上坐著牟紹恒。他的消瘦的身子穿著褪色的短袖藍襯衫、洗舊的米黃色的短褲，光腳上拖著一雙平底布鞋。留著短髮的頭向前彎下，靠在福利社的玻璃櫃上打盹。妻子向他哭訴他們承租的師範大學的福利社不便經營，一家的生活發生困難，昨天晚上他不曾睡覺。

他是在中國大陸的山東出生，他和牟奇玉都在五歲就離開家鄉，現在他們已經三十幾歲。特務逮捕他們，控告他們在五歲那一年參加兒童團。五歲能做什麼？他剛剛學了「貓叫狗跳，叫一叫，跳兩跳」，這就構成犯罪嗎？判決書指出：未滿十四歲的人固然沒有責任能力，超過十四歲他就應該自首。他們沒有在十四歲那一年自首，他們參加共產黨的兒童團的行為，仍然在繼續狀態之中，這就構成犯罪。[4]

政戰室的外役李仕材[5]站在玻璃櫃前用手指輕輕地彈了一下櫃子。牟紹恒趕緊矯正姿勢，抬起頭來端正地坐在圓形的凳子上，然後睜開了眼睛。

政工官要看這個月的帳目，曾經一度當選海軍戰鬥英雄的李仕材搔著灰白的頭髮說：「馬正海[6]的女兒拿了一個早餐用的小小的饅頭向監察院呼冤，一方面控告軍事法庭誣陷叛亂，他方面指責軍法看守所扣除囚糧虐待囚犯。看守所的官員老羞成怒，決定加強管制囚犯。」

「帳目明天可以交出，不過我懷疑監察院的作用。我的太太曾經向監察院陳情，監察院派陶百川、黃寶實兩委員調查，然後函請司法院大法官會議解釋，大法官會議置之不理。」

牟紹恒從短褲的口袋裡掏出一份折疊的公文和一份剪報。他先攤開公文，那是監察院移送司法院大法官會議的文件影印本，文件上用朱色的原子筆勾出一段文字，這一段文字沉痛地說：

「若未滿十四歲之兒童，被迫參加匪偽兒童組織，如一律以叛亂論罪科刑，則匪敉平，政府行使政權之日，大陸二、三十歲之青年，行將無一類矣。」

在接見登記處工作的外役費老頭一聽到監察院就放下毛筆，走到玻璃櫃的前面。他的前額寬闊、鼻子肥大，灰色的眼睛上面垂下濃密的雪白的眉毛。

「于右任當第一任院長的時候，監察院曾經對付過軍法局長包啟黃。」費老頭慢吞吞地說：「有一個大陸籍的商人被特務誣陷匪諜，羈押在軍法看守所。商人的太太透過一個同鄉向包局長行賄，雙方曾經談好了賄賂的金額。同鄉卻吞沒了賄款，包局長未曾收到。她只好親自求見包局長，包局長發現她雖近中年，她的烏黑的眼睛、飽滿的嘴唇和柔軟的下巴，仍然有著挑逗的姿色。他伸手摟住她，以救她的丈夫為條件逼迫她做愛，他從她的談話瞭解她的家庭，他得寸進尺，讓她獻出她的女兒。不久，她接到領屍的通知，他居然槍決了她的丈夫，她的心裡痛苦萬分。」[7]費老頭吁了一口氣，想了一想，又說：「為了拯救她的丈夫，她獻出了她所擁有的一切。她的期待已經落空，她失去了生存的意義，決心報仇。在臺灣，能夠制裁包局長的只有蔣介石，蔣介石的周圍都被特務包圍，她以為她的呼冤不可能達到，她只有攔路呼冤。蔣介石住在士林，他的轎車開往總統府都要經過中山北路的鐵路平交道。火車經過中山北路，蔣介石轎車也要停下來，她決定在中山北路的鐵路平交道上攔路告狀。她寫下事件的經過，每天她都在鐵路平交道徘徊，一班火車攔下了蔣介石的轎車，她跪在地上呈上陳情書，蔣介石已經看到她，特務來不及阻止。當時監察院長于右任已經將人民的伸冤轉交給蔣介石，而且不只一次，蔣介石未曾批示，這個時候，他才下令逮捕包啟黃。于右任是革命的元老，還能得到蔣介石的尊重，于右任死後，監察院就失去了監督的功能。」

「聽說包啟黃的牙齒全部被拔掉。」李仕材說。

「對，包啟黃的死刑也是富於戲劇性，」費老頭眨了一下眼睛，微笑著說：「他關進青島東路的西所，牙齒已經全部拔掉。看守所的官員解釋，這是防止他自殺。可是有人說，特務編造他的口供，一隻一隻拔掉他的牙齒。」

「我也聽說他興建新店的槍決場所，第一個在那裡槍決的就是他。」牟紹桓說。[8]

費老頭的心顫抖了一下，他曾經站在馬場町看死刑的執行，死去的朋友的臉孔浮現在他的眼前。他的聲音有點發抖。「最初執行死刑的場所是馬場町，馬場町就是現在水源路的三軍總醫院和螢橋國中交界的地方。當時那個地方有一座沙丘，死刑囚排成一行面向沙丘，跪在地上，警衛連的士官在相隔十五公尺的線上列隊發射子彈。許多臺大學生常常走到馬場町參觀政治犯的槍決，特務移到中正橋下的淡水河邊槍決。當時執行死刑是公開舉行，死刑囚的名單貼在臺北火車站的大門口。後來包啟黃才在新店空軍公墓的後面，找到一個僻靜的山谷，興建執行死刑的場所，死刑變成祕密執行。包局長固然在自己興建的執行場所槍決，第一個在那裡槍決的人卻不是他。」

一個滿臉雀斑的小姑娘走進登記處，送來囚犯換洗的衣服，以冷傲的眼睛看著院子裡打羽毛球的官員。費老頭走向登記處，告訴她不能接見。

牟紹恒攤開剪報。「報紙曾經報導陶百川委員起草的公文，我現在只有期待報紙能發生一點影響力。」

「輿論也難於發生作用。特務關閉報館、逮捕記者、封鎖新聞，眼裡根本就沒有人民和輿論。對特務來說，記者只是一批傻子。……不過……也許你的運氣好一點。」李仕材帶著笑容說。

三

蔣處長躺在三張犁留置室北側押房的地板上，翻來覆去不能入眠。右頰正在發癢，冬天的夜晚又溼又冷，他用三層軍毯蓋住身體取暖，不願意伸出手來。右頰愈來愈癢，他不得不伸出手來，抓到了。他抓到了一隻蟑螂，他把蟑螂摔到鐵窗外，然後伸手端起地板上的茶杯。茶杯上爬滿了蟑螂，他趕緊縮手，丟下茶杯，茶水潑到地板上。如果巡邏的獄吏發現，他將受到辱罵。他用換洗的衣服擦乾茶水。

室內沒有燈光。走廊上掛著一盞昏暗的電燈，囚犯靠著走廊上的微弱的光線辨別押房的陳設。他躺下來。押房充滿尿桶的辛辣氣味，他又爬起來。一隻肥大的老鼠正在尿桶旁邊走動。他伏在地板上觀察老鼠的舉動，老鼠大搖大擺走出鐵窗，不把處長放在眼裡，他把尿桶移到最遠的角落。這個囚房只有兩公尺平方，所有換洗衣服、衛生紙、洗臉用具、吃飯碗筷和尿桶都放在地板上。

他聽到走廊上的聲響，他趕快躺下來，閉著眼睛，把軍毯蓋到身上。一股強烈的光線照射在他的臉上，一個高大的獄吏提著手電筒斥責他：

「把眼睛閉起來。白天要把眼睛張開，晚上要把眼睛閉上。聽到沒有，處——長。」獄吏把處長兩字的發音故意拉長。

他躺在地板上，不敢出聲，獄吏似乎已經離開。可惡的蟑螂！他在嘴裡詛咒著，他想拉起軍毯蒙住頭部。不對，這是違反規定。睡眠時不准蒙住頭部。他把軍毯拉到鼻子，蓋住半部臉孔。一股強烈的霉味刺進了鼻子，汗臭和血腥的混合。軍毯上染著一塊塊的血漬。多少人的血汗沾滿了軍毯，他一直打噴嚏。

「什麼毛病？」獄吏又站在鐵門外。「處——長，你的毛病真多。你不知道匪諜可以靠打噴嚏溝通消息嗎？你沒有聽到昨天隔壁的人被拉到外頭毆打嗎？你要自愛。處——長。」

他不敢動彈，他肯定獄吏離開，才起來拿著大衣放到鼻子下面，然後蓋上發霉的軍毯。他的名字叫作蔣海溶[9]，福建人。他和浙江的蔣介石沒有親族關係。他曾經是調查局第三處處長，第三處是負責偵訊的機構，所有的政治案件都要由他批准，然後移送軍事法庭。他掌握著政治犯的命運，軍事法庭都是按照他簽署的意見辦理。在調查局，局長以下的主管就是處長，第三處又是最重要的單位，他在局裡權重一時，紅得發紫。在沈（之岳）局長擔任副局長以前，他就是第三處處長。他和「軍統」特務沈局長沒有私人恩怨。二次大戰期間，他參加「中統」特務的地下組織福建省抗敵後援會。姚勇來夫婦和他屬於同一個後援會。戰爭結束，後援會合拍一張紀念照片。有一個後援會員後來出任中共的福建省政府委員。沈局長根據這一張照片，下令逮捕所有後援會員，理由是這一個「後援會屬於中共」。他不敢相信他會坐牢，他不敢相信沈局長會逮捕他，也許上級在考驗他，就像上帝考驗約伯。

「起床！」獄卒在走廊上叫嚷。

他覺得渾身痠疼，爬不起來。每一間押房的囚犯都在準備洗臉漱口，臉盆和漱口杯的聲音叮噹響著。也許獄卒即將過來，他趕緊從地板上跳起來，疊好軍毯。獄卒已經站在門口。他睜開眼睛，穿上衣服，提起臉盆。獄卒打開鐵門，他匆匆跑出，一手提著臉盆，一手拉著褲子，沿著陰暗的走廊，快步走向西側洗滌室。門外還是一片漆黑，他覺得昏頭昏腦。

「快！快！快！」獄卒在背後一路上趕著。

他掏出一杯清水漱口，不敢使用牙膏牙刷，占用時間。獄卒已在催他。一個囚犯應該對於獄卒的辱罵習以為常，可是他還是害怕獄卒的辱罵。他拿起毛巾沾水，在臉上一抹，就跑回走廊。每一間押房的鐵門上都垂著深藍色的布簾，他看不到布簾裡邊的人物。每次他經過兩側的押房，沈媛璋都在藍色的布簾後面弄出輕微的聲響，她應該熟習他的腳步的節奏。沈媛璋死了。他已經沒有聽到西側押房裡邊的聲響。他走進押房，獄卒關閉鐵門，拉緊深藍色的布簾，然後打開鄰室的鐵門。

後牆上端開著鐵格子小窗，白天從鐵窗口可以看到一線藍色的天空，現在外面仍然是一片漆黑，這麼早起來做什麼？他在嘴裡詛咒著，半躺在地板上伸腰，他覺得舒服一些。一會兒，獄卒拉開布簾，他立即恢復端正的坐姿，獄卒警告說：

「白天要把眼睛睜開來，晚上要把眼睛閉起來。」

在處長任內，他曾經安置一個同鄉在留置室當工友。他記起沈媛璋死亡的日子，工人利用送飯的機會在飯碗中夾著一張紙條，上面寫著：

「沈媛璋已死。」

二次大戰期間，姚勇來夫婦和他都在同一個後援會反抗日本人的侵略。他和姚勇來曾經在日本人的搜索下到處鼓舞人民反抗日本的侵略。她的讚美和鼓舞就像烈酒一樣讓他興奮不已，他難於相信特務頭子蔣經國會忍心毒害這樣愛國的婦人。

四

蔣經國雖然沒有受過正式的軍事學校教育，擔任軍職卻是從少將開始。他的第一個軍職是江西省保安處少將副處長。那是一九三八年一月，蔣經國才二十八歲。他只幹了一年九個月。一九四四年，蔣介石提出「一寸山河一寸血，十萬青年十萬軍」的口號，組織青年軍，成立青年軍政工人員訓練班，蔣經國就是政工班的中將主任，這是他再度擔任軍職。

政工班設在中央幹校，中央幹校的校長是蔣中正，教育長是蔣經國，蔣經國提出以校做家。「父子家校」的名聲轟動一時。當年政工班的畢業生在臺灣位居要津的有政戰部主任王昇、中山大學校長李煥、中國電視公司董事長楚崧秋、前臺北市黨部主任委員易勁秋、救國團主任潘振球、中國時報社長余紀忠、五二四事件中率隊攻打臺北美國大使館的江海東[10]、司法院祕書長范魁書等人。

大戰結束，陳立夫將CC派的中央政校和蔣經國系的中央幹校合併，在南京成立國立政治大學。蔣經國將計就計，預備由蔣中正擔任校長，自己擔任教育長，併吞CC派的中央政校，擴大「父子家校」的組織。一九四七年三月，政大公告欄公布校長蔣中正的告示：「任命蔣經國為國立政治大學教育長。」據蔡省三、曹雲霞合著《蔣經國系史話》記載，許多學生聚集在公告欄前抗議，有人嚷叫著：

「請看老子任命兒子，要拿我們當孫子！」

學生們憤怒唾罵：

「我們不當孫子！」

「反對兒子教育長！」

「反對父子家校！」

「蔣經國滾開吧！」

有些學生在布告上寫大字報，有些學生在布告上畫「×」，蔣中正的名字也被塗汙。政校充滿了有組織的反蔣氣氛。當晚學生合開「全校學生大會」，通過三項緊急決議：

一、派代表向教育部請願，請收回成命，撤銷對蔣經國的任命，另派賢能之士。

二、全校實行罷課抗議，不達目的，絕不復課。

三、在校外展開抗議運動。

校園也貼滿大字報，唾罵蔣家。蔡省三在《蔣經國系史話》指出：

那種強烈的、有組織的反蔣氣氛，使人可以明顯地看出絕不是某些學生的一時衝動。看到布告欄的「校長」都被塗得字跡不辨，如此敢在太歲頭上動土，向蔣氏父子開火，顯然是有人幕後支撐。

蔣介石斷定這是陳立夫、陳果夫兄弟的陰謀。訓示陳立夫，陳立夫推說「異黨分子藉故掀起學潮」。於是政大清除反蔣大字報，張掛「歡迎蔣經國教育長蒞臨視事」標語。但是蔣經國受到沉重的打擊，不敢擔任政大教育長。

丁依[11]在《蔣經國傳》裡描寫著：

蔣先生……預備把他的政治黃埔——中央政治學校交給他，發表他為政校教育長，讓他將來為自己扎點根，同時把陳氏兄弟的勢力藉機削掉些。然而南京的情況，畢竟比臺北複雜得多了。CC的勢力圈，輪到小蔣去插足嗎？何況，那時候的南京，還沒有今天的「救國團」組織，陳氏兄弟點點頭，中央政校反蔣的學潮就如火如荼地上演起來了。結果，已到手的寶座，頓成鏡花水月。……

一跤又一跤，經國擦得鼻青眼腫……。

經國一生，經過好多次起伏，有輝煌、有灰黯。南京期間，「冠蓋滿京華，斯人獨憔悴」，他的感受，那種落木蕭蕭的滋味，大概只有歷史上的李後主可以體會到。

由於這些新仇舊恨，蔣經國才處心積慮陷害陳立夫的「中統」系的特務。由沈局長整肅的「中統」系特務主要有朱慰孺案[12]、史與為案、范子文案、蔣海溶案和余振邦案等。蔣海溶案株連數十人，首先被捕的是副處長李世傑。

五

「偵訊！」獄卒站在押房的鐵門外叫囂，鐵門已經打開，蔣海溶拉起褲子，穿著塑膠拖鞋衝出押房，獄卒讓他戴上他交付保管的金邊眼鏡。當他踏出走廊的時候，劉科長已經站在押房的門口等他，架在鼻子上的眼鏡反射著早晨的陽光。

「快一點！處長。」劉科長雙手抱在胸前，斜著頭故意嘖嘖地催促。

經過三個月的囚犯生活，蔣海溶已經瘦骨嶙峋，鬍子長得像刺蝟，未結腰帶，割掉掛鉤的長褲幾乎從腰部滑下來。

為了防止囚犯逃亡就割掉囚犯的褲鉤，讓囚犯提著褲子走路，這是什麼規矩？我記得前軍法局長包啟黃處死以前牙齒都被拔光，我問看守所的所長，為什麼拔掉所有的牙齒，所長回答，偵訊人員防止包啟黃自殺才拔掉所有的牙齒，這就是官方逼不得已的措施。從劉科長的眼鏡裡反射的陽光閃過他的眼睛，他唯恐得罪劉科長，慌張地拉著褲子跑步，微風吹散他的蓬亂的頭髮。

「喂！警衛，處長的褲子快要掉下來了，拿兩條小帶子給他打一個結，」劉科長怪聲怪氣地說。「你看處長邋遢蒼老的樣子，幾乎認不出人來，今天處長還要辦幾件要事，你讓處長好好地穿著褲子。」

他留在院子裡，獄卒從警衛室帶來兩條白色的小帶子，他把白色小帶子縛在褲頭的兩邊，然後在小腹前打一個結。個子高大，有些臃腫的劉科長呲牙咧嘴地獰笑，他快步走出押區的門口，劉科長跛著腳一拐一拐地跟著。

「你也會嘗到監獄的滋味，」劉科長嘿嘿乾笑著說，「當初，只要你隨便說幾句話，我不至於坐一年的牢，哼！有牢大家坐，今天也輪到了你。」

劉科長是他的部下，他的名字叫作劉兆祥，蘇北人。有一次，劉兆祥拿著拘票逮捕一個政治犯，深夜帶隊進入一個政治犯的家裡，翻箱倒櫃，搜查可疑物品。珠寶箱裡藏著一串珍珠項圈。劉科長想到情婦的生日即將來臨，她有一襲高領子粉紅色的旗袍，如果她的胸前掛上這串珍珠項圈，在霓虹燈下閃閃發光，可以襯托她的細長的頸子，她將更為嫵媚動人。劉科長輕快地伸手抓住珍珠項圈，塞進西裝的口袋，那個政治犯的太太穿著黃色花紋的睡袍，靠在窗口，困惑地看著劉科長。劉科長瞥見政治犯的太太，惡狠地瞪著她，她深怕惹了這些牛蛇鬼神，低著頭躲到屋角。

第二天早晨，臺北調查處在會議室舉辦會報，邀請總局第三處處長蔣海溶列席。劉兆祥從休息室提著西裝，哼著平劇的調子，愉快地踏進會議室。同事正在議論昨天的案件，劉兆祥比手畫腳，插科打諢，描寫政治犯的逮捕。臺北處處長陪著蔣處長到達門口，特務各就各位，劉兆祥趕緊穿上西裝，一串珍珠項圈從口袋裡掉下來，會議室的人爆出滿堂哄笑。劉兆祥焦慮地注視蔣處長臉上的表情，蔣處長若無其事走到主席臺的旁邊，臺北處處長緊跟在蔣處長的背後。一個毛躁躁的特務半彎著腰撿起地上閃爍的珍珠項圈送到主席臺，劉科長現出羞窘的神色，一跛一跛地走到主席臺前面，向著臺北處處長吞吞吐吐地說：

「這是我替人保管的項圈。」

「替誰？」臺北處處長不悅地問。

「昨天逮捕的人犯。」

「哦！」臺北處處長壓低聲音再次發問：「人犯委託你嗎？」

劉兆祥乞憐地望著蔣處長，蔣處長避開劉兆祥求援的眼光，低頭翻閱桌上的文件。臺北處處長看到蔣處長的冷漠，乃沉下臉來，大聲說：「依法辦理！」

劉兆祥因而判刑一年，在三張犁留置室囚禁，並從科長降為科員。出獄以後，劉兆祥連續製造幾個政治案件受到上級獎賞，又從科員升為科長。

「當初，只要你開口輕鬆地說幾句話，我不至於坐牢。」劉科長重複地責怪蔣海溶。

蔣海溶避開劉科長的仇視，踏步走進一個傳統的穹形的門，門內有一排偵訊用的房間，三個特務已經站在偵訊室的門前等待他。

六

蔣海溶緊繃著臉端正地坐在書桌的後面，劉科長坐在書桌前面仔細瞧著他的臉孔。劉科長的身邊坐著一個臉色紫脹、雙層下顎的鄔專員，挺著隆起的肚子，懶洋洋地靠在椅子上。一個頭部較小而體格結實的于科員和清瘦的胡組長坐在書桌的右側。窗口下有一個茶几，茶几上放著一個熱水瓶和幾個塑膠杯子。

「處長在押房裡委屈了三個月，臉色蒼白，形容憔悴，等待我們結案，我們實在不忍心讓處長等待。」劉科長尖酸地發表開場白。「可是處長的談話總是缺少我們所需要的東西，許多同志已經感到不耐煩，要叫處長嘗一嘗本局的十八般武藝。上級指示我們，要以愛心對待處長，讓處長自動地向組織坦白。……現在，你說一說，共匪怎樣指示你組織後援會？」

他搖搖頭。「抗敵後援會是國民黨福建省黨部組織的，省黨部主任委員陳肇英是現任的監察委員，書記長林炳康是現任立法委員，他們都可以作證。我已經講過多少次了，你還是先找他們來談話。」

「我們是要從你的嘴裡講出來。」

「你這樣逼迫我，是不能結案的。我屢次告訴你們，辦案要『上窮碧落下黃泉，動手動腳找證據』。你們不能只憑口供認定事實。」他是指揮這些牛蛇鬼神的人。他的談話仍然帶著訓示的口氣，劉科長覺得蔣海溶故意損他，面露不豫之色。

「小于，給處長倒一杯茶。」胡組長對著室內的于科員說。于科員走到窗口，從溫水瓶倒滿一塑膠杯的開水，送到他的桌子上。

鄔專員高興地咯咯笑著。「『上窮碧落下黃泉，動手動腳找證據。』動手動腳是要用刑啊！你不知道大家都這麼說嗎？」

胡組長和于科員隨著忍不住笑了起來，室內的氣氛較為柔和，劉科長也擠出一個笑容。

「處長，我不願意傷害你的自尊心，上級要給你自清的機會，每一個人都會犯錯誤，只要你向組織交代清楚，上級還是會原諒你的錯誤。如果你不願意坦白，那就完全不同。……你要瞭解今天的情勢。」

他沒有吭聲。

胡組長揉搓著手，露出一口被菸燻黃的牙齒。「這是時代的悲劇，許多人年輕的時候，由於改革心切或交友不慎失足參加共匪的組織。後來，由於現實社會的利害關係，不敢承認過去的錯誤。這些人最容易被敵人利用，上級要求我們開導這些誤入歧途的人交代過去的行為，防備敵人的滲透，我們苦口婆心，就是要給處長承認錯誤的機會。」

「我什麼時候當共產黨？」他輕輕地嘆了一口氣。

「我是根據手裡的資料問你。」劉科長正經地說。

「手裡的資料？還不是大戰結束以後，游擊隊隊員合拍的一張照片。」

「照片裡面有一個人後來出任共匪的福建省政府委員。」

「那不能證明抗敵後援會是共產黨組織。從大陸來的人，哪一個人能保證他的照片裡邊的人物不當共產黨的官？」

「處長，上次選舉的時候群眾騷動，上級要求我們限期破案，有些同志埋怨不容易發現匪諜。處長指示我們：一個好的工作人員可以憑著嗅覺找出匪諜。當時處長為什麼不能運用你的嗅覺檢舉這個人？」

他沒有回答，鄔專員和于科員噗哧笑出來。

「我們曾經根據照片破獲不少匪諜的案件，你卻否定照片的功用，我憑著嗅覺就可以嗅出來你就是匪諜。」劉科長繼續說。

鄔專員舒服地翹著右腿，點燃一支菸緩緩地吐出一個煙圈，欣賞他和劉科長的對話。

「那是抗戰期間，我們用人唯才，只要能咬老鼠的貓都是好貓，我不能要求太多。當時我也沒有發現可疑的地方，……你們要瞭解那些敢於挺身反抗的，都是桀驁不馴的人物，我不容易統御，你們要瞭解做事的困難。」

「你胡說！」劉科長似乎受到屈辱，拍了一下桌子，換一副冷冰冰的無情的臉孔。「我是以承辦人的身分問你，你不能用處長的口氣講話，你也知道我們沒有證據也可以照辦，何況你有一張照片留在我們手裡，我不是要聽你的辯護，我是要你交代你和共匪的關係。」

蔣海溶避開劉科長仇視的眼光。「跛腳的蝦蟆！」這是新招考的工作人員給劉科長的綽號。他在嘴裡詛咒著，啜了一口茶，把無理的要求吞到肚子裡。

胡組長悄悄地離開偵訊室。劉科長一瞥于科員，點頭示意，于科員捲起衣袖，露出肌肉強壯的手臂，戲謔地說：

「我想向處長討教一個問題，處長曾經指示我們：如果被約談的人拒絕合作，我們可以施用適當壓力幫忙被約談人自白。現在處長始終不肯交代你和共匪的關係，我們要怎樣施用壓力才算適當？」

「我和共產黨毫無關係。」他簡短地回答。

于科員啐了一口衝向他，右勾拳打他的左頰，他一閃身，于科員落了空，又以左勾拳直搗他的下腹，他措手不及，踉蹌地後退一步，靠在牆角。于科員連續幾拳打在他的臉上，然後左手抓住他的衣領，右手不斷地毆打他的下腹。他的兩腿癱瘓，頹然倒在地上。

鄔科員連聲讚美：「精采！精采！」

于科員是大學的國術選手，畢業以後投考調查局。鄔專員和胡組長是「軍統」特務，胡組長是沈局長的親信，沈局長卻讓「中統」敗類劉科長主辦偵訊工作，而由胡組長監督。

他倒在地上呻吟，前額、鼻孔和嘴唇都在流血。左眼已經青腫。胡組長從門外進來，瞥見他的痛苦的表情故作驚訝，走過來蹲在他身邊。「啊！處長怎麼跌倒了？臉上都是血，你們快一點把他扶起來，我們要用合法的程序偵訊。小于，你去醫務室拿些藥水，我們要照顧處長的身體。」

鄔專員和胡組長扶他起來。他的兩眼望著胡組長，露出恐懼的神色，他的嘴裡吐著泡沫，吭不出聲來。

劉科長拿了一根香菸，放在鼻口嗅著。「小于沉不住氣，給處長一些壓力，我們來不及阻擋，年輕人總是這個樣子，我們曾經勸告處長，要向組織坦白，免得吃苦。」

于科員從醫務室拿來一包棉花擦拭他的臉上的傷口，然後輕輕塗上藥水。

胡組長又親切地倒了一杯開水給他。「處長，你要曉得照片上的人物都已經關進來，他們都寫下口供，我們沒有處長的口供照樣可以結案，上級愛護處長，要給處長自清的機會，處長應該衡量一下利害得失，把握機會。」

他木然凝視著窗口。一道圍牆高聳在庭院的盡頭，上端纏繞著鐵絲網。前額傳來陣陣的劇痛，兩腿感到無限的痠麻。他陷入沉思，「這是我奉上級命令親手設計的牢房，這是我奉上級命令親手規定的偵審，自己卻被關進牢房，接受刑訊逼供。這難道就是罪孽？這難道就是報應？」

七

監察委員陳肇英在一個星期以前接到軍事法庭的傳票，要為蔣海溶作證。福建的「中統」工作一直由陳肇英負責。在抗戰期間，他的職位是中國國民黨福建省黨部主任委員。他在福建組織抗敵後援會。蔣海溶、李世傑、姚勇來、沈嫄璋、陳石奇、鄧錡昌等幾十個人都是他的部下。調查局沈局長主張這個後援會是中國共產黨的組織，來臺的隊員都被調查局逮捕，送到景美軍事法庭審判。

當時，「中統」鼓吹法西斯運動，提倡「一黨專政、領袖獨裁，希特勒、墨索里尼的勝利就是時代的勝利」。後援會的一個根據地是在福建北部的一個澤地。他不畏艱難、跋涉層層起伏的山丘和深深陷入的澤地，鼓舞游擊隊的隊員。在荒涼的曠野裡，他看不到人影，只有野獸在吼叫、野鴨在銳鳴、蜥蜴在爬行。他懷著愛國的熱忱，終於在一個深谷的絕壁下找到了後援會。

在初升的月光下，他召集後援會員訓話。會員穿的是襤褸的衣服和手編的草鞋，吃的是地瓜和山芋。溼漉漉的野草掩沒了他們的腳，饑餓和寒冷正侵襲他們。他本來的講題是「現代青年的道路」，會員鋼鐵般的意志感動了他，他放棄充滿私心的一個領袖、一個主義和一個國民黨的論調，臨時改變話題，敘述日本人的侵略和衛護祖國的戰爭。會員慷慨激昂，合唱大刀歌和〈義勇軍進行曲〉。在煙霧迷茫的山谷，一個隊員趁興朗誦一首抗戰期間流傳的新詩：〈假使我們不去打戰〉。

假使我們不去打戰，
敵人用刺刀，
殺死了我們，
還要用手指著我們的骨頭說：
「看，這是奴隸！」[13]

他站在長滿苔蘚的花崗石上搖手，隊員在月光朦朧中散會。

現在軍事法庭的傳票在他的手裡抖動著，這些勇敢的戰士將要在軍事法庭受到審判，他們的罪名居然是叛亂，他不敢相信這是同一個朝代。國民黨從大陸敗退以後，ＣＣ派的幹部屢次受到打擊，東北的領導人立法委員齊世英被開除黨籍。齊世英和雷震合組民主黨，齊世英呼籲國民黨籍的立法委員參加新黨，參加新黨的立法委員將近半數。雷震準備正式宣布成立，齊世英要求稍微等待，如果繼續爭取，新黨的立法委員將超過半數。如果超過半數，國民黨變成少數黨，雷震變成多數黨的領袖，可以組織新閣。就在猶豫之際，國民黨下手逮捕了雷震。[14]

ＣＣ派的頭子陳立夫返國，聲勢十分浩大。陳立夫的國民黨籍立法委員擁有立法院的多數席位，足以組織新閣。特務頭子蔣經國藉黃豆貪汙事件逮捕了一些立法委員，殺雞儆猴，警告其他的立法委員不可妄動。最近特務頭子又逮捕了陳肇英的舊部下，咄咄逼人。也許整肅的箭頭已經指向他，他在恐懼中顫抖著。

八

五個軍事審判官穿著綠色軍官禮服高踞在審判臺上，審判官的右側是軍事檢察官，左側是女性書記官，他們也穿著綠色軍官禮服。

監察委員陳肇英穿著深灰色網紋的西裝鎮靜地站在審判臺的前面。審判長彬彬有禮，命令庭丁送來一張椅子讓他坐下。

「這個案件的被告只限於後援會的會員，上級特別指示本庭這個案件不再擴大，」審判長謹慎地說。「被告蔣海溶、李世傑等人要求本法庭傳陳委員作證，陳委員只是被告的證人，本法庭懇請陳委員合作，據實作證。」審判長沉默一會兒，然後婉轉地問：「據被告自白書，後援會受共匪指揮，假借國民黨省黨部申請補給，陳委員受到蒙蔽，不知其情，是否事實？」

他抬頭凝視審判長不安的臉孔，堅定地回答：「這是不可能的事，後援會由我組織、幹部由我指派、任務由我決定，共匪怎麼能夠插手？」

「各被告的自白書一致，可以互相印證，犯罪情節也相當完整，足證被告的自白與事實相符，陳委員為什麼要否定被告的自白，自己承擔法律責任呢？」審判長帶著威脅的口吻問。

法庭寂然無聲。

「我知道，」陳委員嚴肅地回答，「各位雖然身穿軍裝，卻是抗戰以後長大的人，難以體會抗日戰爭的滋味。抗戰是民族存亡的危機，本案各被告拋棄個人的幸福，獻身給國家。他們以石塊當枕頭，以荊棘當鋪，冒著敵軍的炮火和敵機的轟炸，在叢林裡、在高岡上、在澤地中和敵人搏鬥，我們還能苛求他們嗎？我們還能控告他們嗎？」

陳委員的聲音像戰鼓一般震動著寂靜的法庭。審判長聽到這些懇切的話，呆坐在審判席上默想，軍事審判只是維持軍隊的紀律，執行司令官的命令。由軍事法庭審判政治案件就是維護獨裁者的利益，既沒有正義，也沒有公平。我們奉命判刑，只是宣布司令官的命令，我的地位不受法律保障，沒有自由意志。我實在無能為力。他的眼睛眨了一下，歉疚地說：

「陳委員，你只是一個證人，你只能回答本庭所提出的問題，不必說題外的話。……在抗戰期間你擔任什麼職務？」

「中國國民黨福建省黨部主任委員。」

「蔣海溶的後援會是否以國民黨的名義組織？」

「是的。」

「這個後援會是否由國民黨補給？」

「是的。」

「你是國民黨福建省黨部的負責人，不可能直接指揮後援會的運作？」審判長拐彎抹角地問。

「不！後援會的任務還是由我決定。」

審判長又像抱怨又像道歉地聳肩。「我是講戰場上的指揮工作。」

「那當然是不可能的，但是後援會的主要幹部都是由我指派。」

「你曾經發現後援會裡隱藏共匪嗎？」

「沒有。共產黨罵我們法西斯主義，把我們當作敵人，我們怎麼會庇護共產黨員？」

「謝謝你的作證。」審判長的眼睛一閃，像是解決一個難題。

陳委員退出，審判長像是鬆了一口氣，接著傳訊立法委員林炳康。林委員穿著深藍色的長袍，仰靠在法庭外的長椅上，眼睛沉重地望著天花板。當他出庭的時候，臉上仍然籠罩著內心強烈的激動。

「林委員，被告請求本庭傳你作證。」審判長恭敬地說。「本庭將以公正的態度查證事實的真相呈報上級。上級曾經指示本庭，本案不再擴大，請林委員放心，和本庭合作，回答本庭的問題。……在抗戰期間，林委員所擔任的職務是什麼？」

「福建永安《中央日報》社長。」

「據被告路世坤說，民國三十三（一九四四）年，李世傑、姚勇來、沈媖璋參加『匪文教小組』，由蔣海溶領導，蔣海溶離開以後，由李世傑接替。你是否記得？」

「是的。當時李世傑不在永安，而是在漳州。路世坤還沒有到永安。」

「姚勇來說，他在《中央日報》副刊刊載《大公報》和《新華日報》的宣傳文章，也刊載李世傑攻擊福建省社會處文章，你記得嗎？」

「我當社長，每天注意各版文字，《大公報》在抗戰期間擁護政府反共，沒有為匪宣傳。《中央日報》不可能刊載《新華日報》文章。李世傑是資料室主任兼評論委員，很少在副刊上寫稿。」

「你看過每一篇文章嗎？」

「我當社長，特別注意專欄和副刊，絕不會轉載為匪宣傳文章。《新華日報》是共匪報紙，《中央日報》怎麼會轉載？難道福建都是死人，沒人知道？難道中央黨部都是死人，沒有發覺？被告怎麼會寫這樣的自白？」

審判長聽到這些話，一瞥鄰座的同僚，然後垂下眼睛，他感到懦弱和卑鄙。他順口說：「本庭會斟酌你的看法，你當時有沒有發現後援會和共匪的關係？」

「共匪的關係？這是我們的後援會啊！共匪是我們的敵人，你不要把所有抗戰的功勞推給共匪。」林委員激昂地說。

「可是有人當了共匪的福建省省政府委員。」

「那是後來的事，你不能因為這個人投匪就把我們的後援會抹黑。自從大陸撤退以後，『中統』的幹部一個一個受到整肅，如果這是共匪的後援會，我算什麼？整肅的箭頭是不是已經指向我？」

九

蔣海溶被庭丁引進軍事法庭，斜紋灰色的舊西裝穿在枯萎削瘦的身上顯得十分鬆弛，削瘦的臉東張西望，偶爾舉起那隻乾枯的手向人招手。他站在法庭的中間，向審判長鞠躬，他的親友都在支持他，審判長神色不寧，勉強發問：

「你是蔣海溶嗎？」

「是的。」

「你是那裡人？」

「福建人。」

「你今年多少歲？」

「五十五歲。」

「你的職業是什麼？」

「司法行政部調查局簡任祕書，原任第三處處長。」

「第三處主管什麼業務？」

「偵訊。」

「你有沒有參加政治團體？」

「中國國民黨。」

「當時，你是否信仰共產主義？」

「不，當時共產黨指責我們都是法西斯主義的信徒，我們反對共產主義，我們曾經主張三民主義就是中國的法西斯主義，我們鼓吹一個領袖、一個主義、一個黨。」

「你有沒有參加中國共產黨？」

「沒有。由我經手送到軍事法庭判處死刑的共產黨就有兩百多件，如果我是共產黨員，那些槍斃的共產黨員算什麼？」他懷著堅定的信心回答。

審判長不安地望了一望他的同僚，沉默了一會兒，又問：

「你有沒有在調查局的口供裡招認你參加中國共產黨？」

「那是出於刑求逼供。」

審判長皺著眉頭從桌子上的公文裡拿出一張信件。「我們曾經出函訊問你是否受到刑求逼供。調查局覆函本庭：本局偵訊皆依合法方法，從未對被告刑求逼供。」

「調查局的文書科從未調查實況，所有軍事法庭的函件一概覆文否認。」

「你在第三處處長任內曾經發覺這種情形嗎？」

「對。我曾經要求文書科調查實況，不能一概否認，他們從未實行。文書科長朱慰孺曾經送到板橋感訓，請貴庭傳他作證。」

「本庭可以斟酌，本庭發現幾乎所有調查局移送的案件，被告都向本庭陳述刑求逼供，你是否認為所有的被告都受到刑求逼供？」

他不由自主地打了一個寒噤。「我被捕以後才知道這些承辦人胡作非為，濫用刑求。」

「你是否認為以前由你經手送到軍事法庭判處死刑的兩百多個匪諜案件，也是經由刑求逼供？」審判長狡猾地問。

「這個……這個……」他停頓一下，嘆了一口氣，然後回答：「這就很難說。可是，我批閱的時候，這些案件都有足夠的證據。」

「在你的案件中，證據也相當齊全。」審判長從卷宗裡抽出一張照片交給庭丁，由庭丁轉交他。「你仔細看一看，這一張游擊隊合照的照片是不是真的？」

「真的。」

「隊員裡邊是不是有一個人當了共匪的福建省省政府委員。」

「是的。」

他把照片還給庭丁，由庭丁轉送審判長。審判長又問：

「你在調查局的口供裡承認這是共匪的游擊隊，是否真實？」

「那是出於刑求逼供。」

「你當過第三處處長，難道不知道這種口供的後果嗎？」

「當時我沒有其他的選擇，任何人經過刑求都會寫下不利於己的口供。……可是本案所有的被告都在軍事法庭推翻調查局的口供。」

「根據辦案的習慣，有經驗的法官都是重視被告的初供，你應該比我更清楚，何況有一個人保持原有的口供。」

他充滿血絲的眼睛正在冒著火花。他盡力保持鎮靜，悲嘆地說：「誰？那一定是沈大姐。沈大姐就是沈嫄璋，新聞界的人都叫她沈大姐。她已經死了，死人當然不會翻供，那是不公平的。」

十

站在審判長前面的是一個五十餘歲的人，他的左肩稍高、略微肥胖，穿著女兒贈送的淺藍色套衫，上面用白色的英文字繡著「密西根州立大學」。

「你的名字叫什麼？」審判長一邊翻閱卷宗，一邊呆板地訊問。

「李世傑。」那人睜開著大眼睛回答。

「你是那裡人？」

「福建人。」

「你的職業是什麼？」

「調查局第一處資深副處長。」

「你主管的業務是什麼？」

「偵訊。我是廖文毅專家，負責破壞臺灣獨立運動。」

廖文毅一度在日本領導臺灣獨立運動，一九六六年（按：應為一九六五年）返回臺灣。[15]

「據調查局移送的資料，廖文毅尚未回臺以前，你屢次庇護廖文毅的家屬，有沒有這回事？」

審判長問。

「如果我庇護廖家的人，我怎麼會逮捕廖文毅的嫂子、姪子和一部分的親友，逼迫他返回臺灣呢？一些調查局的官員常常敲詐廖家。個人的賭博、酒家的筵席、舞女的贈送和子女的學費等等，找廖文毅的嫂子付款，有些人還向廖家勒索，購屋置產。一般人民不敢接觸特種工作人員，不但防備『紅帽子』，而且畏懼『紅包』。我不贊成敲詐勒索，是在維護特種工作人員的信譽，不是庇護廖家。」

審判長的臉色突然陰沉起來。「你對廖家所採取的措施是不是有所保留？」

李世傑紅漲著臉，抑制他的激動。「我沒收廖家的財產，逮捕廖文毅的嫂子、姪子和一部分親友，沒收的財產清單曾經在報紙上公布。姪子廖史豪[16]和親信黃紀男[17]兩人宣判死刑，等待執行，實際上這些人的行為並不構成犯罪，許多熟悉內情的人都說調查局『謀財害命』，難道『謀財害命』也在庇護廖家？」

「沒收財產和宣判死刑是你所做的決定，還是執行上級的命令？」

「當然，這都是蔣先生親自批示的措施，我只是執行上級的命令。」

「廖文毅回國之前已經停止政治活動，獨立運動已經由一批年輕的留學生推動，你主張安撫廖文毅，不僅給廖文毅留下後退的餘地，而且鋪平年輕的留學生取而代之的途徑，你所採取的措施並沒有撲滅獨立運動。廖文毅回來以後，財產發還，親友釋放，你並沒有執行，調查局說，實際上你在暗中保護廖家。」

李世傑的聲音帶著憤懣。「對廖文毅來說，返回臺灣就是放棄原來的政治立場，本黨已經達到宣傳的效果，財產在名義上是發還，實際上則由調查局派人管理。廖文毅的嫂子看到廖文毅屈服在政治綁架之下，憂心如焚，終於悲憤而死[18]，實際上政府還是在『謀財害命』。這算保護廖家嗎？」

「廖文毅回國以後，你處理廖家的案件是否有所偏差？」

「廖文毅沒有要求釋放政治犯，總統只是赦免宣判死刑的親友黃紀男和姪子廖史豪，其他的親友沒有立即釋放，經過兩年，由於家屬的奔走才釋放了其他十餘名的親友。調查局派遣臺灣籍的專員施明忠做祕書，監視廖文毅的舉動。廖文毅在旦夕之間從政治上尖銳對立的敵人，變成任人擺布的白癡，蠢態畢露。他的姪子廖史豪覺得羞恥，雖然他苟免一死，他的全家都在屈辱下生活。他在故鄉西螺的墳地上自己挖了一座墳墓，告別舊日的親友，埋葬他的創痛的靈魂，廖家失望之情可以想像得到，我處理廖案沒有偏袒。我被捕以後，調查局的專員施明忠發現廖文毅種種表現都是矯揉，其中必有虛情。廖文毅一度要求出國，於是調查局又逮捕了廖文毅的親信黃紀男和鍾謙順[19]拷問，這是後事，與我無關。」

審判長和承辦的軍法官低聲談話，李世傑仍然憤憤不平，這些問題顯然和我的「共匪」案件無關，他想。我設立種種計畫逼迫廖家掉進陷阱，廖文毅回國是一種政治自殺，我對蔣黨有不可抹滅的貢獻。廖文毅的偶像被我粉碎以後，我就被送到軍事法庭接受審判，所有的功勞都被一筆塗掉。當初計劃的時候，如果我讓廖文毅留在日本，我還是調查局的要人，調查局不可能逮捕我。狡兔死、走狗烹，這是千真萬確的名言。

「臺灣反對政府的人物中，右翼的廖文毅和左翼的謝雪紅曾經在香港合作。後來謝雪紅投入中共，遭受清算，右翼的廖文毅由你設計返回臺灣，受到監視，你所採取的行動是不是受『共匪』的指示？」審判長露出了殘忍的神色改變了問題。

李世傑惡狠狠地看著審判長的狡猾的臉孔，一股無名火從心頭冒上來，塞住了他的喉嚨，他的臉色更為蒼白，這是什麼話？他想。我替蔣黨執行這種謀財害命的卑鄙行為，怎麼會受中共的指示？他一句話也答不出來。

十一

甘衍流伏在辦公桌的上面審查囚犯家書，桌子上堆滿了囚犯送審的書籍和囚犯的信件。他拿著原子筆輕輕地點著字數，這一張信寫著：

親愛的阿媚：我夢見我們從前走過的海灘，我希望坐在海灘上眺望神祕的海洋，讓澎湃的波浪沖走我的煩惱。阿媚，天下不幸的人不僅是我一個人，每天我都可以看到新到的政治犯，他們都受過特務的愚弄，一個新來的囚犯看到我消沉的樣子給我許多的鼓勵。就在睡夢中我一刻也忘不了妳，我忘不了那美麗的雲彩、蜿蜒的山谷，更忘不了那甜蜜的微笑和熱烈的擁抱。一陣狂風吹倒我，一棵高大的樹幹壓住我的手臂，我從夢中醒來已經找不到妳。囚房擁擠，其他的囚犯壓在我的右臂上，我望著黑漆漆的鐵窗……。

這一封信超過兩百字，他算到兩百字就停頓下來，從桌上的紙堆裡抽出一張油印的表格，在「字數超過兩百字」和「內容不妥」上端各畫了一個勾，貼在信上，超過兩百字的信件不能寄出，明天他要把信件退還囚犯。

他的棕色的臉上帶著懊喪的氣色。原來他是香港的華僑，來臺就讀法商學院[20]，在校期間擔任警備總部的職業學生，畢業後就到警備總部工作。國外送往臺灣的書信都要經過檢查，檢查單位是警備總司令部的「聯合郵檢小組」，書信檢查的法令根據是戒嚴法。這個小組設在中山堂，他就在中山堂的「聯合郵檢小組」工作，職階是上尉。他喜愛國外寄來的書刊，看到他的同事經常竊取國外書刊，他也順手牽羊，收取了不少精美的PLAYBOY雜誌。大部分的收件人發現郵件失竊，竊盜者竟然是「政府」，只好自認倒楣，即使收件人提出抗議，官方也是否認了事，但是甘衍流上尉得寸進尺，接著又竊取了書信裡的美金支票，收件人提出告訴，警備總司令部不得不受理，甘上尉於是被羈押。

甘上尉案是典型的警備總司令部的軍事案件，根據戒嚴法，警備總司令部管理一般行政機關的工作，它的官員濫用權力，所侵害的對象幾乎都是人民的權利和利益。軍事法庭以利用職權竊取國外郵件的美金支票，判處他五年有期徒刑。判刑以後，他到軍法看守所的政工部門當外役，替政工官檢查書信。

輔導官穿著米黃色軍便服，領子上佩著少校的官階，從門外走進來。他是非常嚴肅的中年人，那雙褐色的眼睛帶著冷傲的神色。

「甘衍流，調查局的兩個處長的訴訟文件和陳情書怎麼處理？」輔導官問。

「違反書信檢查辦法，不准寄出。」甘衍流答。

「本部決定對調查局的內部鬥爭採取中立的態度，所有這兩個案件的訴訟文件特准呈送上級裁決，其他的案件仍然依照原來的書信檢查辦法處理，不准寄出，這兩個案件的訴訟文件給我看看。」甘衍流從抽屜裡拿出一包黃色的卷宗交給輔導官。輔導官翻開卷宗，找出范子文和蔣海溶的報告，揮筆批示「特准轉呈」四個字，然後夾在手臂上，帶出辦公室。

坐在甘衍流旁邊的，是擔任官兵福利康樂活動的外役李仕材，他搔著灰白的短髮說：

「警備總司令部對調查局的案件採取中立，那就是支持這兩個處長對抗他們的局長，職業軍人和特務開始鬥爭，好戲在後頭。」

在李仕材的辦公桌前面寫字的是容貌清癯、年約六十的外役吳力生。他是高雄女師（按：現高雄師範大學）的生物教員，被調查局高雄站逮捕。[21]他把妻子兒女留在大陸，隻身避難來臺，來臺以後未曾結婚，高雄的特務指責他，平常不與同事來往是在掩蓋「匪諜」的身分。高雄站將吳力生移送調查局臺北處，臺北的特務控告他，屢次率領學生到軍中服務是在搜集軍事情報。根據特務的邏輯，一個善於交際的人可能就是從事公開活動的匪諜；一個隱居的文人，可能就是從事地下活動的匪諜，一舉一動都是可疑的行為。他被判處十二年有期徒刑，在政戰室擔任政治教育的工作。

「我逃出大陸，流落臺灣，已經相當痛苦，一旦陷入冤獄，精神幾乎崩潰，我懷疑生命的意義。這個時候我在三張犁的調查局留置室遇到了受整肅的朱科長。他說，三個修繕三張犁留置室的總務科長都關進自己監工的牢裡。政治監獄像一隻怪物，它還保留神祕的色彩，於是我開始觀察政治監獄吞噬的人物，尋求人生的目的。」

甘衍流仍然伏在辦公桌上，拿著原子筆輕輕地點著囚犯信件上的字數，扣留超過二百字的信件。

注釋

1 編注：應為七人，除了史與為，還有郭子猷、徐紫亭、蔡竹安、郭子淵、張芫芬、蔡文仲。

2 編注：陳立夫一九五〇年到美國養雞十八年，一九六八年返臺。陳誠於一九六五年離世，史與為案同樣發生在一九六五年。

3 編注：黃啟瑞因涉嫌臺北市公共汽車管理處購料舞弊案及南京東路市民住宅舞弊案遭到停職，一九六三年十二月判決無罪後又復職，一九六四年卸任臺北市長。

4 編注：牟紹恒與牟奇玉都是一九三二年生，山東棲霞人，起訴書上寫著，「民國卅三年就讀於匪偽山東棲霞縣上孫家村小學時，參加匪偽兒童團，擔任放哨，檢查路條，教民眾識字等工作。卅八年自廣州隨國立濟南第一聯合中學來臺，在澎湖編入前陸軍第卅九師，旋自駐地澎湖逃亡。」一九六六年被起訴，一九六七年判刑五年。

5 編注：李仕材，一九二八年生，廣東台山人，海軍中校，當時任國軍聯合作戰中心海軍組副組長，一九六四年時因洩漏軍機於他人判刑十二年。

6 編注：馬正海，一九一七年生，安徽宿縣人，因過往在中國大陸從軍時，所屬軍隊投共，編為「中國民主同盟聯軍」，來臺後，警方於一九六八年請警備總部開拘票予以拘提，遭馬正海反抗，馬正海一九七四年最終遭判無期徒刑。

7 編注：應該是聯勤總部副總庫長魏文起上校，並不是大陸籍商人。魏文起因貪汙案件被槍決。

8 編注：這裡指的可能是一九五二年因軍人監獄不敷使用，於是在今新店區莒光路四十二號新建軍人監獄，與安坑刑場緊鄰。另名明德山莊、自力新村。一九七三年改名為國防部新店監獄，是關政治犯時間最長的監獄，現為法務部矯正署新店戒治所。至於包啟黃是不是第一個在此地被槍決的，有待查證。

9 編注：蔣海溶（一九一〇～一九七八），福建福州人，福建法政專門學校法律系畢，曾任司法行政部調查局處長、簡任一級秘書。一九六六年因涉調查局內鬥，以曾加入福建省抗敵後援會，且遭質疑後援會為共黨組織被舉報，判處死刑，更審判決經國防部覆判判處無期徒刑，送綠島監獄執行，罹患肝病。一九七五年，蔣介石逝世、新總統繼任，一度以為可以獲得減刑，未果，意氣消沉。一九七八年又因外甥鄧向瑛涉匪案，蔣海溶自綠島借提臺北景美看守所，自殺身亡。

10 吳俊瑩注：江海東，江西人，別號喬森，武漢中華大學、中央幹部學校武漢分校畢業，是自江西即跟隨蔣經國，與蔣經國關係頗深。長期從事政訓及文化、宣傳工作。江海東曾任國防部總政治部五組副組長、國防部總政治作戰部政治作戰計畫委員會主任委員等職。

11 吳俊瑩注：丁依即劉宜良（一九三二～一九八四）的筆名。劉宜良即在美遭暗殺的作家江南。

12 吳俊瑩注：朱慰孺，一九一四年生，江蘇泰興人，曾任調查局科員、專員、科長。一九六四年時被控在調查局辦理自清時，對被中共逮捕受訓情形，隱不表白，一九六五年五月二十日交裁定交付感化三年。但在裁定感化前朱已於一九六四年一月四日起至一九六五年五月二十四日止，人身受拘束達五百零七日。

13 編注：作者為田間（一九一六～一九八五），本名童天鑒，安徽無為人，一九三四年加入中國左翼作家聯盟，一九三八年春，田間隨西北戰地服務團到延安，參與了街頭詩的運動，將詩寫在岩石、樹或牆壁上，以短小精幹為主，〈假使我們不去打戰〉為其一。

14 編注：齊世英遭國民黨開除黨籍是一九五四年，表面原因是反對電價上漲，以反對中央政策為由遭開除，不過根據評論家林博文的文章〈齊家父女的臺灣經驗〉（《中國時報》，二〇〇九年九月二日），老報人龔選舞曾經跟他說，不是因為電價問題，而是因為蔣介石擔心齊世英競選立法院長。但也有研究者認為當時許多外省籍立委無法接受齊世英、雷震與臺灣人合作組織新黨，因此參與中國民主黨的國民黨籍立委人數並不多。雷震被捕則是一九六〇年九月四日，雷震遭判刑十年，一九七〇年出獄。

15 編注：廖文毅返臺時間為一九六五年五月十四日。廖文毅（一九一〇～一九八六），雲林西螺人，為俄亥俄州立大學化學工程博士，一九四七年二二八事件前三天，廖文毅與二哥廖文奎前往上海逃過一劫，廖文毅一九四八年二月在香港成立臺灣再解放聯盟，一九四九年十二月廖文毅潛赴日本，一九五〇年在東京成立臺灣民主獨立黨，一九五六年更成立臺灣共和國臨時政府，一九六五年五月十四日回臺，被國民黨稱為「反正來歸」，一九八六年病逝臺中。

16 編注：廖史豪（一九二三～二〇一一），雲林西螺人，其父為廖文毅大哥廖溫仁，廖史豪因參與廖文毅的臺獨運動，三度被捕入獄，一九六二年那次還遭判死刑，直到廖文毅返臺，才獲特赦。

17 編注：黃紀男（一九一五～二〇〇三），嘉義朴子人，日本東京大學政治科畢業後，回臺進總督府國民精神研修所講課，二戰期間被派任菲律賓，戰爭結束後進俘虜營，後成為美軍翻譯，一九四六年才返臺。黃紀男因戰後臺灣困境與曾聽廖文毅、廖文奎兄弟演講，開始產生臺獨思想，其後參與廖文毅臺獨運動，一九五〇、一九六二、一九七二年三次遭逮捕，一九六二年那次與廖史豪同判死刑，直到廖文毅返臺才獲特赦。黃紀男三度入獄，兩次被送到綠島，一九八二年出獄，總計坐牢二十四年。

18 編注：指廖文毅大哥廖溫仁妻子廖蔡綉鸞（一九〇五～一九六五），廖文毅一九六五年五月十四日回臺，一個多月後，廖蔡綉鸞於七月二日因狹心症與尿毒症離世。廖蔡綉鸞曾就讀東洋英和女學校、京都同志社女子專科，與大她十二歲的廖溫仁結婚，一九三六年廖溫仁獲聘臺北帝大教授，卻於返臺前病逝，廖蔡綉鸞帶著七個小孩回西螺。一九四一年再度移居東京，因溫暖好客被日本留學生稱為「東京歐巴桑」。二戰後，一九四六年回臺，因與長子廖史豪參與廖文毅的臺獨運動，兩次被捕，第二次為一九六二年，判處十五年，直到因廖文毅回臺才獲釋放。

19 編注：鍾謙順（一九一四～一九八六），出生桃園龍潭，東京麻布獸醫專門學校畢業，曾至滿洲國的種馬場工作，二戰時，被派往蘇聯邊境擔任警戒工作，戰後輾轉回臺。二二八事件後，鍾謙順開始有臺獨想法，與廖文毅家族接觸後，鍾謙順因臺獨運動三度入獄，一九八二年出獄，一九八三年赴巴西定居，完成《煉獄餘生錄》。

20 編注：按照陳新吉的回憶錄《馬鞍藤的春天》，甘衍流為政大企管系畢業。

21 編注：吳力生，一九一八年生，福建林森人，從起訴書來看，吳力生當時為高雄女子師範學校人事管理員，因遭控在廈門參加共產主義青年團，且受指示來臺潛伏發展組織，一九六五年遭判刑十二年。

調查局黑牢三四五天〔節選〕

李世傑

◎一九八七年以「調查局黑牢三四五天」連載《李敖千秋評論叢書》各期，最後一章落款時間為一九八七年九月一日完稿。一九九〇年三月編纂為書，由李敖出版社出版。

李世傑（一九一八～一九九〇）

福建惠安人，曾任廈門《中央日報》總編輯，來臺後任調查局第一處副處長，負責情報研判分析，李世傑是於一九三九年在福建平和縣加入國民黨，也加入中統調統室的工作。一九六六年二月九日因匪諜案遭逮捕，判處死刑兩次，後改為無期徒刑，同案被告有姚勇來等。一九七五年十二月七日至綠島服刑。一九八六年二月四日出獄，著有《調查局研究》、《調查局黑牢三四五天》、《軍法看守所》等。

逮捕・抄家・利誘・慘刑

第一節　我的「犯罪證據」——老總統的邀請函，與蔣經國的合照。

一九六六年二月九日上午七時半許，我被捕了。距離國防會議副祕書長、國防部長蔣經國邀宴我這個「有功人員」，只相隔八個白晝，九個夜晚。套用中國古人一句客氣話，蔣副祕書長經國筵席上的佳餚，在我的口中，應該說還是「齒頰猶芬」的。

朝為座上客，
暮為階下囚。

有時候，也確實迷惑而不解：我這個小小的調查局副處長，竟然「重要」到須勞駕蔣副祕書長來設這個「鴻門宴」！像這樣一手端酒杯敬客，一手拿鐐銬抓人，委實也是在這「憲政、民主、法治」的地方大談「革命情感道義」之諷刺吧！

不過，那一天早上，我並不像「被捕」，而可說是「被騙」。那是孩子們應該上學繳費註冊的日子，我打發了四個男孩子，各自帶錢上學去了。女兒的病尚未痊癒，有她的一群市立女中同學到家裡來，拿了她的寒假作業和錢，替她到學校去繳納。岳母和愛妻，照例在打掃屋子內外，像往常一樣忙碌。

七點半，一位曾經在我指導之下，為調查局立了不少功勞的嘉義縣籍人士——劉傳能先生，依約前來，準備和我一起外出找友人辦事。然而，門鈴又響了。

進來的是調查局一個薦任督察，被同事們背後叫他「棺材臉」的劉秉如。這個人原本是臺北縣調查站副主任，因為打小報告指控站主任邵伯寅「有功」，調為督察。

他雖是督察，我並未懷疑他的「來意」。他也像往常那樣，畢恭畢敬地立正，鞠個一十五度的躬：

「副處長，局長在招待所，請你去一趟，有重要事商量。」

在此以前，季源溥、張慶恩二位局長，遇有重要問題要找我研究商量，也常常派車來家裡，接我到招待所或其他地方商談的，招待所址在和平東路二段頭一條巷子裡，恰好是以前雷震的「自由中國半月刊社」正對門。我自然不疑有他，先向劉傳能先生道了歉，再告訴愛妻秀燕一聲，又到房間裡看一看女兒，便「欣然」出門去了。

招待所距離我住處，不到三分鐘的車程，到了。棺材臉劉秉如按了門鈴，卻沒有人來開門。他按了又按，約有二、三分鐘之久，門開了，走到裡面，並沒有看到沈之岳，卻看到了陰謀家杜均明，和他的一個部下，就是那個被人稱為「禿驢」的莊罕。我馬上意識到：剛才開車接我的並不是司機，而是督察室底下的行動組長彭兆慶。

我這樣不是被捕了麼？——我心裡暗想。

我們走進客廳時，陰謀家杜均明還跟禿驢莊罕在低聲地嘁嘁嚓嚓交談，一看見我，他就停止動口，一手揮走禿驢莊罕。然後，他露出極不自然的笑容，結結巴巴地對我說：

「李副處長，對不起，是這樣子。因為卷宗裡有一點點關於你的『資料』，局長指示要澄清一下。所以今天請你來，由這位李同志跟你談談。請你把所知道的情形告訴他……。」

那個「李同志」走近過來，我一看，不認識，是一個「三寸丁穀樹皮」型的矮子，四十出頭的人，一口被香菸薰得又黑又黃的牙齒，一望便令人生出「似非善類」的印象。他用手一擺，請我到旁邊沙發上坐定，自己先跑去倒茶。

陰謀家杜均明倏地一溜，已經不見了。我指著那個「李同志」問棺材臉劉秉如：

「他是——？」

「李式聯，形式的式，聯合的聯。他在三處。」

我更恍然大悟了，由第三處（專辦政治犯偵訊）和督察室（專辦調查局員工違紀犯法案件）的人來問我的話，證明一年來風風雨雨地傳說要戴我紅帽子的謠言，終成事實！

我雖然自一九五一年就進入調查局工作，但是在局子裡，我不認識的人還是很多。尤其是第

二、三、五、六等處。但是，面孔總是熟的。而這個三寸丁穀樹皮型的李式聯，我卻是第一次看到他。這時候，我更明白，沈之岳特地由情報局挑選了這個生面孔的矮個子來對付我了。俗語說：「矮子矮，一肚子壞，牠是一個老妖怪。」我如今真的遇上妖魔鬼怪了。

實在說，我事前連做夢也沒有想到，沈之岳竟然下這樣險狠毒辣的手段！雖然明知他們在到處「調查」我，總以為沒有任何具體證據，他不敢胡亂抓人。而我來臺以前，全部時間在福建工作，福建籍人士對我的經歷及平素為人，都很清楚。沈之岳派出去調查我的人，所訪問者，無論是我的仇敵或是我的朋友，都是福建人，也都知道我的過去，而且都說了實話，那不是愈調查對我愈有利麼？

但是，我現在已經成為一個階下囚，一個九天前在蔣副祕書長經國先生眼中還是「有功人員」的「貴賓」，九天後竟成為「匪嫌」，我能怎麼樣呢？我只有忍氣吞聲，儘量冷靜下來，答覆、駁斥那個三寸丁穀樹皮李式聯和幫凶棺材臉劉秉如的「訊問」。

事後知道：——就在我們進了招待所，陰謀家杜均明用手一揮的那一剎那，禿驢莊罕，帶著彭兆慶和一個行動組組員，一個十足流氓型的崔桐柱，還有一個不知姓名的東西，一共四條漢子，浩浩蕩蕩地開車到我家去。一進門，個個滿臉橫肉，氣勢凶惡地，大喊：

「李太太，你們李先生被捕了，他有問題。我們是奉命來搜查的！」

這可真是晴天霹靂！我的愛妻秀燕，顯然大為錯愕驚訝，她有點不相信自己的眼睛和耳朵，遲疑地問：

「我先生被捕？他有『問題』？是什麼問題？」

「這個妳不用問！」禿驢莊罕惡狠狠地大喝，一面指揮另外三條漢子：「搜查！」——他自己首先動手。

「你們有沒有搜索票？」秀燕有點不服氣：「你們逮捕我的先生，有沒有拘票，還是……？」禿驢莊罕凶惡野蠻地大聲喝道：「不用，我們是奉局長的命令來的！」（這就是沈記調查局，局長的權威可以毫無忌憚地衝毀了法律的藩籬！）

於是，四條漢子一齊動手，從書櫃、衣櫥、桌面、抽屜、鋼琴、彈鋼琴的座椅、沙發、電視機、電唱機、收音機，一直搜到廚房。翻箱倒篋，無所不至。

這對我真是一場浩劫，一場大災難！

自一九三五年起，到一九六六年二月八日止，所有我收藏剪貼的自己寫的文章（白話詩、散文、雜文、短篇小說、獨幕劇，永安及廈門《中央日報》的社論、廈門《時代晚報》的社論、以及早年在福建、江西、浙江、廣東各省及來臺後在菲、泰、越、緬、星、馬、印尼、模里〔西〕斯等地華文報刊上的著作）、自己所作而未發表過的舊詩詞手稿、日記、劄記十五年間為調查局寫的各種情報研判報告；還有其他的剪報資料，準備將來寫回憶錄的筆記……等等，跟著所有我跟親友來往的書信、合拍的照片，整整被裝成三大籠，悉數「付之一劫」！

最有「意義」的是：一九五七年我在石牌訓練班聯訓班三期擔任輔導員時，和班主任蔣經國的合照，也被當作「匪諜犯罪證據」搜刮以去。至於和季源溥、張慶恩二位局長，以及其後與沈之岳在調查局集會後的照片，同樣是罪大惡極的「犯罪證據」，「匪諜證據」，同樣被洗劫一空！——其中，「惡性最重」的匪諜證據，應該說是一九五一年七月、蔣介石老總統邀請我「駕臨總統府一敘」的那封信函！

我有一支自衛手槍，領有一九六五年內政部新換發的自衛槍支執照，也被「繳械」！我的愛妻秀燕對禿驢莊罕說：「你們拿走這麼多東西，也該給張收據。」禿驢囟悍地大喝：「不用！打什麼收據！」

我在〈為愛妻、我要控訴！〉一文中寫道：

現在，有沒有人敢替我問沈之岳一聲：「當年你的調查局搶劫去李某人那麼多東西，哪一件足以證明他是『共產黨或匪諜』了？」如有人敢去問，我願稱他為勇士！

如果沈之岳敢出面來答覆，我願稱他有種！

第二節　首日疲勞轟炸二十小時——空話一大擔，廢話一籮筐。

一個下午又在折騰中過去了。三寸丁穀樹皮李式聯，跟棺材臉劉秉如，還是上午那幾句話，盤來盤去。

「李副座！」劉秉如說：「請你相信我們，我們不是要害你的，我們是要幫你解決問題……。」

「我已經說過，我沒有什麼問題需要別人幫我解決！我的心地清白、行為清白，毫無問題需要解決，更沒有需要你們幫助我解決！」我堅決地重複這幾句話。

「那你為什麼怕跟我們談過去的事呢？」三寸丁穀樹皮李式聯說。

「我怕什麼？我什麼事也沒有，有什麼好怕？」我說。

「那……你過去……。」棺材臉劉秉如欲言又止。

「我不是說過了麼？我過去的事，盡在那些自傳裡，再沒有好談的了。」我說：「你們再問，我就不再答覆！反正，從上午拖磨到現在，你們拿不出一點東西來問我！」

一聽到我說不再談下去，棺材臉劉秉如跟三寸丁穀樹皮李式聯，遲疑地互相對看了一眼。還是矮子李式聯開口：

「李副處長，你不要生氣！大家平心靜氣來談談！我們也是奉命行事。上面的意思，是要我們問你過去的一些事情，是要你拿點什麼給我們，不是要我們拿什麼東西給你李副處長。」

「正是這樣子，的確是這樣子！」棺材臉劉秉如附和著三寸丁穀樹皮李式聯的話，說：「副座，你也是一位個性爽直的人；現在，又有什麼不可以說出來的呢？」他又強調了一句話：「李副座，請你相信我們，我們絕對沒有害你的意思！尤其是我，過去在臺北縣站的時候，工作上常常得到副座的指導和支持，我是絕對不會傷害你的。」

「我也不會呀！」三寸丁穀樹皮李式聯，像唱戲一般，緊接著說：「我對李副處長的文才，一向佩服得不得了，只恨沒有機會在副處長領導下來學習，我怎麼會想害你呢？」

「再說，」棺材臉劉秉如又唱和著：「局裡面也沒有人會害副座的！局長、副局長都是副座的同學，杜主任又在石牌訓練班老早就跟副座認識的，都是老朋友，老同志，我們怎麼會害你呢？你說是不是？」

我說：「別再扯這些了。我不需要攀什麼人事關係！我需要的是秉公，是公道！」

「副座，你這就言重了！」棺材臉劉秉如，這時候的臉色更棺材了：「難道我們對你不公道？」

「不會的，你放心，李副處長！」三寸丁穀樹皮李式聯也說：「不會的，李副處長，這一點你可以絕對放心！我們絕對不會害你，你一定要相信這一句話。我們絕對不會對你不公道的。」

「既然這樣，你們就應該明白告訴我，你們究竟要問我什麼事。」我說：「你們說我有問題，究竟是什麼問題，就應該把問題一件件說出來，把證據拿給我看。然後，讓我一件件地辯解，一件件地提出我的反證來。那時候，再看看，是你們的所謂資料、所謂證據正確，還是我的辯解理由、我所列舉的事實、我所提出的反證正確！你們從上午到現在，什麼也不說，只是『問題，問題』地，虛幻、空洞，毫無事實，這是問案的態度麼？這是問案的正確方法麼？」

「這個……，」棺材臉劉秉如說了兩個字，就不說了。

「是這樣子。」三寸丁穀樹皮李式聯說：「現在，我們還是希望副處長你自己說出來，不要問我們卷宗裡有些什麼資料。這才是……。」

「自己說出什麼來呀？我上午已經說過了。」我說。

「說說你過去的歷史，你的……。」棺材臉劉秉如說。

「是呀！」三寸丁穀樹皮李式聯說：「你過去的歷史，你自己最清楚，何妨說說看。——除了自傳裡所說的以外，應該還有一些沒有寫出來的嘛！是不是，是不是？」

「是呀！」棺材臉劉秉如也幫腔了：「說出來大家聽聽看，沒有關係，沒有關係！就當作是閒聊也行。」

我心中相當地不耐，用厭惡的聲調回答道：「我現在沒心緒跟你們閒聊！」

「隨便談談嘛！不必這樣。」三寸丁穀樹皮李式聯，顯然認為這樣磨得我滿肚子煩躁，已經達到他們的初步目的。他露出一臉奸詐狡獪的笑容，說：「副處長很早就入黨了，是不是？」

「入黨？」我謹慎地問：「你是說我加入中國國民黨？」

「唔！」他停頓了一下，然後答道：「是的，是的。當然是指本黨。」

「那我告訴你，我——民國二十八年加入國民黨，同時參加中統局福建省調統室的組織。二十九年受黨和團指定，加入三民主義青年團。三十年在福建省黨部當幹事，兼宣傳股長。三十三年，省調統室考核，說我工作成績優異，將我由通訊員升為調查員。……」我說。

「調查員？是專任的？」李式聯問。

「不是，是義務職。除了省黨部幹事以外，都是義務職。不支薪，也不支津貼，完全是義務職！當時的調查員跟現在不同，是高級義工。」

「除了這些以外，你沒有參加過別的……？」三寸丁穀樹皮李式聯問。

「你的意思是？你這話指的是什麼？」我問。

「沒有什麼！沒有什麼！」三寸丁穀樹皮說。

就這樣，從午飯後一直嚕嚕囌囌地，不著邊際地，又扯到晚上十點五十分，除了鐵板面牛樹坤又來陪吃一頓晚飯以外。到這時候，我已經被疲勞訊問了十四個鐘頭，他們所問的，還只是空話一大擔，廢話一籮筐！

我被送到吳興街的留質室[1]，已經是深夜十一點鐘。但是，沈之岳調查局的爪牙們，並不讓我休息。他們把我「請」到一間所謂會議室，又是如此不著邊際地追問，要我「說出來」，要我「自己說出有什麼問題」來！直到半夜過了，應該說是二月十日零時五十分了，才下令「收押」！從被騙到招待所算起，第一天，我就被訊問了整整十七個鐘頭。再加上送入囚房以前三個多小時的「檢查」，頭一天，我就被連續疲勞轟炸了二十小時整。

我是一個早起慣了的人，每天早上五點半就起床的。自被蔣經國副祕書長宴請那一頓不祥的晚餐起，因為夜裡要起來照顧病中的女兒吃藥，喝開水，那九個夜晚，本來就沒有好好睡過。如今再經過這一天的折磨，實在是疲累不堪了。

調查局的留質室，是一座為社會大眾所不知道的、絕對祕密的黑獄。我雖然在調查局工作了十五年之久，卻完全不曉得裡面的情形。除了那個主任吳迎如，因為常常到局裡面走動而認識以外，任何職員也不曾瞧見過一個。

然而這時候認識了一個據說是姓任的小牢頭（管理員）。如果說劉秉如是棺材臉，那他實在可以稱為死人臉。他的臉色，的確像個僵屍脖子上的面孔，只差眼睛沒有闔上而已。

他命令我把外衣褲統統給脫下來，抽掉皮帶，摸了口袋，取走所有衣褲口袋裡的東西，片紙不留。手錶也剝去了，皮鞋也拿走了。我口袋裡一張十二萬元的支票，不用說，更是沒憑沒據地收去了。（直到現在，也沒有還給我。）然後，他讓我再把外衣褲穿上，拿了一雙草製的拖鞋給我。因為皮鞋也被扣押了。

等到我被送進內監囚房的時候，已經是凌晨三點十幾分了！

第三節　這算地獄第幾層？——囚房沒水電．小痰盂當便溺桶。

關進留質室，是一間約八呎長、四呎寬的囚房，入門靠右邊放著一張單人木床，靠床頭的牆壁角，放著一個小痰盂，當小便桶兼大便桶用，有一個馬糞紙板子當馬桶蓋。此外，什麼東西都沒有，真可說是「四壁蕭然」。房門是用直徑約三、四公分粗的大鐵桿做成的欄柵門，像鳥籠的小門一樣。房門上有一個寬約兩呎半，高約一呎的窗子，房間後面也有一個窗子，距離地面約八呎高。兩個窗子，除了密密排著直徑約一吋粗的鐵條以外，還加上一層粗約三公釐的鐵線，織成連一隻小蒼蠅也無法飛入，一顆小綠豆也無法篩掉那麼密的鐵絲網。因此，空氣根本無法流通。鐵門外的鋼質門閂，直徑足足四公分粗。閂上後，再加上一副鉅型的洋鎖。警衛們——也就是看守、獄卒、禁子，但是，在調查局，卻叫作警衛——開門關門，無不故意把鐵門用力推拉，發出非常震響的金屬碰撞聲，使這座神祕監獄的陰森恐怖氣氛，更加濃厚而駭人；特別是深更黯夜裡，獄卒們「提」人出去受「偵訊」的時候。

雖然經過近二十小時的折騰，我卻一點也睡不著，躺在那冷冰冰的木床上，蓋著一床薄薄的棉被，聽著窗外下起雨來了的聲音，心中只有憤激、忿怒、焦急、不平而煩躁！又想念病體尚未痊癒的女兒，想念家裡的人這一天一夜不知為我怎樣地擔驚受怕，怎樣地痛苦難過，怎樣地悲痛憂傷，一時悽愴與仇恨之火，齊湧心頭！

我心煩慮亂地，在那張三尺寬的木板床上，輾轉翻覆，不能入寐。腦部又暈又痛，心搏突然加快；頸項的風溼病又發作了，真是在「過地獄」！

忽然，鐵門的門閂「咯喇」地響了，獄卒開了房門，一個工役送進來一份早餐。

我搖搖手，又搖搖頭，表示不吃。獄卒問我：「為什麼？」我用平常中低的聲音說：

「人不舒服，吃不下……。」

「小聲一點，」那個獄卒提醒我：「說話不要出聲，不要被別人聽見！」然後，他問我怎樣不舒服。

我說：「沒有睡覺，沒有洗臉刷牙，口裡乾燥苦澀，舌苔厚！而且，頭痛得很！」

那個獄卒叫我把早點留下，他跑去告訴牢頭吳迎如。於是，過一會兒，送來了一條又短又薄的毛巾、一塊肥皂（不是香皂）、一支牙刷、一支小牙膏。這大概因為我還是現任副處長，才有如此這般之「優待」的吧！

可是，當我走進那間所謂盥洗室時，天呀！大約五、六個鋁質臉盆，是眾囚犯公用的，每個盆裡都沾著一重厚厚的油膩，還有五顏六色的汙垢。我不敢使用那些臉盆，只用毛巾在水龍頭下接些冷水，胡亂擦一擦臉部。至於刷牙用的口杯，每個房間都有一個五百ＣＣ容量的塑膠杯子，是早上用來漱口刷牙，早飯後用來裝開水的，每半天只給一杯飲用水。杯子沒有蓋，地上不能放，就擱在門上鐵窗的窗緣。要喝的時候，水面浮著一層細粉末一樣的灰塵。

盥洗過後，我還是沒有吃東西。因為頭痛欲裂，回到囚房裡，躺下想睡，卻是睡不著。

然而獄卒又來開門了，是一個房間、一個房間挨著開的，叫人上廁所大便。我有生以來，第一遭看到了，大便是要按照「規定」之時間的。這個留質室的「規定」非常繁多，而最苛酷、最無人道、最野蠻的規定，是每天定一個時間命令你大便；如果這個時間你擠不出大便來，那就要使用囚房裡那個小痰盂。房間是那麼狹隘，空氣又不流通，更沒有水龍頭或任何衛生設備。莫說大便後無處洗手，而且，天天用同一張紙板蓋著那個小痰壺——裝大小便的痰盂，一室薰蒸，那惡臭真是難以忍受的！在冬天或春初，天氣寒冷，尚且令人薰得惡心。一到夏天，在攝氏三十七度左右氣溫底下，住在這樣臭氣薰蒸的狹窄囚房中，我不知道索忍尼辛老弟要說這是地獄第幾層？

留質室囚房區成個ㄇ字形，右邊一排四間，據說有一間大房間可住好幾個人。左邊一排也是四間，最末端連接那個骯髒透頂的盥洗室。中間橫排六間，都是像我所住的那種小囚房。從右邊一排第一間，順序算到左邊跟盥洗室隔壁的最末一間，它們的編號是：一、二、三、四房（右邊），到此轉彎是：警衛室，五、六、七、八、九房（中間橫排），然後再轉個彎轉到左邊：十、十一、十二、十三、盥洗室。

每一間囚房的鐵欄柵門外，都深垂著一爿厚厚的深藍色布簾。當獄卒們要提人出去「偵訊」，或是叫人出去洗臉、出去大便時，凡是他在狹窄走廊上所要經過的地方，獄卒們首先要把所有囚房的那爿厚布簾一律拉平，「重重簾幕密遮燈」地遮掩起來，以防任何兩個以上囚徒彼此互打照面。這時候，房裡便漆黑一片了！——電燈裝在房外走廊上，房間裡是沒有照明設備的。

就這樣，講話時不准出聲，走路時不准見面，就算你有個非常熟識的朋友，關在隔壁，那也是咫尺天涯，如同萬里遙隔，彼此不會互相發覺、更不會知道的。

第四節　辦「貪汙罪」呢，還是「匪諜罪」？——司法檢察官拒發逮捕令、搜索票。

沈之岳調查局把我騙到招待所，再由招待所押解到留質室幽囚以後，開頭四天，即二月十、十一、十二、十三日，就完全不理會我，把我丟在牢房裡，沒有半個人來「偵訊」。後來，有一位調查局職員，用極其祕密而輾轉的方式，偷偷告訴我的愛妻秀燕，我才知道那四天他們在幹什麼。

第一件是：調查局究竟找個什麼罪名來「辦」李世傑，比較「安當」。因為局裡局外，太多的意見反應，都認為李世傑這個已有二十八年歷史的老ＣＣ、老中統、老國特，又寫了幾百萬言的反共文字，散布在情報圈內及海外各華僑報刊，如果硬是照原來的「計畫」，辦他李世傑「思想」罪、「共產黨」罪、「匪諜」罪、「叛亂」罪，實在是匪夷所思，實在是不可思議，實在是全天下都沒有人相信的鬼話，實在是國民黨自己用手捧大糞塗面孔，製造並不存在的家醜，再加以外揚。因此，那個「專案小組」就一連開了四大會，研究、討論，甚至爭辯得很激烈，要尋求一個最「適合」於李世傑的罪名。他們接受陰謀家杜均明的意見，認為最好是辦李世傑「貪汙罪」，因為這本是沈記調查局原初第一張底牌。如果辦得成，到時可對法院施加壓力，逼迫法院依照《戡亂時期貪汙治罪條例》第四條的任何一款，判我死刑。「萬一」不行，人已抓了，下不了臺，又怎麼辦呢？當然是「既抓之，則辦之」。只好辦我「匪諜罪」了。據說，第三處處長牛樹坤，很激烈地反對這個辦案方略，他的表面理由是：貪汙罪必須有很確鑿的證據；要不，司法法庭是公開審判，被告是這樣高職位的情報機關官員，他和新聞界又頗熟識，記者群是眾目睽睽的。推事們比較上不敢像軍法那樣胡亂判罪，尤其不敢胡亂判死罪。萬一如此，畫虎不成反類犬，到那時候，再回頭來辦李世傑「匪諜罪」，不但不好看，而且還會招致太多的反對與攻擊。可是，調查局裡的中統老同志們，私底下都非常清楚：牛樹坤骨子裡的意思，無非是：他必須在李世傑的「案子上」分一杯羹。如果辦我「貪汙罪」，則只是督察室的專責，與第三處無關。牛樹坤便得滾開！至若辦我「匪諜罪」，那就第三處是主體，督察室反而居於次要的地位。所以，鐵板面牛樹坤就找理由反對了。

不過，「專案小組」既已如此決定，於是，調查員們還是分頭出發，到處祕密訪問，蒐集李世傑「貪汙」的事實和證據。他們調查的對象，當然是跟調查局有關係的人士，例如：調查局一些高級義務工作員，運用關係（大多為社會上較有地位的人）。還有，諸如一些經我由日本、香港、馬來西亞策動返臺來歸的臺獨人士。這些人，逢年過節，我照例要替調查局送送禮物，或送送現金；或在平時邀請他們吃飯。（可並不是像蔣經國宴請李世傑那樣，請客後就抓人！）督察室派出了大批「軍統」出身的小調查員，按著單據上所注：這筆錢、這項禮物送給誰，這項宴會請的是誰，一個一個去查問（但有很多依規定不註明接受邀請者的姓名，以防洩密，這種單據他們就無從「偵查」了）：「某年月日，李世傑有沒有送這一筆錢（這項禮物）給你？」「這筆錢的收據是不是真的你自己簽名蓋章的？簽名蓋章以後，是不是真的拿到錢？」「是不是照這數目付給你？」……諸如此類。

被「訪問」的人，有的驚訝，有的疑惑，有的賭咒發誓，「確實收到！」有一位不怕死的朋友，對小調查員反唇相稽，問他：「李先生是你們的副處長，你們尚且不相信他！我說收到這筆錢，你相信嗎？」——像這樣給調查局丟乖露醜、出洋相，真虧沈之岳等的厚臉皮，幹得出來！

我真要感謝上帝！沒有人因為驚惶恐懼而否認收到了我經手送的財物。否則，我就跳到太平洋，也洗不乾淨的了。——這且不去說它。現在說第二件。

第二件是：沈之岳調查局既然逮捕我，囚禁我，又抄掠了我的家，搶劫了我的東西，就企圖「亡羊補牢」，把它的強盜行動「合法化」。共產黨善於「以合法掩護非法」，沈大官人的調查局卻想要「以合法補救違法」，真是名師出高徒！因此，當沈之岳得到陰謀家杜均明的報告：「李世傑已入彀中」時，就派了一名經常專跟法院辦交涉的高級人員，先到臺北地方法院檢察處，要求首席檢察官簽發逮捕令、羈押令和搜索票。地檢處要先看案卷。調查局的答覆是：「極機密，不能洩漏。」檢察官要求說說案情的大概，答覆也是「極機密，恕難奉告」。地檢處因此不肯簽發。受派的人請示了沈之岳以後，又跑到了臺灣高等法院檢察處，做同樣的要求。高檢處檢察官提出的要求，得到的答覆，跟地檢處幾乎完全一樣。因此，那位檢察官說：

「實在對不起，這件事歉難照辦，扣押一個那麼高職位的人，又是貴局的人，竟然沒有絲毫犯罪事實的資料，就簽發押票和搜索票。萬一將來出了問題，我們擔當不起。不是我們不幫忙，我們至少也得知道一個案情的大略。請原諒！請原諒！」

透露這項祕密的這一位調查局職員，雖然用的是迂迴曲折方式，但我可以推想得到，他當時的心態是何等的惶恐戰兢，但也算是蠻大膽的。萬一這事被沈之岳知道了，我這位好朋友勢必得也變成「匪諜」不可！因之，對於他的道義之深，友情之重，我是感激的。（現在為著顧慮他的安全，我不能洩漏他的姓名。）

在留質室的第一天，我幾乎不曾吃多少東西。沒有睡眠，又患頭痛。沒有醫生，沒有藥品。問獄卒，他說：「醫官每個禮拜一來一次，這幾天還不能來。」我屈指一算，要到二月十四日才是禮拜一，還早呢！

就這樣熬到二月十四日。大清早，天還不大亮，突然「喀喇」一聲，囚房的鐵欄柵門，響了，劇烈得震人心弦地開了。不是來叫洗臉，不是送早飯來，也不是來叫到廁所去大便。當然，更不是來叫看病的。只聽得獄卒說：「談話！」

談話，就是偵訊！

我從床上翻起身來，穿了衣服、襪子——一雙溼漉漉的襪子，套上留質室那雙草拖鞋，也是溼漉漉的。為什麼呢？因為過去四天，陰雨下個不停，囚房外那個水泥地的「放封」場，滿地是水。

每天趁著不下雨的時候，每人散步十幾分鐘。結果，拖鞋襪子都被水溼透了。那幾天，我曾要求叫家裡送一雙塑膠拖鞋，幾雙襪子，或由留質室代買。結果，因為「主辦人」三寸丁穀樹皮李式聯沒有來，誰也不敢答應。我又從來沒有打赤足的習慣，只好穿著溼襪子、溼草拖鞋了。

寫到這裡，不禁想起：不知道索忍尼辛老弟在蘇聯的「古拉格群島」，在蘇聯的「地獄第一層」，穿過這樣的襪子鞋子沒有呢？

第五節　三杯濃茶・一杯咖啡——疲勞訊問後，再讓我失眠。

我回到第五號囚房裡，已經是夜晚十一點鐘的事了。禿驢莊罕跟棺材臉劉秉如，這一天又整整折騰我十七個小時，還逼不出我「承認貪汙」的假供詞，心中頗為懊惱而懷恨。他們這下子真的原形畢露了，喊了獄卒來；用手就指著我，吆喝著：

「把他送回房！」

禿驢莊罕咬著半邊牙齒，歪著驢嘴，噴出了一聲：

「你不要後悔！到時，你不要怪我！」

我意識到嚴重的苦難即將臨頭，這班禽獸，原先還隱藏起那副獸相和那份獸性的；但是，現在，獸相露形了，獸性發作了。——從此以後，已經不是讓我講理的時候了。

我默默無言地跟著獄卒走，在走進內監的大門後，獄卒叫我站在院子裡，搜我的全身口袋，看看有沒有挾帶紙筆或什麼東西進囚房。搜過了，進了房間，「喀喇」一聲，鐵欄柵門震響地閂上了；再一聲「喀喇！」上了鎖。

我實在很困乏，腦子裡又是昏昏，又是脹脹的。脫了外衣，立刻躺在床上。外邊滂沱的大雨，滴滴急驟地擊打著它所要擊打的地方，也擊打著我煩亂的心。

正在沉沉將要入睡的時候，猛地裡又是「喀喇」一聲，震響了整個囚房區，也震驚了每個睡夢中的囚犯——包括我。我眼睛幾乎無法睜開，強抬起頭，睡眼惺忪地望著那個獄卒、禁子。他用右手食指輕輕地一蹺，低聲說：「談話。」

春天的雨夜特別寒冷，我爬出被窩外，穿好外衣，隨著獄卒走出去。到了偵訊室，三寸丁穀樹皮李式聯已經坐在那裡，一臉陰沉沉的，像個死人臉孔的顏色。他用手一揮，命令我坐下，然後開腔：

「李先生，一個人要識趣，要知機，還要看情勢。『識時務者為俊傑。』現在，你已經失掉自由，跟社會隔絕了；想靠外頭有人來救你，是妄想，是不切實際的。也不要想倚靠自己的才智來放刁，我敢很坦白地告訴你，一點用處也沒有！更不要想倚靠你過去的功勞，你的功勞再大，對現在的情勢來說，根本發生不了關係！

「我還可以告訴你，你這樣拖延下去，堅不承認，對你只有壞處，沒有好處。你如果不相信我的話，吃虧的是你自己，不是我！你懂嗎？你學問比我們好，智識比我們高，會說會寫，我都知道！可是，我告訴你，現在這些本事一點也沒有用了。你最好仔細想一想！」

我茫茫然，抬頭看牆壁上的掛鐘，是深夜一點四十五分。我想起睡眠還不到三小時，就覺得更倦怠無力。

三寸丁穀樹皮李式聯又說：「你只要向我們坦白，讓我們有個交代，局長對上級也有個交代，我保證你一點事都沒有。你沒聽說過麼？『政治問題，政治解決。』你有了政治問題，只有向我們坦白，一切都可以在局裡面獲得『政治解決』，祕密地辦個『政治解決』的手續，外人都不知道，也不損害你的名譽。這樣，神不知，鬼不覺地，早一點出去；將來，你還是我們的長官，我們還要接受你的指導的。如果你不聽我的勸告，我老實告訴你，到時候，你一定會吃很大的苦頭。我是一片『好意』，幫助你解決問題；你是聰明人，一定聽得懂我的意思。今天，就是你應該識時務的時候了！」

我已經體會到三寸丁穀樹皮李式聯的話語中，含有很不祥的威脅意味。我只默默地聽著，不去跟他對嘴。他也沒有要我馬上回答他。（事後想起，那時，調查局「城固專案小組」中，「貪汙派」已失效，「匪諜派」抬頭了。）

「如果說，你早年年輕，犯了錯誤，」三寸丁穀樹皮李式聯繼續他的獨唱獨白：「現在不好意思說出來，那是錯誤的想法。你現在應該扔掉『思想上的包袱』，跟我們合作，向我們『坦白』、『交心』，才是救你自己的辦法。你可不要自誤！」

「但是，我從來沒有犯過什麼錯誤！我沒有什麼『政治問題』，也沒有什麼『思想上的包袱』！我……。」我實在疲倦得無法支持，一直想睡覺，有聲無力地回答。

「怎麼樣？無精打采地！」三寸丁穀樹皮露出得意的笑容，這樣問。

「我睡得不夠。」我說。

「來！喝杯濃茶！」三寸丁穀樹皮李式聯趕快站起來，倒了一大杯果然又濃又黑的茶，遞過來。茶是半溫的，又正在口渴的時候，我三兩口就喝掉了。

「再來一杯。」

我一連喝了三大杯，大約一千ＣＣ的濃茶。

三寸丁穀樹皮李式聯，這時候那陰險狡詐的臉上，突然露出笑容來。他繼續嘮嘮叨叨地講著：「我可以原諒你現在的想法，我辦過很多政治案件了。初到案的人，都是心裡頭存著一種恐懼感，不敢坦白。可是，你李副處長是本局的老同志，是本局的高級人員，你有什麼好顧忌的呢？老實說，當個共產黨員又有什麼了不得，我們沈局長不是在延安待過很久的嗎？蔣副祕書長在蘇俄，不也是國際共產黨的黨員嗎？說出來，有什麼關係？」

壁上時鐘已經指出，現在是早晨六點十分。這時候，三寸丁穀樹皮李式聯忽然站起身來，打開廚房剛剛送來的熱水瓶，沖了一杯又濃又香又甜的咖啡，送到我的面前，笑嘻嘻地說：

「天氣冷得很，喝杯熱咖啡好了！提提神，好好地想一想，想想我剛才跟你說的話！」說著說著，又遞過一支香菸來。

抽完了一支香菸，又喝完了咖啡，身上的確暖和得多了。我起初很迷惑，不知道今天三寸丁穀樹皮李式聯為何如此「好意」。我以為他還要繼續他的演講，就坐著不動。不料，他竟站起來說：「好吧，回房去休息，好好去想一下，想想我剛才說的那些話！」

我回到第五號囚房裡，身子真的十分疲累不堪；一頭躺下，卻是一點兒也睡不著。

天呀！我上當了！三杯濃茶，一杯咖啡！——三寸丁穀樹皮啊！李式聯！李式聯！你的心計真比蛇蠍還惡毒，

第六節　沒有做共黨・也要寫自白——寒流來時，脫掉衣服刑求。

「兩杯濃茶，一杯濃咖啡！兩杯濃茶，一杯濃咖啡！……。」我心情煩躁地在小木床上翻來覆去，輾轉反側，不能成眠。翻呀翻的，又聽見鐵門閂「喀喇」地震響了，獄卒來叫：「談話！」

我問他：「幾點鐘了？」那個獄卒把手錶伸給我看，八點四十分。天哪！我躺了兩個多鐘頭，一些兒也沒睡著！

我拖著疲乏而頹喪的步伐，走進偵訊室。一看，是棺材臉劉秉如，和一個剛剛考進調查局不久

的年輕傢伙，名叫許文雄的宜蘭人；他長相很醜陋，很多人叫他「牛頭」。六個月前，他在青潭調查局新進人員訓練班受訓時，我還去講授「國際現勢」和「當前國內情勢與本局調查工作努力的方向」兩項課程，是他的老師哩！

棺材臉劉秉如今天露出一副稀有的凶相，一看見我，就猛敲一下桌子，惡狠狠地提名道姓地對我喝道：

「李世傑！今天你抵賴不過了！我們對你的案子，不惜工本，（請讀者先生注意這四個字！）已經從海外和大陸蒐集了確實的情報，證實你是共產黨了！你趕快自己承認出來，省得大家不好看！」

我當然知道他在扯著最無恥、也最愚蠢的謊言！因為，若說海外，則東南亞各國華僑中，跟調查局發生組織關係的，幾乎百分之八十是經由我的手建立起來的，或跟我相識數十年的朋友。再則，我既然絕對不是共產黨徒，在海外怎樣調查，也查不出有足以誣枉我的謊言。至於說從大陸去蒐集情報，更是最愚笨的蠢貨也不至於如此撒謊的，因為，那無異是鬼話。一來，調查局自一九五五年就將對大陸的工作移交給情報局了，這是奉蔣經國的命令移交出去的，棺材臉劉秉如就算能夠變成跳蚤，也跳不進毛澤東的褲檔裡去！二來，一九五五年三月以前，我負責處理從大陸及海外轉來的有關中共的情報分析研判工作，我深知一件指示要輾轉送到大陸祕密工作人員手中，就十分地費時費日，哪有可能在一個禮拜左右，命令發出了，報告也就回到臺灣來了的道理？（就是海外，也不可能這樣快的。）三來，莫說我這個老ＣＣ、老中統、老國特，就算真有一個「匪諜」潛藏在臺灣，說是可以從大陸中共檔案裡去蒐到證據來「證實」，也不免太過「天方夜譚」，太過「聊齋誌異」了！不是低能得近乎白癡的窩囊貨，會造出這項謠言嗎？

但是，看到棺材臉劉秉如今天那一副嘴臉，我知道情況跟前幾天大不相同了，「情況」已經進入一個嚴重的轉捩點，起了變化了。他本來還算是人面獸心，現在可是獸面獸心，獸性獸行，不可理喻了。人和豬玀講理，固然白費唇舌。如果羔羊跟豺狼講理，又怎樣呢？這時戳破他那幼稚得既可憐又可笑的卑鄙謊言，毫無益處，只有受更多的凌辱。因此，我沉默不語。

「你聽見了沒有？劉督察在跟你講話呀！」我那個不肖學生、牛頭小鬼許文雄，用力地在裝扮棺材臉的幫凶角色！

我看了他一眼，我相信我的眼睛一定露出憎厭的顏色。

劉秉如顯然認為，牛頭許文雄不過是個小鬼，還沒有資格在他棺材臉跟前插嘴說話。他用手擺了一擺，阻止他開口。然後，獰笑地對我說：

「如果你真的要跟我們搞監獄鬥爭，那也不要緊！我老實告訴你，我們辦過匪諜案件多了，每個匪諜總是想跟我們做監獄鬥爭的；但是，我們總有辦法對付他！時間，就是我們的本錢！我們要關你多久，就關你多久；我們想用什麼辦法對付你，就用什麼辦法對付你！你想跟我們鬥？簡直是想死！你難道想等待毛澤東來救你不成？」

棺材臉劉秉如的嘴裡，像吐完了糞溺似地，嘔吐出這些話以後，就命令我那個不肖學生，牛頭小鬼許文雄：

「拿紙筆來，叫他寫！」

說完，走了。

牛頭小鬼許文雄送來一疊紙，一支原子筆，還有一副凶惡的橫肉相，惡聲惡氣地吆喝著：

「快寫！」

「寫什麼？」我問。

「寫自白書呀！寫你做共產黨、做匪諜的經過！」這下子，棺材臉不在，輪到他牛頭小鬼許文雄來作踐我了！能夠侮辱一個副處長，一個老師，在他許文雄這一輩子中，大約也是千載難逢的機會，是他唯一的耀武揚威的時候了。你看！他已經「判定」我李世傑「是共產黨、是匪諜」了。

我說：「我不是共產黨，我不是匪諜，沒有什麼可自白的！」

「沒有也得寫！」那個牛頭小鬼許文雄居然這麼說。

「沒有也得寫？」我質問他：「是你說的？」

「是我說的！怎麼樣？」

我從座椅上跳起來！我心裡頭實在怒火中燒，不可遏抑，幾乎想跟他拚了算了。但很快的，我吞下這一口氣，做了一個深呼吸，然後慢慢地說：

「那你也寫一篇！」

「我寫什麼？」牛頭小鬼許文雄問。

「你也寫一篇自白書呀！——是你說的，沒有也得寫呀！可不是！」

我已經不記得許文雄那個牛頭小鬼還說了些什麼混帳話，可是如此毫無意義地磨呀磨的，又磨了兩個多小時。吃午飯的時間到了，——在留質室，中飯時間是上午十點半，晚飯是下午四點半。——我被送回第五號囚房。

沈之岳調查局對待囚犯的苛酷，單從吃飯一件事就可以看出。第一不准吃魚，因為怕囚犯把骨頭吞下喉嚨裡去自殺；第二不准用筷子，因為怕囚犯把筷子戳進喉嚨裡或吞到肚子裡去；第三不准吃第二碗。我親耳聽見有一個別房的囚犯，問獄卒要多一碗米飯，那獄卒怒聲喝道：「你還吃不夠嗎？國家的糧食，可以讓你要吃多少就吃多少嗎？」（不過，我自己並沒遭遇過這情形，因為我吃量不多。）第四是晚飯時間那麼早，當囚犯們被通宵疲勞訊問時，無不饑腸轆轆，餓火中燒。而辦案的調查員們則踞坐在一邊，大吃其宵夜，讓旁邊看著的囚犯，饞涎欲滴。我因為缺少睡眠，只胡亂喝幾口好像洗碗水的「菜湯」，躺下來，想好好睡一覺。正在朦朦矓矓地入眠的當兒，又被一聲劇烈的「喀喇」聲驚醒了！天呀，又是「談話」！

眼睛幾乎睜不開來，用手搓揉了半晌。站起身來，只覺得天旋地轉一般，頭暈、頭痛，胸部壓縮，兩腳酸軟，四肢無力。那一天正值大寒流來襲，我勉強穿了衣服，在寒風冷雨中，扶著牆壁，步出迴廊，哆嗦地走著。

到了偵訊室，一抬頭看見，禿驢莊罕滿面怒容地坐在那裡，壁上時鐘指的是二點還不到。

禿驢莊罕一看到我，就拍案大罵：「姓李的！你這個『老共』！我問你：你是要活，還是要死？你……你貪汙罪不認，也就算了；局裡面寬大，不辦你。而你連匪諜案也不認！混帳的東西！我們說的話，你都不聽，你這可惡的匪諜，你是死定了，除非你現在趕快坦白！你不要說我們不敢揍你；我告訴你，你再不說，看我用水管裝著水打你，打死了也沒有傷痕的！老實說，打死你一百個李世傑，我也不必去賠命！……。」

我默默地坐著聽他禿驢莊罕那長篇大論的禽獸話，一語不發。我開始想到他們要對我施加體刑了。

「來一個警衛！」禿驢莊罕朝門外大喊一聲，一個獄卒跑了進來，對著禿驢莊罕，垂手而立。

「把他的大衣脫下來！把他的西裝也脫下來！」禿驢莊罕像鬼一樣嘶喊，一面用手戟指著我。

獄卒走過來，很客氣地說：「李先生，你自己脫下來吧！」

脫掉了上衣，在攝氏六度左右的寒冷氣溫裡，我漸漸打顫起來。禿驢莊罕仍舊在那邊指手畫腳，拍案頓足，破口大罵，他的什麼骯髒話，連「他媽的屄」都從他的嘴巴裡爬出來了。我已經聽不清他在叫嚣些什麼。我說：

「我太冷了，我要穿衣服。」

「穿什麼衣服？就是要讓你冷一冷，冷靜一下想想我們的話！」這是禿驢莊罕的聲口。

在穿著薄薄的內衫和一件汗衫，冷得發抖之中，我掙扎了大約兩個多鐘頭。禿驢莊罕也力竭聲嘶地罵了兩個多鐘頭。

然而，三寸丁穀樹皮李式聯施施然走進來了。

第七節　李式聯說：安全局要自設軍法處——祕密判處死刑，祕密槍決，沒人知道。

「什麼事？什麼事？」三寸丁穀樹皮李式聯，看到禿驢莊罕大吼大叫，連忙問。又回頭看看我，「很關心地」問我：

「李先生，怎麼回事？——咦，為什麼不穿衣服？當心著涼呀！」

「別讓他穿！讓他冷一冷，頭腦才會冷靜下來！」禿驢莊罕悻悻地說。

「唉喲！別這樣，別這樣！莊督察，你走罷，（其實，他是要讓禿驢去輪番休息的。）讓我來跟李先生聊聊。」三寸丁穀樹皮李式聯，把禿驢莊罕「勸」了出去，馬上回頭對我說：「把衣服穿上，把衣服穿上！」然後看看錶，又笑著說：「唉喲，快開飯了。那——我叫廚房把你的飯也開到這裡來，我們一起吃，邊吃邊談，好不好？」

穿上衣服後，我一直打噴嚏，流鼻涕，也流眼水。心裡想到禿驢莊罕，棺材臉劉秉如，跟那個牛頭小鬼許文雄的野蠻凶橫，想到我為國民黨和它的政府，為他蔣家的天下，做了三十年的功狗，如今因為「軍統」要吃掉中統，展開派系鬥爭，居然不惜「兔未死而狗先烹」，拿我開刀。想到這裡，又想念我的女兒，不知道她的病完全好了沒有；我的妻、我那四個男孩、還有我的丈母娘……。

我不禁悲從中來，悽然淚下！

三寸丁榖樹皮這時顯得很「好心」，一再勸我不要難過，不要「衝動」。勸我要相信他們的話，跟他們「合作」，早早認了，寫了（當然是寫自白書），早早結案。「你出去以後，還是我們的長官，我以後還要多多向李先生討教的呢！」諸如此類令人厭的廢話。

黃昏到了，看時鐘，六點已過。我穿上外衣和大衣，已經一個多鐘頭了，為什麼這時候反覺得背部一直發冷呢？漸漸的，渾身骨頭都發冷、發酸、發痛。我說：

「我身體受不了，很難過，我想請你讓我回房休息一會兒。」

「可以，可以。」三寸丁榖樹皮李式聯毫不遲疑地說：「休息一下也好，休息一會兒再談！」

就這樣，我回到了第五號囚房，只覺得天旋地轉一般，頭暈頭痛，臉頰熱烘烘的，鼻子裡呼出的氣，像火一般。

我脫掉大衣，穿著西裝外衣躺下，蓋上棉被，棉被上面再加疊那件大衣，還覺得冷。我閉目靜臥，希望拋除一切煩憂傷痛，酣睡一場。可是，好幾次，剛剛矇矓欲睡，忽然驚覺，彷彿棺材臉劉秉如跟禿驢莊罕的咆哮聲，響於耳際。一連好幾次，都在迷迷糊糊中突然驚醒，根本睡不著。漸漸的，我知道我發燒了。

我爬起來，端起鐵欄柵門上那個塑膠口杯，望一望那層薄薄的灰塵，喝了幾口灰塵盪漾的冷開水，再躺下來。不料門又開了，「喀喇」的聲音，似乎比平時震響得更厲害。

我不等待獄卒叫「談話」，自己披上大衣，跟他走。

那是晚上八點半，我走進了偵訊室。還是那個三寸丁穀樹皮李式聯。

「休息一會兒了！好一點兒嗎？」他說。

「我好像發燒了，全身都疼痛得很厲害。」我說。

他看看我的臉部。我知道這時候，我的臉部一定熱得發紅。但是，三寸丁穀樹皮說：「沒關係，沒關係，喝點水就好！」

他倒來了一杯茶。我不敢再喝了，我怕失眠。我說：

「我想喝杯熱開水。」

「沒有呀，對不起，只有茶。」

「我病了。」

「沒關係，下個禮拜一，醫官來了，叫他替你開個藥。現在，忍耐一下，忍耐一下！」這就是沈之岳調查局黑獄裡對待病患囚徒的辦法！三寸丁穀樹皮李式聯，不過是奉行上命罷了。他又對我說：「抽支菸看看。抽菸，有味道，就是沒病；如果發燒了，抽菸就覺得毫無味道。」

我搖頭表示不要。

「李副處長，」三寸丁穀樹皮李式聯，這時又稱我為副處長了：「我坦誠地勸告你，我是一片好意，要救你，要替你解決問題。局長的意思，也是要救你，絕不是要害你。只要你認了，什麼事都沒有，我敢保證你很快就可以恢復上班。

「你別硬著心，不肯接受勸告。你現在人是孤立了，可不要『孤立看問題』。不要以為你沒有證據，局裡面辦你匪諜罪就辦不成。我問你：哪個匪諜派到臺灣，還帶著共產黨黨證來的？所以，軍法處判匪諜的罪，一向不要什麼證據，只要照本局移送的資料判就行了。以前很多匪諜被我們抓了，都不承認，口供都是『沒有，沒有』的，結果都槍斃了。像我們第三處的史與為，就是這樣被槍斃掉的。這種情形，多得很……。

「因為，匪諜坦白了，就證明他已經覺悟、悔改，以後再不會為害國家。不坦白，就表示他還對黨國懷著敵意、懷著仇恨，放了出去，將來還會替共產黨做事的。

「你現在唯一的活路，就是要『交心』，向政府『坦白』，才有救。老是這樣『沒有，沒有』下去，不但我替你很擔心，連局長也救不了你的！

「現在，安全局（情治圈內，對國家安全局都如此簡稱）正在籌備成立自己的軍法處，專門審判情報治安機關人員的案件，不准被告家屬旁聽，也不准聘請律師辯護，一切祕密進行。現在已經內定一個叫作×××（這名字我聽不清楚）的當處長，這個人最喜歡判人家死刑。到時，凡是由國家安全局軍法處審判的犯人，都祕密判處死刑、祕密槍斃的，連社會上都沒有人知道。

「所以，局長為你的案子，很替你著急，希望你趕快承認了，趕快辦個祕密自新，趕快結案。免得一拖再拖，將來，國家安全局軍法處成立了，來了公事要提人審判，那就連局長也沒有辦法救你了！

「我現在很坦白對你說，我跟你李副處長以前也不認識，無冤無仇的，我何必害你？何況，我們又是本家，我是福建壽寧人。可以這麼說，你是我的老鄉長，老宗長，你的學問也足以當我的老師，將來你出去了，我還希望能在你底下工作，多多跟你學習的。我絕對不騙你——我怎麼會騙你呢？我怎麼會存心害你呢？現在，你要救自己，只有聽我的話。

「我還對你說句不該說的話。我是一個比較有耐性的人。你趕快聽我的話，承認了，寫了出來，好結案。莊罕、劉秉如他們兩個人，性子比較暴躁一點，沒有耐心。碰到他們跟你談話，你就會覺得不一樣，是不是？是不是？

「好吧！回房休息吧！我送你回去。回到房間裡，好好想想我的話，不要自誤了！走吧！」

如是云云地大發議論一通，三寸丁穀樹皮李式聯，把我送到囚房區門外，交給獄卒，走了。時間是夜裡十點。

我再一次被叫出去「談話」，是凌晨二點半。跟我談話的人，除了棺材臉劉秉如以外，還有一個也是新進人員，名叫胡迪寰的小夥子，平日眾人都叫他為刁鑽鬼的。小獄吏們說，他是王淦的外甥。王淦又名王中光，是調查局專門委員，主持調查局一個「文教小組」，受第一處指揮監督，專門跟文化教育機關打交道。我沒有想到他會有這麼一個不肖的外甥。

我抱著病坐聽棺材臉劉秉如的辱罵、教訓和咆哮，還加上許多譏刺，一直到黎明前五點鐘左右，才拖病回到第五號囚房。

以上這兩天，是一個典型，我往後過的日子，差不多都是如此。也就是說，我每天被「偵訊」的時間，以及在囚房間「休息」的時間，都是切成好幾段的，根本沒有連續三小時以上的休息、睡眠。同樣的，天天都是在百般毀辱叫罵加上惡毒刑求之中度過的。

第八節　調查局老共醫官蕭道應——一個騙子，對病患專門撒謊！

我從一九六六年二月九日早晨七時半許，被騙到調查局招待所，當夜十一點被解送到留質室那座黑獄算起，開頭足足有六個禮拜，留質室奉命不准我洗澡，不准我換洗內衣褲，不給我理髮，剃鬍子。對於一個平日早晚都要入浴，每天早晨都要修面，兩個禮拜就要上一次理髮廳的人來說，實在已經是太下流的虐待方法了。我渾身發癢，原來雪一樣白的內衣褲，都變成灰黑色了。我問獄卒，問那個有著一具死人臉的小牢頭——任管理員，也問大牢頭吳迎如：「為什麼不讓我理髮、修面、洗澡？為什麼家裡送來的內衣褲不給我？」他們異口同聲地說：「是『上頭』的意思。」

有一次，我被禿驢莊罕和棺材臉劉秉如剝光了上身的衣服，在偵訊室裡坐了三、四個鐘頭，又把窗戶開起來，在寒風料峭中哆嗦打顫地熬著。禿驢莊罕還恐嚇著說，他就要讓我脫光了全身，坐冰塊，背上緊貼著敞開的電氣冷箱。從那天起，我患了氣喘病！而且整天咳嗽，多痰，胸膛發疼。

我幾乎天天鬧胃腸病：胃痛，食慾不振，瀉肚子。要不，就是便祕。

從一九六一年起，我肩部，就患了風溼病，肩部凝硬，連接著頸部，酸得很難忍受，天氣冷變熱、或熱變冷的時候，更是難過，整天要不斷地把頸部用力甩動，以減輕痛苦。其後，在臺北市立醫院（即今仁愛醫院）打針及電療數月，病情已經減輕，不料入獄後又發作了，躺在囚房裡還不覺得怎樣，一到偵訊室，就是從頭到尾，把頸項下死勁地用力地扭折，以減輕痛苦。

心跳很快，在偵訊室，我偷偷看著時鐘上的秒針，暗按脈搏，每分鐘總在一五〇到一八〇次之間。

每個禮拜一，「醫官」來了，就看病。「醫官」是第六處一個科長，一個正牌的共產黨徒蕭道應。他不但在調查局當起「法醫」，也在臺北通化街私設一家「道應醫院」。是真真正正的「老共」。但我以前不曾看過這個人，因為第六處設在司法大廈，跟調查局局本部根本不在一起；而他的工作（像驗傷、驗屍、到留質室為囚犯看病等等），又跟我的職掌業務風馬牛不相及。當然，他現在來到留質室，不會不知道我是何許人；而獄卒們也告訴我：他是蕭道應。

蕭道應為我看病時，總是用一張六十四開小的白報紙，不寫患者名字，做個暗號，用鉛筆處方。他量我的脈搏，總是說：「八十」或「九十」，然後用鉛筆寫下「80」或「90」。量血壓，每天都是：「今天高一點，」或是「今天低一點。」每當他說：「今天高一點，」我就問：「多少？」他說：「一百七、九十。」但當他說「今天低一點」的時候，我問他「多少？」他也說：「一百七、九十。」——這就啟了我的疑竇！

有一天，天氣很冷，我脫了外衣量血壓，量好了，蕭道應照例說：「今天高一點。」

「多少？」我照例問。

「一百七、九十。」蕭道應照例這樣告訴我，並且用鉛筆在那張小紙上，寫了170／90，故意讓我看見。

於是，我站立起來，一面慢慢穿著外衣，一面偷偷看他。正牌共產黨醫官蕭道應，不曾想到我在暗中窺伺著，就拿起鉛筆，把170／90改為210／110。

我恍然大悟，這就是沈之岳調查局的「醫官」！是貨真價實、如假包換的「老共」醫官！但我不敢戳破他那騙子的卑劣行為，不過，我從此再不相信他的任何一句話了！

最痛苦的，是當氣喘病發作的時候。（我原本沒有氣喘病的，就因為幾次被迫脫掉衣服，在寒流冷鋒中挨凍受寒，才得此病。）藥，是交由獄卒保管的，藥袋上寫著幾小時服一粒，氣喘沒有發作，而吃藥的時間到了，獄卒拿藥來，就非吃下不可。但是，當氣喘發作的時候，呼吸幾乎都要停止的樣子，上氣接不著下氣。這時候，想叫獄卒拿顆藥丸來，得到的回答是：「時間還沒到！」說罷，揚長而去！有好幾次，半夜偵訊，談話，而氣喘突然大作；其中一次最嚴重，差不多要窒息倒地了。三寸丁穀樹皮李式聯趕緊打電話，問得那個正牌老共產黨醫官蕭道應的許可：「不必按照固定時間，發作的時候立刻吃一顆。」這樣，我好多次從「斷氣」的邊緣裡，活了過來！

最麻煩的是瀉肚子，一天瀉上三四次，那個小痰盂都盛滿了便溺，簡直是臭氣薰滿房間，無法忍受——特別是在囚房裡開飯的時候，常常因此而不能進食。不但此也，心裡還憂慮著：等一下再要大便，怎麼辦？幸而有一天，大牢頭吳迎如來巡房了，我把這情形對他說，要求他准許，在鬧腹瀉的時候，讓我每次上廁所出恭。他雖然「歉難照辦」，卻吩咐獄卒們，准我每次大便後，到廁所裡去倒「馬桶」！儘管獄卒們每次都現出厭惡的神色，但因為是牢頭的命令，他們不敢不遵從。

談到那些留質室的獄卒，有一種情形，不但很值得一寫，也很值得心理學家們去研究。

調查局督察室之下，設有一個警衛組；警衛，有被派在局本部大門和二門站崗的，算是衛兵的性質；有被派在留質室當看守的，就是我所說的獄卒、禁子。當然，有時還有機動派遣的任務，例如逮捕局中員工，這且不去說它。衛兵性質的警衛，跟獄卒性質的警衛，是經常輪番互調的。因此，我在留質室所看到的獄卒，也就是過去常常在上下班時看到的衛兵。

在這裡，有一個很微妙而不易解釋的對照，那就是：當我入獄以前，每天進出調查局大門二門，那些規定要對我們（副處長以上的人員）立正，表示敬禮的警衛，凡是立正姿勢愈認真、愈嚴肅，所表示的敬意愈「高」、愈「誠」的衛兵，如今調為獄卒、禁子，他們對待我的態度，也就愈凶橫，愈蠻悍，愈喜歡恣作威福，叱喝叫罵。至於平日站衛兵時，吊兒郎當的，遇著我或其他的副處長以上人員進出時，要理不理的，連擺個立正姿勢都是不情不願的衛兵，當他們到留質室當看守，當獄卒、禁子的時候，他們對我說話，反而都是輕聲細說，和顏悅色，禮貌備至，而且常常用一聲嘆息，表示他們對我的同情。我後來常常在「偵訊」中，因刑求而皮肉受傷。以前那些畢恭畢敬的衛兵，都成了幸災樂禍或漠不關心的禁子；而那些向我立正敬禮得不情不願、態度傲慢的衛兵，如今當了獄卒，卻往往在沒有旁人看到的情況下，悄悄地用話安慰我，悄悄地拿他自己的萬金油、白花油，供我擦抹傷痕！

第九節　出題目脅迫我誣攀——我與余振邦、我與……。

做完了「兩臂舉高，兩腿半分彎」，時間大約有半小時左右，我終於跌倒在地上。我不能再做了，雙臂雙腿都不聽指揮了。我咬著牙說：

「你們打死我好了。」

「打死你？有這麼便宜？趕快把你的匪諜組織交出來！」棺材臉劉秉如說。

「趕快交代出來！」小嘍囉牛頭小鬼許文雄也吆喝著。

「那麼，扶他起來，叫他跪在總統玉照前面反省一下。」棺材臉命令牛頭小鬼。

跪在水泥地上，經過了不知多少時間，膝蓋又酸又痛，頭部昏眩，茫茫然不知所以。熬著，熬著……。

其後，我承受更多花樣的刑罰：兩腳離牆壁一尺半，立正，把頭頂在牆壁上，雙手插腰。全身脫得只剩一條汗衫、一條內褲，站立在寒風習習的窗口發抖。揪著我的頭髮旋轉。用四盞五百燭光的電燈強烈地對著面部照射，然後，五、六條凶漢的嘴巴緊貼著我的耳朵，大喊大叫，又罵又笑。——這樣，我腦子像要脹裂了一般。……有一次，他們拿了一大桶冷水，揚言要把我脫光衣服，用冷水淋成落湯雞，再開電扇對著身子吹。我咬牙閉目，想起黃道周臨刑前對他學生說的一句話：「忍一刻則千秋矣。」我什麼話也不說。然而，他們並沒有真的這樣做，因為我的氣喘病又發作了。

「不要以為我們沒有辣椒水！不要以為我們沒有老虎凳！不要以為我們沒有大冰塊和電氣冰箱！——姓李的，你放明白一點！不要以為我們沒有手銬和繩子！不要以為我們沒有水管、皮鞭、棍子！……。」禿驢莊罕「如數家珍」，一樣樣細說他們的法寶，念念有詞地恐嚇著。

有一次，在一間小偵訊室裡，牛頭小鬼許文雄和我對坐著，我的面前放著紙筆，等待我寫「自白書」。偵訊室的門窗開著——照平時的例子，談話時都要緊閉門窗，以「保密防諜」的。——隔壁另一間偵訊室的聲音，很清楚地傳過來。

「這傢伙太死硬，我看非得動大刑不可了！」是禿驢莊罕的聲口。

「把他手腳捆了，吊在屋梁上，叫他有好受的！」是棺材臉劉秉如在說話。

「我去拿繩子，好不好？」刁鑽鬼胡迪寰自告奮勇地說。

「不要啦！」這時，聽得三寸丁穀樹皮李式聯說，他的聲音特別尖：

「好歹他還是本局的副處長，現在還沒有撤掉職務。而且，局長還想救他的，將來還想重用他的。我看，耐心一點，還是讓我來說服他。」

「照我看，恐怕說服不了，——這個人實在是共產黨的死硬派。……。」

我心裡明白，那是故意說給我聽的。這時，擺在面前的紙筆，還沒有動過。我除了不服，不編假話自害以外，頭腦裡一片模糊，不知道怎樣應付即將從天而降的慘刑。

然而，三寸丁穀樹皮李式聯走進來了。這下子，他已經不叫我寫「自白書」，卻開了幾個「題目」，叫我寫。

我一看那些「題目」，心裡一愣。原來他第一次掀出了沈之岳調查局的部分「底牌」。那幾個題目是：

——我與余振邦，

我與路世坤，

我與姚勇來、沈嫄璋夫婦，

我與盧祖澤，

我與柯落葉，
我與林家楠，……

還有幾個「我與（跟我素不相識的人的名字）……」

我深深吸了一口氣，答應寫給他，但是，希望先讓我好好睡一覺：「這幾個禮拜來，我幾乎沒有睡覺過，實在太累了，沒有精神。」

「不行！寫好了再去睡覺！」三寸丁穀樹皮李式聯斬釘截鐵地下了命令，又對牛頭小鬼許文雄說：

「看著他寫！他不寫，馬上告訴我！」說罷，揚長而去。

牛頭小鬼許文雄，那副臉相比連環圖畫裡閻羅王殿上的牛頭馬面還醜陋、還難看，他用手搥著桌子：

「趕快寫！」

我拖命一般，寫了頭兩個「題目」，（只要不編假話，這種題目，縱使再困乏，寫起來也不難的）把認識余振邦、路世坤的經過，全部據實寫了。一邊寫，一邊打盹。每「題」大概各寫了一千多字。實在寫不下去了。我對牛頭小鬼許文雄說，每個「題目」我都可以寫，但一定要讓我先睡一個長覺。如果不肯，打死我我也不再寫了。

我把原子筆擱在桌子上，靠著椅背，閉目休息。

牛頭小鬼許文雄，終於走出去，請示過三寸丁穀樹皮李式聯，然後回來傳達命令：

「好吧，你回房去休息！」

好像逢到大赦一樣，我回到第五號囚房，先對獄卒說，吃飯的時候不要叫醒我，我不吃了，我要睡一覺。我特別說明：「他們答應讓我好好睡一覺的。」

這一覺，足足睡了四個小時，是近一個月來睡得最久、睡得最酣的一次。當我再度聽得「喀喇」的鐵門聲而起床時，雖然睡意猶濃，卻也感覺好得多了。

哪裡知道，一出去，到了偵訊室，棺材臉劉秉如和禿驢莊罕一見面，就拍案大罵：

「混帳，王八蛋，你寫的是什麼東西？沒有肉，沒有骨頭！你們的共匪組織關係，一點都不交代，扯這些廢話幹什麼？你再不好好地寫，看我揍你！」

「什麼共匪組織關係？我沒有。」我惶惑地說。

「你沒有？你沒有，路世坤、余振邦總有呀！」棺材臉劉秉如這樣說。

「我，我，他們的事情，我不知道。」我說。

「你不知道？」禿驢莊罕說：「你會不知道！」

「這樣好了。」棺材臉劉秉如說：「你自己的事情且放下，以後再說。現在，你把他們兩人的匪諜資料寫出來，這是你對局裡的貢獻，對你很有利的，可以將功贖罪的。」

「但是，」我說：「我不知道。」

「還說你不知道！」禿驢莊罕猛拍著桌子：「你想掩護匪諜麼？你不知道掩護匪諜，與共匪同罪嗎？趕快交代出來，不要敬酒不吃吃罰酒！」

這時候，三寸丁穀樹皮李式聯進來了。又是他把禿驢莊罕和棺材臉劉秉如支使了出去，然後笑嘻嘻地對我說：

「李先生！我告訴你：這是我們想出來的辦法，為的是要替你解決問題。你把這些題目都清清楚楚地交代出來，把這幾個人的歷史赤裸裸地寫出來，把他們的『匪諜身分』都寫明白了，你就沒有責任了。你何必掩護他們，代人受過呢？好吧！回房去想一想，等一下再出來寫。我再重複一遍，讓你放心：——

「你寫出來了，你就沒有責任。」

第十節　三天三夜的疲勞訊問——我在刑迫下屈認參加共青團

有一件事是我在警總軍法看守所時，范子文在隔壁房間親口對我說的：

——一九六六（民國五十五）年三月二十日或稍前一兩天，沈之岳把范子文請了去，問他：「李世傑押起來了，你知道麼？」范答：「聽說了。」沈說：「問不出來！怎麼辦？我想，請你去問問看，如何？」范子文答道：「不要吧！過去大家同事，太熟了，不好意思。」

范子文又說：「我（范）入獄後，因為絕食，牛樹坤出示一件國家安全局五十五年三月二十六日的公文，說：本局認為范子文案與『城固專案』，宜送臺灣警備總司令部軍法處依法偵辦，以免發生人事意見。」

范子文既是第四處長，在職掌上，他本無權責插手這樁案子；除非沈之岳大官人以局長的行政權力，強行指派。但，幸而沈之岳沒曾強迫他。——所謂「幸而」，是為范子文著想，非為李世傑也。范子文於四月二十一日被捕，三月二十日已經決定了。他的「同案」，陳石奇，也早在二月十三日入獄了，正是范太太滿素玉所說：「陳石奇被扣後，風風雨雨，范先生心中很煩。」的期間，這時候叫范子文來訊問李世傑，不是司馬昭之心嗎？如果他來訊問李世傑，「問出來」了，就讓他和李世傑結下死冤仇，也好利用李世傑的仇恨心理，唆使李世傑反咬他一口。如果「問不出來」，則他不是多了一條「包庇匪諜李世傑」的大罪名了嗎？高矣哉！沈之岳的老謀深算。高矣哉！范子文之拒絕前來「問問看」。

「問不出來，怎麼辦？」換句話說，沈記調查局對於任何被捕的人，是一定要「問出來」的，於是，沈之岳和陰謀家杜均明，鐵板面牛樹坤等，挖空心思，深謀熟慮之後，終於打出一張原先避免打出的「王牌」，派了那個當初在招待所自謂「我們對這件事也是局外人」的貨色，那個勒索前科犯，要我代為說項不遂的李振國[2]來了。

現在，這個由勒索前科犯而當起第三處科長的李振國，已經不是「局外人」；沈之岳讓他來「偵訊」他的老長官李世傑，也正可報當年李世傑拒絕為他說項脫罪的「一箭之仇」，他自然樂壞了。這正是他千載一時揚眉吐氣，佩著沈之岳欽賜尚方寶劍的日子。三月二十日或稍前一兩天，李振國到了留質室，在那間叫作會議室的偵訊室裡，正襟危坐，兩旁環侍著禿驢莊罕、棺材臉劉秉如、三寸丁穀樹皮李式聯、牛頭小鬼許文雄、刁鑽鬼胡迪寰，還有兩個我不曾見過的橫肉臉人物，真是大張聲勢而來！清晨六點不到，我被帶進了會議室，勒索前科犯李振國一看見我，立刻張目翻眼，橫眉翹嘴，拍案怒喝：

「李世傑！你被押起來這麼久了，還不認麼？還不說出來麼？你要拖到什麼時候才說出來！你這個混帳的老匪諜！你可不要怪我對你不客氣！我辦起案來，一向是六親不認的，你放明白點！」

他兇惡地站起來，對隨侍在側的三寸丁穀樹皮李式聯說：

「問他，是要說，還是要寫！不要跟他客氣！」又回頭對我喝道：

「李世傑！我嚴重警告你，你不要用以前當副處長那種神氣來對付我們！我不吃你這一套！」

說罷，昂頭挺肚地出去了。

從這時候起，我被連續不停地疲勞訊問了三天三夜，除大小便以外，一秒鐘也不曾休息。他們八個人，分成八班，輪流地「陪」著我，每日三餐也在偵訊室裡吃。對於一個連續熬煉了一個多月，沒有一天睡眠足夠的人，這三天三夜分秒不停的「訊問」，委實太難支持了，何況還得承受一連串的凌辱毀罵，恐嚇、威迫、利誘、酷刑拷打、有病而不給藥……。莫說精神已經崩潰，全身骨骼，也像一根根快要脫落了一樣！身上每一個細胞，都在顫動、抖慄！

這期間，棺材臉劉秉如下了「命令」，要我列出一張自己的年表給他：從一歲到現在，天呀！一歲、兩歲、三歲，我能記得些什麼？四歲、五歲、六歲……我會做共產黨麼？——我四歲的時候，中國還沒有共產黨哩！（索忍尼辛老弟：蘇聯的格柏烏[3]，有沒有要你開列自一歲到被捕為止的「年表」呀？）兩天兩夜過去了，我拚命喝著他們給的濃茶，拚命吸著他們給的香菸，——只有在「偵訊」時，才准吸菸，香菸還是由專案經費裡支付購買的，——以提振精神。但是，我已經困倦得近於半昏迷狀態，菸茶的作用幾等於零。

這是第三天早晨——

偵訊室窗外的天空，漸漸呈現灰白色，因此知道是早晨。在禿驢莊罕凶猛地將我坐的交椅用力拖開後，我整個人跌在地上，脊椎骨尾部猛烈地重重撞擊在地上。這一陣劇痛似乎使我甦醒了一點，我正翻過身子想爬起來，翻了好幾下，勉強翻轉過來了，背部腰椎卻又挨了一腳，是用皮鞋踩下去的，不是用踢的。牛頭小鬼跟刁鑽鬼把我攙起來，按在椅子上坐著。禿驢還在吆喝叫囂。然而，三寸丁穀樹皮來接班了。

三寸丁穀樹皮李式聯看見我眼帶淚痕，身上搖搖欲墜的樣子，也不問什麼話，從口袋裡拿出兩包長壽牌香菸，攤在桌上。又取出另一包已經開過的，拿了一支給我。

「抽支菸吧！」他說。
我疲倦欲死，拿起香菸，一支一支地接著，不知道抽了多少支。早飯送來了，是一個饅頭，一碟肉鬆，一塊豆腐乳，一碟蘿蔔乾。可是，沒有稀粥。我望了一眼，實在一點食慾都沒有。早餐擺了一會兒，廚房又來收回去，因為我說不吃。三寸丁穀樹皮李式聯，這一回也沒有說非吃不可。（平時，不吃飯，無論是想絕食，還是因為吃不下，挨一頓臭罵是最「輕」的刑罰。）
天色大亮了，八點鐘了，沒有看見廚房送來茶水。我因為香菸抽多了，又沒有吃早點，沒有稀粥吃，渴得喉乾口燥、唇破舌焦。我對三寸丁穀樹皮李式聯說：
「我想喝點水。」
「好，馬上拿來。」他說著，又遞給我一支香菸。我搖手表示不要，他很好意似地勸我：「沒關係！再抽一支！茶馬上來了。」我顯然已經喪失主宰自己意志的力量，接過香菸，拿在手裡，卻沒有吸。口乾得好像要燃燒起來，極力要咽一下口水。然而，一點口水也沒有。可是，等了一個多鐘頭，茶還沒有來。我再一次說要喝水，三寸丁穀樹皮李式聯連忙站起來說：「好！我去拿。」他這一去，又是好久好久，不見蹤影。
我張望著偵訊室門前，我巴不得有一滴的冷水，一滴，只要一滴……
刁鑽鬼胡迪寰這時說話了：「你還是說出來，或者是寫出來，才會有茶水喝。你相信不相信？」
我頹然地把頭靠在桌上，用雙手枕著，想睡。然而，牛頭小鬼許文雄跑過來，用力把我搖著。

「喂！起來！姓李的！這裡不是你睡覺的地方！」他厲聲咆哮著！

「現在也不是你睡覺的時候！——你知道麼？」刁鑽鬼胡迪寰悠閒地說著。

我仰頭把身子靠在椅背上，閉起眼來。

「起來！站著！在這裡面走走！——你想睡麼？你想死！」牛頭小鬼許文雄，跟刁鑽鬼胡迪寰，一齊嘶喊！一邊叫囂，一邊把我強拉起來，猛力地推我行走！

我顛顛倒倒地走了幾步，還是坐了下來。我有氣無力地說：「我走不動了！你再要我走，不如打死我！」

「打死你？你想這樣死了就算了？」刁鑽鬼胡迪寰冷笑地用鼻子說話：「哼，沒有這樣便宜！」

我不管他說什麼，這時候，把心横下來，咬著牙，不誣認，不屈服！

三寸丁穀樹皮李式聯又進來了，又出去了。棺材臉劉秉如來接班了，又走了。兩個不知名的横肉臉孔漢子都先後來過了，也都先後交班了。勒索前科犯李振國也來接班了，也交班走了。又是禿驢莊罕的班了。禿驢走了，三寸丁穀樹皮又來了。一天一夜又過去了。

第四天早晨了，一夜裡天氣好冷，我已經二十幾鐘頭不吃不喝了；也已經七十二小時以上沒有睡覺了。這時候，我氣喘發作得幾乎要氣絕。

「給我一顆氣喘藥！給我一口水。」

「藥在這裡呀！你看！說了，就給你！」三寸丁穀樹皮李式聯，拿著一隻小藥瓶，搖晃招揚著。

「唉！」我心想：「假如現在立刻死掉，多好！」但是，口乾，腹餓，氣喘，渾身發顫，全身每一個細胞好像都個別地在跳動，頭腦裡是空空蕩蕩的，思想上是茫茫渺渺的，一點思維能力也沒有，判斷力更是完全喪失了。但覺得：眼前站著的這些人，好像是這世界上最惡毒的仇敵，又好像是這世界上唯一可靠的「人」。——因為我已經一個多月沒有看到任何其他臉孔的人了，更聽不到其他人的言語聲音了。

喘，喘，喘！我快要斷氣了！唉！偏偏氣又不斷！

我終於屈服了。

「好吧！給我一顆氣喘藥！你們要我說什麼，我就說。要我……要我寫、寫什……寫什麼，我，我，我，我就寫。」

「好，你說，你加入共產主義青年團，是哪一年？」

「我，我，我記不起來了！」我回答禿驢莊罕。

禿驢莊罕大為得意地說：「沒關係！沒關係！你忘記了，我來『幫助你記憶』——是不是民國二十六年？」

「就說是吧！」我說了，又覺得不對，就說：「是『廈門青年抗日服務團』。」

「是共青團！你不要再翻供！」三寸丁穀樹皮李式聯厲聲喝道。

我需要氣喘藥，我需要開水。我屈服了，我完全屈服了。因此，我得到一顆藥丸，一杯溫開水。

幾分鐘後，我痛苦地寫了一紙短短的假「自白書」，然後回到第五號囚房，沉沉地睡到天黑。

經過了一個月又十四天的非刑逼供，我終於被屈打成招，誣服了第一項「罪名」了。

注釋

1 編注：吳興街留質室為調查局三張犁招待所，位於今臺北市吳興街三六一巷一弄。一九五八年七月設立，一九七二年關閉，舊有房舍已不存。按照調查局文件顯示，此留質室有十四個關押房間，可容納七十人，從一九五八至一九六五年，至少關過人數為八七三人，當中五三三人為叛亂犯。

2 編注：按李世傑描述，李振國原為苗栗縣調查站主任，向縣長勒索，錢還沒拿到便被調回第一處，遭繼任者檢舉，調查局紀律審查委員會判禁閉四個月。李振國曾央求李世傑代為說情，被婉拒。禁閉後，李振國仍回第一處工作，直到沈之岳就任局長，升為第三處科長。

3 編注：又稱格別烏，是蘇聯國家政治保衛總局的簡稱，一九五四年改為國家安全委員會，簡稱KGB，克格勃。

從覺民到覺醒

——開花的猶大〔節選〕

高麗娟

◎收錄於二〇〇八年一月《從覺民到覺醒——開花的猶大》，玉山社。

高麗娟（一九五八～）

臺北木柵人，臺大中文系畢業，曾任八十年代雜誌社編輯，一九八二年遠嫁土耳其。獲安卡拉大學漢學碩士學位，在安卡拉大學漢學系、警察大學教授中文，也是土耳其國際廣播電臺華語部兼任節目編譯與主持人。文章散見各媒體，著有《從覺民到覺醒——開花的猶大》。

1

今天的主題：臺大覺民學會。會選擇從這個組織談起，是因為我大學與畢業後的人生經歷，都由於這個組織對我的青睞而全然改觀。

覺民學會的會訓：「風簷展書讀，古道照顏色。」要求身為菁英的先覺者在讀書之餘，以覺民為使命，效法先烈，為民先覺，敦品勵學，愛國愛人。具體的做法就是在團體中爭取或協助會員成為學生領袖，來有組織地服務同學。這是馬英九一輩在保釣運動後，有感於學生運動需要「有效」引導，才能發揮力量、避免被「有心人士」利用，而結合校園黨部人力成立的社團，由訓育組的課外活動主任擔任指導。

「一日為覺民，終身為覺民」，是我記憶最深刻的一個口號。要求會員身分保密，是希望避免同學間的猜疑與顧忌，更重要的是不希望以覺民會員身分的標榜，製造特權印象。一般會員除了同期受訓的、同學院的、前屆吸收自己的、下一屆自己吸收的會員外，不知道其他會員。就連我這個文書組長，只經手上一屆和自己這一屆的文書檔案，任期結束交接時，只將自己這屆的檔案給下屆，上一屆的要箱封起交給課外活動主任收存，他們放到哪兒去我就不知道了。每屆吸收七十多人，從黨部舉行的各項小組會議、幹訓和學校社團活動中，觀察傑出學生的表現，經過多人提名、暗中觀察、審核、約談、評價、受訓後再評價後才能宣誓入會。

學生活動中心二〇七室是會所。做為一個以服務同學為宗旨的組織來說，可以說是一個有其意義的社團。可是，後來每逢選舉，以文宣支援黨部，操縱學校社團選舉，有人以加入學會為晉身之階，結黨營私，讓我很反感，不過，這種人在我那時候並不多，以後才增加。我接觸的大半真是有其專業理想的菁英，我們互相砥礪，後來大半出國深造在學術專業領域有成就，不再搞政治，但是不忘覺民精神，像我一樣。

我大一時就因為在黨小組和系務上的積極參與，被學會盯上，大二被一位哲學系有名的學長約談後，同意入會，經過新會員入會訓練營的洗禮後，宣誓入會。大三時接任文書組長，主辦會員吸收、入會訓練的各項文書工作，猜猜當時的訓練營地點在哪兒？——政治作戰學校。而受邀演講的人有誰？王昇、關中、馬鶴凌……當時在哈佛念書的馬英九剛好回國探親，也順便來探營，晚上跟我們六、七個幹部，在營火旁肝膽相照，真是有那風聲雨聲讀書聲，家事國事天下事都等著我們去關心去參與的使命感。

一些國民黨高官要人，就是在這時期結識的，我們這些幹部挺受他們的器重，大大小小飯局、會議，讓我們覺得自己在做很有意義的事，當然對精明的人來說，這真是很好的鑽營機會。

覺民學會是一條晉身捷徑，是日後腐化的主因，有人開始接近會員，尋求被吸收的機會，甚至於有標榜會員身分，以此沾沾自喜的。我大四時，由調查局引介到康寧祥[1]家當他女兒家教，為了掩飾，我開始跟會員疏遠，幹部聚會時，也擺出黨外同情者的姿態，我是本省人，給了我方便，當初約談我的林學長後來對我很失望，不太理我，起初很傷我的心，後來我真的認同黨外主張時，就不在意他們的「誤解」，反而慶幸能一樣看花兩樣情。

可是，二十多年來，我沒跟老康或任何人透露我的身分，在僑居地也從不提我的黨外經歷，更別說覺民的事。就連同窗知己都沒說。我是一個很誠實的人，是最不適合當特務的，只因為愛國，才勉強自己去接觸所謂的陰謀分子，我唯恐露出身分，壓抑自己飛揚的本性，以一種迥異的姿態，安靜地在黨外活動，只有一次微醺時，以本來的性格跟一個我心儀的黨外健筆，聊了兩個多小時，竟讓他記得地點與內容地記了二十多年。

當我在異國有了人人眼中的成功事業、美滿家庭，構築了我枕中夢的完美世界，對人生不再有何企盼地感到沉悶無味時，他竟然記掛著一去毫無音訊的我，翩然而至，讓沉澱下的心性，又再飛揚而起。看著他仍然孜孜不倦地為他所愛的鄉土東奔西跑，我意識到我必須扛起未盡的使命，即使已經擲筆二十年……

補充1：當年覺民會長寫給我的激勵卡片上，寫的是胡適的「寧鳴而死，不默而生」。我們的理解是，對威脅國家生存的共產黨同路人、臺獨分子要勇敢地起來辯論。我們入會訓練課程中，有即席抽出這類問題，予以回辯的課程。後來想到都覺得好笑，當時的答辯真是自說自話，什麼國大代表全面改選就是失了政權的正統性等等，還把「南海血書」拿來當例子回答。

補充 2：一九七八年四月四日的日記寫道：

「覺民學會決定吸收 G，今天約談，林、張、劉、唐、我、G 到場，結果非常圓滿，由 G 的表現，我看得出來，在未來的新會員訓練中，她的表現將會是可觀的，而且將來她的奉獻精神會比我來得大，只是不知她的責任心如何？不管這些，我對她寄望很大，希望未來我們真能成為情感與道義結合的好同志，使文學院工作小組的工作更能開展。覺民是精神的認同，是我們的後盾，我不必企盼在這裡我會有什麼很大的貢獻，因為它的工作並不多，因為它只是一個提供我們認識同志的機會，當我們盡責地站在自己的崗位上時，能比別人更盡心、更警覺、更有使命感，發揮風雨如晦，雞鳴不已，同舟共濟的精神，一起向改革的道上前進。」

這是我還沒接任學會文書前寫的，後來工作之多，迫使我辭去家教。由這段紀錄，可以看出我當時對學會的認知是有我的理想的，相信許多會員也是如此。

補充 3：胡慧玲和林世煜採訪記錄的《白色封印》，論到出身抗日世家的左翼青年顏世鴻回憶當年跟法官的一段對話：「法官問我入黨動機，我於是回答說：『我只是一個理想的社會主義者而已。』對這句話，法官以三民主義第一講的一句話回我：『有理想就產生信仰，有信仰就產生力量。』隨後他又加上一句：『有力量就想推翻政府。』……我說：『法官你不要講得那麼嚴重，要擔待我們年輕無知。』」我看到這裡全身顫抖，想起當年被約談遊說加入覺民學會時，不也是因為對黨國抱持理想嗎？同樣都是為了理想，顏世鴻斷送了他美好的臺大醫學院生前途，我呢？

2

做為一個當年有機會穿梭在國民黨和黨外之間的人，我首先必須承認線民有其存在意義，只是他們所服務對象的目的值得追究。永遠忘不了調查局初次跟我聯繫時的興奮與緊張，為自己還只不過是大二生，就能夠如此直接地為國家貢獻力量，感到非常榮幸。書生報國的使命感加上憂患意識，讓我迫不及待地要為國家去揪出所有「陰謀人士」。

話說大二的小說選是由齊益壽師教的，他上下兩個學期從全班七十多名學生中各選幾篇小說習作，加以分析嘉勉，我當時深愛黃春明和施叔青的作品，不覺就以鄉土文學的社會寫實手法寫了批判教育的〈頭銜〉和諷刺陳達現象的〈老桐仔之歌〉兩篇小說，結果都深受齊先生的欣賞，在課堂上逐句唸誦分析。本來我應該藉此機會，去參加文藝營，搞搞本行的文學創作，可是這時我忙於校園黨務，還有加入覺民學會後的活動。

然後是調查局獲悉齊先生欣賞我，就三不五時地要我留意他的言行，到了中美斷交時，當會員們集結在機場外向美方特使克里斯多福投擲番茄、雞蛋時，我卻跟著調查局幹員守候在齊先生家外，監視他的行蹤，好跟他不期而遇，製造交往機會，以掌握他們那批人的動向。而所謂的那批人是王拓、陳映真、黃春明……這些有「造反企圖」的可疑中共同路人。我那時哪知道我就是白色恐怖的幫凶，竟連白色恐怖一詞都沒聽過。

齊先生後來有沒有受到困擾？我不知道，因為我後來以出任覺民學會文書組長的理由，推卸追蹤他的任務。其實是，我看他們都只是想以文學來關懷鄉土社會的書生，根本「為害不大」，而且一個欣賞我的教授會壞到哪裡去？我那時連去參加陳鼓應的小型聚會，都替他說好話，又怎會「汙衊」齊先生呢？現在想來，我很天真，跟我接觸的調查局幹員寫的報告從來也沒讓我過目、簽名啥的，誰知道他們以我的口吻向上頭說了些啥？這段經歷，加上以後在黨外的接觸，讓我逐漸意識到我可能被利用。

大四時，卸下覺民學會的幹部工作後，一心只想考中文研究所，不想管政治。可是就在這個時候，一件天大的任務落到我頭上。

調查局幹員李大哥說，立法委員康寧祥女兒要找家教，他們找來找去，就我最適合。我當時坐在西餐廳裡，一聽到這話，第一個問題是：康寧祥是誰啊？他那時每回選舉能讓萬華區翻天動地的，而我這個「校園黨棍」哪知道這些。李大哥自然是給我惡補了一番，所謂的黨外概況，然後跟我說：妳只不過是進入他家，藉機留意一下進出人等，瞭解瞭解他們的作息、言談，就是當當家教順便監視內部而已。

是啊！很單純的線民任務，不會影響我考研究所的計畫，直搗黨外核心人物的家固然很「危險」，可我會空手道，大四又選修柔道，平常打籃球的凶悍有目共睹，真出事，我自信能跑得很快，即使被識破身分，也有打出重圍的本事，說真的，當時真以為自己是深入「虎穴」（後來知道老康還真屬虎），頗有壯士臨易水，風蕭蕭兮的情懷。這時距美麗島事件發生還有一個多月。

3

今天回想起來，我實在過分膨脹自己，安全單位全靠我這個小卒的話，哪辦得了事？其實他們有更高明的人打入其中，我從以後有些情況，他們會說：「有這麼一回事，妳注意一下。」就明白還有人比我更接近核心，最明顯的一個例子是，美麗島事件、林義雄家血案陸續發生，以後是一九八〇年底的立委選舉結束後，接替李大哥跟我聯繫的鄭姐有天跟我說，如果最近老康要給妳啥新工作的話，別害怕就接下來，我隨口應了好，也沒放心上，以後果然如此，顯然老康和人討論過我的事，他們早已經獲悉了。

我在當時真是很純正的黨棍，是學弟妹眼裡能文能武，口才又好，心地率直的好學姐，再加上一副臺灣女大學生的樸實衣著和長相，輕易地就獲得老康夫婦和小君的喜愛。而我呢？說真的，大失所望，怎麼這個國民黨眼中釘是那麼親切率直的人，就跟我鄰家的叔伯們一樣，康太太跟我媽那些手帕交般，爽朗能幹，而小君，天真無邪，一下子就把我當作姊姊般地談心。總之，家中氣氛不像我事前推測的那樣：孩子冥頑不靈，夫妻虛矯猜疑，一家人冷淡相對的官宦之家。

有時下課，經過客廳老康一人在燈下研讀資料，康太太在廚房搞東搞西，看我出來就招呼著到餐桌旁吃喝點東西，談談小君的情況，有時老康也加入談話。總之，不像是一個「陰謀分子」的家。

可美麗島事件發生了，鄭姐囑咐我隔晚去家教時注意誰進出，談些啥？我當時哪知道誰是誰？只分辨得出那個牙有點暴的張德銘，有白頭髮戴金絲邊眼鏡，很有學者味道的尤清，客廳裡是坐了幾個人，可大家沒談啥，全都臉色沉重，主要是老康在打電話，我一進門就穿過客廳，到二樓去上課。小君一反常態，眼睛紅紅的，我如果是專業特務的話，當晚應該跟她多談事件，從她那兒套些消息，也伸長耳朵，聽聽樓下討論些啥，好回去邀功。但是，我沒這麼做，反而當起真正的家教，絕口不提事件，跟她專心地上課。只覺得大人的事，不應該影響小孩的心靈，在這種時刻，尤其要訓練她以不變應萬變，事情現在跟她、跟我都無關（天知道跟我多有關）。

以後老康就晚上常看不到，顯然比較常留在雜誌社工作，或在外頭跑。林義雄家血案發生後，小君哭得很傷心，因為林家女孩她都認識，一直不相信真有這種事會發生，我花了不少口舌，化解她的恐懼，她那時也才意識到這種事也可能發生在她身上。我那時只是從報導新聞瞭解美麗島事件和林家血案的一般女學生，只能跟她說，情況不一樣，妳看妳爸爸沒被捉，顯然沒犯法，那些被捉的人關係複雜，才會出這種事，禍及家人等等，真是胡說八道了一番。

也可能是在整個過程中，我因為「無知」，反而沒有了「特務」味道，完全就像是個沒有政治警覺性的普通文學院女生，從沒主動去談政治，反倒讓老康一家信任。有時康家夫婦出遠門，我還睡他們家陪小君，彈琴、做飯，還做菜給她哥哥和他的家教林蒼祥吃呢！

這期間沒朋友知道我的學生是老康的女兒，我在學校仍然為中研所考試準備。同時還在一群日本朋友間鬼混，跟他們交換學習日文。這時我修了黃得時師的日本漢學史，在文圖為「看書考試」的試題做研究時，開始接觸日治時代前後的臺灣文壇資料，其實跟他的課毫無關聯，可東牽西扯地，我竟發現新大陸般地知道：臺灣人也有這麼多有理想的知識分子，不輸中國文人。臺灣文藝作家協會、《臺灣青年》、臺灣普羅文學運動、《南音》被查禁停刊、留日臺青的文藝活動……，這些好像根本不算是中國文化中的一支，沒被提及，僅僅是鄉土文學作家都要受到監視追蹤，我自問：我是不是被隱瞞了一些事？難道有人有意地讓我以為臺灣人沒文化、沒理想嗎？老康家出入的那些人對臺灣事務的看法為什麼會不被容忍呢？

4

一九八〇年快畢業時，有一天下課後，老康跟我坐下來談話，問我，畢業以後打算做什麼？我當然把我繼續念研究所，光大漢學的雄心壯志講了一番，然後老康說，平常有沒有從事創作呢？我提到齊先生欣賞的兩篇短篇小說，老康就說改天拿過來看看，我們雜誌社想出本文藝性的刊物，或許用得上。隔兩天去上課時，我就帶了那兩篇僅有的小說習作去給了小君，讓她轉交給爸爸。

再去上課時，仍不見老康，只是聽小君說：「妳那兩篇小說，我爸喜歡得不得了，這幾天有客人來，他就拿出來唸給人家聽，唸唸笑笑，有時還拍大腿說，看這裡寫得好！我還很少看到他這樣。」我聽了自是喜上眉梢，轉頭不忘跟鄭姐報告一番。鄭姐倒是感到意外，事情怎會有這個發展，我能夠被康家信任，登堂入室就夠了，現在看來我的文筆「自然地」引起老康的注意，又逢我要畢業了，想來我在黨外還有發展下去的可能。鄭姐這一想也喜上眉梢。

以後老康說我那兩篇雜誌社的同仁都很欣賞，要分期登出，希望我繼續供稿。我就開始做我鄉土小說家的大夢。可是，好夢由來最易醒，《暖流》創刊號一出，就被查禁停刊一年，連〈老桐仔之歌〉都沒唱，就被禁聲了，我也就認定自己沒有當小說家的命。感慨萬千地把整本《暖流》創刊號，又圈又畫，又批又注地看完。這時臺灣民主意識在年少的心中開始蠢蠢欲動，到了一九八〇年底立委選舉時，我下定決心要順水推舟，去介入選舉，看看到底國民黨說的跟黨外說的，在選戰是怎麼體現。

於是我自告奮勇參加林蒼祥的選舉海報組，也就是寫大字報，地點是老康家三樓，第一次上去時，看到牆上一大張老康在風中競選時的巨照，想到的竟然是覺民會訓：風簷展書讀，古道照顏色。

大字報的內容，調查局當然識為寶貝，有些我帶得出來的，就影印給鄭姐，帶不出來的，我就在抄寫的當兒，仔細地背誦，這倒變成免費的黨外論述閱讀班。跟小林一有空就抄寫，設計刊頭，到後來大字報深受歡迎，我們倆抄得更起勁，到了輪番上陣，馬不停蹄的地步。這期間，我也去競選辦事處幫忙，在寒風中大半時候是我那個外國男友用機車載我東跑西跑的。我在畢業晚會後認識他，這個老外在我正處於黨內外意識衝突的時期，是我唯一能暢所欲言的知己。

選舉期間流言四起，因為是美麗島事件之後的第一次選舉，雙方真是嚴陣以待，覺民學會的學長們，自然替國民黨候選人助陣，誰也不知道我在老康那邊。在老幹部聚會時，大家不免就談選情，我就聽說國民黨對老康陣營的耳語運動內容，說他怎麼接受美方資助，競選總部都是些陰謀分子，看那大字報就有共產黨的可疑。我聽了，就想到政見發表會旁，老阿婆用顫抖的雙手捧著一把錢塞到老康口袋，還有一大堆在辦事處自願跑腿的鄉親，再來就是我跟小林這兩個寫大字報的「陰謀分子」。小林有沒有陰謀我看不出來，他是學物理的，我倒是有「陰謀」——替鄭姐蒐集選舉言論！

那時，我日夜作息不定，畢業了不好好找個工作，竟去搞選舉，又是幫那黨外，我老爸就勸我，念了那麼多書，可別因此被國民黨糟蹋了，美麗島事件被關的人都比妳能幹有學識，妳是念中文的，找個中學教教，找個好人嫁了就是了。我被逼得沒辦法，只好告訴老爸，我是替調查局工作，所以不會像呂秀蓮一樣被關。老爸這時才放心地說，那妳繼續，可是別害人家康寧祥唷！我這時才知，原來臺灣老一輩只因為二二八事件的關係，跟國民黨虛與委蛇，不談政治，其實心裡對外來威權沒有好感。

選舉在風聲鶴唳中結束，老康繼紀政之後以第二高票當選連任，萬華街頭謝票時的盛況，令人感動得無以復加，臺灣人民用此對美麗島事件做了二次審判。

我這時已經忘了自己原本的任務，在選舉中讀到的各種論述，讓我在覺民幹部的聚會中敢於挺身辯論，我開始表露我的立場，這也是因為有人已經發覺我在黨外活動，提出了疑問，我必須解釋，否則，臥底的身分會被拆穿。即使我已經跟黨友疏遠，但是，隨時會碰上一個有黨外意識的舊會友，納悶我在校期間不是有名的黨棍，怎麼現在變成黨外的？

這種困擾，到後來成為黨外雜誌編輯時，更是常遭逢，有時還會碰上國民黨要員約總編[2]吃飯溝通，總編帶著我去，而那位國民黨要員竟然是一兩年前，請覺民幹部吃飯時，曾經面對面的人，我怕被認出，真是只敢低頭吃飯，不敢抬頭多跟人家應酬。後來留起長髮，倒是改變了一點形象，才比較放心點。

補充：大學時代的日記，一九八〇年十一月二十六日寫道：

「在這次參與老康競選工作期間，我有相當的政治覺醒，在信念的幻滅之後的無奈感中，我很驕傲地再度站起來。對國民黨歷年來醜化黨外人物的做法，最近有了深刻認識，想起兩年前由覺民老幹部口中流傳出來的傳言，我深深地感到恐怖，耳語運動使人失去判斷力、防衛力的威力實在可怕。我佩服老康一群人的奮鬥，也相信他們才是真正推動臺灣民主的鬥士，溫和改革的主張，的確是他們的宗旨，不扶植他們而一意壓抑，只有造成流血革命的時代悲劇。曾經發過奇想，以為和歐凱遠走他鄉便能擺脫這淆亂的政治風暴，而今想來，真是鴕鳥主義者，何況土國政治更多不平之事，以我之性情何以處之？所以就現實層面來看自己，迷戀的霧氣一旦撤去，真正的阿娟，仍是一個具有文學氣質與救世熱誠的人，我將繼續磨銳我的筆，充實我的腦，以學識、熱誠為人類的政治與文學覓得一個園地。政治理想是我的現世抱負，也是我直接與人群接觸的途徑。而文學是我永恆的歸屬，我要動筆來勾繪我的人生。我有自信，即使和歐凱真是夢幻一場，我更能站得堅強，或許這便是我期待已久的大衝擊、大刺激。昨晚想通了許多事，也有心理準備，接受一切後果，我自己種下的因，我自己有勇氣接受。」

我想當時在寫日記時，絕沒有想到日後會需要用這段紀錄，來證明我覺醒的時間與原因，寫日記只是我的習慣，為了排遣無人傾訴的少女情懷。今天卻幫助我更瞭解當時的我。

5

在我的心路歷程中，想當然會有一些「啟蒙者」，不是常有一些女生的「覺醒」往往是從崇拜某個特立獨行的人物開始的嗎？可我的情形並不是如此，臺大菁英，外貌、才氣眾裡挑一的男子一籮筐，我幾乎都見過，可是想想我是崇拜司馬遷那種人的女子，不可能為一個男子去信奉他的理想，倒有可能因為信奉一個理想，而去看上一個男子。

情況也真是如此，我在覺民時，因為自我設限大學期間不能談戀愛，所以雖暗戀過幾個才子，仍然沒有動作。畢業後，選舉前我的觀念正處在黨內外之間搖擺時，我竟然交往的都是不談政治的外國人，跟學哲學的日本人談生死，跟學中文的土耳其人談愛情。選舉後，我的觀念轉變了，我開始思考怎麼安排自己的去向，我不想繼續替調查局去刺探我已經心嚮往之，卻自知也不可能完全投入的另一邊，甚至於想申請去臺中一所私校當國文老師，擺脫這些關係，也擺脫我決定不下的兩個外國男友。

可是人算不如天算，先是鄭姐暗示我，可能老康要賦予我「重任」，接著是老康說，我們雜誌社總編有事找妳談。我還記得初識那總編時的印象，當時老康就要我坐他旁邊好好談話，還別有含意地說：「妳以後要多多跟他學習。」我就暗想：「莫非要找我去雜誌社打雜，那我怎跑得掉？唉！人生如棋，就看對方怎麼出棋，我就怎麼下吧！如果臺灣的政治溝通需要我這個小卒在中間穿梭的話，我也只好認了，總比讓個閒雜人，在中間搞出事端的好。」

我多年以後懷疑老康根本知道我的身分，但是看我這人算「好人」，與其讓個隨便的人混進去，不如讓我在中間替他們（國民黨和黨外）「緩衝」一下。

話說回頭，果然總編說，被查禁的雜誌將陸續復刊，需要我這樣的人才，我說：「我也不是科班出身的，真不知道能派上啥用場。」他笑說，可以訓練的，我們也是這樣開始的。

我後來知道人家至少還是政治系畢業的，本來就是塊料，我是中文系出身，除了選舉中囫圇吞棗地瞭解了些黨外民主理念外，基本的思考邏輯還是國民黨那一套，多說話就要被人識破漏洞。

記得有一回，總編帶我跟另一個編輯陳浩，去跟國民黨中央政策委員會的詹春柏祕書和李繼玄吃午餐。大家互懷鬼胎地東扯西談了一番，對方無非是想瞭解雜誌對某一議題的論述觀點。吃完飯出來，總編慨嘆：「李是東亞關研（按：政大東亞研究所）畢業的，詹是哈佛碩士，都是人才，只可惜全把良心放在抽屜裡。」

聽了那最後一句話，我想當場把我的良心從抽屜裡拿出來，跟他懺悔一番，然後從此恢復本性地在黨外闖蕩，管他會不會到綠島去唱小夜曲！可是，回頭想到我媽跟我爸對我的期待，我就又把抽屜輕聲地關上，效法司馬遷忍辱負重的精神，以我被閹割的性格在黨外雜誌社繼續臥底。

每回看到總編在燈下趕寫社論，常為必須曲筆為文擲筆而嘆，我就真想跟他說：留著青山在，不怕沒柴燒，忍一下，黨外健筆已經剩下這幾枝，別為逞一時之快，因文賈禍呀！

然後等他寫完，我回頭拿去影印，神不知鬼不覺地又交給鄭姐去邀功。到後來其他兩份雜誌也復刊之後，我們簡直像在編週刊般地忙碌，稍一晚兩三天出刊，全國各地就有關心的讀者打電話來問，是不是被查禁了？每期五萬本，負責經銷業務的康文雄連夜押車南北發送，一下子就被搶購一空。我當年最樂的是雜誌在通宵趕工數天編完送去製版廠後，一夥人在總編的吆喝下，約了其他黨外雜誌的編輯一起去喝酒洗溫泉。最痛苦的是，雜誌印出來後老康名為慰勞的檢討餐會。

6

當年同事陳浩的桌子總是最亂的一個，連抽屜裡的書都常是擠爆在外頭。我常想這成天搞笑的外省仔在黨外雜誌做啥？難以想像他會有正經嚴肅或者溫文儒雅的時候，連偶而一次請他校校稿，這樣需要專心做的事，他都能叼著支菸，一面校稿，一面嘻嘻哈哈地跟劉守成講政治笑話，一笑起來，手上的菸在嘴邊，顫顫動動地，我就擔心他把菸蒂給抖到稿子上。

乖違二十多年，這個當年取笑我要去洗土耳其浴的傢伙，竟然會感性地寫起一雙女兒和新營舊事，讓我慨嘆歲月的魔力不只在面貌上留下皺折，也在感覺上積累了細膩。一九八二年五月一別，和雜誌社的所有人、老康夫婦，到今天沒見過一面，也沒通過訊息。

一九八九到九〇年隨返臺客座的凱住了九個月，當時聽家人說老康在辦《首都早報》，我竟然好像在聽一個不相干的人的消息，漫應一聲。九個月裡，我只照管一對兒女，連新聞節目都不看，只去了一趟公館、臺大，只跟凱學校的教授、學生們見面，好像我從來不曾在黨外跑過，彷彿那段人生從未有過，每天只是數著返回異鄉那個家的日子。

當時絲毫不覺得怪異，直到這兩年「醒來」之後，才發覺我潛意識裡對自己的保護，也才發現那段性格遭閹割的記憶，被深埋在心靈的一角。

王浩威曾寫道：「恐懼讓我們沉默，甚至連記憶都不敢存留。」這兩年來，暗夜孤燈下，在電腦鍵盤上，一字一字打出我積累二十多年的記憶時，我才看到那個充滿恐懼無助的少女。當年背起行囊轉頭揮揮手，以一種勇敢果決的姿態，單身前往比三毛的大漠還遙遠的國度，在那個單身女子不可出國旅遊的戒嚴時代，去一個剛發生軍事政變的土耳其，耳邊縈迴著總編轉述美國駐臺新聞參事關於伊斯坦堡街頭印象的談話。當送別宴上大家舉杯讚佩我，能勇敢地為愛走天涯時，杯光酒影中反映在我眼前的，卻是那個暗夜蜷縮在沙發裡，為處在夾縫中無法自拔而無聲落淚的怯懦少女。

每當總編帶著加班的一群編輯吃飯時，大家有時會談到美麗島政治犯在牢獄裡的境況，還有家屬遭遇的騷擾。默默地在一旁聽著的我，就幻想著自己如果背叛調查局向黨外靠攏時，家人會受到的騷擾、監獄裡的酷刑，而眼前這批並沒完全接納我的人，或許無力保護我。勢單力孤卻已然覺醒的我，處在那個威權時代，連在學校講臺語都會受罰的時代，誰會同情我、支持我，極可能還會被當作一個負面教材地大加撻伐。

可我的良心，讓我每次在影印稿子時，會一直告訴自己，妳在做一件善事，因為事前能看到稿子，警總不必到製版廠去查扣，那回總編不是說了嗎？我們雜誌的文章不怕警總檢查，甚至於歡迎他們來看，他說完還不經意地朝我望了一眼，那眼光好像在跟我說：「妳做的沒錯！」很可笑的自我麻醉，但是這種麻醉支撐了我一年多，直到我發覺：長此下去，我將沒有實現任何人生志業的機會，只能做個「沒有臉的間諜長江一號」，但是「長江一號」面對的是侵略者日本人，我面對的卻是根本目的要救臺灣的同胞。

在掙扎中，我把一部分心力放到外國男友的神話研究論文上，馳騁在《山海經》的神話世界裡，懷想著女媧煉石補天的毅力與救世悲情，刑天與帝爭為神、夸父逐日的悲劇英雄情懷，偶而跟論文指導教授李豐楙，談論些黨外現況，轉述一些聽來的言論，滿足一下我無論是在黨外還是黨內都不能暢談的遺憾。

當論文寫完了，我跟男友說，可以分手了，他應該束裝返國，回到天天盼子學成歸國的父母身邊，我是不可能離開這片土地的，我將離開臺北找個學校教書寫作去。但是，男友說：「他第一眼看到我，就跟自己說：『我要娶這個女子回去』，論文只是跟我交往的藉口。」也就是說，不但不分手，還跟我求婚。

這時我在雜誌社的工作，受主客觀因素的影響始終無法突破。從當初的寫稿採訪，已經轉到專職文字校對與美工編輯，雖然，我很想跟田秋堇一樣寫一些社會報導，但是我沒有她的黨外人脈，被派去採訪許常惠的稿子，因為自己對鄉土音樂的無知，也寫得不盡理想，甚至於被總編說：「怎麼用的都是死文字？」即使他二十多年後跟我說：「記得妳的文筆很好的，怎麼不再寫作？」也無法彌補當年他那句批評在我心靈燒出的黑洞。

那句話促使我考慮離開雜誌社，但是，我不能不明不白地脫身，總得走得漂漂亮亮的，於是，我以將嫁給外國人為理由向鄭姐表達離職的意願。這看來像是個好理由，可是調查局不太能接受。好不容易混進去的人，怎能因為一個老外而前功盡棄，何況黨外言論尺度開始失控，這個節骨眼上，一個能出入康家（我還在兼家教）與黨外雜誌社的，即使是小卒也是重要的。

7

我不懂鄭姐為什麼不跟往常一般在西餐廳和我見面，那一天約在羅斯福路和新生南路的交會口見面，一見面就帶我坐上等在一旁的黑轎車。鄭姐說：「今天我們上陽明山去，副總要跟妳好好談談。」

副總是誰我搞不清楚，只見過一兩次，那是有重大事件發生時，副總要親口聽我報告時才見我，比如說：選舉時，談我接觸的文宣資料，雜誌社辦大型座談會時，某些人說的紀錄以外的話，陳文成命案鬧得風風雨雨時，總編跟我採訪沈君山，關上錄音機時，說些啥？

會說啥呢?!當然就是一些不能登在雜誌上的私室議論，真寫下來雜誌鐵定會被停刊一年的實話，那時候如果不這麼「自制」的話，以國民黨在美麗島事件後的文宣所製造的氣勢，真是對黨外人士「欲加之罪何患無詞」!「副總」總是在確定他們知道些啥，但會寫出些啥後，「欣慰」地鬆一口氣，舉起筷子勸我吃口菜，顯然可以跟上頭交差了。

我知道我是在跟一群老狐狸打交道，我沒受過特務訓練，只是自己揣摩著，怎樣在又不說謊，又不壞了老康任何事的情況下，跟調查局幹員周旋。

回過頭看黑轎車裡的我，一顆心七上八下，隨著外頭人車的逐漸稀少，稀稀落落的幾棟別墅開始出現在車窗外，我故作鎮定地聽著鄭姐提醒我：「心裡有什麼話要跟副總實話實說，他一直很器重妳，對妳有很多期待，好好溝通，不要馬上做什麼決定。」

歇一會兒，她又像真替我想般地說：「那個國家那麼遠，又不說英語，妳一個人嫁去，人生地不熟的，我真擔心妳給人家欺負都沒地方哭訴。」

我心裡暗笑道：「我才沒意思嫁那麼遠，先用這當藉口，擺脫掉這個臥底的痛苦差事，等老外學成回國去，我再騙說他變心了，到時以一種感情被欺騙，萬念俱灰的姿態，逃到南部去教書就得了。」大家要說我真詐，沒辦法，沒人可以談，我自個兒必須好好保護自己，老媽老爸還要靠我養老，我不用點腦筋，他們不會輕易放人的。

終於抵達別墅的花園，有守衛領著我們進入大廳，一名穿白衣黑褲的男子站在門邊，副總戴著老花眼鏡坐在那兒翻閱著一份檔案夾，見我們進入，馬上合起檔案夾，親切和藹地伸出手握著我的手，另一隻手就按在我的手背上，好像我是他朋友託孤的女兒般，說了一大堆問候的話。

然後說我大概肚子餓了，今天特別請老劉給我做了幾道好菜，還是山珍呢！說實話，那天我太緊張了，真是食不知味，也不知道嚼了些什麼野菜，只有餐桌旁壁爐裡燒得劈啪響的柴火應合著我的嚼動，中間夾雜著副總在嚥下嘴中的菜後，說出的話。什麼有對象是好事，至少不用擔心沒人要，其實憑我的學歷、「姿色」不怕找不到更好的對象，凱不是不好，但是總是個外國人，又是那麼一個落後的國家，「這也別說了，眼前最重要的是，妳是我們的人，我們總得替妳想，看！那份檔案，我們已經替妳調查了，他在臺灣三年多，女朋友一大串，朋友說他做人很海派，成天在外頭跑，機車後座的女孩子天天換。」

聽到這兒，我心想：「是曾經天天換，可這一年來就只有我坐呀！不是他三天兩頭地載我，調查局給的一月一萬元車馬費（這是在雜誌社工作後才開始給的，我當時還推辭，覺得拿錢是壞了我的名節！），哪夠我辦事？」當時我當小君家教一月三千元，雜誌社薪水一萬五千元，寫稿稿費另計，一字一元。

我根本不在乎他以前交過多少女朋友，說老實話，沒有以前的經驗，他哪能懂我的心？話雖這麼說，我當場看出副總親自出面，談這件事，如果不給面子的話，就太不識好歹，只能裝出感激副總關懷的樣子，不忘故作難過地表示：的確不值得為這麼一個花花公子離開崗位。

副總自然是難掩得意之色地勸我別難過，還保證以後替我介紹更正派的對象，大大誇讚我聰明識大體，國家就是需要更多我這樣的女青年云云。

我裝作被勸服的樣子，還不忘加上一句口號：「一日為調查局的人，終身為調查局的人」讓副總呵、呵、呵地嘉許了我一番，又囑咐司機把我送到家附近。

這餐飯打亂了我的如意算盤，可是我是從小在坡內坑的山上野出來的，有著不信邪的性子，套句我媽的話：總是「鐵齒」！我就不相信我打定主意要做的事，你調查局不心甘情願地成全。

當晚回到家，我就開始擬「計畫二號」。

補充：當年沈君山在陳文成命案中居間協調兩個月，一方面要與美方談判細節，一方面要與有關單位個別溝通觀念，其中的苦衷沈君山後來在《浮生六記》中幾句話帶過他為林家血案奔走與為紀政輔選的往事，當我看到這書的部分摘錄時，當年和總編與他訪談的情景又浮現眼前。

陳文成的遺體交付家人後，美國專家驗屍的照片，是我在訪談時眼見的，但是最後決定不刊登出來，因為經過討論之後，實在不願意因為一兩張照片，讓雜誌上合法呈現立法院質詢與官員答覆真相的文章被警總封殺。雖然當康寧祥在立法院提出質詢時已經出示過照片，但是刊在黨外雜誌上效果是不一樣的。「照片中顯示一個新的刀口（從尾椎一直到頭顱下），而驗屍當場有沈君山教授、毛教授、美國專家以及陳文成的父親在場。」我難以回溯當時看到照片的震撼，生平第一次看到一具屍體，一個海外歸國學人沒有生命的任人擺布的屍體，那是知識分子慘遭法西斯主義者無知迫害的寫照，眼前兩名臺灣菁英無力與悲哀的談話，配合著手中的照片，讓我的心顫慄不已。那久遠的記憶，竟讓我刻意地不讓我的子女介入政治活動，我是自私的，但是，當我目睹土耳其大學生在高中畢業的鎮暴警察的警棍下哀嚎；出獄的高中生驚悸地控訴在獄中被獄警性虐的遭遇，眼前總浮起陳文成烏黑的遺體，就感受到陳父的悲痛與不甘。

8

過了大概一週吧！雜誌編好了，我該把草稿影印一份給鄭姐，這回我故意找個藉口約她一起，在臺大對面巷子裡，我猜測是黨外同情者的書店裡影印（稿紙上大大地印有《八十年代》四個大字），還很隨意地在店門口把影印好的稿子交給鄭姐，然後就告別了。

果然不出所料，隔天老康打電話找我，約我在立法院辦公室見面，有事要跟我談。我放下電話立刻通知鄭姐，想必調查局會感興趣老康要跟我談什麼？放下電話我就前往立法院。

我才坐定，老康單刀直入地問我：「昨天我接到一個電話，跟我說妳影印雜誌社的稿子交給情報單位，有這回事嗎？」我遲疑了一會兒，雙眼一紅，一副悲從中來的樣子，百般委曲地說：「康先生，您知道我有一個要好的外國男朋友，他以前有一個女朋友，一直不肯放我們罷休，聽說她哥哥在國安局工作，知道我在八十年代雜誌社工作，就常找麻煩，每回我在雜誌社連夜趕工時，就打電話到我家，跟我家人說，我跟男友去旅館，害我家人擔心。這回雜誌剛交印，我趁這幾天空檔，明天要參加男友的畢業旅行，您看她竟然又搞鬼了！打電話的人一定是她哥哥，不知打電話的人口音如何？」

然後我就跟老康討論那人的口音像不像打到我家的人？我當然知道影印店老闆的口音，於是我說的和老康的不謀而合，結果老康不但忘了追究我到底有沒有影印？反而安慰我一番，搭著我的肩膀，送我走出辦公室，叫我放心地去旅行。

我呢！一離開立法院，馬上打電話給鄭姐，告訴她事情不妙了，如此一番，「雖然我暫時矇騙了老康，但是恐怕不會再信任我了，現在心情很亂，明天要跟朋友去旅行，等一個星期回來後再談吧！」於是我很有自信地收拾了行李，和男友去參加北區大專研究生畢業旅行去了。

有人要問了，我怎能如此無中生有呢？其實我跟老康說的那番話，虛虛實實、真真假假都有。我那花花公子是有一個老不放手的前女友，也有個哥哥，是不是在國安局工作，我就不知道。至於我加班時有人打電話到我家的事倒是有，據鄭姐的推測是某個情報單位的「混蛋」，好像跟她的單位間有些過節什麼的。總之，我就利用我寫小說的本事全給編在一起。

結果呢？八、九個月之後，當我終於要單身飛往異國時，調查局阮局長親自請我吃送別飯，老康也在大飯店請了兩桌給我送行，我則自以為了無牽掛地踏上人生另一條路。

事情到這裡還沒完唷！八、九個月裡還發生促使我修正計畫，決定遠嫁異國的事，接下要談的有點警世醒人的作用，所以讓我歇一下，醞釀點風花雪月的情緒，再來談談飲食男女吧！

9

我原本都計劃好了，將自己完美地從夾縫中抽出，調查局也終於有了我會找個時機辭去雜誌社的工作，準備遠嫁他方的心理準備。

另一頭我的男友取得碩士學位，也申請到繼續攻讀博士的獎學金，他想要先跟我在臺結婚，然後帶我去給父母看看後，再回臺灣修博士。可是這怎行？首先，我還不能肯定他是不是我的最愛，雖然在和另一位的競爭中他居上風，但是我壓根兒沒有要嫁給外國人的念頭，正因為沒這念頭我才跟他交往，因為談得來，可結婚?!那是一輩子的事。

於是我很理智地跟他說，他算是我的初戀，我不知道自己是否能安於就這麼嫁他，要給自己一個考驗，頂好是他先回國去看看，把自己的前途先考慮好，也讓彼此冷一下，而且我得先看看他那個國家再做決定，所以他先回去我隨後再去。

我的想法很合理，他也就聽從，何況是否繼續念博士，也得看看回國後有沒有機會在大學工作。就這樣送走了他，也開始做出準備隨後去的樣子。

他一走了，我就把心思放到雜誌社。對了！這時已經跟老康說好，我要做到辦好出國手續為止，事實上是我找到離開臺北的工作以前，我需要有一份收入。當然誰也不知道我這個打算。

這時《暖流》、《亞洲人》陸續復刊，我常常得加班到很晚，總編住新店，我住木柵，以前有男友接送，現在很自然的，加班到三、四點時，由他陪我坐計程車，送我到家，他再回家。

我承認當年第一眼看到他，心裡暗叫道：「天啊！這才是我的白馬王子。」那是老康連任立委的慶功宴，在南國飯店，一九八〇年十二月十三日。我二十二歲。

10

下面這封信是我在總編到土耳其採訪過我後，寫給他的，從信中可以看出我當時的部分心境。

〈一任快意傾訴道真情〉

記得嗎？有一晚（注：一九八一年三月六日週五）編雜誌編到三點多，您陪我坐計程車，送我到木柵，車上我們倆都像是累得說不出話般，但是您可知道我心情的起伏？多少念頭翻滾？在腦子裡不知愛撫了您的頭髮、臉龐多少回，斜眼偷看您一臉若有所思的表情……真想伸手去撫平您深皺的眉頭，賴到您的懷裡跟您說幾個笑話，同聲開懷大笑幾聲，然而近一個小時的車程，我們連手都沒碰一下。

下車時，回首看著您微微一笑說：「明天見！」關上車門，過了街，打開家門，知道您在望著我，等我進入，心想至少那一刻您心裡想的是眼前的我，不覺慢慢地回頭揮手，只想盡可能地延長讓您想我的時間。您說當年這番情愫今日仍如此記憶深刻，要怎麼解釋呢？

今天每回接到您的信，雖是短短一段，但是知道您在繁忙中看了我長長的信，至少在看信回信時，您心裡想的是我，那種為您心繫的感覺，真是美好。想想二十年前，二十年後，我所要求的都不過如此。當然人是貪心的，會得寸進尺的，這也許就是造成我們矛盾，退縮的原因。孔子說：七十能從心所欲而不踰矩。我覺得我二十來歲就已經如此，反倒是快五十了卻「亂來」，簡直是倒活人生。可能是從前年少，認為人生還很長，所以社會規範、人情世故應當看重，而今到了「聽雨僧廬下」的年齡，反倒覺得人生苦短，不秉燭夜遊，也當盡情傾訴，所以我對蔣捷〈虞美人〉一詩最後一句話：「一任階前點滴到天明」，採的是更積極的詮釋，那就是「一任快意傾訴道真情」，幸而我不是「明月照溝渠」，一番傾訴總能換得您幾句話，的確足堪欣慰！我終於瞭解愛一個人的方式可以是這樣的，我也終於瞭解您是我這一生割捨不下的夢，「家山萬里夢依稀」，啊！我敬愛的！您可知道我已經有好幾年一夜無夢到天明嗎？……

讓我們今夜都好夢連連吧！

二〇〇二年八月六日

11

接著我要打開我好不容易關上的一個感情抽屜，我敢打開，是因為知道我已經有能力再關上。讓我最後毅然決定來土耳其的關鍵性一夜，就是這一夜，請大家當作故事去看，別當八卦看。其實許多人都有祕密，不說出來就誰也不知道。而我寫了，雖然就像是米達斯的理髮師到蘆葦地高喊：「國王有一對驢耳朵」。請看吧！

〈夜的告白〉

那一夜的情景今夜又再困擾著我，只好寫下來，您可能覺得沒有必要去回顧，我也一直不想去挖掘，可是它就在那裡蠢蠢欲動地令我輾轉反側，難以成眠。或許寫出來我就不會再去觸及。

我說過那夜您酒醉後我曾經「輕薄」您，可我沒細述當時情景，如果在那之後，您醒來沒有撫摸我的背，一切就只是過眼雲煙不會留下什麼，但是，您做了，那麼溫柔地試探，正如幾個小時前，我在酒精的催化下曾做過的試探。

我已經不記得怎麼會突然之間周遭的談笑聲全然靜止，前一刻還是杯酒搖晃，眾聲喧鬧，下一刻，所有的人全都醉臥橫陳榻榻米上，只有我扶抱著您。

當時我必須緊緊抱著您才能控制您的腳步，不要踩到已經醉得不醒人事的陳醫師，一番折騰後終於讓您躺下，您抬眼朝我露出安心的微笑後，就昏然入睡，那麼恬靜，連呼吸都是輕緩緩的，彷彿風暴之後的寧靜。而我，忍不住像要讓您睡得舒服般地輕輕地挪動您的手臂，排了排您散在額前的頭髮，在室外走道從門上毛玻璃透進室內的微弱燈光下，一間日式大通鋪裡，我跪坐在榻榻米上，凝視著您恬靜的睡臉、壯碩的身軀。

一個多麼誘人的景象，多少日子期盼的機會，能夠如此肆無忌憚地瀏覽您，將您的每一個線條，刻記在腦海裡，或許今生今世再也沒這個機會。想到調查局賦予的任務，想到您永遠不會認識真正的我，我不知道自己還能撐到什麼時候？如果要留在您的身邊，就必須繼續扮演角色，但是這樣我永遠無法釋放自己，只能做一個默默在旁暗戀您的女子，在黨外永遠無法實現我的人生志業。

想著想著我緩緩地躺在您的身邊，一隻手臂枕著頭側躺著面向您。想像著和您是夫妻的話，該就是這麼欣賞您吧！伸出手指輕插著您的指尖，渾身不禁微顫了一下，眼光移到您那特有的嘴唇，如此地誘人，想到剛才用紙巾給您擦拭時，您那麼聽話地任由我擺弄，不知道醉眼矇矓中，您如何看我，可把我當作家中親愛的妻子？四周昏暗寂靜，若非眾人呼吸聲，我真要以為美夢成真，我們終是人間夫妻。

空氣中絲絲酒氣，讓我更加沉醉，恍惚之間，即使我不捨閉上眼，仍然恍入夢鄉。不知過了多久，夢中一隻溫柔的手掌觸及我的左肩背，我被一個偉岸的男子接在懷中，睜開眼，不知何時我已經頭枕著雙臂趴著睡著了。而讓我醒轉的是您的撫摸，我不敢動，恐怕是在夢中，一動就要驚醒。而您或許在黑暗中，以為身畔躺的是愛妻，唷！好想好想回頭趁您沒有看清是誰前，狠狠地吻住那誘人的雙唇，盡情地吸吮我渴望的青睞。

老天！拒絕擺在眼前的美食，而且是暗自期盼多少日夜的美食，是對自己多麼殘忍的做法啊！當時的我只能緊咬著下唇，告訴自己：「別回頭，此刻他不知道自己在做什麼，別說他有家有室，真有未來，妳如何跟調查局的副總交代？何況妳又如何跟他交代妳的身分？」當您的手停在腰部，彷彿等待我的答覆時，一秒如一年，如果您的感情克服理智，把我的身子扳過去的話，我想我們的人生就可能改觀。

就在我處於天人交戰的時刻，您輕拍了一下我的腰，彷彿理解一切，感覺到您縮回手緩緩地坐起身，凝視了片刻我的背影，然後輕悄悄地起身拉開門。永遠忘不了走道燈光下您高大的身影和在身後帶上的門，眼淚流到嘴角，我知道該是告別的時刻。

我將永遠不知道您那一刻的想法，即使我多麼地好奇，以您的個性，除非有一天老天讓我們再把酒話舊，而我的酒量又勝過您時，或許才能從您口中套出來。

唷！如果您只把我視作一般愛慕才子的女人，那就是輕看了您自己，您未必是上材，也不盡然是人中龍，但是，您自有那靈傑之氣深深觸動了我的心，我還是不相信曾經跟您坐在安卡拉的一家餐廳過，那一晚您的神情怎麼還是那麼讓我心顫，我萬萬沒想到您的愛妻已逝，可您眼神中的恍惚、神態的踟躕，讓我與起探究之心，也自此拉開了我中年的回歸故鄉之旅。

我想大半時候，男看女或女看男，看到的是自己，我把您當作自己般，寫給您的那些信說穿了是寫給自己，我愛的您，其實也是映射在您身上的我，所以我才會一直掙脫不出來，我看的書不多，知道的理論更少，一切是在生活中摸索，大半時候是不求甚解地在過日子，一晃就二十多年。

還記得結婚那天早上，突然想剪幾個雙喜字，找了張紅紙隨手寫了雙喜就剪起來，可是亂七八糟沒剪成，一時間百感交集，沒有親人在旁不說，竟連個雙喜字也沒，不禁就哭了起來，凱見狀，趕忙招呼小姑帶我去美容院化妝，答應我他會給我剪出幾個我想要的那種方方正正的雙喜，果然當我看到禮車玻璃上像買的雙喜字時，我明白我紊亂的心竟找對了港口。

可真正把您深埋心中，是在曉梅出生的那天，一九八三年五月二十四日的清晨。看著她有力的小手小腳，不安分地掙脫包裹她的小棉被時，我想我該把心力放在這個小人兒身上了。

好了！這下原本說我是為愛走天涯的人，要大呼上當了，先別罵我，我可沒盜名欺世，從來沒說過我是愛凱而追到土耳其來的，那是大家想當然爾。這愛啊！實在是說不清楚的，不說那「恩愛夫妻」嘛！不就是有恩也有愛，愛來愛去愛出恩來，也可能恩來恩去恩出愛來。不管怎樣，最重要的是待人誠實，這點凱最瞭解我，我是能夠說謊不打草稿的，可是生平就是不愛說謊，尤其是對我看重的人。

注釋

1 編注：康寧祥（一九三八～），臺北萬華人，省立法商學院畢業，退伍後在加油站工作七年，一九六九年當選臺北市議員，一九七二年當選立委，之後擔任多屆立委，也擔任過國民大會代表、監察委員，政黨輪替後，擔任過國防部副部長、國安會祕書長、總統府資政等。在從政生涯中，也創辦《臺灣政論》、《八十年代》、《暖流》、《亞洲人》、《首都早報》等重要媒體。

2 編注：作者文中所言的總編，為江春男（一九四四～），筆名司馬文武。臺中豐原人，東海大學政治系、政大政治研究所畢業，曾為《中國時報》政治與外交記者，後至黨外雜誌《八十年代》任總編輯，一九八七年與周天瑞、南方朔、王健壯等共同創辦《新新聞》雜誌，一九八九年也參與《首都早報》創辦，一九九九年則參與創辦英文報紙《臺北時報》（*Taipei Times*）。政黨輪替後擔任過國安會副祕書長，之後返回報界撰寫政治評論，現為文化總會副會長。

編輯說明與誌謝

如果白色恐怖文學計畫是一棵樹，小說選是其上的花果，散文選則必須潛進地下莖脈，看它們如何攀附與竄生。這個地下莖纏繞著綠島、馬祖與澎湖，延伸進香港、東南亞，甚至日本、美國。展現白色恐怖的時空跨度，就是這次選集最大的困難，為了不放棄任何能重現這些地下莖的作品，兩位主編以海選的精神，拚命閱讀從八〇年代尾聲後逐漸出土的記述作品。

因著時空跨度，使我們聯繫上在馬來西亞的郭于珂，與在美國的唐培禮牧師的太太Connie Thornberry，以及《撲火飛蛾》英文版的出版社Sunbury Press。我們也有機會親炙年長親歷者的簽字，當看到胡子丹、顏世鴻、高金郎、吳俊宏、鄭新民、季季落在合約上的筆跡，彷彿時光正迎面而來。更要謝謝每個作者與他們的家人，以及人間、山海文化、木馬、允晨、玉山社、印刻、洪範、前衛、啟動、唐山、遠流、臺灣商務、臺灣遊藝、吳三連臺灣史料基金會、臺灣民間真相與和解促進會、新竹市文化局、國立臺灣文學館、國史館等出版社與單位的協助。

散文選的另一困難是處處與歷史的近身肉搏。每一條地下莖的分支都有自己的視野與局限，站在後繼的研究與檔案來看，可以補充、修訂什麼？特別感謝林傳凱、林易澄與吳俊瑩三位研究者，慷慨地為每一篇作品提供目前所知的事實。

最後，由於四十七篇作品來自不同的出版社與出版年代，此次選集的編輯原則如下：

一、保留原作品的分章分節方式，但部分作品有經過跳刪，因此分節重編，此外，有部分作品因字數問題大幅濃縮，在此要謝謝蔡烈光、高麗娟與葉怡君三位女士的不吝同意。二、保留原注。由於蠻多作品是研究者或文史工作者撰寫或訪問，因此原本就有注解，這些都予以保留。三、校訂原則。為降低閱讀上的混亂感，仍會以春山出版的統一字為主，如臺、拚、汙、愈來愈等的使用，但如出現次數不多或不涉及對錯，則以作者用法為主，如儘量、盡量，放風、放封，艱苦、堅苦等。這次副詞地、的用法較為混亂，因此大多數作品會以春山出版慣用方式編修。四、事實查核。盡量查證作品提到的人名與細節，並與作者或出版社討論是否直接修訂或加注解。

這五卷盡是充滿烈火餘燼的痛，然而在閱讀之後，我卻感覺得到了祝福，如同更多年前受難的詩人策蘭曾寫的〈煉金術〉一詩：

所有的名字，所有這些
一起燃燒
的名字。如此多的
灰燼被祝福。如此多的
土地贏回在
輕之上，如此輕的
靈魂的
戒指。

原來灰燼不是毀壞，是要贏回這個土地。

莊瑞琳／春山出版總編輯

靈魂與灰燼：臺灣白色恐怖散文選

作品清單

卷一 雪的重述・萌 Resurrection

陳列 藏身
楊逵 園丁日記、種了七棵榕樹
葉石濤 一個臺灣老朽作家的五〇年代〔節選〕
柏楊口述 柏楊回憶錄〔節選〕
陳政子口述 陳政子訪問紀錄
伐依絲・牟固那那 光明乍現、反共大陸的童年
張光直 蕃薯人的故事〔節選〕
鄭新 十七歲：火燒島最年輕的政治犯〔節選〕
楊牧 愛美與反抗
莫那能口述 被射倒的紅蕃

卷二 地下燃燒 The Underground

藍博洲 白色恐怖的掘墓人
林書揚 曾文溪畔的鬥魂——莊孟侯與莊孟倫
黃素貞 我和老蕭的抗戰和地下黨歲月
陳明忠口述 無悔——陳明忠回憶錄〔節選〕
吳聲潤 二二八之後 祖國在哪裡？〔節選〕
陳英泰 回憶：見證白色恐怖〔節選〕
林易澄 他一定是一個很好很好的人
葉怡君 白堊記憶：一群五〇年代「老同學」戰鬥的故事

卷三 她的花並不沉重 Her Flower Is Not Heavy

季季 行走的樹〔節選〕
唐香燕 一九七九，動盪美麗島：側記唐文標
唐香燕 心內彈琵琶——回憶蘇慶黎和蘇媽媽蕭不纏
陳勤口述 天空在屋頂的那一端
藍博洲 歐巴桑
蔡烈光 陳年往事話朱家〔節選〕
吳俊宏 永不開花的枯葦

卷四 原地流變 Becoming

蔡德本 蕃薯仔哀歌〔節選〕
施儒昌口述 施儒昌訪問紀錄
顏世鴻 青島東路三號〔節選〕
林傳凱 流血的身體、寂寞的枯骨
吳易叡 乾杯！白鴿——敬高菊花與無法公共的記憶
謝聰敏 白崇禧與賴阿統
廖建華 詹益樺：那一天，阿撒普露
謝聰敏 談景美軍法看守所〔節選〕
李世傑 調查局黑牢三四五天〔節選〕
高麗娟 從覺民到覺醒——開花的猶大〔節選〕

卷五 失落的故鄉 The Flying Hometown

劉宏文 失去聲音的人
呂培苓 一甲子的未亡人〔節選〕
胡子丹 跨世紀的糾葛〔節選〕
周志文 曹興城的故事
杜晉軒 流離尋岸的鄔來
郭于珂 生哥
鄭鴻生 荒島遺事〔節選〕
陳榮顯 一部紀錄片的完成
彭明敏 逃亡〔節選〕
唐培禮 撲火飛蛾〔節選〕
謝聰敏口述 臺灣自救宣言：謝聰敏先生訪談錄〔節選〕
高金郎 泰源風雲〔節選〕

臺灣白色恐怖散文選　大事記

製表　陳文琳・莊瑞琳・夏君佩

年分	重要作品	歷史、人物事件	文學、文化事件
一八九五		甲午戰爭結束，日清簽署《馬關條約》，臺灣、澎湖成為日本殖民地。	
一八九八			五月四日，《臺灣日日新報》發行，兼發《府報》、《臺北州報》與《新竹州報》，一九四四年併入《臺灣新報》才廢除。
一九〇五			七月，《漢文臺灣日日新報》發行，占六個版面；一九一一年恢復日文版加兩頁漢文版；一九三七年全面廢除。
一九〇九			東洋協會臺灣支部在臺創辦《臺灣時報》，一九一九年七月，改由臺灣總督府發行。
一九二〇		一月十一日，臺灣留日學生蔡惠如等在東京成立新民會。	七月十六日，新民會在東京發行《臺灣青年》雜誌。
一九二一		一月三十日，第一次臺灣議會設置請願運動，請願運動至一九三四年才終止。 十月十七日，臺灣文化協會成立。	
一九二三		十二月十六日，總督府因不滿蔣渭水等人在東京申請成立臺灣議會期成同盟會，大舉逮捕，稱為治警事件，蔣渭水等十八人	四月十五日，《臺灣青年》雜誌另外在東京創立《臺灣民報》，主

		被起訴。	編林呈祿。《臺灣民報》於一九二七年移回臺灣，後改為《臺灣新民報》。
一九二六		九月，臺灣農民組合在鳳山成立，簡吉出任中央委員長。 十二月，日本人小澤一等人成立臺灣黑色青年聯盟，成員有王詩琅、王萬得、周合源、黃天海等。	
一九二七		一月三日，臺灣文化協會在臺中召開臨時總會，左派連溫卿等人取得主導權，文協左右分裂。 二月一日起，臺灣黑色青年聯盟遭檢舉逮捕，小澤一、王詩琅等四十四人被捕。	
一九二八		四月十五日，日本共產黨臺灣民族支部在上海成立，出席者有謝雪紅、潘欽信、林木順等人。	五月，（新）文化協會於東京創刊《臺灣大眾時報》，編輯主任王敏川。
一九三〇		十月，發生第一次霧社事件。	六月二十一日，王萬得等創辦左傾《伍人報》，蔡烈光父親蔡德音亦有參與。 七月，無政府主義者林斐芳、陳崁等成立《明日》雜誌社。
一九三一		三月二十四日，臺共陳德興被捕，日警展開大緝捕，謝雪紅、蘇新、王萬得等黨員都遭捕入獄，臺共發展重挫。 四月，發生第二次霧社事件。	
一九三三			十月二十五日，廖漢臣、王詩琅成立臺灣文藝協會，隔年發行雜

			誌《先發部隊》，第一期後改名為《第一線》，都只發行一期。
一九三四			五月六日，張深切等人成立臺灣文藝聯盟，當年十一月創刊《臺灣文藝》。一九三六年八月停刊。
一九三五		十一月二十二日，臺灣史上第一次地方自治選舉：臺灣市會及街庄協議會員選舉。	十二月二十八日，脫離臺灣文藝聯盟的楊逵另創辦《臺灣新文學》。一九三七年六月停刊。
一九三七		七月七日，盧溝橋事件引發中日戰爭。 八月十五日，臺灣軍司令官宣布進入戰時體制。	《臺灣日日新報》、《臺灣新聞》、《臺南新報》停止漢文版。《臺灣新民報》漢文版縮減一半，六月一日全部廢止。
一九三九			十二月四日，西川滿等成立臺灣文藝家協會，隔年發行《文藝臺灣》雜誌，西川滿為主編。一九四四年一月停刊。
一九四〇		二月十一日，臺灣總督府修訂戶口規則，鼓勵臺灣人民改從日本姓名。	
一九四四		十月至隔年八月，美軍對臺灣進行大轟炸。	三月，臺灣總督府下令合併臺灣六家主要報紙為《臺灣新報》。
一九四五		五月三十一日，美軍大規模轟炸臺北，是為「臺北大空襲」。 八月十五日二戰結束。國民政府接收臺灣，九月一日成立臺灣省行政長官公署。 十一月一日行政長官公署與警備總司令部共同組織臺灣省接收	九月，《一陽周報》創刊（一九四五年九月至十一月），楊逵為主編。 十月，臺灣行政長官公署將接收而來的《臺灣新報》更名為《臺

		委員會，全面展開日產之接收與處理工作。	灣新生報》。 十月，《民報》創刊（一九四五年十月至一九四七年二月），林茂生創辦。 十一月，《政經報》創刊（一九四五年十一月至一九四七年二月），陳逸松為主編。 十一月，《新新月刊》（一九四五年十一月至一九四七年一月），黃金穗為主編。
一九四六		夏天中共建立「臺灣省工作委員會」，中共地下黨在臺灣進行反國民黨的地下鬥爭。蔡孝乾、張志忠為重要幹部。	一月，《人民導報》創刊（一九四六年一月至一九四七年二月），由王添灯主辦。 二月二十日，《中華日報》創刊。龍瑛宗擔任日文版文藝欄主編，直至十月二十五日行政長官公署正式宣布廢除報紙日文版文藝欄（二月至十月）。 七月，《臺灣評論》創刊（一九四六年七月至十月），李純青編。 九月，《臺灣文化》創刊（一九四六年九月至一九四七年二月），蘇新主編。

一九四七	一月一日，臺灣行政長官公署公布《臺灣省公有耕地放租辦法》。 二二八事件爆發。 三月二日，謝雪紅在臺中號召民眾，攻占臺中警局與公賣局臺中分局。後成立著名的「二七部隊」，與國民黨軍對抗，十二日退守至埔里，預備在山裡進行游擊戰，但未成功。謝雪紅於五月輾轉至香港再到中國，終生未再返臺。 二二八事件後，蘇新避走上海後赴香港，從此與妻女蕭不纏、蘇慶黎分離。二二八事件也讓不同路線的臺灣人匯聚香港，謝雪紅等組臺灣民主自治同盟。隔年二月二十八日廖文毅等組「臺灣再解放聯盟」。	八月，《臺灣新生報》增闢「橋副刊」，由歌雷主編。發刊於一九四七年八月一日至一九四九年四月十一日為止，總共出刊了二二三期。 十月，《自立晚報》創刊，最初由大陸報人顧培根、首任發行人周莊伯等人創辦。
一九四八	五月十日，《動員戡亂時期臨時條款》公布實施。	八月，《臺灣文學叢刊》創刊，楊逵主編。
一九四九	四月一日，國共雙方在北京進行和談，南京一共十一所專科學校包括中央大學、金陵大學、政治大學與戲劇專科學校等，超過五千人向代總統李宗仁請願，當時南京已為戒嚴狀態，學生遊行至光華門，與國防部軍官收容總隊產生衝突，雙方互毆，有學生被毆打送醫不治，是為「四一慘案」。 臺灣發生「四六事件」，起因於三月十九日臺大與師院兩學生單車雙載遭第四分局（今大安分局）警察取締，後引發三月下旬一連串學生罷課事件。臺灣省主席兼警備總司令陳誠受令壓制學生運動，於四月六日凌晨逮捕臺大、省立師範學院（今臺灣師範大學）學生三百多位，其中遭起訴的一共十九位。其後又以各種罪名「二度逮捕」事件當時未被起訴的學生。	四月十一日，《臺灣新生報》「橋」副刊因「四六事件」，主編歌雷與多位執筆作家如楊逵遭到逮捕，「橋」副刊被迫停刊。 十一月，胡適創刊《自由中國》，後由雷震主持。 「商務臺灣分館」正式更名「臺灣商務印書館」，開始獨立經營。一九六四年，推派王雲五出任董事長，現今董事長為其長孫王春申。

	四月六日，楊逵（1906-1985）因起草〈和平宣言〉被捕，判刑十二年。 四月六日，張光直（1931-2001）遭捕，隔年三月十二日被釋放。 五月十九日，由臺灣省主席兼警備總司令陳誠頒布戒嚴令，於隔日開始實施，臺灣進入長達三十八年的戒嚴時期。 五月二十四日，《懲治叛亂條例》公布，六月二十一日施行。 七月十三日，澎湖發生「山東流亡學校煙台聯合中學匪諜案」，又稱澎湖七一三事件。王培五（1910-2014）其夫張敏之（1907-1949）為校長，以匪諜罪名遭槍決。 八月，中共地下黨因「光明報事件」曝光，情治機關開始追緝地下黨員，開啟五〇年代初期白色恐怖。後來殘餘勢力分別轉進鹿窟與桃竹苗山區，一九五三年才覆亡。 十二月三日，胡子丹（1929-）為永昌艦電訊上士，被疑為叛徒蒐集軍事祕密遭逮捕，判刑十年。胡子丹並非個案，海軍白恐案件牽連人數共一一九六人。 十二月七日，國民政府遷往臺北。 十二月三十一日，張志忠（1910-1954）遭捕，隔年十一月十八日妻子季澐先遭槍決，張志忠至一九五四年三月十六日遭槍決。
一九五〇	一月二十九日，蔡孝乾於泉州街被捕，乘隙脫逃。四月二十七日於嘉義竹崎再被捕，國民黨策動自新。 二月，余紀忠創辦《中國時報》，原為《徵信新聞》，於一九五五

四月二十五日，簡吉（1903-1951）被捕，隔年三月七日遭槍決，得年四十八歲。

五月二日，郭琇琮（1918-1950）因「臺北市工作委員會郭琇琮等案」與其妻林雪嬌在嘉義被捕。郭琇琮於十一月二十八日於馬場町被槍決。得年三十三歲。

五月十三日，陳勤（1922-2017）因與郭琇琮之妻林雪嬌往來遭牽連，判刑五年，被捕時已懷孕，曾帶著大女兒在獄中生活達一年半，後被送至綠島新生訓導處，一九五五年十一月二十九日自生教所出獄。繫獄五年六個月又十六天。

五月三十一日，林書揚（1926-2012）因「省工委麻豆支部案」被捕，判無期徒刑，一九八四年十一月十七日假釋，繫獄長達三十四年七個月，是臺灣坐牢最久的政治犯之一。

六月二十一日，顏世鴻（1927-）因「臺灣省工作委員會學生委員案」在臺大宿舍被捕，判刑十二年。曾至綠島服刑，於一九六四年一月二十一日從小琉球出獄。

六月十三日，《戡亂時期檢肅匪諜條例》公布施行。

六月二十五日，韓戰爆發，美軍介入臺海。在馬祖的海保部隊擴編為福建人民反共突擊軍，以西莒島為據點，與美國西方公司合作，從事游擊、情報等工作。

七月，陳明忠（1929-2019）被捕，判刑十年。一九七六年遭控陰謀叛亂二度入獄，經海外學人與國際組織援救，判刑十五年，一九八七年三月以保外就醫名義出獄。

年創刊「人間副刊」，一九六一年更名《徵信新聞報》，一九六八年九月一日正式更名為《中國時報》。

九月五日，《民眾日報》由李瑞標於基隆創立，後由李哲朗擔任董事長，於一九七八年將報社遷往高雄。與《臺灣時報》、《臺灣新聞報》並稱「南臺灣三大報」。

（續前頁）	一九五一
九月初，朱點人（1903-1951）因二二八事件逐步左傾，加入共黨遭捕，隔年一月二十日槍決。 十月二十三日，陳英泰（1928-2010）因加入省工委組織，於銀行被捕，判刑十二年，一九六二年十月二十三日假釋。 十二月四日，少女時期就參加左翼運動的許月里（1912-2008）因與簡吉往來遭捕，判刑十二年。當時懷有身孕，保外生產後，女兒於獄中生活六年才離開，許月里則於一九六三年出獄。 十二月三十一日，吳聲潤（1924-）因與好友傅慶華加入地下組織，協助製作手榴彈，一九五〇年十月開始逃亡，年底被捕，判刑十二年。	一九五一年至一九六五年，臺灣進入「美援時代」。 五月十七日，第一批政治犯被押至火燒島，警備總部「新生訓導處」在火燒島成立。 五月二十日，郭慶（1921-1952）因「省工委虎尾斗六區委會莿桐支部案」被捕，隔年四月一日遭槍決，得年三十一歲。 六月初，高草（1926-1952）因參與地下黨被捕，隔年二月二日槍決。 六月七日，國民黨政府公布施行《耕地三七五減租條例》。 九月二十日，葉石濤（1925-2008）被保密局逮捕，後遭判「知匪不報」處有期徒刑五年，被關三年後減刑出獄。
	九月十六日，由王惕吾創立《聯合報》。一九五三年十一月由林海音接任《聯合報》副刊主編。

一九五二

施儒珍（1916-1970）逃亡兩年後歸返海山里老家，從這一年起，由弟弟施儒昌（1932-）關一狹窄空間，自四十八年至死。

一月，鄭新民（1934-）就讀臺中高工時因「左傾思想」被捕，八月送至綠島進行思想改造，一九五五年二月出獄。

一月三日，陳孟和（1930-2017）遭控參與臺灣省工作委員會學術研究會組織遭捕，判刑十五年，此為二度入獄，一九六七年一月二日從綠島出獄。以其美術才能，協助新生訓導處模型製作與園區重建。

四月二十五日、二十六日，蕭道應（1916-2002）與黃素貞（1917-2005）夫婦於三義陸續被捕，並於同年自新。

九月九日，高一生（1908-1954）、湯守仁、杜孝生、汪清山、武義德等人被以召開山地保安會議名義下山，隨即被捕，整個家族與部落籠罩在白色恐怖的陰影中。高一生、湯守仁、林瑞昌、汪清山、高澤照、武義德於一九五四年四月十七日槍決。高一生女兒高菊花（1932-2016）於父親死後，扛起家計，五〇年代始以派娜娜為藝名走唱。

十月十七日，劉耀廷（1925-1954）因「省工委臺北市工人工委會大安印刷廠支部案」遭捕，一九五四年一月二十九日槍決，得年二十九歲。身後留下一對雙胞胎女兒美虹美蜺與妻子施月霞。

十二月二十八日深夜，軍警包圍鹿窟，時間前後長達四個月，牽連近千人，遭起訴判決有罪者一三五人，其中四十一人被判處死刑。「鹿窟事件」是一九五〇年代最大的政治事件。

		陳政子（1940-），鹿窟事件受難者陳啟旺之女、陳田其之妹。一九五二年底鹿窟事件時遭刑求、軟禁，姊姊陳銀遭羈押數年後獲釋，父兄皆遭槍決，陳氏家族受牽連甚多。	
一九五三		一月二十六日，國民黨政府公布施行《實施耕者有其田條例》。 七月，閩江口附近的西洋島與四霜、浮鷹、岱山等島遭共軍進駐奪回。 十二月二十七日，據家人陳情，「美記貿易行」總經理賴阿統遭逮捕，一九六一年一月二十四日才從臺灣警備〔總〕司令部職業訓導第三總隊開釋，離奇失蹤七年多。	
一九五四		十月二日，蔡德本（1925-2015）在朴子家中遭捕，蔡德本曾因公費赴美留學一年，回國後才一個月旋即被捕，冤獄十三個月才被釋放。	三月，《幼獅文藝》創刊，由馮放民、鄧綏甯、瘂弦與朱橋等人所拓展。
一九五六		二月二十八日，廖文毅在東京成立臺灣共和國臨時政府。 六月二十三日，《金門馬祖地區戰地政務實驗辦法》公布實施，離島的金門與馬祖，建立「以軍領政」的生活型態。過往與中國地區緊密的生活交流被迫中斷，許多民眾往日的漁獲買賣、家族探訪，更被冠上「為匪工作」、「為匪宣傳」等罪名。戰地政務一直到一九九二年十一月七日才終止。	
一九五七		三月二十日深夜十一點，於陽明山「革命實踐研究院」擔任職員的劉自然，在駐臺美軍上士雷諾（R. G. Reynolds）住宅前，遭雷諾開槍斃命。五月二十三日，負責審理此案的美國軍事法庭卻以「殺人罪嫌證據不足」為由，宣判雷諾無罪釋放，二十四日引發臺灣民眾大規模反美暴力衝突，是為「劉自然事件」，又為「五二四事件」。	《文星》雜誌創刊，葉明勛擔任發行人，蕭孟能為社長，至一九六五年遭勒令停刊，共計發行九十八期。

		八月三十一日，馬來亞發布《馬來亞獨立宣言》，正式脫離英國殖民獨立。一九六三年七月八日，與新加坡、沙巴、砂勞越簽署《馬來西亞協定》，馬來西亞聯邦於九月十六日成立。一九六五年新加坡脫離馬來西亞。	
一九五八		八月二十三日，共軍炮擊金門。	
一九六〇		六月，警備總部以涉嫌叛亂，逮捕雷震等人，是為「雷震案」。	二月二十八日，王育德在東京成立臺灣青年社，發行《臺灣青年》雜誌。 九月，《自由中國》被勒令停刊。
一九六二	二月二十二日，楊逵〈園丁日記〉首次發表於《聯合報》。	七月，馬來西亞華人鄔來（1936-）從中國返回馬來西亞探親，途經澳門遭國民黨特務誘騙來臺，後以「意圖非法顛覆政府而著手實行」遭判刑十四年，一九七七年出獄。	
一九六三		高金郎（1940-）任澧江軍艦補給兵時，被控以謀劫艦叛逃投匪，判刑十五年，送往泰源監獄。一九七〇年因泰源事件，之後移送綠島感訓監獄，一九七五年因蔣介石過世特赦獲減刑，同年七月十四日出獄，繫獄超過十二年。	
一九六四		六月二十日，發生「神岡空難」，機上五十七人皆喪生，包括二十名美國人（美國政府與駐臺人員）、香港「電懋影業公司」陸運濤夫婦等多位重要影人罹難。 九月二十日，謝聰敏（1934-2019）與彭明敏（1923-）、魏廷朝（1935-1999）撰寫《臺灣人民自救運動宣言》被捕，謝聰敏判刑十年，彭明敏、魏廷朝各八年。彭明敏隔年遭特赦出獄。謝聰敏後獲減刑，一九六九年出獄。魏廷朝後亦獲減刑，一九六八年出獄。	四月，吳濁流獨資創刊《臺灣文藝》。
一九六五		五月十四日，因親人被判死刑，廖文毅（1910-1986）接受條件返臺，被國民黨認為是「反正來歸」。	十二月，《文星》雜誌遭勒令停刊。

一九六六		二月九日，李世傑（1918-1990）遭控匪諜逮捕，時任調查局第一處副處長，判處死刑兩次，後改為無期徒刑，同案被告有姚勇來等。一九八六年出獄。	十月，《文學季刊》創刊，發行人尉素秋，主編尉天驄。
一九六七			國際翻譯社成立，兼營出版，創辦人胡子丹。
一九六八		一月，柏楊（1920-2008），因在《中華日報》翻譯《大力水手》漫畫，被認為暗諷蔣氏父子，三月四日遭捕，判刑十二年，一九七二年解送至綠島，一九七五年因蔣介石過世減刑為八年，一九七六年刑期結束繼續被軟禁在綠島，至一九七七年四月一日才被釋放，共遭監禁九年又二十六天。 七月，發生「民主臺灣聯盟案」。係陳映真等人與日本實習外交官淺井基文，組左翼書刊讀書會遭檢舉，警總於五至六月間先後逮捕陳映真、吳耀忠、李作成、陳述孔（判入獄十年）、陳映和（八年）、丘延亮與林華洲（判六年）等三十六人，後釋放二十二人。一九七五年七月，陳映真、吳耀忠、李作成等人獲減刑，提早出獄。 臺灣警備總司令軍法處及國防部軍法局的所屬單位和看守所遷入軍法學校舊址，通稱「景美軍法看守所」，為現今「白色恐怖景美紀念園區」的前身。	一月，《大學雜誌》創刊，創辦者為張俊宏、陳鼓應。
一九七〇		一月三日，彭明敏在美籍傳教士唐培禮（Milo-L. Thornberry, 1937-2017）、日本臺獨聯盟宗像隆幸等人的協助下脫逃成功，經香港轉往瑞典尋求政治庇護。 二月八日，發生「泰源監獄事件」，政治犯江炳興（1939-1970）、鄭金河（1938-1970）、陳良（1938-1970）、詹天增（1938-1970）、謝東榮（1943-1970）與鄭正成（1938-）六人密謀占	

領監獄，且計劃占領臺東電臺，宣布臺灣獨立，失敗逃亡後陸續被捕。除鄭正成外，其餘五人於五月三十日槍決。

四月二十四日，發生刺蔣案。行政院副院長蔣經國訪美時，在紐約廣場飯店遭黃文雄開槍，黃文雄（1937-）與鄭自才（1936-）遭捕，兩人獲保釋後均棄保潛逃，鄭自才之後仍服刑二十二個月。黃文雄則逃亡達二十六年。

十月十二日，臺南美國新聞處閱覽室外發生爆炸案，造成兩名學生、一名工友與空軍少尉受傷。

一九七一

一月，陳列（1946-）因任教時曾有反攻無望言論遭判刑七年，後因蔣介石過世獲減刑，於一九七五年出獄，繫獄四年八個月。

二月五日，美國商業銀行臺北分行發生爆炸案，造成十五人輕重傷，一、二樓門窗毀損。

二月二十三日，謝聰敏、魏廷朝被認為涉及兩起爆炸案遭捕。謝聰敏遭判十五年，後減刑為六年六個月，一九七七年出獄。魏廷朝遭判十二年，後減刑為五年八個月，一九七六年出獄。

三月二日，唐培禮與前妻唐秋詩（Judith Thomas）遭約談，四十八小時內遭驅逐出境。

三月三日，馬來西亞僑生陳欽生（1948-）被認為涉臺南美新處爆炸案遭捕，當時為成功大學化工系學生。後又指控他受馬來西亞共產黨梁漢珊指派來臺，遭判刑十二年，一九八三年出獄。

七月九日，時任美國總統安全事務助理季辛吉前往巴基斯坦

八月二十五日，《臺灣時報》創立，吳基福為首任董事長，夏曉華為首任發行人。總社位於高雄。

		後，祕密轉訪中國。 十月二十六日，總統蔣介石宣布臺灣退出聯合國。 釣魚臺問題引發留美學生抗議示威，是為「保釣運動」。	
一九七二		國防部在火燒島興建的高牆式監獄「綠洲山莊」落成，將泰源監獄與各軍事監獄的政治犯集中關押至「綠洲山莊」。 二月二十三日，吳俊宏（1948-）因涉成大共產黨案被捕，判刑十五年，後獲減刑，一九八二年出獄。其妻陳美虹（1954-1992）的父親為政治受難者劉耀廷。 十二月起至一九七五年六月間，臺灣大學哲學系教師陳鼓應、趙天儀、王曉波、楊斐華、胡基峻、李日章、陳明玉、梁振生、黃天成、郭實瑜、鍾友聯、黃慶明等人，因被冠上「為匪宣傳」、「赤色分子」之名，陸續遭解聘，臺大哲學系停止招生一年，是為「臺大哲學系事件」。一九九七年獲平反。	三月二十八日，臺灣獨立建國聯盟創辦《臺獨月刊》。
一九七三		十一月，行政院長蔣經國提出未來五年要進行九大建設，後改稱十大建設。	
一九七四			三月，沈登恩等人創立遠景出版社。 五月四日，聯經出版社成立，創辦人王惕吾。
一九七五		蔣介石過世。公布罪犯減刑條例，部分政治犯因此獲減刑。	一月，時報出版成立，創辦人余紀忠。

			八月，《臺灣政論》被勒令永久停刊，發行人為黃信介，共發行五期，十二月停刊。 九月，遠流出版社成立，創辦人王榮文。
一九七六			二月二十八日，《夏潮》雜誌創刊，鄭新民為社長。同年七月第四期由蘇慶黎接任總編輯。 八月，洪範出版社創立，發行人為葉步榮。為臺灣「五小」出版社之一（其他四小為：九歌、純文學、大地與爾雅）。
一九七七		十一月十九日，爆發「中壢事件」。國民黨於桃園縣長選舉中作票，引發群眾不滿，包圍桃園縣警察局中壢分局，造成警民衝突。抗議後，重新驗票，許信良以高票當選桃園縣縣長。	
一九七八		八月，前高雄縣長余登發與其子余瑞言涉嫌匪諜案被捕，黨外人士抨擊政府的逮捕行動是為了阻止黨外運動進行全國性串聯。 十二月十六日，美國宣布與中國建交，與臺灣斷交，並廢止《中美共同防禦條約》，於一九八〇年一月一日起生效。美國改通過《臺灣關係法》，一九七九年一月一日生效。	書林出版有限公司創立，發行人為蘇正隆。
一九七九		一月二十二日，黨外運動領袖許信良、黃信介等人在余登發的故鄉橋頭發動抗議遊行，要求釋放余登發父子，是為「橋頭事件」。余登發父子在事後被釋放，而時任桃園縣長許信良遭休職兩年處分。	二月，《夏潮》被臺灣警備總司令勒令停刊，共發行三十五期。部分成員蘇慶黎、陳鼓應、王拓和黃順興等人，轉而投入《美麗

		十二月十日，國際人權日，當天美麗島雜誌社成員在高雄市組織群眾進行遊行與演講，遭不明人士挑釁，鎮暴部隊繼之與群眾爆發衝突，是為「美麗島事件」。 十二月十三日起，林義雄、林弘宣、呂秀蓮、施明德、黃信介、姚嘉文、陳菊、張俊宏、蘇秋鎮、紀萬生、魏廷朝等人因美麗島事件而陸續遭逮捕。	島》雜誌。 七月，許信良應黃信介之聘擔任美麗島雜誌社社長，呂秀蓮擔任副社長，張俊宏任總編輯，陳忠信為主編，八月《美麗島》雜誌創刊，同年十二月被勒令永久停刊。
一九八〇	謝聰敏自一九八〇年起，以筆名梁山於美國《美麗島週報》撰寫「談景美軍法看守所」專欄。一九八三年成書在美國出版。	二月二十八日，發生林宅血案，林義雄母親遭殺害，他的女兒兩死一重傷。 三月十八日起，美麗島案件開始進行九天的軍事審訊，被稱為「美麗島大審」。	四月，《自由時報》創立，原名《自由日報》。原為吳阿明所創，後轉予林榮三。其前身為一九四六年《臺東導報》，歷經多次轉手與更名，一九六一年《臺東新報》至《遠東日報》；一九七八年《自強日報》；一九八七年正式更名《自由時報》。
一九八一		七月二日，旅美學人陳文成因金援美麗島雜誌社遭警備總部約談，隔日陳文成陳屍臺大校園。	四月，李敖申請《千秋評論》雜誌執照，雖因入獄被撤銷，但仍在禁書的夾縫中生存。
一九八二		臺大的大新、大論、大陸和法言等學生社團開始推動代聯會主席進行普選，引發後續一連串爭取言論自由的運動，持續抗爭與爭取普選至一九八八年。	一月，《文學界》創刊，由葉石濤為首的南臺灣藝文界人士所創辦。 四月，文經出版社成立，負責人李光祥。 九月，前衛出版社成立，負責人林文欽。

			唐山出版社成立，社長陳隆昊。 吳東昇創立允晨文化。
一九八三			七月，《文訊》創刊。
一九八四		十月十五日，華裔美籍作家劉宜良（筆名江南）在舊金山遭槍殺，凶手是中華民國國防部情報局利用的黑道分子陳啟禮、吳敦與董桂森，美國聯邦調查局對此案展開調查，是為「江南案」。 十二月，莫那能與胡德夫等人成立臺灣原住民權利促進會，向國民黨政府提出「正名」要求，此後展開長達十一年的原住民正名請願運動，內容包含修改「山地同胞」的稱呼，也要求回復部落傳統姓名使用以及恢復地方命名等。	三月十二日，《自由時代》創刊，總編輯為鄭南榕。 十一月，《聯合文學》創刊。 臺灣遊藝設計公司成立，負責人曹欽榮。
一九八五			十一月，《人間》雜誌創刊，發行人為陳映真。
一九八六		一月二十五日，發生「湯英伸案」。鄒族青年湯英伸因被雇主扣留身分證，並超時工作，在酒後殺害了雇主夫婦以及兩歲女兒，此事件引發社會關注原住民地位與勞動的結構性問題。 九月二十八日，民進黨成立，其行動綱領包含「定二二八為和平日」與「公布二二八真相」。 十月十日，黨外人士包圍臺電，舉行反核遊行示威。	九月一日，由宋澤萊、王世勛、吳晟、林雙不、林文欽、豐原三民書局負責人利錦祥與記者高天生等人出資創辦《臺灣新文化》，內容含括臺灣社會當時的各種議題，共發行二十期，維持一年八個月的營運。
一九八七	李世傑在《李敖千秋評論叢書》各期連載「調查局黑牢三四五天」，一九八七年九月一日最後落款完稿。一九九〇年三月成書，李敖出版社。	一月十日，婦女運動團體、人權團體、宗教團體與政治團體等三十個民間單位，到龍山寺與華西街示威遊行靜坐，以「彩虹專案」為名，聯合發表聲明「反對販賣人口——關懷雛妓」，為「販賣人口與山地雛妓」發聲。此為社運團體首次因關懷雛	六月，聯合文學出版社成立，負責人張寶琴。

		妓問題走上街頭。 二月四日，鄭南榕、陳永興、李勝雄等人成立「二二八和平日促進會」，發起「二二八公義和平運動」。 七月十五日，蔣經國總統宣布解除戒嚴令。 八月三十日，許曹德、蔡有全等人在臺灣政治受難者聯誼總會成立日，將「臺灣應該獨立」列入章程，被以「叛亂罪」遭到逮捕。是為「許曹德、蔡有全臺獨案」。臺灣政治受難者聯誼總會是未正式登記組織，一直至二〇〇〇年才以臺灣戒嚴時期政治受難者關懷協會為名正式登記。 十月十四日，蔣經國總統於國民黨中常會通過大陸探親決議案；十一月二日由紅十字會正式受理探親登記與信函轉投。第一天登記人數高達一三三四人，開放六個月內，登記人數高達十四萬人。 十一月二十二日，臺灣地區政治受難人互助會成立，總會長為林書揚。 原住民權利促進會更名為原住民族權利促進會，除恢復傳統姓氏與正名運動，並展開一連串「原住民族運動」，包括打破吳鳳神話、反核運動、還我土地運動及自治訴求運動。	
一九八八		一月十三日，蔣經國過世。 二月，蘭嶼達悟族人組織雅美青年聯誼會，發起「二二〇驅逐惡靈」反核廢料運動。	一月，報禁解除，報紙增為六大張。 一月二十一日，《自立早報》創立，是臺灣解除報禁後第一份新辦日刊綜合性報紙。

		五月二十日，由雲林縣農權會主導，帶領南部農民前往臺北請願，主要訴求內容有全面辦理農保及農眷保、降低肥料售價、增加稻米收購價格與面積、廢除農會總幹事遴選、改革農田水利會、成立農業部與農地自由使用。是臺灣解嚴後最大規模的農民運動，是為「五二〇事件」。 九月，原權會、原住民大專生及長老教會原住民牧者等，前往嘉義火車站吳鳳銅像前抗議，訴求「打破吳鳳神話」，並於年底拉倒銅像，引發連串衝突。 原權會結合原運團體與臺灣基督教長老教會組成「臺灣原住民還我土地運動聯盟」，號召首次「還我土地運動」，至一九九三年止，共發起三波還我土地運動。	五月四日，《首都早報》試刊，六月一日正式創刊，為臺灣報禁解除後創刊的日報，一九九〇年八月二十八日停刊。創辦人為康寧祥。
一九八九	楊牧開始撰寫〈愛美與反抗〉，隔年秋天完稿。收錄於一九九一年五月《方向歸零》，洪範出版。 四月至十二月，胡子丹《跨世紀糾葛：我在綠島三二二二天》陸續發表於香港《新聞天地》週刊，後收錄於一九九〇年二月《我在綠島三二二二天》，國際文化出版，以筆名秦漢光發表。二〇〇一年一月以本名推出新版。 十二月三日，葉石濤〈白色恐怖時代的來臨〉首次發表於《首都早報》。	四月七日，鄭南榕（1947-1989）因拒絕逮捕，於《自由時代周刊》總編輯室自焚。 五月十九日，詹益樺（1957-1989）隨鄭南榕送葬隊伍途經總統府，民眾遭鎮暴警察噴強力水柱，引發眾怒，詹益樺則帶著預藏的汽油點火自焚。 六月四日，中國北京天安門廣場發生六四事件。 八月十九日，首座二二八紀念碑在嘉義落成。	七月，人間出版社成立，發行人陳映真。
一九九〇	二月二日至三日，葉石濤〈蹉跎歲月〉首次發表於《首都早報》。 三月，葉石濤〈土地改革與五〇年代〉首次發表於《新文化》十四期。	二月二十八日，立法院首次為二二八受難者默哀，新版的高中歷史教科書首次提到二二八事件。五月二十日李登輝總統指示成立「二二八事件專案小組」。 三月十六日至三月二十二日，臺灣各地學生集結於中正紀念堂	

	四月十九日至二十日，葉石濤〈鄉村教師〉首次發表於《民眾日報》。 四月二十三日至二十四日，葉石濤〈細說五〇年代的白色恐怖〉首次發表於《首都早報》。 五月，葉石濤〈執教鞭，鞭出五〇年代的滄桑〉首次發表於《新文化》十六期。 六月六日至七日，葉石濤〈約談〉首次發表於《民眾日報》。	（今自由廣場）發起靜坐抗議，要求「解散國民大會」、「廢除臨時條款」、「召開國是會議」與「提出民主改革時間表」等訴求，是為「野百合學運」。 十月，劉宜良（江南）的遺孀崔蓉芝與中華民國政府在美國達成庭外和解，中華民國政府賠償崔蓉芝一百四十五萬美元。	
一九九一	六月，高金郎《泰源風雲——政治犯監獄命事件》，前衛出版。 蔡德本開始以日文寫作《臺灣のいもっ子》，一九九四年九月由日本集英社出版。在女兒蔡式貞協助下，自己翻譯成中文版《蕃薯仔哀歌》，一九九五年十一月遠景出版。	二月，花蓮地方法院林火炎因被告稱自己為原住民，故判決書上首度以「原住民」稱呼山胞。 五月一日，《動員戡亂時期臨時條款》廢止。 五月九日，發生「獨臺會案」。調查局幹員進入清華大學逮捕歷史研究所學生廖偉程、文史工作者陳正然、民進黨黨員王秀惠與傳道士林銀福，指控他們受史明支持，在臺灣建立「獨立臺灣會」。 五月二十日，「獨臺會案」引發萬人大遊行，提出「撤除思想警察」、「揮別白色恐怖」主張，迫使立法院在七天內先後廢止《懲治叛亂條例》和《戡亂時期檢肅匪諜條例》。	十二月，《文學臺灣》季刊創刊。為九〇年代本土文學與本土論述的重要據點。
一九九二		二月二十二日，行政院公布《二二八事件研究報告》。 三月十四日與四月三十日，原運團體前往陽明山中山樓向國民大會抗議要求正名。	

		五月，繼「反政治迫害聯盟」而起的「一百行動聯盟」經過多月抗爭，迫使立法院修法，修正以思想言論治人於罪的刑法第一百條。	
一九九三		五月二十八日，曾梅蘭因尋找遭槍決的二哥徐慶蘭之墓，偶然發現臺北六張犁白色恐怖受難人的亂葬崗。 七月二十五日，臺灣政治受難者聯誼會成立「白色恐怖時代受難平反權益委員會」。 八月四日，民進黨出面邀集聯誼總會、互助會、臺權會、政治受難老兵聯盟等團體，在臺大校友會館舉行「白色恐怖案件平反委員會」成立大會。推選謝聰敏與陳菊出任「國民黨政治迫害平反委員會正副主委」。	六月，《山海文化》創刊，是臺灣第一份以原住民報導為主體的雜誌。
一九九四	八月初，林書揚完成〈曾文溪畔的鬥魂——莊孟侯與莊孟倫〉，二〇一〇年五月收錄於《林書揚文集（一）回首海天相接處》，人間出版社。 十二月，馬列亞弗斯·莫那能口述、盧思岳採訪整理的〈被射倒的紅蕃〉收錄於《七〇年代：懺情錄》，時報文化。	二月二十五日，監察院通過監察委員黃越欽和張德銘的「陳文成命案死因」覆查申請之提案，這是監察院重新調查案件的首例。 八月一日，國民大會修憲將憲法增修條文之「山胞」，改成「原住民」。	二月二十日，「行政院二二八事件研究小組」的研究報告《二二八事件研究報告》由時報出版。
一九九五		一月二十八日，總統公布《戒嚴時期人民受損權利回復條例》。 二月二十八日，臺北新公園二二八紀念碑落成；落成典禮上，李登輝總統正式公開向受難者及家屬道歉。 四月七日，《二二八事件處理及補償條例》開始實施。 十月二十一日，「二二八事件紀念基金會」成立，十二月十八	玉山社成立，總編輯魏淑貞。

		日開始受理受難者申請補償案件。 修訂《姓名條例》第一條，原住民可以恢復傳統姓名。於二〇〇一年與二〇〇三年再修正條文，讓原住民有多種注記姓名的方式，並將「原住民因改漢姓造成家族姓氏誤植」列為改姓要件之一。	
一九九六	七月，柏楊口述、周碧瑟執筆《柏楊回憶錄》，遠流出版。	二月二十八日，二二八和平紀念日在臺北新公園正式揭碑，市長陳水扁將臺北新公園改名為「二二八和平紀念公園」。 三月，第一次總統直選。	
一九九七		七月二十一日，國民大會修憲將憲法增修條文之「原住民」修正為「原住民族」。 九月二十六日，政治受難者在臺大校友會館集會，成立以平反為宗旨的「五十年代白色恐怖案件平反促進會」，推動白色恐怖的平反與補償立法，第一任理事長為林至潔。	
一九九八	一月，張光直《蕃薯人的故事》，聯經出版。	總統公布《戒嚴時期不當叛亂暨匪諜審判案件補償條例》。	
一九九九		四月一日，「戒嚴時期不當叛亂暨匪諜審判案件補償基金會」會務開始運作。 九月二十一日，發生規模七點三大地震，九二一大地震死亡人數超過兩千人。 十二月十日，以鄭南榕自焚現場「自由時代雜誌社」為址的「鄭南榕紀念館」啟用。 十二月十日，「綠島人權紀念碑」落成。	四月六日，鄭南榕基金會成立。

二〇〇〇	藍博洲〈歐巴桑〉首次發表於八月號《聯合文學》，後收錄於二〇〇一年六月《臺灣好女人》，聯合文學出版。	三月十八日，舉行總統選舉，臺灣第一次政黨輪替。 八月二十六日，「馬場町紀念公園」落成。 十二月二十九日，「鹿窟事件紀念碑」落成。	
二〇〇一		二月二十三日，行政院核定綠島的軍事監獄與相關建物劃入「綠島人權紀念園區」。	
二〇〇二	十月，〈施儒昌訪問紀錄〉收錄於《風中的哭泣：五〇年代新竹政治案件》，由新竹市政府出版。二〇一五年，重新由吳三連基金會出版。	七月二十九日，制定《二二八事件受難者及其家屬申請回復名譽作業要點》。 十二月十日世界人權日，綠島人權紀念園區與景美人權紀念園區正式啟用，景美人權紀念園區登錄為歷史建築。兩個園區歷經三次更名。	
二〇〇三		爆發SARS疫情，八十四人死亡。 一月十一日，臺北市六張犁「戒嚴時期政治受難者紀念公園」落成。 十一月二十一日，公布《戒嚴時期不當叛亂暨匪諜審判案件受裁判者及其家屬申請回復名譽作業要點》。	四月，印刻文學生活雜誌公司成立，八月《印刻文學生活誌》創刊，總編輯初安民。 十月，「國立臺灣文學館」正式設館。
二〇〇四	十一月，黃素貞〈我和老蕭的抗戰和地下黨歲月〉原收錄於《祖國破了，要把它粘回去：蕭道應先生紀念文集》，海峽出版社。二〇一九年五月重新收錄於《革命時代的悲劇演員蕭道應》，人間出版社。 十二月，葉怡君〈白堊記憶：一群五〇年代「老同學」戰鬥的故事〉收錄於《島嶼軌跡》，遠流		

	出版。 十二月，藍博洲〈白色恐怖的掘墓人〉收錄於《紅色客家庄》，印刻出版。		
二〇〇五	謝聰敏撰寫〈白崇禧和賴阿統——一個客家白色恐怖案例〉，收錄於二〇〇七年六月《談景美看守所》三版，前衛出版。 三月，鄭鴻生《荒島遺事——一個左翼青年在綠島的自我追尋》，印刻出版。 三月，陳英泰《回憶：見證白色恐怖》，唐山出版。	六月，廢除國民大會。 七月三十一日，國防部提出「清查戒嚴時期叛亂暨匪諜審判案件專案」研究結果，一九四五年至一九九四年間約有一六一三二人次的政治案件。	
二〇〇六	七月，季季〈暗夜之刀與《夥計》年代〉首次發表於《印刻文學生活誌》，後收錄於同年十一月出版的《行走的樹：向傷痕告別》。〈亡者與病者〉收錄於二〇一五年增訂版《行走的樹：追懷我與「民主臺灣聯盟」案的時代》。皆為印刻出版。 十二月，鄭新民《十七歲：火燒島最年輕的政治犯——青春部落外篇》，允晨文化。		二二八紀念基金會出版《二二八事件責任歸屬研究報告》。
二〇〇七		二月二十八日，「二二八國家紀念館」掛牌，二〇一一年二月二十八日「二二八國家紀念館」開館營運。 十二月，民間人士因為政府的不作為而自立組織，成立「臺灣民間真相與和解促進會」。	
二〇〇八	一月，高麗娟《從覺民到覺醒——開花的猶大》，玉山社。		

	五月，張炎憲、陳美蓉、尤美琪採訪記錄《臺灣自救宣言：謝聰敏先生訪談錄》，國史館出版。 十二月，唐香燕一九八五年完稿的〈一九七九，動盪美麗島：側記唐文標〉，首次發表於《新地文學》唐文標專輯，原題為〈逝者如斯：側寫唐文標，兼記一段過往的歲月〉，二〇一三年收錄於《長歌行過美麗島》，無限出版。		
二〇〇九	吳聲潤自費出版《白色恐怖受難者吳聲潤創業手記：一個六龜人的故事》。後於二〇一八年五月重新出版《二二八之後 祖國在哪裡？》，臺灣遊藝。 六月，彭明敏《逃亡》，玉山社。	八月，莫拉克風災，造成六百餘人死亡。	
二〇一一	二月，唐培禮（Milo L. Thornberry）Fireproof Moth: A Missionary in Taiwan's White Terror, Sunbury Press, Inc. 中文版二〇一一年十二月由允晨文化出版，賴秀如譯。 三月，周志文〈曹興城的故事〉收錄於《家族合照》，印刻出版。	七月十四日，「國家檔案內含政治受難者私人文書申請返還要點」生效實施，檔案管理局依此點清查出一百七十七份政治受難者的私人文書。 十二月十日，「國家人權博物館」籌備處掛牌成立，管理綠島、景美人權文化園區。	三月，衛城出版成立，總編輯莊瑞琳。 四月，啟動文化成立，總編輯趙啟麟。
二〇一二	八月二日，吳俊宏〈永不開花的枯葦〉首刊登於《臺灣立報》，寫於一九九四年春，於妻子陳美虹過世後，二〇一二年五月定稿。 七月，顏世鴻《青島東路三號：我的百年之憶及臺灣荒謬時代》，啟動文化。		無限出版成立，總編輯連翠茉。

	十二月，陳勤〈天空在屋頂的那一端〉收錄於《流麻溝十五號——綠島女生分隊及其他》，鄭南榕基金會．紀念館策劃，書林出版。		
二〇一三	八月，陳列〈藏身〉收錄於《躊躇之歌》，印刻出版。	發生白衫軍運動，二〇一三年洪仲丘事件引爆的社會運動，促成《軍事審判》修法，軍人在非戰時犯罪交由一般司法機關處理。	
二〇一四	五月，陳明忠《無悔：陳明忠回憶錄》，人間出版社。 十月二十九日，唐香燕〈心內彈琵琶——回憶蘇慶黎和媽媽蕭不纏〉發表於個人部落格「Our Lightning」，二〇一九年九月收錄於《時光悠悠美麗島》，春山出版。	三月十八日至四月十日，由臺灣學生與公民團體共同發起社會運動，占領立法院議場，反對國民黨單方面決議通過《海峽兩岸服務貿易協議》。是為「三一八學運」。 九月八日，「戒嚴時期不當叛亂暨匪諜審判案件補償基金會」結束運作，總受理案件為一萬零六十二件。	
二〇一五	二月，林易澄〈他一定是一個很好很好的人〉收錄於《無法送達的遺書：記那些在恐怖年代失落的人》，衛城出版。 五月，陳政子〈陳政子訪談紀錄〉收錄於《獄外之囚：白色恐怖受難者女性家屬訪談紀錄》下冊，國家人權博物館。 六月，呂培苓《一甲子的未亡人——王培五與她的六個子女》，文經社。 十二月二十三日，吳易叡〈乾杯！白鴿——敬高菊花與無法公共的記憶〉首度發表於《報導者》。		二月，真促會與衛城出版合作出版《無法送達的遺書》。 十月，真促會與衛城出版合作出版《記憶與遺忘的鬥爭：臺灣轉型正義階段報告》共三卷。
二〇一六		八月一日，蔡英文總統代表中華民國政府向臺灣原住民道歉。	

二〇一七	九月二十六日，杜晉軒〈流離尋岸的鄔來〉原初報導刊登於《關鍵評論網》，後經大幅改寫與補充訪問、材料，收錄於二〇二〇年二月《血統的原罪——被遺忘的白色恐怖東南亞受難者》，臺灣商務出版。 十二月，伐依絲．牟固那那〈光明乍現／反共大陸的童年〉收錄於《火焰中的祖宗容顏》，山海文化雜誌社。	二月二十三日，巴奈．庫穗與馬躍．比吼等因反對原住民族委員會將私有地排除在傳統領域範圍之外，於凱道紮營抗議，六月二日遭警力清除，轉往捷運臺大醫院站。	
二〇一八		三月十五日，「國家人權博物館」正式成立，兩處園區分別改成「白色恐怖綠島紀念園區」與「白色恐怖景美紀念園區」。 五月三十一日，促進轉型正義委員會成立。	十二月，春山出版社成立，總編輯莊瑞琳。
二〇一九	九月二十六日，郭于珂〈生哥〉首次發表於《星洲日報》。 十二月，蔡烈光《陳年往事話朱家》，玉山社。 十二月十二日，劉宏文〈失去聲音的人〉首次發表於劉宏文個人臉書，後又於十二月二十三日轉載於馬祖資訊網，十二月二十九日起，每週發表於《馬祖日報》，共四期。 十二月十六日，陳榮顯〈一部紀錄片的完成〉首次發表於《中國時報》人間副刊。	五月二十四日，同性婚姻合法化。 十二月，新冠肺炎（COVID-19）於中國武漢被發現，二〇二〇年迅速蔓延全球，持續至今。	
二〇二〇	二月，詹益樺〈那一天，阿撒普露〉收錄於《狂飆一夢：臺灣民主化與沒有歷史的人》，廖建華影像工作室出版。	七月三十日，臺灣首位民選總統李登輝（1923-2020）辭世。	一月，國家人權博物館與春山出版合作出版《讓過去成為此刻：臺灣白色恐怖小說選》共四卷，

	十二月，林傳凱〈流血的身體、寂寞的枯骨——側寫「白色恐怖」下雲林地區的兩位女性〉首次發表於《向光》雜誌第三期。		胡淑雯、童偉格主編。
二〇二一		一月，「陳文成事件紀念廣場命名案及立碑案」於臺大校園落成，二月二日舉行啟用典禮。	四月，國家人權博物館與春山出版合作出版《靈魂與灰燼：臺灣白色恐怖散文選》共五卷，胡淑雯、童偉格主編。

參考來源：

陳芳明，《臺灣新文學史》（臺北：聯經出版，二〇一一）。

陳翠蓮，《自治之夢：日誌時期到二二八的臺灣民主運動》（臺北：春山出版，二〇二〇）。

臺灣民間真相與和解促進會，《記憶與遺忘的鬥爭：臺灣轉型正義階段報告》（新北市：衛城出版，二〇一五）。

胡慕情《黏土》（新北市：衛城出版，二〇一五）。

文化部——老照片說故事：https://cna.moc.gov.tw/home/zh-tw

國立臺灣文學館：https://www.nmtl.gov.tw/

國家人權博物館：https://www.nhrm.gov.tw/

臺灣大百科全書：http://nrch.culture.tw/twpedia.aspx?id=11168

臺灣外省人——生命記憶與敘事：https://ndweb.iis.sinica.edu.tw/TWM/Public/index.html

中華日報新聞網：http://cdns.com.tw/news.php?n_id=1&nc_id=62499

《觀察》：https://www.observer-taipei.com/article.php?id=1697

促進轉型正義委員會：https://twtjcdb.tjc.gov.tw/Search/Detail/12478

鄭南榕基金會：http://www.nylon.org.tw/

臺灣社會人文電子影音數位博物館計畫〈原住民運動到原住民族運動〉：http://proj1.sinica.edu.tw/~video/main/people/5-tribe/tribe3-all.html

《PeoPo 公民新聞》，林羿萱〈訴說「原」委——臺灣原住民議題與運動回顧〉：https://www.peopo.org/news/249697

《民報》，邱萬興〈紀念二十九年前，臺灣史上首次關懷雛妓運動〉：https://www.peoplenews.tw/news/e4e91a38-d879-4c3b-99ef-f566f5bd664e

表格說明：文學文化事件裡的出版社為此次選集作品的出版社成立時間。

Literati
春山文藝 017

國家人權博物館白色恐怖文學系列

靈魂與灰燼：臺灣白色恐怖散文選
卷四　原地流變

合作出版——國家人權博物館
　　　　　春山出版
主　編——胡淑雯、童偉格
作　者——蔡德本、施儒昌、顏世鴻、林傳凱、吳易叡、謝聰敏、廖建華、李世傑、高麗娟

國家人權博物館
發 行 人——陳俊宏
專案執行——陳中禹、莊舒晴
地　址——二三一五〇新北市新店區復興路一三一號
電　話——〇二—二二一八—二四三八

春山出版
總 編 輯——莊瑞琳
協力編輯——陳文琳、翁蓓玉、沈如瑩、夏君佩
編輯顧問——林傳凱、林易澄、吳俊瑩
選文顧問——黃長玲、陳翠蓮、黃丞儀、張亦絢、楊佳嫻
行銷企畫——甘彩蓉
封面設計——王小美
內文排版——張瑜卿
法律顧問——鵬耀法律事務所戴智權律師
地　址——一一六臺北市文山區羅斯福路六段二九七號十樓
電　話——〇二—二九三一—八一七一／傳　真——〇二—八六六三—八二三三
總 經 銷——時報文化出版企業股份有限公司
地　址——桃園市龜山區萬壽路二段三五一號
電　話——〇二—二九〇六—六八四二
印　刷——瑞豐電腦製版印刷股份有限公司
初　版——二〇二一年四月
定　價——四二〇元

國家圖書館出版品預行編目資料

靈魂與灰燼：臺灣白色恐怖散文選.卷四，
原地流變／蔡德本，施儒昌，顏世鴻，林傳凱，吳易叡，謝聰敏，
廖建華，李世傑，高麗娟著；胡淑雯，童偉格主編.
－－初版.－－臺北市：春山出版有限公司；
新北市：國家人權博物館，2021.04
面；公分.－－（春山文藝；17）
ISBN　978-986-06157-3-9（平裝）

863.55　　110002721

GPN 1011000330

春山 出版

EMAIL SpringHillPublishing@gmail.com
FACEBOOK www.facebook.com/springhillpublishing/

填寫本書線上回函

From Interest to Taste

以文藝入魂